KB045911

ill 리키스이
루나리아

초난관 던전에서
10만년 수행한 결과,
세계최강
~최약 무능의 하극상~

3

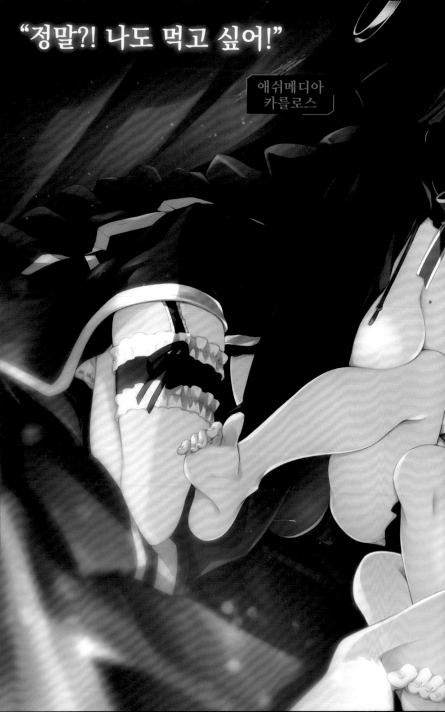

"이제 괜찮아. 열심히 싸웠구나."

지그닐
가스트레아

카이 하이네만

마라

CONTENTS

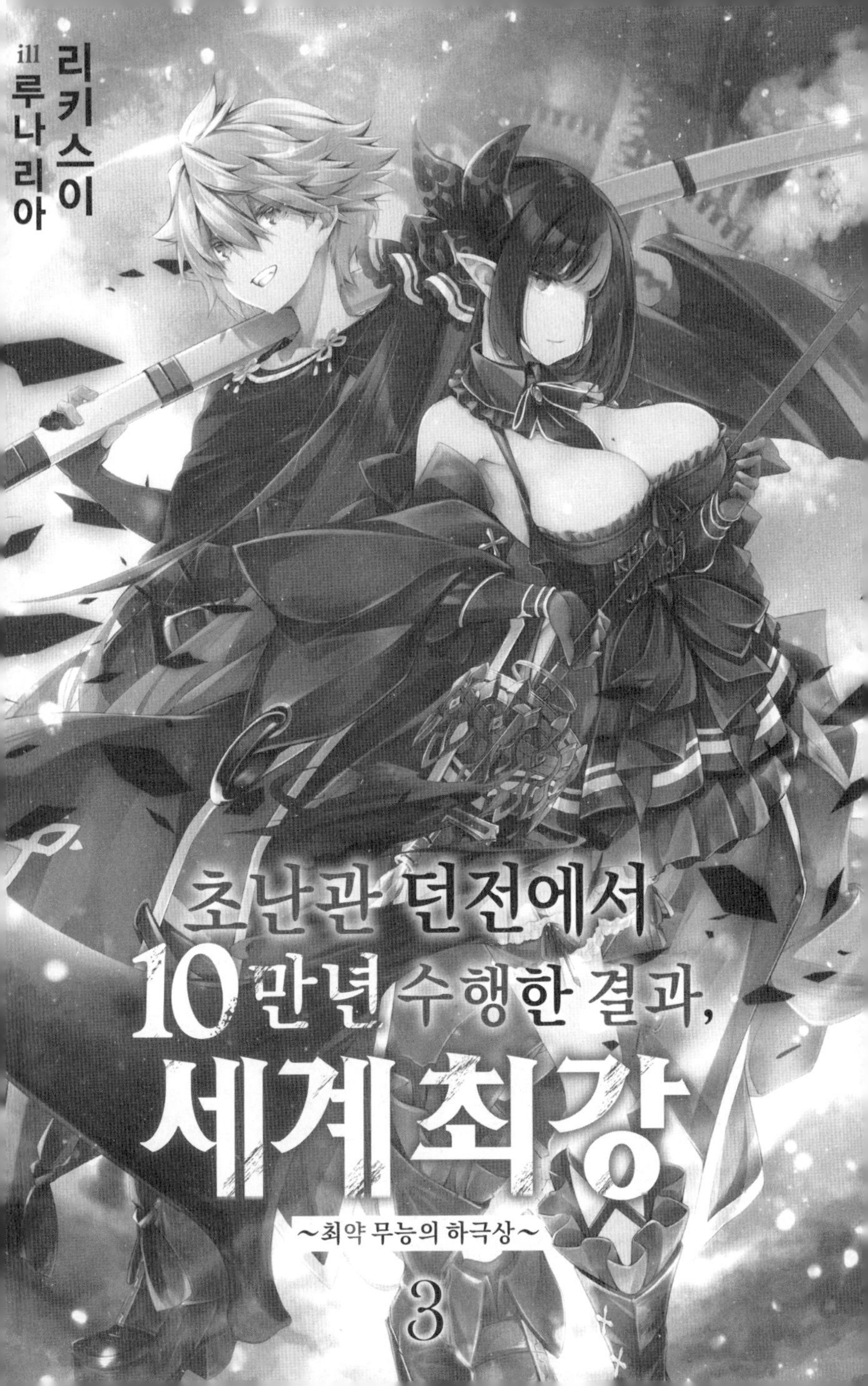
리키스이
ill 루나리아
초난관 던전에서
10만년 수행한 결과,
세계최강
~최약 무능의 하극상~
3

커버 그림, 본문 일러스트 | **루나 리아**

프롤로그

바닥에는 고급 카펫이 깔려 있고, 휘황찬란한 기둥과 벽 등 재산을 쏟아부은 화려한 방. 그 중심에 놓인 가죽 소파에서 몇 명의 남자들이 대화에 열중하고 있었다.

"코린 경, 방금 귀공이 한 이야기는 진실인가?!"

녹색의 호화로운 의복에 장식을 단 귀족풍 남자가 몸을 내밀고, 눈과 코를 마스크로 가린 곱상한 남자에게 물었다.

"서운하군요. 저희 다이스의 조사가 지금까지 틀린 적이 있었습니까?"

마스크를 쓴 남자, 코린이 새하얀 장갑을 낀 오른손으로 홍차를 우아하게 입에 머금으며 맞은편에 앉은 귀족들을 힐끗 쳐다보았다. 그 마스크 너머로 빛나는 눈을 보았을 뿐인데, 귀족풍 남자는 당황한 태도로 다시 소파에 푹 앉았다.

"아, 아니, 미안하네! 믿지 않을 리가 없지 않나!"

그들은 아멜리아 왕국에서 정치, 경제의 중추에 있는 최고위 귀족이지만 그런 그들이 보아도 눈앞의 귀족만은 높이 평가하지 않을 수 없었다.

코린 코르타누. 피투성이 백작이라는 이명을 지닌 현역 헌터이자, 사성 길드 중 하나인 다이스의 리더다. 다이스는 코인이나 카드처럼 숫자를 맞추기 위한 길드와는 차원이 다르다. 실제로 전력만이라면 용사팀에게도 필적한다는 소문이 날 정도로 최강의 길드. 그리고 여기 있는 코린의 성질 또한 매우 유명하다. 자칫하여 이 남자의 기분을 상하게라도 하면, 무슨 짓을 저지를지 모른다. 그런 무서움이 이 남자에게는 있다.

"그러나 그것이 진실이라면, 지난 전쟁에서 살아남은 수왕국의 왕족을 드디어 찾아냈다는 말인가!"

다른 한 귀족이 흥분한 어조로 외쳤다.

"수왕국의 중진을 꼬드겨서 쳐들어간 것까지는 좋았지만, 모두 놓치고 말았으니까. 이번에야말로 실패는 용납되지 않아."

"하지만 만약 수왕의 혈통을 포획하더라도, 과연 그들이 순순히 따를까? 무대응으로 일관하면 전혀 의미가 없는데?"

키가 큰 귀족이 휘어진 수염을 쓰다듬으며 그런 의문점을 밝혔다.

"그건 일리 있군. 국가 성립에는 그 바벨이 관여한 데다, 세계 회의에서도 승인을 받았어. 엄연히 한 국가이므로, 원래 공격하려면 정당한 이유가 필요하지. 그러나 지금 그들에겐 수왕의 마지막 생존자도 어차피 창시자의 일족에 불과해. 내가 그들이라면 그냥 무시하고 말 거다."

"그래서는 사로잡아도 의미가 없지 않은가!"

한 귀족이 낙담하여 말하자, 실내에 차례로 한숨이 새어 나왔다.

"네, 그렇기에 장기 말을 잘 이용해야 합니다."

코린이 입꼬리를 올리고 노래하듯이 말했다.

"코린 경, 뜸 들이지 마시게. 경에게는 좋은 방도가 있는 거겠지?"

키가 큰 귀족의 물음에 코린이 히죽거리는 악질적인 미소를 지었다.

"네, 그야말로 일석이조인 비책이죠."

"그 묘안이란?"

꿀꺽 침을 삼키는 귀족들.

"분쟁의 씨앗을 크게 만들 필요는 없겠지요. 처음에는 작더라도, 거기에 기름을 부으면 큰불이 일 만한 그런 것입니다."

"에둘러 말하는 것은 귀공의 나쁜 버릇이야. 요점을 말해주었으면 좋겠군."

키가 큰 귀족이 비아냥거렸다.

"네, 그럼요. 에스타크 공작 각하의 명령이라면야."

코린이 어깨를 으쓱하고, 크게 헛기침을 하였다.

"수왕의 혈족의 아이를 포박하여, 그 부모에게 여러분 길버트 왕자파와 대립하는 귀족을 습격하게 하는 겁니다. 그러면 여러분의 눈엣가시를 제거함과 동시에 그 나라를 공격할 구실이 생기죠."

인간의 도리를 벗어난 제안. 보통은 그런 비열한 책략이 받아들여질 리가 없다. 화를 내며 비난해야 할 일이다. 그러나──.

"그렇군! 에르딤 총의장은 왕의 혈족. 그 간부도 수왕의 일족이 대다수를 차지하는 것은 잘 알려진 사실이지. 그것을 이용하여 에르딤이 우리 나라에 선전포고를 한 것으로 만들면, 저 보기 싫은 나라를 공격할 구실이 생기는 것 아닌가?!"

"맞아, 우리 나라의 귀족이 희생된다면, 바벨을 비롯한 각 국가도 참견하지 못하겠지!"

귀족들은 크게 기뻐하며 입을 모아 찬성하는 의견을 내놓았다. 그러나.

"죄송합니다만, 아직 어설프군요. 에르딤은 수왕국과는 전혀 다른 나라입니다. 국적이 다른 가족이 죄를 지었다고 해서, 국가 레벨로 그 책임을 지게 하는 것은 불가능합니다. 적어도 국제적인 약정으로서는 말이죠."

코린이 기쁨에 찬 귀족들의 분위기에 찬물을 끼얹었다.

"힘들다면 왜 이런 이야기를 꺼낸 건가!"

고위 귀족 중 한 사람이 참지 못하고 거칠게 화를 내자, 다른 귀족들도 뒤따라 항의했다. 비난하는 목소리가 코린에게 쏟아지자, 에스타크 공작이 양손을 위아래로 움직여 그들을 진정시켰다.

"그대는 빈틈이 없지 않나. 이미 놈들을 이 싸움에 끌어들일 계획을 충분히 세워두었겠지?"

그가 캐물은 것은 이야기의 핵심이었다.

"물론이죠. 한 치의 빈틈도 없는 완벽한 계획입니다."

코린이 슬쩍 미소를 지으며 크게 고개를 끄덕이고 계획을 말하기 시작했다.

"그런가…… 그거라면 저 짐승들로부터 우리의 기적을 되찾을 수 있겠어!"

에스타크 공작이 일어나 외치자, 여기저기서 환호성이 터졌다.

'정말 여전히 인간이란 어리석은 생물이군요…….'

코린의 혼잣말은 소란에 뒤섞여 사라졌다.

***

그곳은 어두컴컴하고 소박한 방. 책과 종이의 산밖에 없는 집무실의 목제 책상에서, 수염을 기른 검은 머리의 거한이 양피지를 읽고 있었다. 그리고 입에서 나오는 웃음소리.

"재상 각하?"

나이 든 측근 한 사람이 조심스럽게 그 뜻을 물었다. 강철의 정신이라 불릴 만큼 평소에는 냉정한 남자의 얼굴이 지금까지 한 번도 본 적이 없을 만큼 강렬한 환희로 일그러져 있었다.

"아니, 아무것도 아니야."

아멜리아 왕국 재상, 요하네스 루즈벨트는 평소처럼 무표정한 얼굴로 되돌아가 보고서를 제출한 밀정에게 시선을 보냈다. 그리고 다시 한번 확인을 했다.

"카이 하이네만은, 로제마리 전하의 로열가드로 이번 왕위 계승전에 참가한다는 건가?"

"…………"

밀정이 어안이 벙벙한 표정으로 반쯤 입을 벌렸다.

"왜 그러지?"

요하네스가 평소처럼 감정 기복이 없는 어조로 물었다.

"죄송합니다! 그 보고서를 이렇게 쉽게 믿으실 줄은 몰랐습니다!"

"이 타이밍에 네가 나에게 거짓 정보를 내놓을 리가 없지. 게다가 몇 가지 보고는 나에게도 이미 올라왔어. 이런 일도 있을 수 있지."

요하네스에게 독자적인 정보망이 있다는 것은 잘 알려진 사실이다. 애초에 이 아멜리아 왕국에서 이 남자가 모르는 일이 있다니 있을 수 없다. 따라서 일의 경위는 이미 파악하고 있으리라 생각했지만, 그래도 이번 보고서에 기재된 저 비현실적인 내용을 이렇게 쉽게 믿을 줄은 꿈에도 상상하지 못했다.

"요하네스 님은 그분의 로열가드 취임을 인정하실 생각이십니까?"

그 밀정이라고는 생각할 수 없는 발언에 나이 든 측근이 인상을 찡그렸다. 숭배마저 하는 재상의 앞에서 밀정이 일개 로열가드에 불과한 자에게 경칭을 쓰다니, 보통은 천지가 뒤집혀도 불가능한 일이기 때문이다.

"당연히 인정해야지."

"그분은 이 세상의 섭리에서 벗어난 존재입니다! 그분이 왕위 계승전에 참여하면——."

"그래, 게임 자체가 성립되지 않겠지."

요하네스는 바로 밀정이 우려하던 사실을 지적했다.

"그걸 아시면서 왜 인정하시는 겁니까?!"

"…………."

요하네스가 꿍꿍이가 있는 미소를 지으며 입을 다물었다.

"아무래도 이미 움직이기 시작한 모양이군요. 막아도 소용없겠지요……."

밀정은 크게 한숨을 내뱉고 무언가를 떨쳐내려는 듯 고개를 가로저었다. 그리고──.

"요하네스 님, 잠시 휴가를 내겠습니다."

정중하게 머리를 숙였다.

"뭘 마음대로──."

호통을 치는 측근을 요하네스가 손을 들어 제지하고, 위협적으로 물었다.

"이유를 묻지."

"저도 무대 위에 서고 싶습니다."

밀정이 열의가 담긴 어조로 대답했다. 그 눈동자에는 지금까지 본 적이 없는 강렬한 빛이 반짝이고 있었다.

"좋아. 네 마음대로 움직이도록 해. 다만, 카이 하이네만에 대한 보고는 끊기지 않도록 해."

"원하신다면."

가슴에 손을 대고 인사한 뒤, 밀정은 등을 돌려 방에서 나갔다.

"괜찮으시겠습니까?"

나이 든 측근이 당황한 얼굴로 요하네스에게 물었다.

"상관없다. 오히려 잘되었어."

요하네스의 대답에 측근은 턱수염을 쓰다듬으며 무언가 생각에 잠겼다가, 결국 솔직하게 왕국 제일의 두뇌라고도 일컬어지는 재상의 의도를 확인했다.

"각하는 그 카이 하이네만이라는 자를 이용해 무엇을 하시려는 겁니까?"

"물론 왕의 선정이지."

"길버트 전하와 루이즈 왕녀 전하의 로열가드로 누가 취임했는지 요하네스 님도 아시지 않습니까? 게임이 성립되지 않는다고 말씀하신 것은 재상 각하이실 텐데요."

"그래, 일반적인 의미의 왕위 계승전은 성립되지 않게 돼."

"일반적인 의미라는 말씀은?"

"시작될 거다."

요하네스가 자리에서 일어나 창가로 향했다.

"무엇이 말입니까?"

"아멜리아 왕국 사상, 최고의 왕을 선택하기 위한 게임이다!"

그리고 바깥 경치를 바라보며, 두 팔을 벌리고 환희에 찬 목소리로 외쳤다.

***

──그리트닐 제국 천상 어전.

그리트닐 제국의 수도 그닐 정중앙에 있는 거대한 탑 같은 건물── 그닐 궁전. 건축, 마술, 그 외 다양한 분야에서 세계 최첨단의 기술로 만들어진 그야말로 제국 번영의 상징물이다. 그 최상층에 만들어진 천상 어전의 옥좌에 정복제, 암네스 디 그리트닐이 오만불손한 태도로 앉아 있었다.

"이번 징집의 이유, 너희라면 알고 있겠지?"

암네스는 옥좌까지 완만하게 뻗은 계단 밑에 무릎을 꿇은 네 명의 남녀를 내려다보며, 낮은 목소리로 물었다.

"예의 회색 머리 꼬마 말입니까?"

"바보 같은 소리 하지 마. 고작해야 어린애 하나 때문에 우리가 모두 불려올 리가 없잖아."

빨간 머리 거인의 물음에, 단정한 헤어스타일에 몸집이 작은 남성이 비아냥거리며 코웃음을 쳤다.

"아앙?! 그럼 왜 폐하가 우리 전체를 소집하신 건데?!"

"글쎄."

"라무네라, 너 이 자식, 이 나를 놀리는 거냐?"

무뚝뚝한 대답. 빨간 머리 거인은 이마에 몇 개나 되는 핏대를 세우고 작은 남성을 노려보며 화를 냈다.

"그럴 의도는 없어. 하지만 싸울 거면 받아는 줄게."

"그만해."

암네스 뒤에 있는 기둥에 기대고 있는, 왼쪽 눈 외에 전신을 검은색으로 감싼 남자가 제지했다. 빨간 머리 거인은 혀를 찼고, 라무네라는 두 손바닥을 위로 향하며 어깨를 으쓱했다.

"내가 설명해도 될까?"

"상관없어. 포, 네가 보고해."

포의 요청에 암네스가 허락했다.

"왕국 내에서 회색 머리 아이의 정보를 수집하던 중 우연히 얻은 정보다. 길버트파의 귀족들이 에르딤 침공을 계획하는 모

19

양이야."

이 자리에 있던 중진들이 술렁거리기 시작했다.

"조용."

암네스의 목소리는 그리 크지 않았으나, 소란스러운 실내에 울려 퍼지자 순식간에 고요해졌다.

"에르딤이라면, 그 수왕국의 왕족이 건국한 중립국이었나?"

갑옷을 입은 금발 여자가 포에게 물었다.

"그래, 아무래도 놈들은 에르딤 전체를 빼앗으려는 것 같아."

"하지만 거긴 세계 회의에서 정식으로 국가로 승인되었을 텐데. 설마 세계를 적으로 돌릴 셈?"

일 년에 한 번, 중립 학원도시 바벨에서 열리는 세계 회의인 국제연합 회의. 이 회의에서는 전 세계의 나라가 출석하여, 분쟁의 씨앗이 될 만한 주요 사안을 의논하고 결정한다. 수년 전에 바벨은 에르딤이라는 조직을 국가로 승인할 것을 제안했고, 연합 회의에서 다수가 찬성하여 통과되었다. 그 회의에서 반대표를 던진 것이 아멜리아 왕국과 이곳 그리트닐 제국 두 나라였다.

"그게 수왕의 혈족을 포박하여, 대립하는 자국의 귀족을 습격시키고, 그걸 이유로 전쟁을 벌일 생각인 듯해."

"뭐? 바보 아냐? 그게 될 리가 있겠냐!"

라무네라가 단정 지어 외쳤다.

"아니, 그렇지도 않아. 한 가지 방법이 있어. 라무네라, 네가 걔네라면 어떻게 할래?"

라무네라는 잠시 고민하였으나, 결국 그 방법을 떠올렸는지 얼굴을 혐오로 물들이고 강하게 경멸했다.

"과연 아멜리아 왕국이야, 비열한 방법만 잘 떠올린다니까."

"저기, 그게 뭔데?"

갑옷을 입은 여자의 질문에 라무네라가 불쾌한 얼굴로 대답했다.

"나중에 설명할게. 그보다 설마 우리에게 그 썩을 귀족을 지원하라고?"

살의를 드러내며 포에게 묻는다.

"불만인가?"

"그런 불쾌한 업무, 당연히 불만이지. 하지만 폐하와 우리 나라를 위해서라면 하겠어."

포는 쓴웃음을 짓고, 지금까지 쭉 침묵을 지키던 장신에 백발이 섞인 노인에게 시선을 보내며 그 의사를 확인했다.

"검제님도 괜찮겠나?"

"어쩔 수 없지."

검제, 애쉬번 가스트레아가 대답했다. 포가 힐끗 시선을 보내는 것을 느끼며 황제 암네스는 가볍게 고개를 끄덕였다.

"카이 하이네만은 어떻게 할 거야? 포 네 예상으로는 그 녀석 상당히 위험하다며?"

"그래, 약간 사정이 바뀌었으니까. 이번 건으로 너희를 대대적으로 움직일 수도 없게 되었어. 그러니 카이 하이네만에겐 다른 사람을 보냈지."

"그건 누군데? 그 정도는 가르쳐줘도 벌을 받진 않을 거 아냐?"

포는 잠시 고민하였으나, 작게 고개를 끄덕이고 단적으로 대답했다.

"엔즈의 스승이다."

그 이름을 들은 순간, 육기장들의 경악이 터져 나왔다. 하지만 그 목소리에 포함된 감정은 각각 전혀 달랐다.

"괜찮겠어? 그 사람을 보내면, 카이 하이네만이 망가질 텐데?"

"이건 그가 이 나의 오른팔이 될 수 있을지에 대한 시험 같은 거야. 그 녀석 따위에게 망가진다면, 그 정도의 남자라는 뜻. 억지로 스카우트할 필요는 없어. 그러나 만약 카이 하이네만이 그를 물리칠 만한 실력을 지녔다면——."

포는 말을 얼버무리며 황제 암네스에게 시선을 보냈다. 그러자, 암네스가 일어서 뜨겁게 외쳤다.

"포와 동등하거나 그 이상인 초월자(트렌센더)를 얻는 거지. 그때는 우리 그리트닐 제국이 세계의 패권을 잡으러 나설 때다!"

***

투명하도록 푸른 바다와 새하얀 모래사장. 그 모래사장에 놓인 비치 체어에 선글라스를 낀 남자가 누워 고기를 뜯고 있었다. 남자는 반바지에 반소매 옷을 입고, 왼손으로 분홍색 머리를 쓸어 넘기며 눈앞에 있는 고깃덩어리를 바라보았다.

"그래서? 그게 이번에 실패를 저지른 쓰레긴가?"

남자가 떨면서 무릎을 꿇은 악군 장교에게 물었다.

"티아마트와 모브를 비롯해, 현계한 악군 전체와 통신이 끊겼습니다. 이자는 유일하게 티아마트군과 교신하던 통신사로, 곧장 이자에게 제재를———."

"아니지."

분홍색 머리의 남자가 보고하던 악군 장교의 말을 끊고, 손가락을 딱 튕겼다.

"그악?!"

갑자기 양손으로 목을 벅벅 긁어대는 악군 장교. 눈, 코, 입에서 피를 흘리기 시작하더니, 곧 푸슉 하는 소리를 내며 터져버렸다.

"아직도 도움이 안 되는 쓰레기가 남았네."

옆에 대기하고 있던 여러 장교도 괴로워하더니, 온몸에서 피를 흘리며 터졌다.

남겨진 장관, 장교들은 무릎을 꿇고 그저 떨기만 했다.

"나의 얼굴에 먹칠을 하는 놈은 이렇게 된다. 너희도 알겠지?"

분홍색 머리의 남자가 의자에서 일어나 이마를 모래사장에 찧고 있는 장교들 사이를 걸으며, 온화한 어조로 말했다.

"네, 네!"

"대답은 우렁차지만, 시끄럽군."

처음 대답한 남자의 얼굴을 덥석 잡더니, 비트는 것처럼 뜯어냈다. 목에서 흩뿌려지는 선혈. 몸은 실이 끊어진 인형처럼 바닥에 쓰러졌다.

"내가 말했을 텐데? 나를 현계시키라고. 이게 그렇게 어렵나?"

한 장교에게 다가가 그의 귓가에 대고 물었다.

"현재 그 방법을 모색하고 있습니다. 하지만 육대장 마라 님 클래스가 지나가실 수 있는 게이트라면──."

"변명하지 마라."

"크억!"

대답한 장교의 온몸이 똑바로 서더니, 상반신은 오른쪽으로, 하반신은 왼쪽으로 회전하며 곧 분리되었다.

"다시 한번 묻겠다. 나는 언제 현계할 수 있지?"

"가, 가까운 시일 내에──."

"가까운 시일에 언제야?"

바로 대답한 장관의 머리가 함몰되어 바로 숨이 끊어졌다.

"말해봐, 언제 가능한데?"

"…………."

대답조차 하지 못하고 떠는 장관과 장교들. 육대장 마라는 그걸 쭉 둘러보고, 손가락을 딱 튕겼다. 곧바로 모래사장에 거대한 모래시계가 나타났다.

"이게 떨어질 때까지 기다려주마. 그때까지 나를 현계시켜."

그렇게 엄명을 내린 마라의 모습은 흔적도 없이 사라졌다.

그가 전우의 무참한 유해를 끌어안고 우는 가운데, 카이저수염을 기른 장관이 다가와 어깨를 두드리고 운 좋게 살아남은 악군 간부들을 바라보았다.

"어떻게 해서든 살아남자!"

그것은 간신히 쥐어 짜낸 말이었다.

"그러나 육대장인 저분을 현계시킬 만한 에너지를 단기간에 발견하기란 불가능합니다!"

한 장교가 비장함으로 가득한 표정으로 외쳤으나, 카이저수염의 장관은 그의 멱살을 잡고 끌어당기며 목청이 찢어지도록 외쳤다.

"그럼 어떡할래?! 지금 저분은 우리가 충성을 맹세했던 그분이 아니야! 저 모래시계가 떨어지면, 전혀 자비심을 보이지 않고 모두 죽여버릴 거라고!"

"……죄송합니다. 저도 죽고 싶지 않습니다! 하지만 정말 어떻게 해야 한단 말입니까?"

장교의 이 말에 대답한 것은.

"내가 도와줄까?"

수도자 차림에 나막신을 신고, 등에는 날개가 돋은 소녀였다.

"하준 님…… 도와주신다니 무슨 말씀이십니까?"

카이저수염의 장관이 주위를 주의 깊게 관찰하며, 그 발언의 진의를 물었다.

앞쪽만 하얗고, 나머지는 담갈색인 머리를 똑 단발로 자른 악신은 하준. 마라의 '휘하왕' 중 하나다.

'휘하왕'이란 사악한 자 중에서도 사악한, 악군의 최고 전력인 육대장에게 반드시 존재하는 소수의 최측근을 부르는 호칭이다. 그들은 어느 때는 육대장의 손발이 되어 그 명령을 수행하고, 때로는 육대장의 방패로서 수호한다. 그 강도는 그야말로 이 세상의 최강에 속한다. 여기 하준도 실질적으로 마라 대장의 손발을 맡고 있으니 아까 장교들의 발언을 이유 삼아 모두 없애버리더라도 전혀 이상하지 않다.

"그래, 너무 두려워하지 마. 거기 악질적인 대신(大神)님이 친결계 덕분에 마라 님이라도 이 장소를 인식하지 못할 테니까."

허리에 양손을 대고, 장교들의 뒤쪽을 지그시 바라본다.

"악질이라니 실례로군. 나는 마라 정도는 아니라고 생각하는데?"

조심스럽게 돌아보자, 기발한 화장을 하고 화려한 옷을 입은 광대 차림의 남자가 징그러운 미소를 지으며 서 있었다.

"로프트 대장 각하!"

그 모습을 확인하자마자, 이 자리의 모두가 무릎을 꿇었다. 이 남자는 악군의 최고 전력인 여섯 신 중 하나. 육대장 중에서 조정자의 역할을 맡으며, 가장 악질적이고 사악하여 결코 얽혀서는 안 된다고 일컬어지는 대신이다.

"나는 마라와 달리 친절하니까. 편하게 있어도 돼."

"네엣!"

방심하면 혼절할 듯한 강렬한 공포가 그 언령으로 아주 조금 완화되었다. 로프트는 그래도 시선을 바닥에 고정한 채, 덜덜 떠는 마라의 부하들을 바라보았다.

"이만큼 신용이 떨어지는 말은 처음이야."

하준이 어이가 없다는 듯 어깨를 으쓱했다.

"그런가? 나는 꽤 진심으로 대하는 편인데~?"

"그보다 정말 이번 게임판에 그 최악의 던전 게이트가 있을까?"

"확증까지는 없지만, 아마도."

"그럼 나는 당신의 제안을 받아들이겠어!"

하준은 로프트 육대장에게 그렇게 말하고, 마라의 부하들을 노려봤다.

"만약 이번 건을 마라 님이 아시면 나도 제재를 받아! 그리고 그건 너희도 마찬가지! 이미 너희와 나는 한배를 탔어! 그러니 저 대신님의 지시대로 움직이도록 해!"

빠른 어투로 자기중심적인 명령을 내린 하준은 그대로 모습을 감췄다.

"들었지~? 마라 녀석은 엄격하니까. 내 도움을 받아 움직인 걸 알게 되면, 불같이 화를 내면서 저 모래시계가 떨어지기 전에 너희를 모두 죽일 거야아. 한마디로 너희가 살아남는 방법은 하나뿐이라는 거? 이해했어?"

제안이라는 건 말뿐이다. 결국 협박에 지나지 않았다.

"네, 저희는 무엇을 하면 되겠습니까?"

"그래, 순순히 잘 따르니 좋네. 게임판에서 내가 지시하는 대로 계시를 내려. 그리고 수염 난 너, 내 지시대로 움직여. 괜찮아, 시키는 대로 움직이면 나쁜 일은 없을 테니까."

"한 가지 질문해도 되겠습니까?"

"응? 뭔데?"

"지시한 대로 하면, 마라 님은 정말 기간 내에 현계하실 수 있습니까?"

"그래, 그것만은 보장할게."

전혀 믿음이 안 간다. 이 자리의 모든 사람이 그렇게 느꼈을 것이다. 그래도 이 제안은 하준과 육대장 로프트 양쪽의 명령이니 거절하면 아마 확실하게 처분되겠지.

게다가 어찌 됐든 기간 내에 마라 님이 현계하지 못하면 모두 죽는다. 그나마 최후의 수단이 생긴 것을 기뻐해야 할지도 모른다.

'정말 이렇게 운이 없다니.'

"알겠습니다. 저희는 당신을 따르겠습니다."

자신의 불운을 저주하며, 카이저수염의 장관은 진지한 얼굴로 크게 고개를 끄덕였다.

***

어둠의 마왕 애쉬메디아의 성── 어둠성 알현실에서는 두 개의 세력이 대립하고 있었다.

"이해했어? 우린 신계 계시를 받았다고! 게다가 지금까지와 같은 애매한 것이 아니라, 확실하고 구체적인 것이었어! 이걸 어떻게 안 따른다는 거야?!"

작은 몸집에 온몸이 상처투성이이고 대머리인, 로브를 입은 남자가 거칠게 말했다. 이 남자는 어둠의 나라 최고 간부인 삼마장 중 한 사람, 에가. 전 용병 출신으로, 태도가 거친 남자이기는 하지만 애쉬메디아의 앞에서 이 정도로 감정을 드러낸 일은 처음이었다.

"그래도 이 이상 그 신이라는 자에게 휘둘리는 것도 좀. 다른 세력의 힘을 빌리는 데는 한도가 있어. 사실상 두 번이나 실패하지 않았나. 다른 방법을 모색해야겠지."

팔이 네 개인 거인, 돌체가 에가 등 흥분한 중진을 부드러운 어조로 달랬다.

"돌체, 인간들에게 공격받은 마을이 어떻게 되었는지 잊은 건 아니겠지?!"

그 에가의 말에 지금까지 냉정하게 방관하던 마족들도 분노를 드러냈다.

그것은 애쉬메디아의 꿈에도 나오는 광경이다. 수년 전 아멜리아 왕국의 용사 마시로가 이끄는 군이 어둠의 나라에 대규모로 침공했고, 그때 여러 마족 도시가 점령되어 지도에서 소멸되었다. 그렇다. 말 그대로 소멸되었다. 도시의 주민인 마족 병사와 일반인, 여자, 아이, 나아가 가축을 포함하여 생물인 것은 모두 죽었다. 건물은 철저하게 파괴한 뒤, 불태워 빈터로 만들었다. 그것은 그야말로 마음이 없는 괴물의 짓이었다.

"물론 기억하지. 나의 고향도 공격을 받았으니까……."

온화하게 대답하는 돌체의 감정이 제거된 듯한 표정에, 애쉬메디아는 강렬한 불안함을 느꼈다.

"맞아! 놈들은 우리를 가축으로도 보지 않아! 놈들을 없애지 않으면, 없어지는 건 우리야!"

에가의 쥐어 짜내는 듯한 비통한 목소리에 여기저기서 찬동하는 소리가 나왔다. 인간에 대한 증오의 말이 오가는 와중에,

"나는 흉이라는 것의 제안을 받아들여야 한다고 생각하네."

실로 의외인 인물로부터 오늘 의제에 대한 도저히 믿을 수 없는 의견이 튀어나왔다. 순간 침묵이 흐른 뒤, 벌집을 쑤신 듯 소란스러워졌다.

"대로(大老), 제정신인가?"

에가가 한쪽 눈을 가늘게 뜨고 애쉬메디아의 옆에 서 있는 푸른 피부의 노인에게 그 진의를 물었다. 이 남자가 바로 이 나라의 대로── 예티. 어린 시절부터 애쉬메디아의 교육 담당으로, 지혜로운 분이다.

"물론 제정신이고, 진심일세."

"헛소리하지 마! 애초에 계시에 따르자는 건 당신의 제안이었잖아! 이미 이 작전으로 사망자가 나왔어! 이제 와서 그런 수상한 녀석들을 믿을 수 있겠나!"

에가의 지당한 의견에, 예티는 자신을 설득하듯이 단언했다.

"상황이 달라졌어. 알겠는가? 흉이라는 것이 우리 왕의 침실에 숨어들어, 책상 위에 그 문서가 든 나무상자를 놓아두었네. 게다가 아무도 눈치채지 못하게. 이런 짓은 전설의 용사라도 가능할 것 같지 않아."

그렇다. 아침에 일어나자 애쉬메디아의 침실 테이블에 작은 나무상자가 놓여 있었기에, 즉시 국가의 이인자인 예티와 의논하게 되었다. 처음엔 애쉬메디아 자신이 상자를 열어 조사하려고 하였으나, 함정계 마법이 걸려 있을 위험성이 있다며 측근들이 크게 반대하는 바람에 결국 예티가 이 나무상자 안을 조사하기도 했다.

"흥! 단순히 은밀 행동에 특화되었을 뿐일지도 모르지 않나! 그런 거로는 강함을 증명할 수 없어!"

"그럴지도 모르지! 하지만 흥이 보낸 그 문서에는 이 나의 시들어든 영혼마저 불러일으키는 열기가 있었어. 그 내용이 가짜라고는 생각하지 않네. 흥이 말하는 위대한 분이라면, 우리 마족을 이 비극과 파멸의 사면초가에서 벗어나게 해줄 거야! 나는 그렇게 믿네!"

그렇게 외치는 예티의 눈 안쪽에는 타오르는 듯한 강렬한 빛이 감돌았다.

예티는 대로로서 어둠의 마족을 올바른 길로 이끌기 위해 때로는 비정하더라도 냉정하고 침착한 태도를 잃지 않았다. 그런 예티라고는 생각할 수 없는 모습에 모두 기이한 시선을 보내는 가운데.

"대로, 만난 적도 없는 상대의 문서 하나로 현실주의자인 당신이 그 정도로 강한 신뢰를 보내다니 이해가 안 됩니다. 당신이 그렇게 믿는 근거는 뭡니까?"

돌체가 매우 진지한 얼굴로 대로의 의도를 물었다. 그것은 애쉬메디아도 궁금하던 점이었다. 예티는 웬만한 내용만으로 믿을 법한 이상주의자가 아닐 터이기 때문이다.

"근거는 이걸세."

그가 가슴에서 천 주머니를 꺼내, 그 안에 든 검게 빛나는 보석이 박힌 펜던트를 들었다.

"엥?! 그런 장난감이 근거라고?! 대로, 우리를 놀리는 건가?"

에가가 거칠게 외쳤다.

"장난감일 리가 있나! 물건의 가치도 모르는 애송이가! 이것은 너희가 생각하는 싸구려 물건이 아니야!"

흥분하여 침이 튀도록 외치며, 예티가 펜던트를 높이 들고 주문을 외웠다. 직후에 예티의 앞에 문과 같은 것이 나타났다.

"문이라고?"

에가가 눈썹을 찡그리며 문으로 다가가자, 그것이 천천히 열렸다. 조심스럽게 에가가 문 안쪽을 살폈다.

"뭐, 뭐야, 이건?!"

화들짝 놀라 소리를 질렀다.

"이럴 수가……."

돌체도 에가의 뒤에서 들여다보고, 경악하여 짧게 신음했다.

'뭐가 있다는 거야?'

두 사람의 모습에 애쉬메디아의 호기심이 완전히 자극되어, 옥좌에서 일어나 문 앞으로 다가가 두 사람의 뒤에서 엿보았다.

"앗?!"

문 안에는 거리가 펼쳐져 있었다.

몇 개의 돌길과 그 옆에 규칙적으로 늘어선 벽돌 건물. 꼼꼼하게도 천장에는 밤하늘 같은 것까지 있었다.

중진들도 돌아가며 눈 앞에 펼쳐진 비상식적인 광경을 보며, 얼떨떨한 듯 눈을 동그랗게 떴다.

"대로, 그 말도 안 되는 아이템, 어디서 입수했지?!"

에가가 예티에게 다가가 문을 가리키며 무서운 표정으로 따졌다.

"그것은 흥이 문서와 함께 놓아둔 아이템이야. 자유롭게 쓰라고 하더군."

"헛소리하지 마! 이런 전설급 아이템을 교섭 전 단계도 아닌 상태에 아무렇지도 않게 내놓을 리가 없잖아?!"

에가의 말에는 애쉬메디아도 크게 동의한다. 아마 이 아이템은 공간을 절단하여 고정하는 것으로 추측된다. 이런 마법 아이템, 완전히 인지를 뛰어넘었다. 그야말로 전설급 비보. 이것 하나로 싸움이 일어나도 이상하지 않은 물건이다. 그것을 알지도 못하는 자에게 주는 이유를 애쉬메디아는 도저히 떠올릴 수 없었다.

"아마 위대한 분이라는 존재에게 그 아이템은 쉽게 내놓을 수 있을 정도의 가치밖에 없는 물건이라는 뜻이겠지."

그 예티의 조심스러운 의견에 중진들이 술렁거렸다.

"흥! 이게 별 가치가 없는 아이템이다?! 혹시 그런 생각을 하는 녀석이 있다면, 가치를 모르는 멍청이든가, 그야말로 신일 거야!"

"바로 그거야! 그렇기에 우리는 선택해야 하네! 이 문서를 보낸 초월자나, 계시를 내린 초월자 중 누구를 따를 것인지를!"

예티가 흥분하여 벌게진 얼굴로 크게 외쳤다.

"할아범은 이미 답을 내렸군?"

애쉬메디아의 묵직한 말에 예티는 크게 고개를 끄덕였다.

"제가 믿는 것은 이 아이템만이 아닙니다. 내용은 읽고 이미

태워버리는 바람에 지금은 제 머릿속에만 있습니다만, 그쪽에 걸어보고 싶고, 믿어보고 싶은 그런 열의가 담긴 문장이었지요. 저는 흉의 제안을 받아들일 것을 강하게 추천드립니다."

예티가 애쉬메디아의 앞에 무릎을 꿇고 깊숙이 머리를 숙이며 그렇게 진언하였다.

"그 제안은 무슨 내용이었는가?"

"네! 우리 어둠의 나라를 위대한 분의 세력 아래에 두는 것. 또한 위대한 분 자체는 절대적인 존재로 군림하지만, 통치는 하지 않는다. 그렇게 쓰여 있었습니다."

애쉬메디아의 물음에 예티가 바로 대답했다.

군림하지만, 통치하지 않는다. 상대가 인간이 아니라 초월자라면, 확실히 이런 제안을 하더라도 그리 이상하지 않을지도 모른다. 무엇보다 만약 이것이 진실이라면 실로 이상적인 제안이다.

물론 글로는 얼마든지 말할 수 있으므로, 이것만으로 신용해서는 안 된다. 보통은 신중해야 할 상황이겠지만······.

'할아범, 진심이구나······.'

예티는 지금까지 의견이나 방안은 내지만, 결코 자신이 어떻게 해야 한다고 주장하는 일은 없었다. 조정자인 대로라는 지위를 바탕으로, 결정은 다른 이들의 합의에 맡기는 것이 국가의 올바른 운영방법이라는 굳은 결의와 같은 것이 있었다고 생각한다. 그 예티가 자신의 신념을 어기면서까지 이만큼 고집을 부리고 있다. 그 흉이라는 자들이 보낸 문서의 내용은 예티에게 이 나라를 존망의 위기에서 벗어나게 할, 그야말로 동아줄일지도 모른다.

"과인도 그 흉이라는 자들의 제안을 고려해도 괜찮다고 본다."

"폐하!"

초조함이 가득 담긴 목소리로 외치는 에가를 손으로 제지하였다.

"물론 고려할 뿐이야. 그 위대한 분이라는 자와 만나고 나서 결정해도 늦지 않아. 그렇지?"

예티에게 시선을 보내, 그가 바라는 질문을 던졌다. 예티가 이렇게 열정적으로 주장하고 있다. 그 위대한 분이라는 자가 애쉬메디아를 비롯한 교섭자들에게 위해를 가할 가능성이 적다고 판단했기 때문이겠지.

"그렇습니다! 흉의 문서에는 거절하여도 곧장 우리를 해치는 일은 없다! 그렇게 쓰여 있었습니다!"

"그런 감언이설을 믿을 수 있겠냐고!"

에가가 확인하듯이 강하게 외쳤다.

"어쨌든 리스크가 없는 선택은 없지. 위대한 분이라는 자도, 계시를 내린 우리 신도, 우리는 양쪽 다 잘 몰라. 똑같이 모른다면, 과인은 가까운 자가 믿는 것을 믿어보고 싶다. 너희는 어떤가?"

애쉬메디아는 자신의 솔직한 의견을 주장하며, 중진들을 빙 둘러보며 의사를 확인했다.

중진들은 일제히 무릎을 꿇고 머리를 깊숙이 숙였다.

"폐하의 말씀에 따르겠습니다!"

그리고 입을 모아 찬성의 뜻을 밝혔다.

어둠성 알현실에서 돌체파, 에가파, 중립파로 나뉜 자들이 각각 물러나고, 넓은 알현실에는 예티만이 남았다. 예티는 항상 애쉬메디아가 나가는 것을 확인하고 나간다. 따라서 이것 자체는 평소와 같다. 다른 점이 있다면, 예티가 운명에 사로잡힌 듯한 심각한 표정을 짓고 있다는 것이다.

"할아범, 대체 무슨 일이야?"

예티는 애쉬메디아에 키워준 부모나 마찬가지다. 따라서 아직도 예티와 둘만 있으면 예전처럼 풀어진 말투로 돌아가고 만다. 그 때문에 여전히 예티에게 잔소리를 듣고 있지만, 이때는 달랐다.

"폐하, 이것을."

예티가 품에서 새하얀 보석이 박힌 반지를 꺼내, 애쉬메디아의 오른손에 쥐여주었다.

"이건?"

"폐하, 제 부탁입니다. 이것을 항상 몸에 지니고 계십시오."

"으, 응. 알겠어."

고개를 끄덕이는 애쉬메디아의 모습에 예티는 진심으로 안도한 얼굴로 어린 시절부터 쭉 보여주던 부드러운 미소를 지었다.

"정말 잘 자라주셨습니다. 그리고 선대와 마찬가지로, 왕으로서 무척 훌륭해지셨어요. 이제 이 늙은이가 곁에 있지 않아도 괜찮겠습니다."

새삼 감탄한 듯 말했지만, 그 내용은 마치 이별 인사와 같았다.

"그런 식의 농담은 좋아하지 않아. 할 말이 이것뿐이라면, 난 피곤해. 혼자 있게 해줘."

입을 삐죽거리며 퇴실을 명령했다.

"그렇군요. 그럼 저는 이만. 참, 놀랍게도 이 세계에는 에르딤 이라는 다양한 부족이 사는 나라가 있다고 하더군요. 폐하가 이 상적인 나라를 만드시기에 참고가 될지도 모르겠습니다. 한번 조사해보는 것도 좋겠습니다."

"어?"

예티의 갑작스러운 화제 전환에 무심코 되물었다. 예티는 사 상적으로는 마족 지상주의인 강경파이기에 애쉬메디아가 이상 으로 삼은 화평 노선에는 원칙적으로 반대하는 입장이기 때문 이다. 오히려 애쉬메디아가 다른 종족과 교류할 것을 주장했을 때에는 불같이 화를 내기도 했다.

"아니요. 잊어주십시오. 미운 인간들의 근연종이 다스리는 도 시에 흥미를 느끼다니, 저도 이제 노망이 들었나 봅니다."

예티가 어깨를 으쓱하고, 고개를 크게 가로저었다.

"폐하, 그럼 저는 이것으로 실례하겠습니다."

자세를 바르게 하고 정중하게 인사한 뒤, 알현실에서 나가버 리는 예티.

'이상하네……'

애쉬메디아도 예티에게 받은 반지를 오른손 가운뎃손가락에 끼고, 옥좌에서 내키지 않는 태도로 일어나 마왕으로서 일하기 위해 자신의 집무실로 향했다.

"……애쉬…… 님."

시끄럽게 문을 두드리는 소리가 고막을 울렸다. 아무래도 서류 결재를 하다 잠든 모양이다. 책상 위에 쌓인 서류의 산을 보며 질린 표정으로 일어나 문으로 향했다.

애쉬메디아는 집중하고 싶다는 이유로 보통 집무실에 사람을 두지 않는다. 그러나 흉이라는 정체불명의 자들이 침실까지 몰래 들어온 경위 때문에 현재는 집무실 밖에 충분한 숫자의 경비병을 배치하고 있다.

문을 열자 새파랗게 질린 경비병들과 함께 돌체가 서서 정중하게 인사했다.

"폐하, 긴급 사태입니다. 에가가 모반을 일으켰습니다. 현재, 대로가 직접 조사하는 중입니다."

그리고 조용히 애쉬메디아에게 악몽과도 같은 보고를 하였다.

──어둠성 최상층 의식장.

에가파가 갑자기 무장봉기하여 의식장을 점거하고 틀어박혔으나, 돌체가 지휘하는 마왕 본군의 특수부대에 의해 진압되어 현재는 그곳에 구속되어 있다고 한다.

'최악이야…….'

다소 희생자가 나왔다고 한다. 이러면 에가에게 엄격한 처분을 내릴 수밖에 없다.

그러나 에가는 돌체와 함께 마왕군을 지휘하는 마장 중 하나. 그 에가의 경질은 다른 마왕에게 침공할 이유를 만들어주는 꼴이다. 또한 최악의 경우 그 밉살스러운 전설의 용사 마시로가 알게 되면, 자칫하다 이 나라가 멸망하게 된다. 어떻게 해서든 최소한의 희생과 처벌로 상황을 마무리 짓지 않으면 이 나라에 미래는 없다.

조급한 마음을 억누르며 의식장 앞의 문에 도착했다. 문을 벌컥 열고 들어가자, 농후한 철분 냄새가 후각을 자극했다.

'이건 피 냄새?'

의식장 안을 확인하자, 붉게 물든 특수한 형태의 마법진과 각 정점에 세워진 일곱 개의 봉, 그리고 그 봉마다 묶여 있는 자들이 눈에 들어왔다.

"앗?"

머리를 단단한 둔기로 맞은 듯한 충격이 온몸을 꿰뚫었다. 그 절반에는 에가와 그 간부들, 그리고——.

"하, 할아범!"

애쉬메디아에게 아버지나 마찬가지인 이 나라의 대로가 봉에 묶여 있었다.

"폐하…… 도망…… 치십시……."

예티의 온몸에는 여러 개의 검이 박혀 있어서, 언뜻 보아도 빈사 상태였다. 신음하는 예티에게 달려가기 위해 한 걸음 내딛자, 그 발밑이 빛나며 가시덤불 같은 것이 발목에 감겼다.

"지금이다! 시작해!"

젊은 남자의 목소리가 울려 퍼지고, 애쉬메디아의 사방을 몇 겹이나 되는 붉은 육면체 같은 것이 뒤덮기 시작했다.

하지만 애쉬메디아는 어둠의 마왕. 이런 빈약한 것으로 구속할 수 있다고 생각한다면 우스운 일이다!

"얕보지 마라!"

붉은 육면체에 손가락을 찔러 넣어 힘껏 잡아 뜯자, 육면체는 아주 쉽게 부스러지고 말았다.

"쳇! 힘만 센 여자가."

에쉬메디아가 혀를 차는 남자에게 시선을 보냈다. 좌우에 입 꼬리가 찢어진 그 작은 남자는 새하얀 상의 주머니에 손을 넣고 서 있었다.

"프로키온! 왜 네가 이곳에 있지?"

애쉬메디아는 이 자를 안다. 같은 4대 마왕 중 한 사람, 안개의 마왕 프로키온이다. 그러나 그것은 있을 수 없는 일이다. 마왕인 이 남자가 이곳에 있어서는 안 된다. 왜냐하면 이 나라에는 수도 주변을 완전히 뒤덮도록 선대가 발굴한 결계 마법 아이템이 항상 발동되고 있기 때문이다. 이런 결계 아이템은 침입 대상을 한정하는 것으로 막대한 효과를 얻을 수 있다. 선대는 그것을 최대한 이용하여, 다른 4대 마왕과 용사 및 그와 동등한 어둠의 나라 이외의 존재가 침입한 경우, 마왕을 계승한 자에게 알리는 효과가 있도록 하였다.

그 외에도 여러 의미에서, 프로키온이 이 자리까지 침입하는 것은 불가능했다.

"아, 내가 여기 있는 이유? 확실히 이 주변에 쳐진 결계는 정말 성가셨어. 신이시여, 맞지?"

프로키온이 비웃기라도 하듯이 녀석의 오른쪽 어깨에 있는 다람쥐에게 확인했다.

"정말이라니깐, 이 나도 침입이 불가능한 결계였으니까. 나참, 이 몸은 빙의체라 하잘것없는 힘밖에 없다고 해도, 이 세계의 하급신 정도의 힘은 지니고 있을 텐데 말이지이. 뭐, 그렇기에 그 아이템의 대단함이 눈에 띄긴 했지만."

다람쥐가 프로키온의 목에 걸린 펜던트로 시선을 옮겼다.

"앗?!"

그것은 '흥'이 놔두고 간 나무상자에 들어 있던 것이다. 왜 프로키온이 그것을 갖고 있지?

"그러니까 저 녀석이 인도하지 않았으면, 완벽하게 불가능했어. 진짜 감사한다니까. 안 그래?"

프로키온이 입구 근처에서 지금도 똑바로 서 있는 돌체에게 말을 걸었다.

"감사?"

머리가 제대로 상황을 파악하지 못하고 있다. 지금 프로키온이 누구에게 감사한다고? 설마 돌체가 인도했다고 말하는 건가? 아니, 그럴 리가 없다! 그것만은 절대로 있을 수 없다.

돌체는 애쉬메디아의 어린 시절부터 선대를 모시던 중진 중한 명이다. 이 나라를 배신하는 인물로서 가장 먼 인물이다.

애쉬메디아가 완전히 혼란에 빠졌을 때였다.

"폐하, 도망……쳐! 그 녀석은…… 돌체는—— 배신자야!"

봉에 묶여 있는 에가가 입에서 피를 토하면서도 목소리를 쥐어 짜냈다.

"돌체, 사실……인가?"

현실을 제대로 정리할 수가 없다. 다만, 지금 에가가 거짓을 말할 이유도 여유도 없는 것은 틀림없는 사실이다. 무엇보다 저 놀라운 아이템이라면 이 나라에 놈들을 불러들이는 것이 가능한 것도 사실이다. 그러나 그 말은 돌체가 조국을 프로키온에게 팔았다는 뜻이다.

피가 차가워지는 것이 느껴진다. 그런 애쉬메디아와는 대조적으로 돌체가 대답했다.

"사실입니다, 폐하. 제가 대로에게서 아이템을 빼앗아 안개의 마왕군을 불러들였습니다."

미소마저 곁들인 태연한 말투. 그 태도는 조국을 배신한 자라고는 생각할 수 없을 만큼 밝아서, 양심의 가책이란 것은 전혀 느껴지지 않았다.

"이, 이유가 뭐지?!"

"당신이 인간들을 없앨 마음이 없다는 걸 알았기 때문입니다."

"과인은 인간과의 전쟁에 승리하여 이 나라에 평화를——."

"아니야! 아닙니다! 애초에 그 점이 틀렸어요! 인간과의 전쟁?! 바보 같은 말 하지 마시죠. 이것은 전쟁도 뭐도 아닙니다. 그냥 해충 구제니까요!"

돌체가 지금까지의 온화한 얼굴과는 다르게 온 얼굴을 온통 혐오로 물들이고 주장했다.

"해충 구제?"

"그렇습니다! 이 세계에 해를 끼치는 해충을 한 마리도 남기지 않고 구축한다! 단지 그것뿐인 행위에 불과합니다! 그런데 당신은 우리 군에 완벽한 구제를 금지했죠! 남기지 않고 구제하지 않으면, 그것은 또 늘어날 겁니다! 그런 폭거는 도저히 용납할 수 없어요! 이것은 당신이라는 미친 왕으로부터 정당한 지위를 박탈하는 것입니다!"

히스테릭하게 외치며, 오른쪽 주먹을 강하게 쥐고 뜨겁게 말하는 돌체. 평소의 다정하고 온화한 모습과는 전혀 달랐기에 도저히 같은 인물이라고는 믿을 수 없었다.

그때 메마른 웃음소리가 울려 퍼졌다.

"큭큭…… 우습군. 정말 웃겨. 처음부터 한 마리도 남기지 않고 없애야 한다고 말한 나를 제지한 건 돌체, 네놈이 아니었던가?"

입꼬리를 크게 올리며 에가가 물었다.

"…………."

그러나 전혀 감정을 드러내지 않고 노려보는 돌체.

"폐하, 저런 녀석의 헛소리에…… 귀를 기울일 필요는…… 없습니다. 저 녀석은…… 그냥 졌을 뿐. 자신의 나약함에…….."

"닥쳐……."

"돌체, 불쌍하고 비참한 패배자! 조국을 배신한 너에게 더는 쉴 곳 따위 없어! 숨이 멎는 그때까지 자신의 행위를 후회하며 죽는 게 좋을걸!"

"닥치라고 했지!"

돌체가 고함을 지르자, 에가는 애쉬메디아에게 고개를 돌렸다.

"폐하, 당신의 무르고, 너무 뜨뜻미지근한 사고방식은 정말 싫었어. 하지만 어째서일까, 지금 이 상황이 되니 당신이 한 말을 조금이지만 이해한 기분이야. 아마 그 재수 없는 냉혈한 용사와 대비되듯이 당신이라는 무른 마왕이 나온 것에도 분명 의미가 있겠지. 당신은 자기가 믿는 길을 걸어가! 꼬맹아, 뒤는 부탁한다!"

에가가 무언가를 씹는 동작을 취했다. 순간 시야가 새하얗게 물들어 눈부심에 괴로워하는 사이, 파란색의 독특한 옷을 입은 카이저수염을 기른 남자가 에가의 잘린 목을 움켜쥐고 서 있었다.

"에가?"

"설마 이 상황에 자폭할 줄이야. 팜피 군, 수고했어."

다람쥐의 말에 그제야 에가의 죽음을 인식하자, 격렬한 것이 질풍처럼 마음을 채웠다. 이 격정에 휩쓸린 애쉬메디아는 바닥을 차고, 카이저수염의 남자 팜피를 향해 돌진하여 그 얼굴을 온 힘을 실어 때리려고 했다.

막 애쉬메디아의 오른 주먹이 그의 얼굴에 꽂히기 직전. 시야가 몇 차례 회전하더니 등부터 강하게 떨어졌다.

"큭…… 젠장!"

바로 일어나려고 하였지만 그에게 뒤에서 단단히 사로잡히고 말았다.

"팜피 군, 일단 저 시끄러운 걸 그대로 억누르고 있어."

"네!"

'젠장! 젠장! 젠장! 왜 움직일 수 없지?! 나는 마왕인데?!'

뒤에서 일방적으로 붙잡히는 일은 그야말로 어린 시절까지 포함해도 극히 일부를 제외하면 경험한 적이 없다. 그것만이 아니다. 이 팜피라는 남자의 행동이 애쉬메디아에게는 전혀 인식되지 않았다.

애쉬메디아는 이 나라의 건국 이래 가장 신체 능력이 뛰어나서, 여덟 살에 선대를 뛰어넘을 정도였다. 상대가 안개의 마왕 프로키온이더라도, 순수한 전투 능력만이라면 절대 뒤처지지 않는다. 그런데 프로키온도 아닌, 그리 강해 보이지 않는 남자에게 쓰러져 구속되고 말았다. 그 현실이 그저 믿기지 않는다.

"네놈들은 누구냐?! 무슨 목적으로 이런 짓을 하는 거지?!"

물론 이 다람쥐와 팜피는 프로키온의 부하가 아닐 터였다. 그런 수준이 아니다. 이들은 좀 더 악질적이고 거대한 저항할 수조차 없는 무언가다.

"우리? 말해도 너희 따위가 알 리가 없는데. 너희가 이해하기 쉬운 말로 하자면, '신'이라고나 할까."

"신……이라고?"

"그래. 나는 그 신의 왕쯤 되려나. 한마디로 너희 가축이 거스르기란 불가능하니까, 괜한 저항은 하지 말라는 소리야. 그리고 넌 이번 계획의 중요한 제물이니까."

"제물?"

애쉬메디아는 앵무새처럼 되풀이했다.

"그래. 너희는 정말 신기한 일족이야. 의식의 제물로 적합률이 굉장하거든. 덕분에 고작 몇 마리로 소장인 팜피 군에게 육체를 부여했어. 그 날벌레의 왕인 너라면, 확실히 하준을 현계시킬 수 있겠지. 그러면——."

다람쥐가 의기양양하게 의미를 알 수 없는 내용을 설명하더니, 마지막으로 입이 찢어지도록 웃었다. 사랑스러운 다람쥐와는 다른 너무나 끔찍한 모습에 온몸의 혈액이 급속도로 얼어붙는 것을 실감했다.

"자, 제물을 의식장으로!"

다람쥐가 오른손을 들자, 팜피가 애쉬메디아를 가볍게 들어 올려 다른 이들이 묶여 있는 봉이 세워진 마법진 중심으로 데려갔다.

"미안하군……."

팜피가 귓가에 작게 속삭이더니, 애쉬메디아를 마법진 중심에 놓인 의자에 묶고 멀어졌다.

다람쥐가 빙글빙글 춤을 추며 노래했다.

——이 세상에서 가장 강한 힘은 악♬ 이 세상에서 가장 존귀한 것은 악♬

——이 세상에서 가장 순수한 것은 악♬ 그것은 우리의 어머니이자 아버지. 태어난 이유이자, 절대적 가치 기준!

다람쥐의 노래와 함께 마법진에서 탁류처럼 흐르는 검붉은 진흙이 의식이 없는 에가의 부하를 뒤덮었고, 살점을 쭉쭉 찢고

뼈를 부수는 소리가 의식장 전체에 울려 퍼졌다.

그리고 그 진흙은 결국 애쉬메디아에게 부모와도 같은 예티의 발밑으로도 퍼지고 말았다.

"할아범! 할아범! 안 돼, 이러지 마! 그만둬!"

애쉬메디아는 아이가 떼를 쓰는 것처럼 소리 높여 외쳤다.

눈물이 흘러 시야가 일그러졌다.

"애쉬 님, 걱정하지 마십시오. 이 늙은이가 지켜드리겠습니다."

진흙이 벌써 예티의 발목까지 침식되었다. 상상을 초월하는 격통일 터인데 예티는 이마에 구슬 같은 땀을 흘리며, 어린 시절부터 보이던 다정한 미소를 짓고 말했다.

"할아범, 그래도——."

"지금부터 제 말을 잘 들으십시오. 이제 폐하는 어떤 장소에서 그분과 만날 겁니다. 그 만남이야말로 이 나라의 위기를 극복할 단 하나의 기회입니다. 큭!"

진흙이 결국 예티의 가슴에서 목덜미까지 올라갔다.

"할아범!"

다람쥐가 부르는 노래가 마무리 단계에 접어들었다.

——이 세상의 모든 것을 절망으로 뒤덮자! 이 세상의 모든 것을 파괴하자!

——이 세상의 모든 것을 악으로 꽃피우자! 그것이야말로 우리 악이 만드는 파라다이스.

——그것이야말로 우리 악군의 사명이자 존재 이유!

"정말 잘 크셨습니다. 미련이 있다면 조금만 더, 폐하의 성장을 보고 싶었는데——."

진흙이 예티의 온몸을 뒤덮는 것과 다람쥐의 노래가 거의 동시에 끝났다.

직후에 진흙이 애쉬메디아의 온몸을 삼켰다. 그리고 머릿속에 울려 퍼지는 무기질적인 목소리. 그 목소리와 함께, 애쉬메디아의 의식은 천천히 흐려졌다.

——'기리메칼라 링(사신왕의 반지)'으로부터 알림. 등록자, 애쉬메디아 카를로스에 대한 빙의 존재를 확인. 즉시 영혼의 포획을 시도합니다.

··················성공. 영혼의 분석 후, 빙의자의 구제를 시도합니다······ 빙의자, 하준의 영혼에 반지의 창조주와 동질의 마력을 감지. 창조주의 승낙을 확인할 때까지 구제를 긴급 일시 정지.

——빙의자 하준의 영혼을 보완 가능하도록 등록자 애쉬메디아 카를로스의 영혼 일부와의 융합을 시도합니다.

——실패. 재시행.

——실패. 재시행.

——실패. 재시행.

——성공. 제한 조건 발생. 등록자, 애쉬메디아 카를로스와 빙의자 하준의 신체 능력과 마력을 최저치까지 제한합니다.

——등록자 애쉬메디아 카를로스의 의식 소실과 기억의 일시적 제한을 확인. '기리메칼라 링' 효과로 강제 전이를 실행합니다.

볼을 건드리는 기분 좋은 바람에 눈을 떴지만, 강렬한 햇빛 때문에 무심코 손으로 가렸다.

상반신을 일으키고 기지개를 켜자 담요를 덮고 있는 것을 발견했다.

"아무래도 정신이 든 모양이네."

옆에 놓인 의자에 앉아 있던 회색 머리 소년과 시선이 마주쳤다.

"넌 누구야?"

무심코 말이 튀어 나갔다.

"흠, 다른 사람의 이름을 물으려면, 먼저 자기부터 소개해야 하는 것 아닐까?"

회색 머리 소년이 지극히 당연한 대답을 하였다.

내 이름…… 으음, 어라? 잠깐만, 난 누구였더라? 아무리 생각해도 전혀 기억이 나지 않는다.

팔짱을 끼고 애써 고민해 보았지만 역시 자신에 대해서는 아무것도 생각나지 않았다.

"카이, 곤란해 보여요. 아마 정신을 잃느라 기억이 혼란스러울 테니, 좀 더 쉬고 나서 자세한 이야기를 들어보기로 해요."

옆에 있는 분홍색 머리의 여성이 지적했다. 카이라 불린 회색 머리 소년은 크게 헛기침을 하였다.

"나는 카이 하이네만. 하찮은 검사야. 뭐, 잘 부탁해."

그는 이름을 밝히며 오른손을 내밀었다.

"응, 잘 부탁해."

그것이 나와 신비한 소년 검사, 카이 하이네만의 첫 만남이었다.

***

"엥?"

다람쥐에 빙의한 로프트 대장의 목에서 나온 것은 얼빠진 소리였다.

의식은 더할 나위 없이 완벽했다. 하준이 현계할 기척을 느꼈으니 틀림없다.

그러나 육체가 완성되기 직전에 제물이 하준과 함께 모습을 감추고 말았다.

이 육대장인 로프트의 술법에서, 강제로 도망친 것이나 마찬가지다.

"아까 그 영감의 이야기로 보아, 애쉬메디아가 모습을 감춘 것은 녀석이 무언가 한 탓이겠지."

안개의 마왕 프로키온이 그런 말도 안 되는 망언을 내뱉었다.

이래서 하계의 저능한 자와 얽히는 것은 싫다.

"아니야. 아마 그것과 동등한 아이템의 힘이겠지."

팜피가 로프트와 같은 결론을 입에 담았다.

지금 프로키온이 목에 걸고 있는 펜던트는 아마 신화급의 마법 아이템이다. 악군에서도 귀중한 보물 수준의 아이템이며, 고작해야 토지신밖에 없는 이런 세계에 존재해서는 안 될 물건.

마족을 싫어하는 천군이 이런 아이템을 마족에게 줄 것이라고는 도저히 생각할 수 없다. 그렇다면 로프트와 같은 악군 중 다른 육대장의 세력이 이 어둠의 나라에 손을 뻗었다는 뜻이 된다. 아무래도 확인할 필요가 있다.

"그 아이템, 누구에게 받았는지 아나?"

무릎을 꿇고 있는 돌체에게 물었다.

"대로가 말하기를 그 마법 아이템은 '위대한 그분'의 대리를 자칭한 '흉'이라는 존재가 두고 간 물건이라고 합니다."

정중한 대답이 돌아왔다. '흉'에 '위대한 그분'인가. 어느 쪽도 들어본 적이 없다. 그러나 이것으로 확실해졌다. 저만한 아이템을 소지한 천군이 아닌 누군가. 그렇다면 악군 육대장 외에는 불가능하다. 즉, 저것을 준 것은 다른 육대장 중 누군가다. 마라를 빼놓고 행동한 것을 내다보고 괴롭히려는 것이다. 그렇다면 필요 이상으로 경계할 필요도 없다.

"팜피 군, 넌 하준을 찾아봐!"

"네!"

팜피는 경례를 한 뒤 모습을 감췄다.

아무튼 이 나라의 주민을 사용하여 육체를 옮기고, 악군 세력을 증강시켜 이 땅을 천군을 상대하기 위한 거점으로 삼는다. 그다음 로프트의 진정한 목적을 달성하도록 하자.

"뭐, 아무렴 어때."

모처럼 짠 게임판을 휘저어놓은 바보에게는 나중에 적당히 갚아주면 된다.

"다음엔 유적이네."

게임판에는 '반드시'라고 해도 좋을 만큼 어떤 특수 아이템과 소환 의식장이 존재한다. 그것들을 잘 이용하면, 양 진영의 최고 전력을 한 사람에 한하여 현계시키는 것이 가능해진다. 하준을 제물로 삼지 않아도 마라를 불러올 수 있을지도 모른다.

그야말로 최고 전력을 이 땅에 불러내는 것이다. 그를 위해 요구되는 조건은 지극히 난해하겠지만.

"뭐, 얼마든지 방법은 있으니까."

인간들을 잘 이용하면 이 까다로운 조건도 편하게 만족시킬 수 있다.

로프트는 입꼬리를 올리고, 새로운 흉계를 꾸미기 시작했다.

제1장 신의 잔 사건

드디어 아멜리아 왕국에서 로제에게 왕도로 귀환하라는 지시가 내려와, 현재 마차를 타고 왕도로 향하고 있다.

"그나저나 바르세도 크게 달라졌네요."

로제가 감회에 젖어 말했다.

"뭐, 이미 많은 헌터가 신도시에서 활동하는 것 같으니까."

나도 맞장구를 쳤다.

옛 태고의 신전 북쪽에는 광대하고 비옥한 초원 지대가 펼쳐져 있는데, 고랭크 헌터들이 그곳을 조사한 결과 귀중한 자원이 다양하게 발견되었다.

지리적으로도 북쪽에 가기 위해서는 옛 태고의 신전 부근을 지나야만 한다. 이 신전 부근은 위험한 마수의 밀집 구역으로, 그동안 미개척지를 향한 침입을 막고 있었다. 그런데 이번 마물 습격 사건으로, 아멜리아 왕국의 기사장 아르놀트와 S랭크 헌터 베오 등을 중심으로 한 바르세 헌터에 의해 웬만큼 다 정리되고 말았다. 그 결과 북쪽을 향한 침입을 막는 것이 없어지며, 실케수해는 진정한 의미로 헌터들의 낙원이 된 것이다.

"카이가 무리하게 만든 신도시 말입니까? 예상대로 왕국이 귀속을 주장하여 헌터 길드와 크게 다투었다고 하더군요."

"아, 그건 나도 약간 뜻밖이었어."

옛 태고의 신전에는 티아마트군이 세운 악취미적인 건축물이 있었으나, 그것을 연회에 쓰기 위해 개조하였다. 어차피 부술 테니 다소 무리해도 괜찮을 것이라는 생각에 별생각 없이 토벌도감의 유쾌한 동료들에게 지시를 내린 것이 화근이었다. 고작 하룻밤 만에 엄청나게 거대한 건축물이 세워지고 만 것이다.

"본래 약간이라는 말로 끝날 이야기가 아닐 터입니다만."

로제가 복잡한 표정으로 그런 애매한 표현을 한 순간, 마차가 정차했다.

"이상하네요. 역참 마을까지는 아직 멀었을 텐데⋯⋯."

로제가 당황한 얼굴로 고개를 갸웃했다.

"로제 님, 제가 보고 오겠습니다!"

안나가 마차에서 나가더니, 금세 허둥지둥 마차 안으로 돌아왔다. 그리고──.

"여성이 쓰러져 있습니다!"

손가락으로 밖을 가리키며, 놀란 목소리로 외쳤다.

로제는 쓰러진 소녀가 정신을 차릴 때까지 마차를 세우고 휴식할 것을 제안하였고, 나는 그걸 받아들였다. 어차피 급한 여행도 아니므로 상관없다.

지금은 돗자리를 깔고 그곳에 소녀를 눕힌 참이다.

소녀는 길고 탐스러운 검은 머리에 앞머리를 가지런히 잘랐다. 검은색 상의와 짧은 치마가 하나로 이어진 원피스에 커다란 후드가 달린 검은색 롱코트를 걸치고 있다. 옷에 달린 호화로운 장식으로 보아, 상당히 고가의 물건이다. 어딘가 귀족 영애 같은데. 문제는 그 좋은 집안의 아가씨가 이런 초원 외에는 아무것도 없는 장소에서 정신을 잃고 있다는 점이다.

주변에 마을도 없으니 길을 잃었을 가능성은 없다. 도적의 습격을 받아 도망쳤거나, 아니면 가출이라든가. 뭐, 본인에게 물어보면 확실해지겠지.

"마스터, 이 아이, 아무래도 섞인 모양이오."

옆에 있던 아스타가 모노클을 오른손으로 건드리며 나에게 그런 보고를 했다. 아스타가 빠른 어조로 지식을 늘어놓을 때는 항상 그 현상이 상당히 드물 때뿐이다.

"섞였다니 무슨 뜻이야?"

"말 그대로의 의미라오. 영혼이 일부 불완전하게 뒤섞였기에 피부색, 눈의 색, 머리카락의 색 등 외모부터 마력의 성질, 신체 능력까지 다양한 것이 변질되었을 가능성이 있소. 아마 영혼의 융합이 안정되면 원래 모습으로 돌아가겠지만."

음. 한마디로 지금 이 모습은 가짜라는 말인가. 진심으로 아무 관심도 없는 이야기다.

"아무래도 일어난 모양이군."

아스타의 말에 시선을 소녀에게 보내자 졸린 듯이 눈을 비비고 있었다. 그리고 소녀는 오른손으로 햇빛을 가리고, 상반신을 일으키며 크게 하품하더니 기지개를 켰다.

이 여유. 도저히 도적에게 습격당한 영애 같은 느낌은 아니다. 단순히 성격이 담대할 뿐일지도 모르지만.

"아무래도 정신이 든 모양이네."

소녀가 놀란 얼굴로 물었다.

"넌 누구야?"

무례한 질문이다. 음, 젊은이에게 예의를 지적하는 것도 어른의 역할이겠지.

"흠, 다른 사람의 이름을 물으려면, 먼저 자기부터 소개해야 하는 것 아닐까?"

소녀는 나의 말에 고개를 갸웃하더니, 팔짱을 끼고 고민하기 시작했다. 도저히 장난이나 농담인 것 같지는 않다. 진심으로 고민하는 얼굴이다. 설마 이 녀석……

"카이, 곤란해 보여요. 아마 정신을 잃어서 기억이 혼란스러울 테니, 좀 더 쉬고 나서 자세한 이야기를 들어보기로 해요."

안 웃긴 개그를 섣불리 하고 말았을 때와 같은 굉장히 어색한 분위기 속에 로제가 옆에서 도움을 주었다. 역시 성미에 맞지 않는 짓은 하는 게 아니다. 얼버무리듯이 크게 헛기침을 하였다.

"나는 카이 하이네만. 하찮은 검사야. 뭐, 잘 부탁해."

나는 이름을 밝히며 오른손을 내밀었다.

그녀에게 사정을 물었으나, 이름은 물론이고 자신이 누구인지도 모르는 농담 같은 상황이었다. 일명 기억상실이라는 것이다.

만약을 위해 정신의 전문가인 사토리에게 원래대로 되돌릴 수 있을지 조사하도록 하였지만 불가능했다. 아마 영혼이 불완전하게 융합한 부작용인 모양이다. 다만 사토리 덕에, 과거에 그녀가 미음에 가장 강하게 남겼던 유일한 기억의 단편 같은 것을 알아내는 데는 성공했다. 그것으로 그녀의 이름이 애쉬라는 것이 판명되었다.

기억상실에 심지어 영혼이 융합된 소녀를 내버려 둘 수도 없으므로, 애쉬는 당분간 우리와 동행하기로 했다. 그렇게 왕도로 가는 여행이 재개되었다. 그리고 왕도에 도착했다.

"저기가 아멜리아 왕국의 수도, 아람가르드야!"

안나의 손가락 끝에 광대하고 높은 성벽이 보였다. 저 성벽의 내부가 왕도 권역이라는 뜻이다. 저런 거대한 성벽을 쌓다니 정말 대단하다. 순수한 감탄이라기보다는, 경악에 벌어진 입이 다물어지질 않는다는 느낌이다.

"와~ 굉장해요!"

"와아."

"헤에."

파프와 뮤에 이어 애쉬까지 마차에서 몸을 내밀고 서로 환호했다.

아니, 애쉬…… 너까지 들뜨면 어떡할 건데. 정신연령이 가깝기 때문인지 파프와 뮤, 애쉬 세 사람은 벌써 자매처럼 친해졌다. 그리고——.

"얘들아, 왕도에 도착하면, 나의 단골 과자 가게로 안내해줄게!"

안나가 몸을 숙이고 집게손가락을 얼굴 앞에서 세우더니, 오른쪽 눈으로 윙크했다.

"과자인가요?!"

"과자!"

"정말?! 나도 먹고 싶어!"

열광적인 반응을 보이는 세 사람을 보며 흐뭇한 표정을 짓는 안나.

안나에게 파프와 뮤는 나이 차이가 나는 동생이므로, 지금은 로제의 경호를 하는 사이에 두 사람을 돌보고 있다. 아이는 관찰력이 좋다. 파프는 처음에 안나를 상당히 경계하였으나, 그녀에게 악의가 없음을 알자 점차 따르게 되어 지금은 나와 로제 다음으로 익숙하게 여긴다.

애쉬도 처음에는 안나와 상당히 거리가 멀었지만, 애쉬가 위태롭게도 세상 물정을 모르는 아이임을 안 안나가 여러모로 챙기기 시작했다.

"안나는 정말 달라졌네요."

로제가 어머니가 아이를 보는 듯한 다정한 눈으로 지켜보고 있다.

"뭐, 저 녀석은 단순히 남들보다 낯을 많이 가렸을 뿐이겠지."

안나는 요즘 어조까지 다른 사람처럼 부드러워지고, 종종 웃게 되었다. 분명 지금이 본래의 모습일 것이다.

"그럴지도 몰라요. 그런데 카이, 왕도에 도착하면 어떻게 할 건가요?"

"올가 아저씨가 단단히 얘기했으니 일단 어머님을 만나야겠지."

내가 좀처럼 도착하질 않아 크게 걱정한 모양이지만, 먼저 왕도에 도착한 키스가 어머님에게 잘 설명하였는지 다행히 바르세로 찾아오는 사태는 벌어지지 않았다. 키스에게 들은 걸까?

어머니가 바르세의 올가 아저씨에게 편지를 보내서, 아저씨는 필사적인 얼굴로 왕도에 도착하면 바로 어머님을 만나러 가도록 단단히 주의를 주었다. 그 울 것 같은 얼굴로 보아 편지에는 상당히 과격한 말이 쓰여 있었을 듯하다.

그나저나 어머님과는 약 10만 년 만의 재회지만 얼굴과 추억만은 똑똑히 기억나 버린다. 그런 기묘한 감각도 있고, 무엇보다 지금 나는 변질되고 말았다. 제대로 대할 자신이── 없다.

"그래요. 당분간 왕도에 머물 생각이니, 가족끼리 오붓하게 보내세요."

"아니, 그냥 얼굴만 보일 건데."

지금 나는 버릇과 말투, 성격 등 옛날의 나와는 전혀 다른 인물이 되었다. 그런 상대와 짧게나마 공동생활을 하는 것은 어머님도 불편할 것이다.

"여전히 솔직하지 못하네요."

"아니, 나는 항상 내 마음에 솔직하다고."

10만 년간 쭉 그래왔고 앞으로도 분명 그럴 것이다.

"네, 네, 아무튼 그런 것으로 해두죠."

어이가 없는 듯 어깨를 으쓱하고, 로제는 왕도로 시선을 옮겼다.

고향인 왕도를 바라보는 로제의 얼굴 전체에 떠오른 것은 집으로 돌아간다는 안도감이 아니라, 적진에 발을 들이는 것 같은 긴장감이었다.

범상치 않은 모습으로 보아 이곳 왕도는 그야말로 마굴에 가까울 것이다. 귀찮은 일이 벌어지지 않으면 좋으련만.

이때 나의 머리 한구석에 떠오른 불길한 생각. 그것은 바로 적 중하여, 나의 생활은 점점 갈망하는 슬로 라이프의 나날에서 멀 어지게 되었다.

"카 군!!"

2층 높이의 벽돌집 현관문이 벌컥 열리더니, 은발에 키가 크 고 서글서글한 인상의 여성이 뛰쳐나와 나를 힘껏 끌어안았다. 그렇다. 어머님은 아직도 자식을 떼어놓지 못하는 분이다.

"어땠어? 바르세, 큰일이었다고 소문으로 들었는데, 위험한 일은 없었어?"

나의 온몸을 여기저기 어루만지며 안위를 확인한다.

"응. 괜찮았어, 엄마."

아마 옛날에 나는 이런 식으로 말했던 듯하다. 너무 강렬한 위 화감밖에 들지 않는다.

"…………."

어머님은 나의 두 어깨를 붙잡고, 얼굴을 찬찬히 살펴보았다.

"카 군, 조금 어른이 되었구나?"

대답하기 곤란한 질문이었다.

"그야, 뭐."

조금 어른이 되었다기보다, 이미 10만 살인데. 내가 봐도 정 말 농담 같은 존재가 되었다.

"그렇구나…… 카 군도 성장했구나."

엄마는 눈꼬리에 눈물을 머금고 다시 한번 나를 강하게 끌어안았다. 인사만 하고 바로 물러날 생각이었는데, 아무래도 불가능할 것 같다. A랭크 헌터인 어머님은 평소 매우 바쁘므로 이집에도 그리 오래 있을 수는 없을 것이다. 어머님이 외출한 동안 다른 곳에 세 들어 일하게 되었다는 편지를 남기고 몰래 떠나면 되겠다. 그 말도 크게 틀리지는 않으니까.

"자, 밥해줄 테니 들어오렴."

어쩔 수 없다. 지금은 따라야 한다. 문제는 그 아이들인데, 파프와 뮤는 언니와 같은 안나와 자칭 집사인 아스타에게 맡겨두었다. 덤으로 애쉬까지 있다. 심심하지는 않을 것이다. 며칠간이라면 문제없겠지. 그 이상이 되면, 파프가 나를 찾기 시작할 테니 한 번쯤 얼굴을 보여야겠다.

예상대로 사흘 뒤 어머님은 일 때문에 약 두 달 왕도를 떠나게 되었다. 인기 절정의 A랭크 헌터란 그런 법이므로, 예상한 범주라고 해도 좋다.

테이블에 일자리를 찾았다고 쓴 편지를 남기고 건물에서 나온 뒤 모두가 머무는 왕도 북서쪽 상업 지구에 있는 작은 숙소로 향했다.

숙소로 들어가자 파프가 계속 침울해져 있다고 로제가 말해주었다. 식사조차 남기고 말 정도로 심했기에 안나와 애쉬가 교대로 매달려서 돌봐주었으나, 결국 기운이 나게 하는 데는 실패했다고 한다.

파프가 있는 안나의 방으로 가자, 파프는 나를 끌어안은 상태로 움직이지 않았다. 그리고 그것이 진정되자 이번에는 고개를 돌리고 한 마디도 말하려고 들지 않았다.

큰일이다. 고작 사흘 나와 떨어진 것으로 완벽하게 토라지고 말았다. 어쩔 수 없이 파프의 기분을 풀어주기 위해 파프와 뮤를 데리고 가까운 식당에서 조금 이른 저녁을 먹기로 했다.

"이제 그만 화 풀어."

"몰라요!"

역시 고개를 휙 돌리는 파프. 한 마디도 대답하지 않았던 아까보다는 다소 나으려나. 뭐, 수만 년간 파프와 나는 한시도 떨어지지 않고 함께 있었다. 그런데 갑자기 없어졌으니 당연하다고 하면 당연한 반응이다. 가족이 갑자기 사라지는 공포와 초조함은 나도 잘 알고 있을 터인데. 늦었지만, 좀 더 파프의 마음을 배려했어야 한다. 어리석었다.

"미안해. 파프."

파프의 머리를 평소처럼 부드럽게 쓰다듬었다.

"이걸로 넘어가 주지 않을 거라고요! 파프는, 파프는……."

구슬 같은 눈물을 뚝뚝 흘리는 파프의 머리를 나는 조용히 계속 쓰다듬었다.

우느라 지쳐 나의 무릎을 베개로 삼아 잠든 파프를 뮤가 멍하니 바라보고 있었다.

"무슨 일 있어?"

"아무것도 아니에요……."

그런 풀 죽은 얼굴로 말해도 설득력이 전혀 없다.

"아이는 사양하지 않는 법이야. 그렇게 처음에 말했을 텐데."

그 말에 뮤는 고개를 숙이고 무릎 위로 치마를 꼭 잡았다.

"아빠, 엄마, 언니를 만나고 싶어요."

떨리는 목소리. 작은 손등으로 눈에서 나온 액체가 뚝뚝 떨어졌다.

가족과 만나고 싶구나. 하긴 뮤는 아직 가족의 애정이 필요한 나이다. 나조차 그 약자 전용 던전에 들어간 초반에는 어머니와 할아버지가 보고 싶어서 참기 힘들었다. 아직 어린 뮤라면 더욱 그럴 것이다.

"음, 지금 해결해야 할 일이 일단락되면, 다소 여유가 생길 거야. 그러면 네 가족을 찾도록 하자. 그러니 그때까지만 차분히 기다려줘."

"네……."

뮤는 결국 나에게 매달려 소리 내어 울고 말았다. 사실 사정을 듣는 한 가족의 생존은 몹시 어려운 상태다. 뮤의 부모님은 아멜리아 왕국군에 공격을 받았을 때, 뮤와 언니를 숲으로 도망가게 하고 자신들은 마지막까지 도시 민간인의 피난을 위해 남았다고 한다. 그 상황에 무사하게 도시에서 도망쳤다고는 도저히 생각할 수 없다. 그리고 사로잡혔다면 수인족은 바로 사형되었을 것이다. 그건 그렇고——.

'용사 마시로…… 정말 불쾌한 녀석이군.'

아멜리아 왕국이 수인족과 전쟁에 돌입한 이유도 결국 전설의 용사 마시로가 원인이다.

성무신 아레스를 유일신으로 삼은 중앙교회의 교의에 따르면, 신에게 기프트를 받는 인간족과 엘프족 등에게는 덕이 있고, 반대로 기프트를 비교적 받기 어려운 수인족 등은 덕이 낮다고 여겨지며, 다양한 분야에서 차별적인 취급을 하는 것이 정당화되어 있다.

용사 마시로는 이 중앙교회의 교의를 내세워 아멜리아 왕국의 고위 귀족과 손을 잡고, 수인족과의 소규모 분쟁을 이유로 수인족 정복에 협력했다. 결과는 수인족의 패배. 물론 그렇다고 해서 수인족의 나라가 완전히 소멸한 것은 아니다.

본래 수인족은 소규모로 몇 개나 되는 부족이 모여 나라를 만들었다. 정치는 부족장의 회의로 결정했고, 왕은 으레 그중에서 대대로 사제 역할을 맡은 일족이 하였다.

그 전쟁 이후, 패배한 수인족의 각 부족은 다른 운명을 걷게 된다. 일부는 아멜리아 왕국에 강제로 편입되었고, 다른 일부는 아멜리아 왕국의 꼭두각시가 되어 수인국을 자칭하고 있다. 그리고 왕족 한 사람이 남은 약소 부족들을 모아 에르딤이라는 중립 도시를 만들었다. 에르딤은 수인족 이외의 다른 종족도 적극적으로 받아들이는 것으로, 세계 회의에서 중립 도시인 바벨의 승인을 얻어 국가로서 독립성을 유지하고 있다.

이처럼 용사 마시로가 수인족을 비극의 밑바닥으로 떨어뜨린 것은 틀림없는 사실이다. 용사 마시로가 데리고 있던 쓰레기 길드 카드와 코인의 짓을 보아도, 용사란 이 세계에서 해악만 끼치는 존재일 뿐이라고 보아도 된다.

문제는 그런 쓰레기 용사 파티와 나의 소중한 소꿉친구인 레나와 키스가 얽히고 말았다는 점이다. 용사와의 만남은 두 사람의 의사이므로 내가 참견할 문제는 아니다. 말하자면 이 아멜리아 왕국이라는 쓰레기 국가에 인질을 잡히고 만 것과 같다. 물론 두 사람에게 위해를 가하려 한다면 용사와 이 나라는 정식으로 나의 적이 될 것이다. 적이 된다면 봐주지 않겠다. 철저하고 신중하게 둘 다 이 세상에서 소멸시켜주겠다.

"안녕."

갑자기 들린 목소리에 고개를 들자, 2메르는 되는 근육질 체구에 야수와 같은 풍모를 지닌 남자가 나의 앞에 서 있었다.

"잭, 너도 왕도에 와 있었어?"

"그렇지. 그보다 나도 로제 공주님의 기사가 되었거든. 뭐, 잘 부탁해."

잭은 나의 맞은편 자리에 털썩 앉더니, 음식을 주문하여 빠르게 먹기 시작했다.

그렇구나. 아마 로제가 그 뒤로 스카우트한 모양이다. 더할 나위 없이 나에게 유리한 상황이구나. 잭의 무술 재능은 특별하기에 단련하면 상당히 강해질 것이다. 게다가 전사로서 긍지도 지니고 있으므로, 압도적인 강함을 얻기만 하면 왕국의 멍청이들에게 절대 뒤처지지 않을 것이다. 안심하고 로열가드라는 위험하기 짝이 없는 직무를 떠넘길 수 있다. 물론 지금 잭은 말도 안 되게 미숙하다. 일정 수준까지 강해지기 전에는 내가 로열가드를 맡을 수밖에 없다. 문제는 잭이 나의 수행을 받아들이느냐 하는 것이다. 잭은 나를 라이벌로 보고 있으므로, 그런 상대의 가르침을 순순히 받아들일 것으로 생각하기는 어렵다. 뭐, 일단 시도는 해보자.

"잭, 내일부터 단련시켜줄게."

"저, 정말이야?!"

의욕적으로 몸을 내미는 잭의 반응에 약간 압도되었다.

"그래, 다만 나는 검사고 격투술은 전문이 아니야. 그러니 가르쳐줄 수 있는 건 순수하게 투쟁으로 강해지는 비법 같은 건데. 그래도 괜찮겠어?"

"당연하지! 난 강해지기만 하면 뭐든 좋아! 역시 공주님의 제안을 받아들이길 잘했어! 할아버지도 울면서 분해하겠지!"

무슨 말인지 전혀 모르겠지만, 잭이 수행을 받아들인 것은 나에게도 좋은 일이다. 내일부터 철저하게 단련시켜주마.

왕도에 머문 지 약 한 달이 지났다.

일단 수행에 대해 말해보자.

잭은 무술가로서 천부적인 재능을 지녔으나, 아직 다양한 면에서 미숙하다. 먼저 나의 수행에 버틸 수 있을 만한 최소한의 레벨업이 필요하며, 지금처럼 빈약한 채로는 수행도 되지 않는다. 빠르게 능력을 향상하기 위해서는 새로운 개념의 취득이 무엇보다 중요하다. 따라서 잭에게는 무속성 강화 마법을 알려주기로 했다.

이 세계에서 무속성 강화 마법은 일반적으로 긴 영창이 아니면 발동되지 않고, 효과도 미미하여 거의 도움이 되지 않는 것이다. 한마디로 평판이 최악이다. 따라서 싫다고 버틸 줄 알았으나, 잭은 순순히 수행에 따랐다. 이런 종류의 기술은 새롭게 취득하기란 지극히 난해하고 오랜 세월이 걸리지만, 일단 요령만 익히면 그리 어렵지 않다. 약 3주 뒤, 잭은 무영창으로 마법을 발동하는 데 성공했다. 아직 두세 번에 한 번은 실패하고, 온몸에 두른 마력을 강화로 변질시키는 정도에 불과하기는 하다. 즉, 무속성 강화 마법이라는 입구에 발을 들인 상태에 지나지 않는다. 그러나 그런 불완전하기 짝이 없는 상태로도 신체 능력이 눈에 띄게 향상되어, 잭 본인은 시종일관 들뜬 모습이었다.

그리고 의외인 것이 하나 있다. 은발의 수인 여자아이, 뮤다. 잭의 수행을 보던 뮤가 자신도 배우고 싶다기에 가르쳐보니, 놀랄 만큼 익히는 속도가 빨랐다. 아니, 이건 이해력이 좋다는 차원의 문제가 아니라 마법과의 상성이다. 추측건대 수인족이 인간족에 비해 이 마법과 아주 잘 맞는 듯하다. 그러나 신체 능력이 향상되어도 중요한 무술이 없으면 소용이 없다. 같은 수인족인 네메아에게 맡겨 매일 조금씩 무술의 기초를 뮤에게 가르치고 있다.

안나는 파프와 뮤를 돌보고 있다. 최근에는 함께 왕도에 놀러간 모양이다.

로제는 내가 준 다양한 내용의 책을 열심히 읽는 중이다. 뭐,

로제의 경우에는 아스타와 달리 정치 체제와 세금 제도, 군사 등 국정에 관한 책이 대부분을 차지하고 있지만.

애쉬는 사람이 많은 곳은 거북한지, 처음에는 숙소에서 나가려고 하지 않았다. 여성들과는 꽤 빠르게 친해졌으나 나나 잭과는 크게 거리를 두고 있었다. 그러나 내가 한번 재미로 요리를 가르쳐주니, 요리를 만드는 데에 푹 빠져들었다. 요즘은 할 일이 없기도 해서 애쉬에게 계속 요리를 가르치고 있다.

참고로 어머님 일로 레나와 키스에게 감사 인사를 하려고 하였지만, 공교롭게도 그 둘은 현재 중립 학원도시 바벨로 유학을 간 터라 만나지 못했다. 뭐, 바벨에도 관심은 있으니 갈 일도 있을 것이다. 그때 만나러 가면 된다.

또한 바르세를 떠나기 직전, 의외인 녀석이 나에게 바르세 헌터 길드를 통해 연락을 취해왔다. 내가 뮤의 몸값을 치른 노예상이다. 전직을 고려하는 중이라 그 조언을 얻으려고 한 듯하다.

물론 나는 검사이며 그런 이야기는 전문이 아니다. 엉뚱한 사람을 찾는 것 같아 처음에는 거절했지만, 헌터 길드가 이 건에 대해 힘을 빌려달라는 요청을 해왔다. 현재 급하게 건설 중인 신도시의 치안 악화를 방지하는 것이 표면적인 이유였으나, 아마 저 노예상은 제법 만만치 않은 구석이 있었으니 헌터 길드를 잘 끌어들였을 거라 생각한다.

뭐, 그런 연유로 실제로 만나 이야기를 하였는데, 이미 직업 알선 업무를 하기로 정해진 듯했다. 상담한 것은 그때를 위한 세세한 내용이었다. 그 미궁에서 읽은 경영과 경제 책의 내용에서 중요한 점을 뽑아 제공하며, 나머지는 이 건을 맡겨달라고 진언한 기리메칼라에게 일임했다. 이런 뒷세계에 발을 들인 자는 기리메칼라가 가장 다루기 쉽다. 약간 일을 다 떠넘긴 기분도 들기는 하지만, 본인이 하고 싶다고 하니 신경 쓰지 않겠다.

그런 연유로 매우 충실한 왕도 생활을 보내고 있었으나, 이번에는 로제에게 불려 왕궁으로 향했다.

"잠시 여기서 대기하고 있도록."

문관으로 보이는 고압적인 태도의 청년에게 지시를 받아 푹신푹신한 소파에 앉아 기다리자 다시 같은 문관이 방으로 들어왔다.

"지금부터 폐하와 알현할 예정이지만, 본래 알현실은 네놈과 같은 푸른 피조차 흐르지 않는 가짜가 발을 들여서는 안 될 장소다. 모쪼록 무례함이 없도록."

나는 명예기사 작위 출신. 즉, 진정한 의미로는 귀족이 아니다. 한마디로 우쭐대지 말고, 잘난 척하지 말라고 에둘러 이야기한 것이다.

"예, 예."

가볍게 대답하고 일어나 기지개를 켰다.

문관 청년은 눈썹을 움찔하였으나 조용히 방에서 나가버렸다. 음. 아무래도 화나게 한 모양이다. 뭐, 꼬마의 기분 따위 진심으로 아무래도 좋지만.

주위는 새하얗고 아름다운 돌로 구성된 계단과 기둥, 벽, 천장으로 둘러싸여 있었다. 그 계단 위로 새빨간 카펫이 깔려 있다.

계단으로 올라가자 막다른 곳에 커다란 문이 보였다.

"쓸데없네."

이만큼 휘황찬란한 광경을 만들기 위해 얼마나 막대한 돈이 들었을까? 그것은 타국에 승리하여 빼앗은 부만으로는 불가능하다. 메인은 자국민에게 징수한 세금일 것이다. 즉, 이 광경은 자국민으로부터 부를 과하게 빨아들였다는 증거이기도 하다.

이런 왕족과 중진밖에 들어가지 못하는 장소를 아무리 아름답게 치장해도 그저 자기만족에 불과하다. 그 자금으로 달리 나라가 할 수 있는 일은 많다. 로제의 말이 옳다. 이 나라는 뿌리부터 썩었다.

문 양쪽으로 기사들이 엄청난 눈으로 노려보면서도, 문을 열어주었다. 이 안쪽이 바로 알현실. 엄청나게 넓은 방 안에는 두 개의 그룹이 서 있었다.

왼쪽에는 화려한 옷을 입은 대신을 필두로 한 문관들, 오른쪽에는 새하얀 갑옷을 입은 기사들. 그리고 그 중심에 놓인 옥좌에는 금발에 야성미가 넘치는 남자가 거만하게 앉아 있고, 옥좌 앞에는 드레스를 입은 두 명의 소녀와 한 청년이 있었다.

그중 흰색 드레스를 입은 소녀가 로제다. 그렇다면 나머지 두 명의 금발 남녀는 로제와 같은 왕녀와 왕자고, 그 옆에 있는 두 남자는 각각의 로열가드인 건가.

기사와 문관들 양쪽에서 적의 어린 시선을 받으면서 나는 로제의 옆으로 걸어갔다.

이쯤 되니 자포자기하게 된다. 최선을 다해 시시한 광대놀음을 연기해주겠다.

"예를 갖추어라!"

옆의 대신 같은 자가 외치자, 모두가 일제히 가슴에 오른쪽 손바닥을 대고 머리를 숙였다.

물론 가신도 무엇도 아닌 나는 살짝 고개만 끄덕였다. 이 정도는 어른으로서 가지는 최소한의 예의란 것이다. 국왕은 당당한 미소를 지으며, 실내를 쭉 둘러보았다.

"이번에 그대들을 불러모은 것은 다름이 아닌, 차기 왕위 계승의 선정 방법이 결정되었기 때문이다."

이 위엄 있는 분위기는 역시 왕위 계승전 때문인가. 왕위 계승의 선정 방법이란 한마디로 선정전의 규칙을 설명하겠다는 소리일 것이다. 예상대로 선정전 자체는 알려진 사실이었는지 이 자리의 누구도 놀란 모습은 보이지 않았다.

"그럼 왕위 계승전의 규칙을 설명하겠다. 뭐, 규칙이라고 해도 그리 어렵지 않다. 각 후보자는 앞으로 영지를 경영해야 한다. 그 영지 경영의 발전 상태를 기본적으로 평가하고, 거기에 아멜리아 왕국에 대한 공헌도를 더하여 열 단계로 종합 평가를 내린다. 어떠냐, 실로 단순명쾌하지?"

왕이 입꼬리를 씩 올렸다. 이 녀석, 분명히 즐기고 있다. 이 왕은 결국 국내에서 용사며 고위 귀족이니 하는 녀석들의 폭거를 용납했다. 이 자의 선택 하나로 막을 수 있는 비극도 틀림없이 있었을 텐데도 말이다.

물론 나는 전사일 뿐이고 또 무식하게 나이만 먹었다. 왕으로

서 도저히 피할 수 없는 죽음이 있는 것도 안다. 그러나 수인족 하나만 보아도 놈들은 단순히 자신의 욕망을 채우려고 했을 뿐이다. 적어도 그것이 필요불가결한 비극이라고는 생각할 수 없다.

즉, 이 남자는 자신의 책임조차 제대로 지지 않는 무능한 왕. 도저히 경의를 표할 마음이 들지 않는다.

"폐하, 그 발전 정도의 판단은 누가 내리는 것입니까?"

호화로운 빨간색 옷을 입은 금발 미청년이 긴 머리를 쓸어 올리며 왕에게 물었다. 아마 저자가 길버트 왕자일 것이다. 딱 보아도 까탈스러운 느낌의 젊은이다.

"공정을 지키기 위해 평가는 재상이 내릴 예정이다."

국왕이 옥좌 옆에 있는 수염을 기른 검은 머리의 거한에게 시선을 옮기며 선언했다.

눈에 띄게 거만해 보이는 금발 미청년이 안색을 바꾸고 반론하려고 하였다.

"그, 그것은——."

"저로서는 불만이십니까?"

"아, 아니……."

금발 미청년이 안색을 바꾸고 반론하려고 하였다. 그러나 검은 머리 거한이 얼음 같은 검은 눈동자로 물었을 뿐인데, 시선을 피하고 말았다.

루이즈도 전혀 납득은 가지 않는 얼굴이지만, 이를 빠득 갈았을 뿐 침묵을 지켰다. 국정에 어둡고, 흥미도 없는 나도 이름은 들은 적이 있다. 단기간에 이 아멜리아 왕국을 세계에서도 유수의 무장 국가로 끌어올린 인물, 아멜리아 왕국 재상── 요하네스 루즈벨트. 이 남자만은 온갖 의미로 특별하다. 옥좌에서 거만하게 있는 국왕보다도 훨씬 풍기는 분위기가 이질적이다.

아무튼 재상이 평가한다고 듣자, 로제는 안심하여 가슴을 쓸어내렸다. 어느 정도 공정함은 담보되는 남자라는 뜻이리라.

"그럼 **이 자리에 출석한** 각 전하가 임명한 로열가드를 소개하도록 하겠습니다."

헛기침을 하고 신관 같은 차림을 한 백발이 섞인 남자가 한 걸음 앞으로 나와 스크롤을 펼쳤다.

"그럼 먼저 제2왕녀 루이즈 전하의 로열가드부터. 놀랍게도 현역 S랭크 헌터이자, 헌터 중 최강이라고도 불리는 인물── 이자크 기지도어 공입니다!"

금발 여자의 옆에 있는 눈이 선처럼 가는 백발 청년이 오른쪽 손바닥을 가슴에 대고 살짝 인사했다. 환호성이 울렸다.

이자크 기지도어, 틀림없이 최강의 헌터다. 저 거만해 보이는 금발 여자, 설마 헌터계 최강을 로열가드로 삼을 줄이야. 상당히 수완이 좋은 모양이다.

"제1왕자 길버트 전하의 로열가드는 이계의 내방자 중 한 사람, 현 용사 파티── 대현자, 사토루 미조구치 공!"

열일곱, 여덟쯤 되어 보이는 검은 머리의 미소년이 오른팔을 들자 아까처럼 터질 듯한 환호성이 울렸다. 과연 용사 파티의 주요 멤버. 엄청난 인기가 아닌가.

로제의 예상대로 용사는 로열가드로 선택하지 못한 듯하다.

물론 용사와 같은 이방인이 선택된 시점에서 용사는 사실상 길 버트 측에 붙은 것이다. 그렇게 생각하는 것이 자연스럽겠지.

"마지막으로 제1왕녀, 로제마리 전하의 로열가드는 '이 세상 제일의 무능' 칭호를 지닌 킹 오브 무능! 지상 최약의 로열가드 입니다!"

한꺼번에 비웃음이 터졌다. 그나저나 이 신관 같은 남자, 내 소개만 왠지 열의가 담기지 않았나? 타인을 경멸할 때만 열심인 가. 힘을 줄 부분을 착각한 것 같은데.

"훗, 최약이라."

왕이 코웃음을 치며 나를 응시했다. 솔직히, 이 남자는 왜 젊은 나이에 왕에서 물러나려는 것일까? 왕으로서의 그릇은 차치하고 아직 순조롭게 실컷 일할 수 있는 나이일 텐데. 아무튼 상대는 예의도 모르는 애송이들이다. 흠을 잡을 정도는 아니지만, 굳이 나설 필요도 못 느끼겠다.

"감사한 소개 영광이야. 하지만 애송아, 공교롭게도 한가한 너희와 달리 난 바쁘거든. 얼른 이 촌극을 끝내줬으면 좋겠는데."

지극히 건설적인 내 제안에 순간 알현실에 정적이 흘렀다가, 곧바로 소란스러워졌다.

옆에서 로제는 손바닥으로 얼굴을 가리고 깊은 한숨을 내쉬었다. 아니, 너무 질색하는 거 아닌가. 아무리 나라도 상처받는다.

"폐하 앞에서 이 무슨 무례란 말인가!! 용서할 수 없다!"

대신 한 사람이 외쳤다.

"근위대는 무엇을 하는 게냐!!"

아까 로열가드를 소개하던 중년의 신관 남자가 얼굴을 데친 문어처럼 빨갛게 물들이며, 히스테릭하게 새된 비명을 질렀다. 근위대라 불린 기사들의 대장인 듯 구레나룻이 유난히 긴 금발의 거대한 남자가 국왕을 힐끗 보았다.

"폐하, 괜찮겠습니까?"

가슴에 손을 대고 정중하게 묻는다.

"상관없다. 오히려 재미있겠군. 전력을 다해라, 게롤트!"

왕이 몸을 내밀고, 장난스럽게 호기심이 넘치는 눈으로 나를 응시했다. 구레나룻이 긴 남자가 칼집에서 검을 뽑아 그 끝을 나에게 향했다.

흠. 자세만 보면 잭과 동등한 수준의 실력은 있는 모양이다. 즉, 아직 발전도상. 나나 아르놀트의 영역에는 전혀 도달하지 못했다.

"카이, 모쪼록 상처만은——."

"알고 있어."

평소와 달리 얼굴 전체를 강한 초조로 물들이고 주의를 주는 로제를 오른손으로 제지했다. 미숙한 자가 상대라. 확실히 힘 조절쯤은 해줘야지.

"…………."

사실 검제나 잭처럼 바로 공격할 줄 알았다. 하지만 남자는 폭포처럼 바닥으로 땀만 줄줄 흘리며, 검을 든 채 꿈쩍도 하지 않았다.

"게롤트 단장님?"

기사들 속에서 의아한 목소리가 나오기 시작했다.

"그 정도로 해두는 편이 좋지 않을까요. 어른스럽지 못합니다."

백발 신사, 이자크 기지도어가 나에게 시선을 고정하면서 달래듯이 중단을 요구했다.

"그것도 그런가. 저런 무능, 단장님이 직접 혼내줄 가치도 없어. 게다가 그런 짓을 했다간 로제 님의 존안에 먹칠을 하게 되니까."

"음. 폐하에 대한 무례는 따로 왕위 계승전에서 페널티로 부과하면 돼."

"아무리 건방진 무능이라고 해도, 약자를 괴롭히는 것은 단장님도 내키지 않았겠지. 과연 우리 단장님이야!"

이자크의 주장에 찬성과 칭찬하는 소리가 나오자, 게롤트는 죽은 자처럼 핏기가 가신 얼굴로 검을 넣고, 왕에게 머리를 숙인 채 꿈쩍도 하지 않았다.

"재미있군. 정말 재미있어."

왕은 아직도 머리를 숙이고 있는 게롤트를 바라보며 그렇게 중얼거리더니 크게 재미있다는 듯 웃었으나, 갑자기 미소를 지우고 옥좌에서 일어났다.

"그럼 이야기를 진행하겠다. 구체적인 영지를 발표하지. 길버트는 서방의 웨스트랜드. 루이즈── 남방의 사우전드."

거기서 왕은 말을 끊고, 입꼬리를 씩 올렸다. 솔직히 오한이 들었다. 로제도 마찬가지였는지 얼굴을 굳혔다.

"로제마리는 동쪽의 끝── 이스트엔드."

순간 정적. 그리고 잡다한 말이 알현실에 오갔다.

"폐하, 이스트엔드에는 애초에 영지민이 없습니다! 그래서는 발전시킬 여지가 없지 않습니까!"

안색을 바꾸고 로제가 외쳤다. 그 말이 옳다. 이스트엔드는 고향 라무르에서 더욱 동쪽에 있는 영토의 끝이다. 말 그대로 동쪽 끝의 땅. 황야와 밀림이 펼쳐지고, 영지민은커녕 마물밖에 없다. 그보다 그곳을 아멜리아 왕국의 영지로 판단해도 될지 의구심이 들 정도다.

"로제, 이것은 **핸디캡**이다. 너라면 이 말의 의미, 충분히 알 겠지?"

"…………."

어금니를 빠득 가는 로제에게 왕이 악질적인 미소를 지었다.

"걱정하지 마라. 평가 자체는 사적인 마음을 섞지 않고 공명 정대하게 할 것을 보장할 테니. 이상이다. 해산해도 좋다!"

왕은 그대로 퇴실해버렸다.

다른 중진과 기사들도 로제에게 연민의 표정을 지으면서도 알 현실에서 나갔다.

무리도 아니다. 나처럼 최약이라 일컬어지는 무능이 로열가 드이자, 심지어 왕위 계승전에서 매우 큰 페널티를 받고 말았기 때문이다.

설마 나의 언동 탓일까? 그렇다면 미안하게 됐다. 그러나 지 금 로제의 어려운 입장을 생각해보면 이 정도의 핸디캡은 처음 부터 상정한 바여야 한다. 버틸 수밖에 없다.

"울적해도 소용없어. 우리도 가자."

어쨌든 일단 영지인 이스트엔드를 방문해야 한다.

"네."

어깨를 늘어뜨리고 로제가 걸음을 옮기려고 하자, 검은 머리의 미소년 현자―― 사토루 미조구치가 다가왔다.

"말하지 않았나. 로제, 나의 제안을 거절하니 그런 꼴이 된 거야!"

그는 기뻐하며 그런 의미 불명의 말을 하였다.

"나는 카이를 로열가드로 삼은 것은 전혀 후회하지 않습니다."

"그 탓에 이 승부에서 패배가 농후해졌는데?"

현자 사토루가 나에게 시선을 보내며, 무시하듯이 로제에게 물었다.

"의견이 다르네요. 나는 패배가 농후해졌다고 생각하지 않습니다."

"뭐야, 그게. 이런 게 나에게 이길 거 같아?"

현자 사토루는 나에게 시선을 고정한 채 눈을 슥 가늘게 떴다.

로제를 좋아하기 때문에 나를 질투하는 모양이다. 떼를 쓰는 아이인가. 매우 성가신 성격인 듯하다. 뭐, 이런 사춘기 시기의 아이에게는 자주 있는 일이니, 여기서는 내가 어른스러운 태도로 대해야겠다.

"나에게 그런 대항의식을 불태울 필요 없다. 난 이성으로서 로제에게 전혀 관심이 없어. 너의 구애 행동을 방해하지도 않을 거고."

10만 살이나 어린 아이에게 정욕을 품을 만큼 젊지도 않다.

"──큭?!"

금세 새빨개진 얼굴로 입을 뻐끔거리는 현자 사토루의 오른쪽 어깨를 가볍게 두드렸다.

"그 풋풋한 감정도 젊음 덕이지. 열심히 해봐라, 소년!"

환한 미소를 지으며 격려하는 말을 전했다.

"너, 너 말이야, 우, 우쭐거리지 마!"

현자 사토루는 그런 말을 남기고 크게 동요하면서 달려가 버렸다. 음, 용사 파티래서 좀 더 냉혈한에 비열한 자식이라고 생각했으나, 겉보기에는 그냥 어린애다. 어쩌면 레나나 키스처럼 어쩌다 참여했을 뿐인지도 모른다.

"가자."

"…………."

나의 말에 대답도 하지 않고, 대신 아주 차가운 눈으로 노려보는 로제.

"왜 그래?"

"아무것도 아닙니다!"

볼을 부풀리고 걸어가는 로제의 모습에 고개를 갸웃하면서도, 나도 알현실을 뒤로했다.

일단 숙소로 돌아온 나는 로제와 함께 피닉스의 등에 올라 목적지로 향했다. 고작 몇 분 만에 도착한 장소는──.

"여기는 정말 아무것도 없네……."

경치는 둘로 갈라졌다. 하나는 광대한 황야, 다른 하나는 밀림.

확실히, 사람이 쉽게 살 수 있는 곳은 아니다. 여기서 살려고 하는 사람은 정말로 힘든 서바이벌을 좋아하는 사람이거나, 그래야 하는 사정이 있는 사람뿐이리라.

아무래도 그 왕, 정말 사실상 영지민 제로의 영지 경영을 로제에게 시킬 셈인가보다. 일반적으로 생각하면 로제는 국왕에게 상당히 미움받고 있는 게 분명하다. 그렇게 생각해야겠지만, 두 사람의 모습으로 보아 그럴 가능성은 별로 높지 않다.

먼저, 만약 국왕이 로제에게 왕위를 넘기고 싶지 않다면 재상이 아니라 다른 중진에게 평가를 맡겼을 것이다. 아마 재상을 선택한 이유는 공명정대한 판단이 가능한 것은 물론이고, 그 남자에게 부정을 지적할 수 있는 자가 없기 때문일 것이다.

"그럼 일단 영지민을 확보하는 것부터 해야겠네."

"확보라니 말은 쉽지만, 방법이 있을까요?"

"아니, 전혀. 애초에 미개척지에 이주를 희망하는 미친 사람이 그리 쉽게 발견될 리가 없지."

"그건 그렇습니다만…… 그럼 카이는 어떻게 하면 좋을 것 같나요?"

"그걸 지금부터 생각해야지."

이 게임에서 로제의 과제는 최소한의 영지민 확보다. 그것은 틀림없다. 그러나 그 과제를 해결하기 위해 가장 필요한 것에 아직 그녀는 도달하지 못했다. 이 일련의 대화 자체가 그 점을 증명한다고도 할 수 있다.

그렇다면 지금 내가 할 수 있는 일은 한정되어 있다. 구체적으로는 로제가 그것을 깨달았을 때를 위해 완벽하게 준비를 해두는 것 정도려나.

"왕도의 숙소로 돌아가 대책을 세우도록 하죠."

나의 대답에 로제는 크게 한숨을 내쉬고, 그렇게 말했다.

***

식욕을 자극하는 닭고기가 구워지는 냄새. 튀김 젓가락이라는 요리할 때 쓰는 도구로 신중하게 기름 속에서 고기를 꺼내, 가는 금속을 망 형태로 만든 기름망 위에 얹었다.

옆에서 보던 회색 머리 소년 카이 하이네만이 나, 애쉬가 방금 만든 뜨끈뜨끈한 '치킨 가라아게'라는 요리의 맛을 보았다.

"맛이…… 어떤가?"

"음, 나쁘지 않아."

"좋아!"

나도 모르게 크게 기뻐했다.

콧수염을 기른 거구의 숙소 요리장도 입에 치킨 가라아게를 넣고 씹더니 눈을 크게 떴다.

"나리, 이 수준의 요리, 왕도에서 먹을 가능성이 있다면 왕궁 정도일 겁니다. 그걸 이제 요리를 시작한 지 몇 주일밖에 안 된 애쉬가 만들 줄이야……."

그가 자조 섞인 어조로 한탄했다.

"뭐, 그 치킨 가라아게 레시피는 내가 오랜 세월을 들여 개량을 거듭한 거야. 그리 쉽게 초보 요리사가 재현할 수는 없겠지."

카이가 어깨를 으쓱했다.

"오랜 세월이라니 나리는 아직 십 대 아닙니까? 이건 몇 년 만에 만들 수 있는 게 아닌데요. 혹시 나리는 엘프였던 겁니까?"

"에이, 설마. 나는 순수한 인간이야. 옛날부터 쭉."

"그렇다면 이 사실을 더욱 믿을 수 없는데요."

다시 치킨 가라아게를 먹는 요리장에게서 시선을 돌려, 카이가 나를 바라보았다.

"아무튼 나쁘지 않을 뿐이야. 레시피가 있으면 최소한의 맛이 확보되는 건 당연해. 식칼을 다루는 법이 너무 미숙해서 고기의 맛이 크게 떨어졌어. 소스도 균일하게 배이지 않아서 맛이 일정하지 않아. 한마디로 아직 멀었다는 뜻이야."

"으, 응, 열심히 할게!"

젓가락을 쥐고 새롭게 결의를 다졌다.

"여러분…… 어디를 향하고 있는 겁니까."

카이와 나를 보며, 요리장이 어이가 없는 듯 크게 한숨을 내쉬었다.

오후에는 카이와 왕도 중앙 시장으로 요리 식자재를 찾으러 가기로 했다. 그때까지 잠시 여유가 생겼기에 방으로 돌아가 침대에 앉았다.

『애쉬, 너, 요리사라도 될 셈이니?』

무시하는 듯한 목소리가 머릿속에 울렸다.

이 목소리는 카이와 동행을 시작한 지 얼마 되지 않아 들린 목소리다. 몽롱했던 목소리는 점차 또렷해졌고, 지금은 이렇게 대화도 가능해지게 되었다.

"음, 그것도 좋을지도."

본래 카이의 음식이 맛있어서 관심을 가진 것이 원인이다. 할 일이 없어서 따분하기도 했기에 한번 배웠더니, 생각보다 더 재미있어서 빠져들고 말았다.

"…………."

갑자기 조용해지는 동거인.

"하쥬? 왜 조용해졌어?"

고개를 갸웃하며 그 뜻을 물었다. 이 동거인도 나와 마찬가지로 대부분을 잊고 말았으나, 유일하게 하쥬라는 말만은 기억하고 있었다. 이후로 나는 그녀를 하쥬라 부르고 있다.

『아무것도 아니야. 그보다 너무 그 남자에게 마음을 터놓지 않는 게 좋지 않을까?』

무슨 연유인지 하쥬는 카이가 거북한 듯, 매일같이 그의 곁에서 떨어지도록 충고하고 있다.

"괜찮아. 카이는 좋은 녀석이야."

『그게 제일 신용이 안 가는데.』

불만족스럽게 말한 하쥬는 이후 완전히 입을 열지 않았다.

——아멜리이 왕국의 수도, 아람가르드 중앙 시장.

카이가 말하기를 이곳은 아멜리아 왕국의 부엌이므로, 여기서라면 식자재를 대체로 조달할 수 있다고 한다.

"사람이 정말 많네!"

『인간 냄새가 나서 너무 싫어.』

감탄하는 나와 대조적으로 하쥬의 불쾌해하는 목소리가 머릿속에 울렸다. 하쥬는 인간을 몹시 싫어해서 항상 나쁜 말만 하고 있다. 어쩌면 카이가 싫은 것도 매우 인간다운 성격이기 때문인지도 모른다.

"저건 무슨 건물이야?!"

우뚝 선 커다란 마름모 형태의 5층 높이 건물. 저런 거대한 건물은 이곳 왕도에서도 그리 많지 않다.

"저건 경매장이야. 저기서 왕도 주변에서 모아진 고기, 수산물, 청과물의 가격을 결정해서 상인들에게 판다고 해."

"그럼 사실상 저곳에서 왕도의 식자재 대부분의 가격이 결정되고 있다는 말인가?"

"그렇게 되겠네. 물론 상인들은 낙찰된 가격에 이익을 붙여 팔 테니까, 가게에 따라 구체적인 가격은 다르지만 대략적인 가격이라는 점에 대해서는 네 말대로겠지."

카이가 평소처럼 싫은 내색 하나 없이 대답해주었다. 이처럼 카이는 물어보면 대부분의 것을 알려준다.

"그럼 저 주변 가게에서 우리가 찾는 식자재를 팔고 있겠구나?"

"응, 저쪽의 가게는 저기서 낙찰된 신선한 식자재를 판매하는 곳과 그것을 조리하는 음식점일 거야."

카이는 그렇게 대답하고, 저 커다란 건물 옆에 있는 여러 가게가 즐비한 쪽으로 걸어갔다.

요리에 필요한 식자재를 조달하고, 지금은 카이와 함께 한 가게로 걸음을 옮기고 있다. 카이 어록——'맛있는 음식을 만들려면 맛있는 음식을 먹어라!'를 실천하기 위해서다.

그곳은 노후화된 작은 식당이었다.

"음, 다소 간이 약한 느낌도 들지만, 제법 괜찮은 맛 아닌가."

알고 지낸 시간은 짧지만, 이렇게 카이가 얼굴을 마주하고 음식을 칭찬하는 모습을 본 것은 처음일지도 모른다.

"응, 맛있어!"

고기는 입에 넣기만 해도 살살 녹는 듯한 식감과 고기의 단맛을 없애지 않는 양념. 그리고 이것은 분명히——.

"비법 소스는 딸기인가."

그렇다. 딸기다. 전에 디저트를 위해 조달한 빨간색 과일이다. 사실 카이는 그렇게 불렀으나, 요리장은 그것을 적화(赤華)라고 말했다. 카이는 요리장과 다른 이름을 입에 담는 경우가 많다. 항상 궁금하게 여겼는데, 혹시 어떤 이유라도 있는 걸까?

"카이는 왜——."

마침 그 이유를 물으려고 하는데, 몇 개의 접시가 깨지는 소리가 들렸다.

"접시에 벌레가 들었잖아!"

남자가 호통쳤다. 소리가 난 쪽으로 시선을 옮기자, 뒤집힌

테이블과 바닥에 흩어진 음식, 깨진 접시, 그리고 그 옆 의자에 거만하게 앉은 젊은 남자가 시야에 들어왔다. 화려한 녹색 옷을 입고 금색의 기발한 헤어 스타일을 하고 있다.

"지배인과 이곳의 요리장을 불러와!"

일행으로 보이는 검사풍 남자가 오른손에 음식의 소스가 묻은 검게 반들거리는 커다란 벌레를 잡고 목소리를 높였다.

"아, 네!"

종업원으로 보이는 여성이 허둥지둥 식당 안으로 뛰어 들어갔다.

바로 지배인 같은 부드러운 인상의 남자가 나타났다. 그는 흰 옷을 입은 삼백안에 보라색 머리를 보브 커트로 한 소녀와 함께 나와, 기발한 헤어 스타일의 귀족 같은 남자에게 사과했다. 그런데 삼백안 소녀는 머리를 숙이고 있음에도 시종일관 퉁명스러운 표정이었다.

"네 이놈, 손님에게 벌레가 든 요리를 내다니, 요리사들에게 무슨 교육을 하는 거냐! 네가 교육 담당이지?! 어떻게 뒤처리를 할 셈이야! 어엉?!"

이마에 흉터가 있는 무서운 얼굴의 검사풍 남자가 이마에 핏대를 세우고 위압했다.

"대, 대단히 죄송합니다. 이것은 무언가 착오가──."

"착오? 이 가게에서는 착오로 벌레가 든 음식을 내놓나?"

의자에 앉은 기발한 헤어 스타일의 귀족이 노려보며 물었다.

"아, 아니요, 그렇지 않습니다!"

필사적인 태도로 변명하는 지배인. 사태를 이해하지 못하여 어안이 벙벙한 채 지켜보는 나의 귀에 근처 손님들의 대화가 들어왔다.

'이봐, 저 문장, 오부츠 후작가 문장 아니야?'

'맞아. 저 악취미 같은 헤어 스타일을 보면 십중팔구 오부츠 가의 차기 당주 피시즈겠지.'

'혹시 지금, 소문이 자자한 그건가?'

'아마도. 결국 이 가게 요리장도 노리는 모양이네. 요리장은 인상은 험악하지만 제법 미인이니까.'

'젠장! 그 소문이 사실이라면, 요리장도⋯⋯.'

'정말 구역질 나는군!'

흐릿하게나마 저 기발한 헤어 스타일의 남자들이 하려는 짓을 눈치챘다.

『싫다, 싫어, 인간이란 항상 역겹기 짝이 없다니까.』

하쥬의 쏘아붙이는 목소리가 머리에 울렸다. 동감이다. 저 소녀에게도 좋아하는 사람 하나쯤은 있을 것이다. 그 마음과 몸을 억지로, 힘으로 짓밟으려 하다니. 그 사실을 도저히 용서할 수 없다. 따라서——.

'내가——.'

막 자리에서 일어나려고 한 순간, 카이가 일어났다.

"애쉬, 잠시 여기서 기다려."

카이는 그렇게 일방적으로 나에게 지시하더니, 기발한 헤어 스타일의 청년 피시즈에게 다가갔다.

"에미, 네 아버지는 나에게 거액의 부채가 있어. 덤으로 이번에 너의 실태로 이 가게도 문을 닫게 되겠지. 이것으로 너는 사실상 부채를 상환하는 것이 불가능해졌어. 상환하지 못하면, 너는 파멸이야. 그래. 이대로 가면 말이야."

승리를 확신한 모양이다. 피시즈가 콧구멍을 벌름거리며 노래하듯이 의미심장하게 말했다.

삼백안 소녀 에미는 분노와 분함으로 눈물을 머금고 몸을 떨었다.

"네 조건을 받아들이면, 이 가게는 무사하게 돼?"

패배를 인정하는 말이었다.

"물론이고말고. 지금 당장 나의 저택으로 와. 넌 나의 것이야."

피시즈가 쾌락으로 물든 표정으로 자리에서 일어나려고 했다.

"그럴 필요는 없어."

카이가 피시즈의 목덜미를 가볍게 잡아 들어 올렸다.

"누, 누구냐! 네놈은?! 이, 이거 놔!"

파닥거리며 벌레처럼 꿈틀대는 피시즈를 바닥에 내던지고, 카이는 얼어붙을 듯한 눈으로 내려다보았다.

"힉?!"

피시즈가 움찔하며 몸을 웅크리더니 작게 비명을 질렀으나, 곧 수치심에 새빨개졌다.

"너희는 뭘 멍하니 있어?! 이 무례한 놈을 죽여라!"

"네!"

강인한 호위 세 사람이 카이를 포위하고 칼을 들었다. 체격 차이가 너무 나는 데다 상대는 무기를 들고 있다. 이길 리가 없다.
자칫하면——.

'안 돼!'

최악의 결과를 상상하자마자 몸이 멋대로 움직였다. 자리에서
벌떡 일어나 카이에게 달려가려고 했을 때였다.

"어라?"

모히칸 머리를 한 검사의 얼빠진 목소리. 그가 내려다본 시선
끝에는 엉뚱한 방향으로 꺾인 장검을 쥔 자신의 두 팔이 있었
다. 카이가 발로 후려치자, 그는 공중에서 여러 번 회전하고 얼
굴부터 바닥으로 떨어졌다.

"…………."

움찔움찔 경련하는 모히칸 머리 검사를 잠시 모두가 멍하니
바라보았다.

"조심해! 이 녀석, 이상한 술법을 쓰고 있어!"

필사적인 얼굴로 외치고, 카이로부터 거리를 벌리는 덧니 검사.

"술법이 아니야."

"흐엑?"

그 말에 어깨 너머로 돌아본 덧니 검사는, 어느새 등 뒤에 나
타난 카이와 눈이 마주쳤다.

"——큽?!"

덧니 검사가 너무나 놀라 괴성을 지른 찰나, 카이가 그를 아무
렇게나 걷어찼다. 덧니 검사는 일직선으로 굴러가 벽에 등을 부
딪친 뒤 거품을 물고 침묵했다.

"히이이이익!"

더는 주인인 피시즈 따위 신경도 쓰지 않고, 전력 질주로 도망치는 이마에 흉터가 있는 검사.

그러나 그 역시 카이의 왼손에 뒤통수를 잡혀 들어 올려졌다.

"사, 살려……."

검사는 덜덜 떨며 눈물과 콧물을 흘리기 시작했다.

"그 접시에 들었다는 벌레는 누가 넣었지?"

오싹한 목소리로 묻는다. 이마에 흉터가 난 검사는 피시즈에게 시선을 보냈다.

"모, 몰라!"

그 순간, 이마에 흉터가 난 검사의 오른팔이 부자연스러운 방향으로 꺾였다.

"내가 넣었어! 피, 피시즈 님의 명령으로 어쩔 수 없이 한 거야!"

검사가 절규하며 바로 그 질문에 대답했다.

"네, 네 이놈!"

이마에 흉터가 난 검사에게 호통을 치는 피시즈를 카이는 노려보는 것으로 입 다물게 했다.

"그 증거는?"

계속해서 검사를 추궁했다.

"이거야!"

그 검사가 멀쩡한 왼손으로 가슴 주머니에서 다수의 벌레가 든 작은 병을 꺼내 카이에게 건넸다.

"이 벌레를 접시에 넣은 건가?"

"맞아! 나는 명령에 따랐을 뿐이야! 나는 나쁘지 않아! 그러니 용서해줘!"

"그래, 그 건은 이걸로 넘어가 주마."

"그, 그럼, 이만 나를 놓아——."

"그건 안 되지."

"어, 어째서! 방금 넘어가 준다고——."

"넘어가 주는 건 접시에 벌레를 넣은 일이야. 넌 나를 죽이려고 검을 들었어. 아무리 미숙해도 살의를 품고 검을 든 이상, 너는 검사다. 패배자로서 책임을 져야겠지."

귓가에 작게 속삭이고, 카이는 오른쪽 주먹을 쥐고 팔을 안쪽으로 당겼다.

"시, 싫어……… 싫어! 안 돼애애!"

절망하여 비명을 지르며 도망치려고 버둥거리는, 이마에 흉터가 있는 검사. 그의 온몸에 주먹 크기의 수많은 함몰이 생겨났다.

"…………."

카이는 짓밟힌 개구리처럼 움찔움찔 경련하는 검사를 바닥으로 내던졌다. 그리고 우글우글 돌아다니고 있는 벌레가 든 병을 손에 들고, 온몸을 덜덜 잘게 떨고 있는 피시즈 앞으로 다가갔다.

"요리에 섞었다며. 너에게 이 벌레는 맛있는 식자재겠지? 그럼 가져온 벌레는 모두 먹어야지. 그걸로 이 시시한 소동을 마무리 짓자고."

환한 미소지만, 위압적인 어조에 악몽과도 같은 지시였다.

"허, 헛소리하지 마! 누가 그런 걸 먹을까 보냐! 이 내가 누군 줄 알고?! 나는 오부츠 가문의 차기 당주 피시즈 오부츠다!"

예상대로 거절을 내뱉는 피시즈. 카이는 피시즈의 말은 전혀 개의치 않고, 병에서 벌레 한 마리를 꺼냈다. 그리고 피시즈의 턱을 붙잡았다.

"미안하지만, 너의 허락 따위는 필요 없어."

그렇게 말하며 피시즈의 입으로 벌레를 집어넣었다.

벌레 생식(生食). 이만큼 끔찍한 광경도 그리 없을 것이다. 방금 마지막 한 마리를 먹은 피시즈는 결국 눈을 뒤집고 쓰러지고 말았다. 주위에서 구경하던 손님들도 모두 예외 없이 새파랗게 질린 얼굴로 이 악몽 같은 광경을 바라보고 있다.

『저 녀석, 분명히 미쳤을 거야……』

하쥬가 간신히 그렇게 말했다. 악질적인 미소와 함께 피시즈의 입에 벌레를 차례로 넣던 카이의 모습을 보면, 그런 말을 하는 것도 무리는 아니라고 생각한다. 저것은 결코 선한 행위가 아니라, 전혀 자중하지 않는 악의 소행이기 때문이다. 이것은 확신이다. 카이는 틀림없이 우리와는 다른 상식으로 살고 있다.

그렇지만 애쉬에게는 카이를 책망할 마음은 물론이고, 부정적인 감정도 전혀 일지 않았다. 오히려 아무 거리낌 없이, 저 구제불능의 하찮은 악당에게 자신이 저지른 행위에 대한 대가를 치르게 해준 카이에게 강한 동경 같은 것을 느끼고 말았다.

"흠, 남은 건 뒤처리군."

카이는 품에서 빨간색 액체가 든 작은 병을 꺼내, 지금도 움찔움찔 경련하고 있는 이마에 흉터가 난 검사에게 다가가 내용물을 뿌렸다.

"앗?!"

순식간에 빈사 수준의 중상이었던 검사의 상처가 낫기 시작했다. 아니, 낫는다는 표현은 적절하지 않을지도 모른다. 오히려 저것은 수복이라 해도 과언이 아니다. 그러나 수복이라니, 그야말로 옛날이야기에나 나올——.

"큭!"

갑자기 격한 두통이 이는 바람에 억눌린 소리를 내며 주저앉았다.

『애쉬! 괜찮니?』

걱정스러운 하쥬의 목소리에 손을 들어 일어난 순간, 카이가 마침 호위인 세 검사에게 회복약을 처방한 참이었다.

카이가 이마에 흉터가 난 검사의 볼을 때려 깨웠다.

"히이이이익!"

그 검사는 멍한 눈으로 카이를 확인하자마자 비명을 질렀다.

"시끄러워. 닥쳐."

위압적인 목소리에 서둘러 양손으로 입을 막는 검사.

"저 바보와 저 녀석들을 데리고 얼른 떠나. 물론 하잘것없는 소란으로 인한 수리비와 음식값인 5만 올은 놔두고 가."

"하지만 저건 당신이 부순……."

이마에 흉터가 난 검사가 호위 검사 한 명이 충돌한 충격으로 부서진 벽으로 시선을 보내며 조심스럽게 지적했다.

"응? 뭐라고 말했나?"

카이가 환한 미소를 짓고 물었다.

"힉! 아니요, 아무것도 아닙니다! 바로 지불하고 물러나겠습니다!"

검사는 품에 든 천 주머니에서 5만 올을 꺼내 가까운 테이블에 두고, 피시즈와 호위 두 명을 안고 도망치듯이 가게에서 나갔다.

카이는 애쉬에게 다가와 식사를 재개했다.

모두 먹고 계산을 마친 뒤 가게에서 나왔다. 그리고 숙소 앞으로 돌아온 순간, 카이가 갑자기 몸을 돌렸다.

"나에게 무슨 용건이지?"

옆 건물에서 얼굴만 내밀고 이쪽을 살펴보고 있는 건 삼백안 소녀였다.

"으악!"

삼백안 소녀 에미가 당황하여 몸을 숨겼다. 카이는 어깨를 으쓱하고, 다시 건물로 들어가려고 했다. 그러나——.

"부탁이야! 나를 도와줘!"

에미가 옆 건물에서 몸을 드러내고, 카이에게 깊숙이 머리를 숙이며 그렇게 애원했다.

＊＊＊

──오부츠 후작 저택.

저택의 호화로운 방 중심에 놓인 두 개의 소파에는 두 명의 남자가 마주 보고 앉아 있고, 조금 떨어진 장소에는 통통한 입술에 민머리의 강인한 남자가 서 있었다.

"그래서 그 회색 머리 꼬마에게 호위가 몽땅 당했다고?"

지금도 왼쪽 볼이 경련하고 있는 피시즈에게 얼굴이 거대하고 인중이 이상하게 긴 남자가 기묘한 형태의 수염을 어루만지며 따졌다.

"미안해요, 아버지. 중간까지는 잘되고 있었어. 하지만 그 녀석이 갑자기 나오는 바람에 엉망이 되고 만 거야!"

오부츠 후작은 몸을 내밀고 분한 듯 호소하는 피시즈의 어깨를 두드렸다.

"그래, 그래. 너는 잘못이 없지. 나쁜 건 모두 그 회색 머리 꼬마와 에미라는 뻔뻔한 여자야. 고귀한 푸른 피가 흐르는 우리에게 대적한 어리석은 자는 처리해야 해. 이해하지?"

설득하는 어조로 말했다.

"물론이야, 아버지! 그 정도의 여자는 차고 넘칠 정도로 있고, 어차피 데려왔어도 금세 망가졌을 거야! 그 헤픈 여자에게 지옥을 보여줘야 해!"

콧김을 거칠게 내뿜으며 긍정하는 피시즈에게 오부츠 후작은 만족스럽게 고개를 끄덕였다.

"야엔, 일이다! 그 에미라는 뻔뻔한 여자와 그 가족을 이번에 네가 주최하는 옥션에 내놔!"

"그 옥션은 여러모로 특수합니다. 틀림없이 폐기 처분이 되겠습니다만, 괜찮으시죠?"

"상관없어. 우리를 모욕한 어리석은 여자는 변태들의 장난감이 되는 게 마땅해."

"회색 머리 꼬마에 대한 제재는 어떻게 하시겠습니까?"

"그 여자를 도와주었으니 상당히 집착하고 있겠지! 그 여자가 폐기 처분되면 시체라도 보내버려!"

"그렇군요. 자신이 지키고 싶은 사람을 구하지 못한 절망을 실컷 맛보게 한 다음 죽이는 겁니까. 여전히 무서운 분이군요."

"흥! 불만이라도 있나?"

"전혀 아닙니다. 이래야 저희 후작님이죠. 그럼 그 회색 머리 꼬마에 대한 제재는 재미있는 방법이 있습니다. 이쪽에서 독단으로 움직여도 되겠습니까?"

"마음대로 해! 그러나 꼴사나운 실패만은 용서 못 해!"

"물론입니다."

야엔은 추악하게 얼굴을 일그러뜨리며, 가슴에 손을 대고 인사했다.

***

현재, 빌린 숙소 응접실에서 나의 뒤를 따라온 삼백안 소녀 에미에게 사정을 듣는 참이다.

"현 오부츠 후작 벤 오부츠에 왕도를 중심으로 활동하는 신흥 뒷조직, 야엔이라."

정리하면 다음과 같은 이야기다.

에미는 왕도에서 작은 식당을 운영하는 요리사의 외동딸이다. 수행을 위해 방금 그 레스토랑 '유라기테이'에 입주하여 일하고 있다. 사건의 발단은 에미가 왕도의 요리사 콩쿠르에서 우승했을 때, 아까 그 뱅글뱅글 머리의 피시즈에게 받은 대시였다. 처음에는 정중하게 거절하였으나, 그 뒤 본가의 식당이 피시즈에게 속아 융자를 받고 사채 이자로 더욱 많은 부채를 지고 말았다. 그로부터 피시즈의 접근 방식은 협박과 비슷하게 되었다. 그 와중에 아까 그 사건이 일어난 것이다. 아무래도 에미도 참 귀찮은 녀석의 눈에 든 모양이다.

"현 당주 벤 오부츠 후작까지 얽혀 있다니 성가시네요."

복잡한 얼굴로 로제가 말했다.

"흐음, 그 녀석 유명한 사람이야?"

"네, 동생 길버트파의 중진입니다. 그 빚도 이미 사법성에 압력을 가하여 적법한 것으로 바뀌었을 거예요."

그렇겠지. 이 나라의 법은 의지가 안 된다. 얼마든지 귀족들 마음대로 바꿀 수 있기 때문이다.

"그래서? 로제, 어떻게 할래?"

왕을 목표로 하는 중이니 이 정도 상대에 움츠러들면 곤란하다. 그러나 지금 로제는 영지민 제로에서 출발한 상태이므로,

안 그래도 시간이 없다. 덤으로 다른 귀족에게 협력을 요청하지 않으면 안 되는 몸이다. 귀족 사회는 귀족 간의 다툼을 의외로 싫어한다. 특히 이번 건으로 로제가 움직이면, 표면적으로는 왕족이 고위 귀족에게 부동한 개입을 하여 귀족의 정당한 이익을 빼앗는다고 해석해도 어쩔 수 없는 상황이다. 섣부른 개입은 적어도 로제의 이름에 상처를 남긴다. 점점 다른 귀족의 협력을 얻기 힘들어질 것이다.

반면에 이 건을 무사히 처리하더라도 로제에게는 이익이 없는 것이나 마찬가지다. 요령 있는 사람이라면 에미의 의뢰는 거부하겠지. 다만 내가 힘을 빌려주는 것은 요령 있고 처세술에 능한 사람이 아니다. 만약 로제가 위험을 감수하지 않고 이 일을 보고도 못 본 척하는 길을 선택한다면——.

"물론 그런 불법 사채는 절대 인정할 수 없습니다! 즉시 사법성으로 가보겠어요! 사법성 간부 중에는 저와 가까운 사람도 있으니 어떻게든 될 겁니다! 아니요, 해결해내겠어요!"

"흠. 알겠어."

이 건을 무난하게 끝낼 마음은 전혀 없구나. 음. 이 정도는 해 줘야 힘을 빌려줄 가치가 있다.

하지만 어느 쪽이든 이 건은 로제 혼자서는 해결할 수 없다. 결과적으로는 내가 움직여야 한다. 문제는 어디까지 내가 개입하느냐다. 내가 너무 나서면, 로제의 성장을 방해한다. 신중하게 계획을 짜야 한다.

"카이?"

생각에 잠긴 나의 옆에서 애쉬가 얼굴을 들여다보며 물었다.

"음. 에미, 네가 이 건으로 우리에게 제공할 수 있는 건 뭐지?"

"카이? 그것은──."

끼어드는 로제를 손으로 제지했다.

"우리도 이 건으로 적지 않은 위험을 감수하게 돼. 대가는 확실히 받겠어. 대답해. 너는 우리에게 무엇을 제공할 수 있지?"

세상은 결국 대가의 교환으로 이루어져 있다. 일방적인 무상 제공은 질색이고, 무엇보다 당사자 간의 신용도 얻을 수 없다.

"미래의 개업 자금으로 모은 30만 올도 이미 그들에게 주고 말았어. 이제 나에게는 아무것도 없어…….'

에미가 고개를 숙이고, 그런 동정심을 유발하는 대답을 했다.

"아무것도 줄 대가가 없다면, 힘은 빌려줄 수 없어. 우리는 친절한 용사님도, 영웅님도 아니야. 그런 무상의 자비가 필요하다면 올 곳을 잘못 골랐어."

"카이!"

로제가 다시 비난하는 말을 하려고 하였다.

"마스터가 옳소. 로제, 당신은 잠시 가만히 있으시오."

나의 옆에 앉은 아스타가 로제에게 강한 어조로 충고했다.

"……정말 나에게는…….'

에미가 무릎 위로 바지를 꽉 쥐고, 목소리를 떨었다.

"아가씨, 사부는 한 마디도 네가 무엇이 가능한지 묻지 않았어. 어디까지나 묻고 있는 건 아가씨가 무엇을 할 것이냐는 거야."

지금까지 팔짱을 끼고 가만히 듣고 있던 잭이 옆에서 힌트를 주었다. 그것을 말해버리면 질문한 의미가 없어지고 만다.

참고로 내가 가르치게 된 뒤로, 잭은 나를 사부라 부르게 되었다. 하지 말라고 해도 듣지 않으므로 그대로 방치하고 있다. 그래, 호칭 따위는 어차피 기호에 불과하다. 아무래도 좋다.

"잭……."

비난 섞인 시선을 보내자, 잭이 당황하여 눈길을 피했다.

"내가 무엇을 할지……."

그녀는 그 말을 몇 번이고 되풀이했다.

"나는 요리밖에 특기가 없어. 요리로 갚을게."

내가 바라던 대답이었다.

"로제, 그녀가 우리 진영에 들어오고 싶은 모양이야. 잘됐네. 영지민 제1호 아닌가?"

왕도에 사는 장인들은 특정한 영주의 지배를 받지 않는다. 토지와 매장을 운영하며 고액의 세금을 국가에 내는 것으로, 왕도에 사는 것을 허락받은 것이다. 한마디로 프리 국민이라는 뜻이다. 그리고 장인들이 자발적으로 특정 영주를 섬기는 것에는 아무런 제한이 없다. 즉, 본인이 바라면 왕도민이 로제의 영지민이 되는 것도 가능하다.

"카이……."

이제야 나의 의도를 이해했는지, 로제가 어이가 없는 듯 크게 한숨을 쉬고 고개를 가로저었다.

그럼 일단 정보 수집부터 해볼까. 지금까지는 시라유키에게 맡겼으나, 그녀의 전문은 첩보다. 진정한 의미의 정보 수집과는 조금 다르다. 약은 약사에게. 이 세계의 프로 정보상을 발견해야 한다.

나아가 지금도 감시당하고 있는 이 상황을 어서 어떻게든 처리해야겠다. 뭐, 감시자는 이 숙소의 다른 손님이나 최근 들어온 종업원 등이다. 안나와 이 숙소의 지배인이 나에게 의논하러올 정도였으므로 기량은 완전히 초보 수준. 아마 눈치채지 못한 것은 로제와 애쉬 정도일 것이다. 지금은 큰 피해가 없지만, 그래도 앞으로 어떻게 될지 모른다.

"나는 할 일이 생겼어. 잭, 따라와."

"좋아!"

잭이라면 이런 거친 일은 능숙할 테고, 왕도에 전부터 살기도했던 모양이니 뒷세계의 사정에 대해서도 다소 짐작 가는 곳이있을지도 모른다.

우리는 현재, 왕도 남서쪽 일각에 있는 인상이 험악한 거친 남자들이 드나드는 건물 앞에 있다.

"저 녀석들이 야엔의 하부 조직이라 소문난 카마도마 패밀리야. 어디서 들은 얘기라 그리 신뢰는 안 가지만."

"틀리더라도 그건 그거대로 괜찮아. 직접 물어보면 확실해지겠지."

잭이 나를 잠시 응시하였다.

"저기, 사부, 왜 이번 사건의 원흉 중 하나인 야엔을 직접 노리지 않는 거야? 어차피 없앨 거라면, 그쪽이 빠르지 않아?"

진지한 얼굴로 묻는다.

"야엔을 없애면 흑막이 이번 일에서 손을 뗄 우려가 있어. 그래서는 전혀 의미가 없으니까."

그들은 반드시 사건을 일으켜줘야 한다. 그래야 비로소 그들에게 똑같이 파멸을 선사할 수 있다.

"그래도 저 태양과 까마귀 마크 좀 봐. 아마 저 녀석들, 저 '아케가라스' 산하일걸? 그리고 물론 야엔도 그럴 거야."

'아케가라스'란 뒷세계의 킹인 3대 세력의 하나다. 아멜리아 왕국의 왕도 뒷세계는 특히 이 '아케가라스'의 세력 범위라고 일컬어진다.

"그게 무슨 문제인데?"

잭은 잠시 나를 바라보았으나, 고개를 크게 가로저었다.

"아니야. 애초에 사부가 인간을 상대로 일일이 동요할 리가 없겠구나."

남 듣기 거북한 소리네.

"인간이 상대이기 때문이 아니야. 상대가 뒷세계의 인간이라 낙관적일 뿐이지."

파프라에서 패러자이트의 일로 실감한 것이 있다. 뒷세계의 녀석들은 대체로 약하다. 아마 공적인 존재가 진심으로 개입하면, 쉽게 제거될 것이다. 즉 그들이 지금도 존재할 수 있는 것은 그들이 각 나라의 권력자들에게 이익이 되고 있기 때문이다.

"그런 걸로 해둘게."

잭이 어이가 없는 듯 중얼거렸다.

"그럼 갈까."

"좋아!"

내가 놈들을 향해 걸어가자 잭도 육식 동물 같은 사나운 미소를 짓더니, 양손을 뚝뚝 꺾으며 뒤를 따랐다.

"이봐, 멈춰!"

건물 입구까지 가자, 뾰족 머리에 투박한 남자와 볼에 흉터가 있는 짧은 머리의 곱상한 남자가 나의 코앞으로 칼을 들고 명령했다.

"너희 보스에게 데려가. 얌전히 따르면 아무것도 안 해."

가능한 한 상큼하게 웃는 얼굴로 전했다.

"응, 우리는 친절하니까."

아니, 잭, 양손을 뚝뚝 꺾으며 말하면 설득력이 전혀 없잖아. 나처럼 하얀 이를 보이며, 기품 있게 싱긋 미소를 지어야지. 예상대로 남자는 근육 덩어리 같은 잭의 모습에 긴장된 표정을 지었다.

"어, 어이, 습격이야! 이놈들아, 어서 나와!!"

수십 명의 무장한 거친 남자들이 건물에서 줄줄이 나왔다. 음, 아무래도 내가 예상한 사태가 벌어질 듯하다. 나는 한 걸음 앞으로 나아갔다.

"사부, 여긴 나에게 맡겨줘. 마침 습득한 힘을 시험해보고 싶었거든."

잭이 나의 앞으로 나와 양쪽 손바닥을 마주치고 마력을 모았다. 즉시 잭의 온몸이 옅은 색의 피막으로 감싸였다.

흐음, 무영창 발동도 제법 자연스럽게 할 수 있게 되지 않았나. 게다가 저것은 경질화인가. 경질화란 온몸을 빈틈없이 마력 피막으로 감싸고, 그 성질을 딱딱하게 변질시키는 강화 마법의 일종이다. 말하자면 나의 세포 단위로 감싸는 '금강력'과 정반대의 발상으로 이루어진 마법이다.

아마 세포 단위로 감싸기란 지금 잭의 기술로는 불가능하겠지. 그렇다면 아예 온몸을 뒤덮어보자는 발상일 것이다. 마지막으로 키가 크고 수염 난 얼굴에 스킨헤드의 남자가 나와, 잭과 나를 의욕 없이 바라보았다.

"저 바보 자식들이 어디 조직인지 알고 싶군. 산송장으로 만들어서 안으로 끌고 와!"

스킨헤드는 남자들에게 큰 소리로 명령하고 건물 안으로 들어갔다. 저 관록으로 보아 아마, 저 남자가 이곳의 보스인 모양이다.

압도적인 물량 차이 탓인가. 조금 전까지 경계하던 모습이 거짓말처럼, 그들은 여유로운 미소까지 짓고 있다.

뾰족 머리 남자가 잭에게 다가와 그의 볼을 장검으로 탁탁 때렸다.

"보스의 지시다. 얌전히 베이면, 죽지는 않을 거다."

당당하고도 어리석은 협박 문구였다.

"바보냐."

잭이 볼에 닿은 장검을 붙잡았다.

"야, 수상하게 움직이지 말── 어라?"

뾰족 머리가 든 장검이 끝부터 완전히 구부러져 있었다. 잭은 그 구부러진 장검의 도신을 맨손으로 마치 찰흙이라도 만지는 것처럼 꽉 쥐었다.

금속이 구겨지는 소리가 초현실적으로 울리는 가운데, 우리를 둘러싼 무장한 남자들은 모두 조용히 꿈쩍도 하지 않았다.

"괴, 괴물……."

뾰족 머리가 간신히 내뱉은 새된 목소리에 잭은 입꼬리를 올려 날카로운 송곳니를 드러냈다. 그리고 유린이 시작되었다.

잭이 난동을 부린 덕분에 한 사람을 제외하고, 모두 완벽하게 전의를 잃고 벌벌 떠는 상태가 되어 정좌하고 있다. 그 유일한 사람은 어떤가 하면,

"우리는 '아케가라스'에 의해 이 왕도의 지배를 맡고 있는 '야엔' 산하의 카마도마 패밀리다!"

아까부터 같은 협박 문구를 조잘대며 떠드는 아까 그 보스 같은 스킨헤드 남자다.

"음. 그건 알아. 그러니 이렇게 찾아온 거잖아."

그는 나의 대답에 뒤늦게 눈을 크게 뜨고 침을 튀기며 떠들어댔다.

"뭐?! 알고 있다고?! 우리 뒤에는 야엔, 그리고 '아케가라스'가 있다니까?!"

"그건 됐어. '야엔'에 대해 너희가 아는 모든 것을 말해. 혹시 더욱 잘 아는 녀석이 있으면, 그 녀석을 데려와."

나는 스킨헤드 남자에게 다가가 내려다보며 강하게 명령했다.

"웃기지 마라! 왜 우리가 그런 가족을 배신하는 짓을 해야 하는데!"

"흠. 몸을 지키려 동료를 파는 짓은 거절하다니. 괜찮은 마음가짐이야."

이 정도로 동료의 모든 것을 폭로할 것이라고는 생각하지 않는다. 들키면 숙청될 것이므로, 어중간한 일로 모든 걸 토해낼리가 없다. 따라서 시작부터 이렇게 할 생각이다.

나는 팔을 걷은 뒤, 아이템 박스에서 이런 때를 위해 정리해둔 몇 가지 기구를 꺼냈다.

"사부, 그것은?"

잭이 어쩐지 긴장한 얼굴로 매우 뻔한 질문을 하였다.

"으음, 순순히 무엇이든 말하고 싶어지는 마법의 도구야."

바닥에 놓인 기구에서 아무거나 하나를 집으며 대답했다. 파프가 최근 뮤와 함께 노는 일이 많아 책을 읽지 않게 돼서, 대신내가 미궁에서 얻은 좀 악질적인 책을 여러 권 숙독했다.

"무, 무슨 짓을 하려는 거야?"

겁에 질려 목소리가 떨리는 수염 난 스킨헤드 남자의 멱살을잡았다.

"물론 네가 기분 좋게 말하고 싶어지도록 해야지."

의자에 앉히고, 나는 입꼬리를 올리며 대답했다.

"하, 하지 마!"

"괴로워. 나도 너무 괴롭지만, 열심히 마음을 다잡고 너의 책무를 다해줘."

스킨헤드 남자의 입에서 작은 비명이 새어 나왔다――.

"그게 전부입니다!"

그 책의 몇 페이지에 해당하는 행위를 시험했을 뿐인데, 손쉽게 배신하고 나서서 비밀을 폭로하기 시작했다. 옆에서 지켜보던 카마도마 패밀리의 약 40퍼센트가 거품을 뿜으며 의식을 잃었고, 60퍼센트는 덜덜 떨며 눈물과 콧물을 흘리며 용서를 구하는 말을 줄줄 내뱉고 있다.

"너희는 정말 쓰레기구나."

처음에는 나의 심문에 연민의 표정을 짓고 있던 잭도 왕도에서 '야엔'이 벌이는 짓을 듣는 동안 점점 연민의 감정이 줄어들더니, 대신 얼굴에 격렬한 분노의 빛이 어렸다.

밀수 및 금수, 금지품의 매매 등은 그나마 나은 편이다. 일반인에게 마약을 퍼뜨려 빠져나갈 수 없게 하고, 거액의 빚을 지게 하여 '야엔'이 주최하는 노예시장에 팔아치운다. 에미의 부모님처럼 속아서 대출을 받고, 부당한 이자를 내게 하여 파산으로 몰아넣은 뒤 노예상에게 판다. 또한 옥션이라는 일부 고위 귀족만 참가할 수 있는 지극히 악질적인 이벤트도 주최한다고 한다.

"사부, 이 녀석들은 어떡할래?"

"그러게. 패러자이트와 달리 이 녀석들은 너무 지나쳤으니, 벨제바브에게 처분시킬까."

이 정도로 나쁜 놈들이라면 처음부터 벨제바브에게 맡겼으면 좋았을지도 모른다.

"그건 오해입니다! 야, 야엔의 산하라고 말했지만, 저희가 맡은 것은 그저 밀수와 금수업뿐입니다! 맹세코 그 이상의 일은 하지 않았습니다!"

나의 말에 스킨헤드의 보스가 크게 당황하여 필사적으로 반론했다.

"사토리, 지금 이 자의 말이 사실이야?"

나는 심문으로 실토한 이들의 말을 순순히 믿을 만큼 순진하지 않다. 사토리에게 모든 것을 판단하도록 하고 있었다.

"진실인 모양입니다. 지금까지 한 발언에는 일절 거짓이 없었습니다."

주위에 울려 퍼지는 모습이 보이지 않는 소녀의 목소리에 카마도마 패밀리 멤버들이 비명을 질렀다.

"그럼 마지막이야. '야엔'들의 멍청한 짓에 '아케가라스'가 관여하고 있나?"

만약 관여하고 있다면, 없앨 대상이 '아케가라스'로 확대된다.

"윗분들의 사정이라 확신은 할 수 없지만, 저희와 마찬가지로 '아케가라스'에 상납금을 내고 있으니, 존속이 허락된 관계인 것 아닐까요."

"여기 왕도에서 '야엔'의 행위는 모른다고?"

"아, 네, '아케가라스'가 요구하는 것은 상납금뿐이고, 그 외의 제약은 하지 않았거든요! 저희도 중개인을 통해서 상납금을 내고 있는 것에 불과해서, '아케가라스'에 대해서는 아무것도 모릅니다! 정말입니다! 믿어 주십시오!"

결국 스킨헤드 남자는 바닥에 이마를 대고 목소리를 쥐어 짜냈다. 사토리가 아무 말도 하지 않는 것으로 보아 진실인 모양이다. 뭐, '야엔'을 없앤 것으로 분노하여 나에게 싸움을 건다면, 그건 그것대로 재밌을 거다. 당분간 '아케가라스'는 방치해두자.

그럼 이제 이 녀석들도 알 법한 사람을 꺼내자. 아까부터 이야기 중간중간 나온 이름이다.

"그럼 그 무지나라는 왕국 제일의 정보상에게 안내해."

그자라면 왕국에서 일어난 모든 사건을 알 것이다. 적어도 이 보스는 그렇게 믿고 있다.

"네, 넵! 기꺼이!"

이제야 해방된다고 생각했는지 모두 뛸 듯이 기뻐했다. 해방된다고 엉엉 우는 사람까지 있었다. 기뻐하는 중에 미안하지만. 그래도 일반인을 산송장으로 만들라고 명령하는 자를 자유롭게 놔둘 만큼 나는 마음이 넓지 않다. 기리메칼라에게 조교를 명령한 뒤, 바르세의 전 노예상이 새롭게 만든 기리 상회에서 일하게 할까. 그 상회는 기리메칼라가 담당했으니, 이런 부류의 바보를 관리하기에는 딱일 것이다. 게다가 전에 기리메칼라의 부탁으로 현재 상황을 확인하러 갔을 때 그 나긋나긋한 지배인이 바빠서 인력이 부족하다고 한탄하고 있었다.

"그럼 안내하겠습니다!"

보스가 벌떡 일어나 휘청거리면서도 걷기 시작했다.

아까의 반항적인 태도에서 완전히 달라져 매우 순종적이다. 역시 뒷세계 인간들은 그 이지 던전의 마물들과 똑같이 철저하게 혼내주어 실력 차이를 충분히 깨닫게 하는 것이 최고다.

"사부는 정말 무서운 사람이야."

스킨헤드 보스의 겁에 질린 모습을 지그시 바라보며, 잭이 그런 헛소리를 하였다.

"그런가? 이 정도는 별거 아니라고 생각하는데."

적어도 벨제바브에게 맡기는 것보다는 훨씬 자비로웠을 거라 생각한다.

"아니, 평범한 신경으로는 그런 끔찍한 생각은 못 할걸."

끔찍하다니. 그 책에는 더욱 기분 나쁜 수단이 무수히 기록되어 있었다. 내가 한 것은 그나마 귀엽게 봐줄 수 있는 수준이고, 일단 끝난 다음에는 모두 회복시켰다. 무엇보다 나로서는 모든 사람을 흠씬 두들겨 팬 잭에게만은 그런 말을 듣고 싶지 않다.

"형님들은 대체 정체가 뭐죠?"

보스가 떨리는 목소리로 물었다.

"그건 듣지 않는 게 현명한 길일걸."

잭이 의미심장하게 말하자, 스킨헤드 남자의 얼굴에서 급속도로 핏기가 가시더니 길을 가면서 더는 입을 열지 않았다. 그리고 왕도 남서쪽 구석에 위치한 벽돌로 지은 단독 주택으로 들어갔다.

"이 녀석이 왕도 제일의 정보상, 무지나입니다. 그럼 전 이만!"

반바지에 검은색 천으로 가슴을 가리고, 검은색 로브를 걸친 소녀. 보스는 무지나를 우리에게 소개하고, 도망치듯이 건물에서 나가려고 한다. 그러나——.

"히이이익!"

코가 긴 괴물에 의해 목덜미를 잡히고 말았다.

"기리메칼라, 그 녀석과 동료의 썩은 근성을 고쳐주고, '카르텔'에서 네 아래 있는 그 길드 상회에서 써줘."

"배려에 감사드립니다."

기리메칼라는 무릎을 꿇고 고개를 숙이더니 인간들과 함께 연기처럼 흔적도 없이 사라졌다.

"어서 오세요. 손님이 요즘 소문이 자자한 무능 기프트 홀더이자 최강의 검사 씨구나. 하지만 실제로 만나보니 훨씬 더 엄청난데."

무지나가 나를 실례되게 훑어보듯이 관찰하며, 그런 거창한 감상을 말했다.

"최강의 검사는 너무 과장인데. 나보다 뛰어난 검사는 이 세계에 넘치도록 있어."

뭐, 투쟁이라면 설령 누가 상대라도 질 마음이 전혀 없지만.

"손님이 바란다면 그렇게 해둘게. 아무튼 어떤 정보를 원해?"

무지나가 의자에 책상다리로 앉아 담뱃대를 물고 깔깔 웃더니, 비즈니스 이야기를 꺼냈다.

이번에 무지나에게 의뢰한 것은 '야엔'과 오부츠 후작가가 과거 3년간 일으킨 모든 범죄 행위에 대한 상세한 정보와 우리의 왕도에서의 거점에 대해서다.

왕도에서의 거점에 대해서는 왕도 남동쪽에 있는 신축 저택의 구매를 권유받았다. 놀랍게도 카마도마 패밀리 보스의 옆집으로, 매일 인상이 험악한 자들이 드나들기에 살 사람이 좀처럼 나타나지 않아서 가격이 매우 떨어졌다고 한다.

왕도 남동 지구는 교외의 빈민가에 있어서 귀족이 사는 고급 주택가와는 크게 떨어져 있다. 실수로라도 귀족들은 발을 들이지 않는다. 흉계를 꾸미기에는 최적의 장소일 것이다.

그 뒤 무지나의 중개를 받아 저택의 소유자에게 1천 올로 3층 높이의 저택을 구매했다.

그리고 토벌 도감의 동료들에게 저택 수리와 청소를 맡기고, 일주일 뒤에 다 같이 숙소에서 저택으로 전이했다.

"와, 넓어!"

"넓어요!"

파프와 뮤가 저택에서 환호하며 신나게 뛰었다. 여기라면 주위를 신경 쓰지 않고 마음껏 회의할 수 있다. 게다가 슬슬 무지나와 약속한 날이 온다. 사건에 대해 아주 상세한 정보를 얻을수 있지 않을까?

＊＊＊

창밖에서 들리는, 아침이 온 것을 전하는 새들의 지저귐. 커튼 사이로 비치는 햇빛에 뮤는 폭신폭신한 침대 위에서 눈을 가늘게 뜨고 기지개를 켰다.

"더는 못 먹어요……."

바로 옆에서 파프가 행복한 얼굴로 잠꼬대를 하며 몸을 뒤척였다. 이 방은 카이 오빠의 방이다. 요즘은 매일 파프, 카이 오빠와 함께 자고 있다. 당연히 아침부터 바쁜 오빠는 이미 방에 없었다.

눈을 비비며 몸을 일으키자, 안나 언니가 방으로 들어와 커튼을 젖혔다.

"자, 파프, 뮤, 밑에서 얼굴을 씻고 와. 그다음에 아침밥 먹자!"

웃으며 다정한 목소리로 말을 걸어왔다. 안나 언니는 항상 뮤와 파프의 다정한 언니라서 정말 좋다.

"오늘 밥은 뭐예요?!"

파프는 졸린 듯 눈을 비비고 있었으나, 밥이라는 말을 듣자마자 눈을 뜨고 몸을 내밀었다.

"애쉬가 아침은 고등어 된장 뭐라고 했는데……."

"고등어 된장 조림이에요!"

환한 얼굴로 파프가 폴짝폴짝 뛰어다녔다.

"뮤도 어서 가요!"

그리고 뮤의 손을 쭉쭉 잡아당겼다.

"응! 파프, 잠깐만 기다려!"

뮤도 늦지 않도록 파프의 뒤를 따라갔다.

1층 세면장에서 얼굴을 씻은 뒤, 식당으로 가자 모두 앉아 있었다.

"주인님!"

파프가 활짝 웃으며 의자에 앉아 있는 카이 오빠를 끌어안고는 그의 배에 얼굴을 묻었다. 파프는 카이 오빠를 아주 좋아해서, 기본적으로는 늘 함께 있다. 그리고 카이 오빠가 오래 자리를 비우면 불안해서 견딜 수 없는 듯하다. 뮤도 갑자기 헤어지게 된 아빠, 엄마, 언니와 매일 만나고 싶으니 그 마음은 너무나 잘 안다. 분명히 파프에게 카이 오빠는 뮤에게 가족들과 같은 무엇보다 소중한 사람일 거라 생각한다.

뮤가 파프의 옆에 앉는 사이, 부엌에서 앞치마를 두른 애쉬 언니와 안나 언니가 양손에 요리를 들고 모습을 드러냈다.

"완성됐어."

애쉬 언니와 안나 언니가 테이블에 요리를 내려놓았다.

"생선! 생선! 생선! 생선이야!"

카이 오빠의 무릎 위에 얌전히 앉아 있던 새끼 늑대, 펜이 '생선'을 연호하며 빛나는 눈으로 꼬리를 붕붕 흔들었다.

"맞아, 펜은 생선도 좋아하지."

"응! 나 생선 진짜 좋아해!!"

작은 발을 들고 자기주장을 하는 모습에 저절로 흐뭇한 표정이 지어졌다. 펜은 무척이나 귀엽다. 아침밥을 만들어준 애쉬 언니와 준비를 도운 안나 언니도 자리에 앉았다. 안나 언니는 로제 언니와 함께 손을 모아 신에게 감사 기도를 시작했다. 뮤도 그걸 따라 했다.

그러나 카이 오빠는 무릎 위의 펜을 쓰다듬고 있을 뿐이고, 파프는 발을 파닥거리며 눈앞의 요리만 뚫어져라 보고 있다. 구미 언니는 카이 오빠의 그릇에 요리를 담아주고 있다. 잭 오빠는 크게 하품을 하며 기지개를 켰고, 아스타 언니는 열심히 책을 읽고 있을 뿐 쳐다보지도 않는다. 모두 정말 자유롭다.

"그럼 먹읍시다."

기도를 마친 로제 언니의 말에 모두 일제히 밥을 먹기 시작했다.

밥을 먹으면 공부와 수행 시간이다. 공부는 박식한 아스타 언니가 가르쳐준다. 아스타 언니는 몹시 귀찮은 듯하지만, 굉장히 세심하게 알려주었다.

공부가 끝나면 수행이다. 수행은 요즘 카이 오빠에게 무리하게 부탁해서 받고 있다. 다시는 도망치기만 하는 인생은 살고 싶지 않다. 이번에는 가족들을 뮤가 지켜내도록 하겠다. 그것이 뮤가 한 새로운 결심이다.

평소처럼 카이 오빠에게 무속성 강화 마법의 기초를 배웠다. 오빠가 말하기를 뮤는 이 마법의 적성이 아주 뛰어나다고 한다. 뮤 같은 수인족은 본래 인간족이나 엘프족과 비교하여 마법의 적성이 낮은 종족이다. 그러나 이것은 속성 마법에 한한 것으로, 무속성 마법은 반대로 뮤 같은 수인족이 더 적성에 맞는다고 카이 오빠가 단언하였다. 지금까지 마법 적성이 없는 것에 수인족은 모두 예외 없이 열등감 같은 것을 지니고 있었기에, 뮤는 그런 말을 들은 것이 어쩐지 겸연쩍으면서 자랑스러웠다. 마법 수행이 끝나고 점심을 먹고 나면, 그다음엔 전투 훈련이다.

"안 돼! 전혀 중심이 안 잡혔다!"

네메아 선생님이 주의를 주었다.

"네!"

카이 오빠의 부탁으로 네메아 선생님이 뮤를 지도해주게 되었다. 요즘은 잭 오빠와 함께 매일 수행에 힘쓰고 있다.

녹초가 될 때까지 네메아 선생님의 훈련을 받은 다음엔 자유 행동이다. 평소에는 파프와 놀러 가지만, 오늘 파프는 라돈 아저씨의 초대를 받아 없으므로 혼자 외출하였다.

저택에서 나와 잠시 걷자, 연식이 오래된 3층 높이의 커다란 건물이 보이기 시작했다. 저것이 레스토랑, '앗타카테이'다.

"안녕, 뮤!"

건물에서 나온 갈색 머리 남자아이가 뮤를 발견하고 오른손을 흔들었다.

"마르코, 아저씨랑 아주머니 있어?"

이 저택은 1층은 식당이고, 2층과 3층에는 뮤처럼 사정이 있어 현재 갈 곳이 없는 아이들이 여러 명 살고 있다. 뮤와 파프도 여기 아이들과 친해져서 이곳으로 놀러 오곤 한다.

"있어. 지금 에미도 왔는데 이제부터 요리를 만들어줄 거래. 너도 먹고 가!"

"응!"

"오늘은 그 먹보는 없어?"

마르코가 주위를 두리번거리며 물었다.

"오늘은 나 혼자야. 아쉬워?"

짓궂은 얼굴로 마르코에게 묻자, 그의 얼굴이 갑자기 새빨개졌다.

"바보야! 그럴 리가 있냐! 시끄러운 애가 없어서 편하고 좋네!"

마르코는 그렇게 허세를 부리더니 밖으로 나가려고 했다.

"마르코는 어디 가려고?"

"어, 난 오늘 요리에 쓸 거 사러 갈 거야!"

마르코가 오른손을 흔들고 종종걸음으로 큰길의 인파 속으로 사라졌다.

1층 식당의 주방으로 들어가자, 요리사 차림의 아저씨와 딸 에미 씨가 요리하고 있었다.

"오, 뮤도 왔구나. 다들 정원에 있으니 자리에 앉아 있거라."

프라이팬을 든 아저씨가 평소처럼 부드러운 미소를 지으며, 뮤에게 말을 걸었다.

"큰일이야. 달걀이 깨졌어."

그때 에미 씨의 목소리가 들렸다.

"그럼 내가 마르코에게 달걀도 사 오라고 전할게."

"미안해! 부탁할게!"

에미 씨가 부탁하는 자세를 취했다.

"걱정하지 마!"

마르코에게 이걸 전하기 위해 시장으로 향했다.

마르코와는 바로 만났다. 그리고 시장에서 식자재를 사다 애쉬 언니와 우연히 마주쳤기에 사정을 설명했다——. 그런데…….

"뮤도 제법이구나."

전혀 엉뚱한 착각을 하고 만 모양이다. 그러는 언니야말로 몹시 알기 쉬운데.

시장에서 식자재 구매를 마치고, 지금은 아이끼리만 돌아가는 것은 위험하다는 이유로 애쉬 언니도 같이 '앗타카테이'로 향하는 참이다.

"…………."

갑자기 언니가 그 자리에 멈췄다. 그리고 한곳을 응시한 채 전혀 움직이지 않았다.

이상하다 싶어 언니의 시선이 향한 곳을 보자, 검은색 옷을 입은 아름다운 금발 여성이 과일가게에서 오렌지색 과일을 사고 있었다. 저 금발 여성과 아는 사이냐고 물으려고 언니의 얼굴을 들여다보았다. 애쉬 언니는 크게 뜬 눈에서 눈물을 뚝뚝 흘리고 있었다.

"어, 언니?"

"어라?"

울고 있는 애쉬 언니에게 깜짝 놀라 말을 걸자, 언니는 당황한 듯 서둘러 소매로 눈물을 닦았다.

"왜 그래?"

"응, 괜찮아."

애쉬 언니는 고개를 몇 번이나 가로젓고, 걸어가기 시작했다.

너무 어색한 분위기다. 아까 눈물의 이유와 저 금발 여성에 관해 묻고 싶은 마음은 있다. 하지만 거기까지 파고들어도 괜찮을까?

고민하는 사이, 뮤는 앞에서 걸어오는 빨간색 로브에 달린 후드를 푹 눌러쓴 남자를 발견했다. 아멜리아 왕국은 마도 국가이며 왕도에는 이러한 마도사가 썩을 만큼 많다. 그렇기에 이것만이라면 크게 위화감이 없었을 것이다. 뮤가 신경 쓰인 것은 남자의 얼굴에 있는 붉게 그려진 몇 개나 되는 기하학적 무늬의 문신이었다. 저 문신을 보기만 해도 왠지 마음이 울렁거렸다.

'애쉬 언니, 저 사람……'

'나도 봤어.'

애쉬 언니도 굳은 얼굴로 작게 고개를 끄덕이고, 뮤와 마르코의 손을 잡고 뒷골목으로 달려갔다.

"도망치다니, 너무 서운한걸."

묘하게 쉰 목소리와 함께 눈앞에서 뮤 일행이 가는 길을 막아서듯이 나타난 빨간 로브의 남자.

"힉!"

사람이라고는 생각할 수 없을 만큼 일그러진 미소를 보고, 마르코가 작게 비명을 질렀다.

"…………."

애쉬 언니는 빨간 로브의 남자로부터 뮤와 마르코를 감싸듯이 자신의 뒤로 이동시키며 물러났다. 그러나 어느새 언니의 배에 남자의 주먹이 꽂혀 있었다.

"애쉬 언니!"

이름을 불렀을 때는 이미 남자의 손이 다가와 있었고, 뮤의 의식은 새하얗게 물들어갔다.

등으로 단단한 돌 특유의 울퉁불퉁한 느낌이 느껴져 무거운 눈꺼풀을 뜨자, 그곳은 어두컴컴하고 철창이 있는 방이었다. 같은 방 안에서 훌쩍훌쩍 우는 소리가 들렸다.

"다행이야! 정신이 들었구나!"

마르코가 울먹이면서도 안도하여 외쳤다. 이 비장함이 가득한 얼굴로 보아, 지금 어떤 상태인지는 새삼 확인할 것도 없을 듯하다.

일단 주위를 둘러보았다.

'이곳은 지하실…….'

카이 오빠와 만날 때까지 매일 갇혀 있던 그 차갑고 딱딱한 돌 감옥. 예상대로 다양한 종족의 아름다운 여성과 아이들이 구석에서 몸을 붙이고 떨고 있었다.

'애쉬 언니?!'

뮤의 소중한 가족이 이 자리에 없다는 사실에 급속도로 핏기가 가셨다.

"누나는 끌려가 버렸어!"

마르코가 울면서 지금 가장 궁금했던 점을 알려주었다.

세 사람을 납치한 적의 정체와 목적, 모두가 불명확한 상황이다. 게다가 그 빨간 로브를 걸친 남자의 움직임이 뮤에게는 전혀 보이지 않았다. 어떻게 보아도 절체절명의 상황. 본래 아이인 뮤가 할 수 있는 일에는 한계가 있다. 아마 카이 오빠와 만나기 전의 뮤라면 분명히 이 비극을 그저 한탄만 했을 것이다. 하지만 지금은——.

"내가 도움을 요청하러 다녀올게."

카이 오빠라면, 그런 녀석쯤은 분명히 해치울 수 있다. 이런 비극을 끝내줄 것이다.

"도움을 요청하다니 어떻게?!"

당연한 마르코의 질문에 뮤는 철창으로 다가가 양손으로 꽉 쥐었다. 그리고 배꼽 언저리에서 생긴 마력을 천천히 온몸으로 침투시켰다.

'가능한 한 단단하고, 또 강하게, 신수님처럼 빠르고 강인하게……'

서서히 철창에 힘을 주었다. 철창이 삐걱대는 소리를 내며 휙 구부러지면서 금세 한 사람 정도는 빠져나갈 수 있을 만한 틈이 생겼다.

"그럼 난 다녀올게. 마르코는 여기서 기다리고 있어. 괜찮아, 얼른 나의 영웅을 데려올 테니까!"

아연실색한 마르코와 감옥 안에 있는 사람들을 힐끗 보며, 뮤는 달려갔다.

지상으로 이어지는 계단 앞에서 하품을 하는 감시자를 향해 지면을 박찼다. 주위 경치가 빠르게 뒤로 흘러가며, 뮤의 몸은 순식간에 감시 역힐인 두 남자의 코앞에 도달했다.

"허?"

의아한 얼굴을 한 남자를 왼쪽 손바닥으로 쳐냈다. 강인한 남자의 체구가 푹 꺾이며 일격에 고통스러워하며 바닥에 쓰러졌다.

"이, 이 자식——."

허리에 찬 칼집에서 검을 뽑으려고 하는 다른 감시자의 얼굴 근처까지 도약하여, 원심력을 힘껏 실은 왼발 돌려차기로 그 얼굴을 후려쳤다. 남자는 몇 번을 회전한 뒤, 벽에 부딪히며 거품을 뿜고 기절했다.

'굉장해! 나, 강해졌어!'

잭 오빠와 연습할 때 뮤의 공격은 스치지도 못하였기에 강해졌다는 실감이 나지 않았다. 하지만 악당에게는 충분히 통하고 있다.

'이거라면 분명히——.'

뮤도 할 수 있다. 오빠가 뮤에게 해준 것처럼 곤경에 빠진 사람을 운명의 막다른 길에서 구해줄 수 있을지도 모른다. 어쩐지 흥분한 것을 스스로 느끼며, 문을 열고 지상으로 나갔다. 그곳은 아까의 음습한 장소와는 다르게 새빨간 양탄자가 깔린 환한 방으로 이어지고 있었다.

뮤는 몸을 숨기면서 신중하게 밖으로 나가는 출구를 찾았다.

'아마 저쪽이 밖일 거야.'

통로 안쪽 창문으로 새어 들어오는 달빛. 저곳이 밖이다. 저곳으로 나가면 뮤의 승리다. 카이 오빠가 마르코도, 애쉬 언니도 반드시 구해줄 것이다.

발을 내딛으려고 했을 때, 터질 듯한 환호성이 들렸다. 그리고 들리는 아이의 울음소리. 그것을 듣고 만 순간, 뮤의 발은 추를 단 것처럼 움직이지 않게 되었다.

'어서 가야 해!'

조급한 마음과 달리, 저곳을 확인하지 않으면 안 된다는 사명감과도 같은 충동에 휩싸였다.

지금의 자신으로는 빨간 로브 남자에게 어떻게 해도 이기지 못하는 이상, 승리 조건은 하나뿐이다. 카이 오빠를 데려와야 한다. 그것이 가장 확실하고 견실하며 뮤가 취해야 할 방법이다. 그러나──.

'분명 카이 오빠라면 그냥 내버려 두지 않을 거야.'

그런 생각이 머리 한구석에 스쳤을 때, 발이 그 문으로 자연히 움직였다.

문 앞에 서 있는 검은 옷을 입은 감시자의 의식을 일격에 빼앗고, 방 안으로 몸을 슬며시 밀어 넣었다. 그곳은 투기장과 같은 장소였다.

"…………"

그 안에 펼쳐진 광경을 잠시 뇌가 인식해주지 않았다. 그곳에는 송곳니가 매우 긴 강대한 호랑이 같은 생물과 이리저리 도망치는 작은 토끼 얼굴의 아이가 있었다.

"자, 자, 토끼 정령 꼬마는 사벨라이거로부터 언제까지 도망칠 수 있을까!"

삼삭 눈가리개를 한 검은 옷의 남자가 신난 목소리로 악몽 같은 광경을 중계했다.

"자, 열심히 도망치지 않으면 죽고 만다고요!"

사회자로 보이는 검은 옷의 남자가 노래하듯이 토끼 얼굴의
소녀에게 말을 걸었다.

울면서 필사적으로 도망치는 토끼 얼굴의 소녀와 그 뒤를 쫓
는 사벨라이거.

"이놈! 좀 더 근성을 보여봐! 너에게 얼마를 걸었는지 알아?!"

"맞아! 바로 먹히는 건 용서할 수 없어!"

관객들의 미친 듯한 응원. 뮤가 멍하니 바라보는 가운데, 토
끼 얼굴의 소녀가 결국 발을 헛디디며 넘어지고 말았다. 낙담
하는 목소리와 환호가 섞인 목소리가 실내에 울렸다. 그 와중에
맹수 사벨라이거가 소녀에게 천천히 다가갔다. 그리고 관객석
에 하나 놓인 감옥 안에는 사슬로 꽁꽁 묶인 토끼 얼굴의 여성
이 눈물을 흘리고 있었다.

"그만둬어어어!"

애원 섞인 외침. 그야말로 가족의 인연을 찢어놓은 듯한 절망
에 찬 표정이 뮤의 소중한 가족과 겹쳤을 때──.

"으아아아아!"

뮤는 감정이 내면에서 폭발하여 짐승처럼 으르렁거리며 관객
석으로 내려간 뒤, 바로 도약해 사벨라이거의 옆얼굴을 걷어찼
다. 사벨라이거는 데굴데굴 굴러 머리부터 투기장 벽에 부딪히
고는 움찔움찔 경련했다.

투기장에 술렁거림이 숲이 흔들리는 것처럼 퍼지는 가운데,

뮤가 토끼 얼굴의 소녀에게 다가갔다. 하지만 화염을 두른 몇 개의 화살이 뮤를 향해 똑바로 날아왔다. 몸을 비틀어 그것을 피한 순간.

"큭!"

갑자기 목덜미에 날카로운 고통이 흘러, 손으로 때려 떨쳐냈다. 손에는 한 마리 작은 벌의 사체가 붙어 있었다. 직후, 팔다리의 힘이 빠져 뮤는 바닥에 몸을 웅크렸다.

'뭐지?!'

필사적으로 일어나려고 하였지만 손가락 하나 까딱할 수가 없었다.

"너, 어디서 온 쥐새끼야?"

목소리의 주인이 뮤에게 다가와 멱살을 잡고 들어 올렸다. 오른쪽 볼에 원숭이 문장으로 문신을 새겼고, 위아래로 노란색 옷을 입고 짧은 곱슬머리에 몸집이 작은 남자다. 남자가 하품하며 뮤를 올려다보았다.

"보스, 이거 어떡할래?"

남자는 오른손으로 잡은 뮤를 휘황찬란한 자리 중심에서 거만하게 앉아 있는 남자에게 보여주었다. 같은 노란색 옷을 입은 통통한 입술의 남자다.

"그거어, 이번 타깃이 기르는 애완동물 중 한 마리잖아. 제안할까? 남은 저 토끼 모녀와 함께 다음 이벤트에 내보내는 건 어떨까나?"

그 질문에 쉰 목소리로 대답한 것은 보스가 아니라 호화로운 자리 구석에서 팔걸이에 왼쪽 팔꿈치를 대고 앉아 있던 빨간 로브의 남자였다. 저 남자, 뮤 일행을 습격한 녀석이다.

"오부츠 후작님, 조금 테마를 바꾸겠습니다만, 괜찮으시겠습니까?"

보스라 불린 통통한 입술의 남자가 빨간 로브의 남자를 힐끗보고, 마찬가지로 보스의 옆에 앉은 얼굴이 거대하고 인중이 이상하게 긴 남자에게 물었다.

"상관없다! 더 재미있어진다면 나야 좋지! 안 그러냐, 우리 아들!"

"그렇고말고! 아버지!"

오부츠 후작의 질문에 옆에 앉은 빙글빙글 말린 독특한 헤어스타일의 청년도 맞장구를 쳤다.

"그럼 시작하자! 공포와 쾌락! 희생과 배신! 즐겁고 짜릿한 이벤트를!"

길게 땋아 늘어뜨린 머리를 오른손으로 넘기며, 빨간 로브의 남자가 자리에서 일어나 두 팔을 벌리고 불길하기 짝이 없는 선언을 했다. 그 말이 끝난 직후, 뮤는 의식을 잃었다.

깊은 어둠 속에 비치는 빛의 띠. 그것들이 점차 숫자를 더해갔다. 그 빛 아래에서 눈을 뜨자, 그곳은 조금 전까지 있던 투기장이었다. 그리고 자신의 몸이 철봉에 묶여 있는 것을 확인했다.

"애쉬 언니!"

투기장 중심에 놓인 테이블 위에 똑바로 눕혀져 있는 것은 긴 검은 머리의 여성이었다. 즉시 철봉에서 빠져나오기 위해 자신에게 감긴 사슬을 끊으려고 하였으나, 꿈쩍도 하지 않았다.

'어, 어째서?!'

철창조차 구부러뜨렸다. 이런 작은 사슬을 끊어내는 일은 쉬워야 하는데.

"바보, 그건 무슨 짓을 해도 못 끊어내. 저 기분 나쁜 남자가 중위 정령의 영혼 결정을 이용해 엮은 사슬이라고 하니까."

볼에 원숭이 문신을 한 작은 남자가 뮤의 옆까지 다가와 무시하는 어조로 최악의 사실을 알려주었다.

"저, 정령의 영혼……."

정령이란 인간종보다 상위에 위치한 존재이고, 자연과 함께 살아가려는 수인족에게는 수호신에 가까운 존재다. 하필이면 그 영혼으로 사슬을 만들다니, 도저히 제정신이라고는 생각할 수 없다.

"정령이란 편리하다니까. 그 영혼을 거둬들이면 우리 마도사에게 절대적인 힘을 부여하고, 힘이 없는 인간족도 막대한 마력을 얻을 수 있거든. 봐, 저런 식으로."

남자가 턱짓으로 가리킨 귀빈실에서는 오부츠 후작이 접시 위에 놓인 하늘색 수정 같은 것을 나이프로 잘라 입에 넣고 있었다.

"저것……은?"

"정령핵. 그 영혼의 원천이라는 거다. 먹으면 인간의 한계를 벗어난 신체 능력과 마력을 얻을 수 있지."

"그럼 그 정령은?"

뮤가 떨리는 목소리로 물었다.

"아, 그건 확실히 처분한 다음 꺼낸 거야. 마력을 다루지 않는 일반인에게는 그리 의미가 있는 것은 아니지만, 신체 능력은 상승하고 수명도 다소 늘어나니까. 오락을 좋아하는 부자나 귀족 님에게는 최고의 상품이란 말이지."

볼에 원숭이 문신을 한 작은 남자가 의기양양하게 말했다. 그 너무나 끔찍한 대화 내용과 남자의 경박한 어조 간의 차이 때문에 도저히 현실감이 들지 않는다. 오직 하나 알게 된 것이 있다면——.

"당신들은 인간도 아니야!"

뮤가 절절한 심정으로 외쳤다.

남자는 크게 외치는 뮤를 무시하듯이 비웃었다.

"당연하지. 너, 내 기프트가 뭔지 알아? 소환사야, 소환사. 즉 나는 성무신 아레스에게 사랑받는, 말하자면 신의 아이란 말이야. 어떤 의미로는 인간을 초월한 거지."

완전히 제정신으로는 할 수 없는 망언.

틀렸다. 이 어른들은 미쳤다. 이제 뮤에게는 이 어른들이 어린 시절에 엄마가 들려준 옛날이야기에 나오는 악마로밖에 보이지 않았다.

"당신들은—— 반드시 패배하고 말 거야!"

아직 조금이지만, 같이 살았기에 안다. 카이 오빠가 이런 속물을 가만히 놔둘 리가 없다.

"그래, 그래. 슬슬 모든 준비가 된 모양이야."

뮤의 진지한 말을 마지막 발악으로 인식했는지, 볼에 원숭이 문신을 한 작은 남자가 추악한 미소와 함께 시선을 투기장 중심으로 향했다. 애쉬 언니가 눕혀져 있는 테이블 앞에는 흰옷을 입은 에미 씨가 새파랗게 질린 얼굴로 서 있었다.

"그럼 여러분, 아까 짐승이 난입하여 게임이 중단되었습니다만, 주최자 측의 제안으로 테마를 바꾸려고 합니다!"

사회자로 보이는 검은색과 흰색이 들어간 옷을 입은 남성이 선언하자, 관객석에서 터질 듯한 함성이 울렸다. 그리고 안쪽에서 운반되어 나오는 철제 우리. 그 안에는 아까 본 토끼 모녀가 두 팔과 다리를 묶인 상태로 갇혀 있었다.

"여러분도 아시는 대로, 이것은 저희 소환사님이 사역하고 있는 중위 정령입니다! 그리고 게스트를 소개하도록 하죠! 먼저 이번 요리사 역을 맡은 에—미—!"

오른손을 에미 씨에게 뻗으며 크게 외친다. 다시 터지는 함성에 에미 씨가 분한 듯 아랫입술을 깨물었다. 이런 나쁜 짓에 에미 씨가 가담할 리가 없다. 아마 마르코를 인질로 삼아 이 자리에 불러냈을 것이다.

"이어서 오부츠 후작 각하에게 무례하게 군 버릇없는 여자! 이 여자는 저 중위 정령 모녀와 난입한 짐승을 살처분하게 한 뒤, 죽을 때까지 실컷 오부츠 후작님의 노예를 시키도록 하겠습니다!"

저 착한 애쉬 언니가 그런 짓을 할 리가 없다. 그럴 터인데 이 때 뮤의 위기의식이 시끄러울 정도로 경보를 울렸다. 그리고 그런 뮤의 예감이 최악의 형태로 실현되었다.

"크릉!"

짐승처럼 으르렁거리며, 애쉬 언니가 마치 용수철에 튕긴 것처럼 테이블에서 일어나 바닥에 착지했다. 애쉬 언니의 온몸에 휘감긴 것은 실. 그리고 언니의 머리 위에 부유하며 양손으로 실을 조종하고 있는 것은 가면 괴물.

'저게…… 뭐야?'

가면 괴물의 등에 돋아난 흰색 날개. 저 모양은 마치——.

"자, 잠시 뒤 게임이 시작됩니다."

사회자가 오른손을 들자, 주위의 검은 옷들이 토끼 정령 모녀가 갇혀 있던 우리의 잠금을 풀고 문을 열었다.

"먼저 토끼 모녀의 사냥부터 시작하겠습니다!"

애쉬 언니가 눈을 뒤집은 상태로 바닥에 박힌 장검을 들더니, 두 팔과 다리가 묶인 토끼 정령 모녀에게 다가갔다.

어머니 토끼 정령은 자신의 아이를 감싸면서도 위협적인 소리를 냈다. 그 순간 애쉬 언니가 멈췄다.

"도……망……쳐…….."

침을 흘리며 입에서 내뱉은 말. 그런 애쉬 언니의 모습을 토끼 정령은 잠시 놀란 눈으로 보았으나, 적의를 없애고 미안한 표정으로 눈을 감아버렸다.

"어이쿠, 설마 우리 신관이 하늘에서 불러낸 사자님의 기적의 실에 저항하다니, 이 얼마나 죄가 큰 여자란 말입니까! 과연 우리 신의 아이인 오부츠 후작님께 무례하게 군 하찮은 여자답군요!"

사회자가 흥분하여 떠드는 가운데, 애쉬 언니가 끌려가듯이 토끼 정령 모녀에게 다가갔다. 그리고 결국 공격 범위까지 들어가 양손으로 장검을 들어 올렸다.

애쉬 언니가 부들부들 떨며 저항하며 굳어버렸다. 술렁거리는 실내. 그것들이 소란으로 변해갔다.

"얼른 죽이지 못할까!"

오부츠 후작이 이마에 굵은 핏대를 세우고 재촉했지만, 역시 애쉬 언니는 움직이지 않았다.

"이봐, 도쿠바치!"

보스 같은 통통한 입술에 짧은 머리의 남자가 오른쪽 뺨에 원숭이 문신을 한 작은 남자, 도쿠바치에게 지시를 내렸다.

"네, 네. 알겠습니다, 보스."

어깨를 으쓱하고 도쿠바치가 손가락을 딱 튕겼다. 그 순간 도쿠바치로부터 무수한 벌이 나타나 애쉬 언니에게 몰려갔다.

"큭⋯⋯."

벌에 쏘여 고통스러운 소리를 내며, 장검이 천천히 아래로 내려갔다.

"안 돼——!"

뮤가 바로 외친 순간—— 애쉬 언니를 둘러싸고 있던 주위의 벌들과 온몸에 감겨 있던 실에 붉은 선이 그어졌다. 벌들이 파열되고, 언니를 조종하던 실이 끊어졌다. 그리고 의식을 잃고 쓰러진 애쉬 언니를 검은 머리에 야성미 있는 청년이 부축하여 살며시 바닥에 눕혔다. 청년은 악귀와 같은 형상으로 허공에 떠 있는 새하얀 날개가 달린 괴물을 향해 장검을 들었다.

──뮤와 제국 출신 청년의 이야기는 이 자리에서 확실히 교차되었다.

***

──시간은 몇 주일 전으로 거슬러 올라간다.

지그닐은 바르세에 도착하자마자, 가우스의 딸 뮤의 몸값을 지불한 자의 신분을 알기 위해 노예상과 접촉하려고 하였으나, 이미 활동 거점을 바르세에서 신도시로 옮긴 상태였다. 따라서 신도시 '카르텔'을 방문하였는데…….

"뭐야 이게…….."

너무 믿기지 않는 풍경에 지그닐은 얼떨떨한 얼굴로 혼잣말을 했다.

아름다운 화초를 심어 깨끗하게 관리하는 정원을 중심으로 한 분수. 도저히 사람이 만들었다고는 생각할 수 없는 휘황찬란하고 거대한 건물. 그 주위에 건설되고 있는 익숙한 서민풍의 벽돌 건물 덕분에 간신히 이것이 현실임을 인식할 수 있었다.

"이곳이 최근 새롭게 생긴 신도시인 모양이네요."

백발 신사가 잘 다듬은 수염을 쓰다듬으며, 설명할 것도 없는 사실을 말했다.

이 신사는 자신을 루스라 소개했다. 무서울 만큼 자연스럽게 기척을 없애는 것이며 걸음걸이 등 태도로 보아 이 루스라는 남자는 평범한 상인이 절대 아니다. 아마 지그닐과 마찬가지로 무를 일상적으로 다루는 생활을 오래 보냈을 것이다.

"그래서? 그 노예상이 있는 곳은 알아냈어?"

"네, 대략적으로는……."

루스가 이렇게 말을 얼버무리는 일은 드물다. 고개를 갸웃하였으나, 그 이유도 금세 밝혀졌다.

"기리 직업 알선 상회?"

그 깔끔한 간판에 쓰인 것은 노예상과는 전혀 인연이 없는 멀쩡한 이름이었다.

"여기 노예상이지?"

"아마도……."

"도저히 그렇게는 보이지 않는데……."

"아무튼 이러고 있어도 일은 해결되지 않습니다. 들어가서 이야기를 들어보죠."

"그래."

건물 안으로 들어갔다. 안은 사람들로 바글바글했다. 접수처에 줄을 서 순서를 기다리는 동안, 지그닐의 바로 앞에 서 있던 여자의 대화가 귀에 들어왔다.

"정말 나도 고용해준다고?!"

눈에 띄게 노출도가 높은 옷을 입은 여성이 몸을 내밀고, 접수처의 깔끔한 옷을 입은 남성에게 물었다.

"네. 시금 새로 오픈한 음식점에서 종업원을 모집하고 있습니

135

다. 월급 12,000올입니다만, 이쪽은 어떠십니까?"

"12,000올? 그렇게나 많이 받는다고? 할래! 할 거야!"

"그럼 이 서류에 사인해 주십시오. 앞으로 고객님의 취직이 결정될 때까지 최선을 다해 돕겠습니다."

"부, 부탁할게!"

여성이 남성 직원의 손을 잡고 울먹이며 몇 번이나 머리를 숙였다.

"이봐, 정말 여기가 그 노예상이 있는 곳 맞아?"

"네. 뭐, 저도 자신감이 없어졌습니다만."

어깨를 으쓱하고, 루스가 접수처 남자에게 용건을 전하자 남자는 안색을 바꾸고 안쪽 방으로 사라졌다. 그 뒤 응접실 같은 장소로 안내를 받았다.

소파의 맞은편에 앉은 것은 화장을 한 검은 머리의 남자. 그 뒤로는 이 가게의 유니폼을 입은 검은 옷들이 곧은 자세로 나란히 서 있었다. 이 화장한 남자가 상회의 지배인인 모양이다.

"슬슬 올 때인 것 같아서 기다리고 있었어."

"기다렸다고? 다시 한번 찾아간다고 전한 적은 없을 텐데요?"

루스가 인상을 찌푸리며 화장한 남자에게 물었으나, 그는 전혀 대답하지 않고 돌돌 감아서 봉인한 양피지를 테이블 위에 놓았다.

"이것은?"

"글쎄, 나도 자세한 건 모르지만, 분명 당신들이 원하는 거야."

"뮤라는 소녀의 위치가 쓰여 있는 건가?!"

황급히 외치자, 지배인이 눈을 가늘게 떴다.

"그 집착. 결국 당신들도 나와 마찬가지로 그 소녀에 의해 인생이 바뀌겠구나."

의미심장한 말이었다.

"인생이 바뀐다고?"

"그래, 하지만 아무것도 전하지 말고 이것을 건네라는 게 그분의 지시야. 그러니 이 건에 대해 나는 자세히 말할 수 없어."

지배인은 고개를 가로저으며 자세하게 대답하기를 거부했다.

"그럼 뮤라는 아이가 무사한지만이라도 대답해!"

"그건 보장할게. 그분 일이니, 자신의 아이처럼 소중하게 데리고 있을 거야."

"그렇구나……."

눈앞의 남자가 거짓말을 할 이유는 없으니 아마 진심으로 그렇게 생각하고 있을 것이다. 적어도 당면한 위기 상황은 벗어난 모양이다.

"그래, 한 가지만 충고하는 정도는 용서해주겠지."

"충고?"

"그래, 앞으로 당신들은 어떤 선택을 하게 돼."

"그 선택이란?"

루스의 물음에 지배인이 테이블에 놓인 컵을 한 번 입으로 가져갔다.

"자신의 안전을 선택하여 지금까지와 같은 생활을 보낼 것인가. 아니면 고난을 선택하여 그분의 이야기 속에 들어갈 것인

가. 일단 그분이 내는 과제니까 그냥 어려운 정도가 아니겠지만, 도망치지 않고 마주한 끝에 나오는 것은 분명히 당신들을 행복하게 할 미래일 거야."

지극히 진지한 얼굴이지만, 전혀 의미를 알 수 없는 말이었다.

"…………."

"아아, 나도 참 어울리지도 않는 말을 해버렸네. 그분이 얽히면 이렇게 흐트러진다니까. 그럼 난 바쁘니까 이걸로 이만."

당황한 표정의 지그닐과 루스를 힐끗 보며, 지배인은 쓴웃음을 짓고 상쾌하게 나가버렸다.

곧바로 루스가 양피지의 봉인을 풀고 내용을 확인하자, 왕도의 어느 한 곳이 지정되어 있었다.

"루스, 어떻게 생각해?"

"네, 아마 이곳에 뮤 양의 정보가 있겠지요."

물론 지그닐이 물은 것은 그런 의미가 아니다. 대화 중에 나온 '그분'이라는 호칭. 그리고 저 지배인이 마지막에 한 의미심장한 말에 대해서다.

"그래. 가볼 수밖에 없겠지."

'그분'이라는 자의 의도는 모른다. 그러나 지그닐은 뮤라는 소녀를 아버지인 가우스에게 보내주기로 맹세했다. 반드시 해내겠다. 이것만이 지금 길을 잃은 지그닐의 유일한 목적이니까.

그 뒤로 지그닐과 루스는 바로 마차로 달려 왕도로 향했다. 지금 있는 곳은 양피지에 기재된 지정된 주소를 따라 도착한 벽돌

주택 앞이다.

"어, 왔구나. 반가워, 제국의 전 검제 지그닐 씨, 전 아멜리아 왕국 성왕마도기사단의 단장 루카스 씨. 나는 정보상 무지나. 잘 부탁해."

노출도가 높은 옷에 검은색 로브를 걸친 소녀가 담뱃대를 뻐끔뻐끔 피우며, 재미있다는 듯 뜻밖의 말로 인사했다.

할아버지에게 이름은 들은 적이 있다. 전 성왕마도기사단의 화염뱀 루카스. 아마 성왕마도기사단 사상 최강의 이름을 자랑하는 단장이었을 터. 이 남자가 정말 그 루카스라면, 이 몸짓도 완전히 납득이 간다.

"뮤 양의 위치를 알고 싶어요. 알려줄 수 있습니까?"

지그닐과는 대조적으로 전혀 동요하지 않고 본론으로 들어가는 루카스.

"내가 말할 수 있는 건 어디까지나 고객님에게 부탁받은 것뿐이야. 나머지는 두 분이 직접 판단해야 해."

소녀 무지나는 루카스의 질문에 긍정도, 부정도 하지 않고 입을 열었다.

"왕국의 수치들!"

루카스가 분노하여 외쳤다. 무지나의 입에서 나온 내용에 평소 무서울 만큼 냉정한 루카스는 완전히 분노한 상태였다. 딱히 루카스가 이상하다고는 생각하지 않는다. 이것을 제국이 저질렀다면, 지그닐도 같은 반응을 보였을 테니까. 그만큼 이야기의 내용이 추악했다.

하지만 의구심도 든다. 이 방식은 나쁘게 보자면, 뮤라는 아이를 인질로 삼아 지그닐과 루카스에게 쓰레기 청소를 시키려는 듯 보이기도 한다. 따라서 묻지 않을 수 없었다.

"그 '고객님'이라는 사람은 우리에게 알려서 세상을 바로잡을 셈인가?"

"세상을 바로잡는다고? 그 사람이?! 크햐햐햐햐햐!"

지그닐의 당연한 의문은 대단한 착각이었던 모양이다. 이상한 목소리로 외치더니, 아주 재미있다는 듯 배를 잡고 웃는 무지나.

"지금 그의 질문이 그렇게 이상합니까?"

미간을 찡그리고 루카스가 무지나에게 물었다.

"미안하지만, 그는 그런 멀쩡한 사람이 아니야. 좋게 말하면 자유인, 나쁘게 말하면 엄청난 응석꾸러기, 자기중심적 인물. 실수로라도 당신들처럼 세상을 바로잡겠다는 생각은 안 할걸."

담뱃대를 피우며 곱씹듯이 단언했다. 무지나의 말에 루카스의 얼굴에 강렬한 경계심이 떠올랐다.

"당신은 어디까지 알고 있습니까?"

"내 이야기는 여기서 끝. 뒤는 그쪽에서 판단해."

"기다려! 뮤라는 수인족 아이는 어디 있는데?"

거드름을 피우는 무지나에게 짜증이 섞인 목소리로 물었다.

"그건 이번 요금에 포함되지 않은 내용이야. 돈을 지불하면 가르쳐주겠지만, 그럴 시간이 있을까?"

"그건 무슨 뜻인데?"

"방금 말한 옥션, 오늘 밤이거든."

이미 해가 지고 있다. 즉——.

"큭! 그 말을 먼저 했어야지! 지그, 죄송합니다. 저에겐 할 일이 생겼습니다."

루카스는 무지나의 이야기에 나온 몇 사람에게 격렬하게 반응했다. 아마 과거의 악연이라도 되는 모양이다. 무엇보다 루카스는 오는 동안, 마을을 습격한 산적이나 고블린 퇴치 등을 무상으로 받아들이기도 했다. 본래 이러한 범죄 행위를 허용하는 타입이 아니다.

"그럴 줄 알았어. 나도 도울게."

지그닐의 목적은 뮤라는 소녀의 보호다. 이런 목적에 반하는 행위는 아무런 이득이 없다. 그런데 실로 자연스럽게 입에서는 힘을 빌려주겠다는 말이 튀어나왔다.

"제국의 검제는 좀 더 메마른 남자라고 생각했는데요."

"나도."

루카스는 잠시 소리 내어 웃었으나, 금세 진지한 표정으로 돌아갔다.

"고마워요. 든든하군요. 그럼 갑시다!"

루카스가 먼저 방에서 뛰어나갔다. 지그닐도 그를 따라 달렸다.

지그닐은 썩어도 전 검제다. 또한 예전에 사상 최강이라 일컬어지던 화염뱀 루카스까지 있기에 쉽게 침입할 수 있었다. 곧 타원형의 거대한 투기장 같은 장소에 도착했다.

안에서는 열기와 환호성이 가득했는데, 새하얀 날개가 달린 무언가가 검은 머리 소녀를 조종하여 토끼 얼굴의 모녀를 죽이는 행위를 응원하는 듯했다.

"쓰레기들이!"

그 광경을 본 순간, 몸이 멋대로 움직였다. 바닥을 몇 번이나 박차고 나아가 당장이라도 검을 휘두르려고 하는 검은 머리 소녀에게 도달하여, 허리에 찬 장검을 뽑아 그 실을 잘라냈다. 그야말로 실이 끊어진 인형처럼 바닥에 쓰러진 검은 머리 소녀를 안아 안전하게 눕혔다. 그리고 소녀를 조종하던 이상한 형체에게 칼끝을 향했다. 그 틈에 루카스가 수인족 소녀에게 다가가 그녀를 구속하던 사슬에 오른손을 대고 주문 같은 것을 외우자 마법진이 나타났으나, 금세 푸슉 사라지고 말았다.

"제법 성가신 속박을 해둔 모양이군요. 아무래도 이 자리에서 해제는 어려울 것 같아요. 그 전에——."

루카스는 관객석에 거만하게 앉아 있는 거대한 얼굴에 인중이 긴 남자를 노려보고, 허리에 찬 칼집에서 도신이 흰 장검을 뽑아 자세를 취했다.

"이 나라의 쓰레기를 좀 청소해두도록 하죠."

"네, 네놈은 루카스!"

자리에서 일어나 초조함이 가득한 목소리로 외치는 거대한 얼굴에 인중이 이상하게 긴 남자. 그 얼굴에는 농후한 공포가 드리워져 있었다.

"오랜만이군요. 오부츠 군, 질리지도 않고 아직 이런 짓을 하고 있을 줄이야."

"시, 시끄러워! 이 배신자 매국노가!"

"자네의 아버님은 정말 훌륭한 분이었는데. 그러니 후작 각하의 밑에서라면 그 썩어빠진 근성을 고칠 수 있지 않을까 기대하고 말았지. 하지만 틀린 모양이군. 쓰레기는 어떻게 해도 쓰레기. 자네는 그때 숙청했어야 했어. 지금부터도 늦지 않아. 여기서 과거에 저지른 저의 잘못을 바로잡도록 하죠."

"주, 죽여라! 저 녀석은 테러리스트다! 어서 죽여!!"

히스테릭하게 외치자, 노란색 옷의 등 부분에 원숭이 자수를 넣은 남자들이 나타나 주위를 포위했다.

"바보 같기는! 고작 둘이서 이길 거라고 생각했나?"

노란 옷의 보스로 보이는 무척 거만해 태도에 입술이 통통한 남자가 대검을 들었다.

"생각하지."

확실히 지그닐은 삼류 검사에 불과하다. 그럼에도 이런 검술도 제대로 모르는 아마추어에게 질 만큼 무너지지도 않았다. 실제로——.

몇 걸음 내딛기만 해도 이렇게 공격 범위 안에 들어갈 수 있다.

"엥?"

지그닐의 움직임을 전혀 따라잡지 못하여 얼빠진 소리를 내는 노란 옷의 불량배. 이어서 지그닐의 장검이 그 목을 베어냈다. 피가 튀는 가운데, 지면으로 낙하하는 불량배의 몸을 걷어차며 다음 표적으로 향했다.

"히익?!"

꼴사납게 비명을 지르는 단발 남자의 목에 장검을 찔러 넣어 목숨을 끊어버리고, 검을 뽑은 김에 옆에 있던 스킨헤드 남자를 정수리부터 단숨에 둘로 갈랐다. 쉬지 않고 지면을 박차 고속 질주하여 모히칸 머리 남자를 스쳐 지나가며 그의 목을 절단하였다.

"으억?"

그대로 돌진하여 정면에 선 남자의 미간에 장검을 찌르고, 다시 질주하여 직선상에 있는 두 남자의 목을 베어냈다.

눈 깜짝할 사이에 노란 옷들의 사체가 만들어졌다.

"괴, 괴물이다!"

노란 옷들이 지그닐로부터 거리를 벌렸다.

"너, 엄청나게 강하네! 어때! 우리 동료가 되지 않겠나? 우리는 일단 비합법이지만, 용사 마시로의 비호를 받고 있거든. 아멜리아 왕국 정부도 사실상 우리를 보고도 못 본 척해. 진짜로 재산이며 여자, 맛있는 밥까지 부족한 게 없다니까?"

보스로 보이는 통통한 입술에 짧은 머리 남자가 검토할 가치조차 없는 제안을 하였다.

"죽어라!"

실의를 담아 놈들의 보스를 향해 달려가 그 목을 장검으로 베어냈다. 금속이 마찰하는 듯한 소리. 지그닐의 장검은 그의 목 피부에서 멈춰 있었다.

"안타깝게 됐네. 나에겐 무기가 안 통하거든!"

그가 히죽 미소를 지으며, 통나무 같은 주먹을 날렸다.

"쳇!"

백 스텝으로 그것을 쉽게 피했을 터인데 상의가 둘로 찢어졌다.

"우리는 정령석을 먹고 차원이 다른 강함을 손에 넣었어! 이제 와서 목숨을 구걸해도 늦었다! 네놈은 잘게 잘라 마물의 먹이로 던져주마!"

"서글프군요……."

막 지그닐이 느낀 것과 같은 감상을 루카스가 말했다.

그렇다. 저 정도의 금기에 제국이 손을 대지 않았다고 진심으로 생각하고 있는 걸까? 그런 부스트 따위만으로 제국에서 출세하는 일은 불가능하다. 즉, 이미 승패는 정해졌다는 뜻이다. 이런 잔챙이보다 오히려 어느새 모습을 감춘 그 흰색 날개가 달린 형체 쪽이 훨씬 신경 쓰인다.

"쓸데없는 말은 됐어. 죽여줄 테니 얼른 덤벼."

왼쪽 손바닥을 아래로 하고 손가락을 구부려 도발했다. 즉시 보스의 미간에 굵은 핏대가 드러났다.

"이봐, 도쿠바치, 넌 저기 노인네를 상대해! 나는 이 처지와 상황을 모르는 멍청이를 상대할 테니!"

"좋아! 알겠어, 보스!"

도쿠바치가 고개를 끄덕였다.

"아마추어 애송이 따위에게 무시를 다 당해보는군요. 오십시오. 어른의 싸움법이라는 것을 가르쳐드리죠."

그 발언을 끝으로 루카스의 분위기가 평소의 온화한 느낌에서 용맹한 육식 동물처럼 위험한 것으로 변했다.

"자, 벌들아, 저 녀석을 죽여라!"

도쿠바치의 주위에서 나타난 무수한 벌이 루카스에게 고속으로 일제히 날아들었다. 루카스는 콧노래를 부르며 활처럼 굽은 검을 한 번 휘둘렀다. 공중에서 몇 개나 되는 화염의 소용돌이가 발생하여 벌들을 집어삼켰다. 고작 일격에, 그만큼 있던 벌이 깔끔하게 소각되고 말았다.

"으앗?!"

도쿠바치가 경악한 사이, 루카스는 이미 그와 거리를 좁혔다.

"크헉?!"

도쿠바치가 작은 비명을 지르는 것과 루카스의 검이 그의 몸을 횡단하는 것은 동시였다. 그의 몸이 둘로 갈라지면서도 불타올라 바닥으로 떨어졌다.

"허?"

너무 어처구니가 없는 부하의 죽음에 입을 떡 벌리고 얼빠진 소리를 내는 그들의 보스. 지그닐은 자신의 장검에 마력을 주입해 대검을 든 보스의 오른팔을 베어냈다. 지그닐의 장검은 마치 두부를 베듯 그의 오른팔을 절단한 뒤, 되돌아오며 그의 두 다리까지 베었다.

"윽?"

잠시 의아한 얼굴을 하였으나, 뒤늦게 상황을 인식하고 귀에 거슬리는 새된 비명을 지르는 보스.

"아파! 아파앗!"

무참하게 바닥을 뒹구는 보스에게 말했다.

"그야 칼에 베였으니 아프겠지."

천천히 다가가 장검을 쳐들었다.

"어째서, 내, 무적의 몸이?!"

"무적의 몸? 그런 건 절대 무적이 아니야. 그냥 빌린 물건의 시시한 힘이지."

이 녀석은 아마 경화와 절단의 이능력을 지닌 두 가지 정령핵을 삼켰을 것이다. 그러나 이능력을 얻으려면 한 가지 효과에 집중해서 하는 것이 철칙이다. 쓸 수 있는 마력의 총량은 한계치가 정해져 있고, 분산시키는 것보다 집중시키는 편이 훨씬 효율적이라는 점은 바보라도 떠올릴 수 있다. 즉, 이 녀석들은 이능력을 결과적으로 약하게 만들고 말았다. 무엇보다 본질은 밖에 있다──.

"빌린 물건의…… 힘?"

"정령핵을 삼킨 정도로 그 정령을 뛰어넘었다고 생각한 건가? 그 힘은 전혀 너의 것이 되지 않아."

이 녀석들은 이능력자에게 가장 중요한 단련을 게을리했다. 그 능력은 전혀 이자들의 것이 되지 않았다는 뜻이다.

제국에서 정령핵의 실험 따위는 일상다반사다. 그것으로 만들어진 이능력자는 이들처럼 자신의 의사로 되는 경우가 거의 없다. 강제로 되는 경우가 대부분이며, 신물이 날 정도로 단련하느라 그중 90퍼센트가 망가지고 나머지 10퍼센트만이 이능 전사로서 제국의 정규 전력이 된다.

지그닐은 그런 괴물들을 힘으로 꺾고 제국 육기장이 되었다. 그렇기에 자신이 강하다고 착각하고 만 것이기도 하지만, 이런 전사도 아닌 녀석에게 질 만큼 추락하지도 않았다.

"그런…… 나는…… 최강이…… 되었을 텐데……."

"최강은 네가 생각하는 만큼 가볍지 않아."

그 회색 머리의 최강 검사를 머릿속에 떠올리며 보스의 목을 잘랐다.

왕국에서도 손꼽히는 악당인 '야엔'이 쉽게 패배한 것을 목격한 관객들이 여기저기서 실망과 초조함이 담긴 소리를 냈다.

"도, 도망쳐!"

그 목소리를 시작으로 관전하던 일부 관객들이 투기장 출구로 몰려갔다.

"밀지 마!"

"웃기지 마! 너나 비켜!"

보기 흉하게 문에 몰려들어 앞다투어 열려고 한다. 그리고 좌우로 열리는 문이 천천히 열렸다.

"열렸다!"

환호한 순간, 그 관객의 상반신이 덥석 뜯겼다.

문밖에서 천천히 부유하는 상반신만 있는 거대한 괴물.

"히이이이이익──!"

그것이 비명을 지르는 관객 한 사람을 양손으로 잡아 머리부터 우적우적 먹기 시작했다.

단말마에 투기장 전체에서 찢어질 듯한 비명이 울렸다.

"손님 나리, 관객을 먹이다니 어떻게 된 일입니까?!"

검은 옷의 사회자 같은 남자가 이 소란 속에서도 귀빈석에서 술을 마시고 있는 빨간 로브 남자를 노려보며 따졌다. 그 지긋지긋한 모습을 망막이 인식한 순간──.

"사드!"

목에서 고함이 터져 나왔다.

절대 잊을 수 없다. 저것만은 절대 잊지 못한다. 전 제국 육기장 중 한 사람── 사드. 제국 황제 암네스가 과거에 제국에 수많은 공적을 세운 자에게 수여하는 칭호인 '넘버'를 받은 소환사. 죽은 엔즈의 스승이기도 하다. 이 녀석은 초월자 소환을 위해 변경의 이민족을 인체 실험으로 모두 죽여댄 적도 있다. 누구보다 비열하고 극악무도한 자다.

"미안하게 됐네~. 나의 귀여운 아이들에겐 이 건물에서 허가 없이 나가는 것을 무조건 먹어도 된다고 전했거든. 너무 저 아이들을 책망하지 말아줬으면 해."

사회자가 오부츠 후작을 힐끗 보았다.

"그, 그런 건 아무래도 좋아! 어서 저 괘씸한 놈들을 죽여!"

오부츠 후작이 일어나 루카스에게 삿대질하며 명령을 내렸다.

"우리 후작 각하께서 역적들의 섬멸을 원하십니다. 손님 나리, 저 역적들의 처리를 부탁해도 되겠습니까?"

사회자의 강압적인 말에 사드가 어깨를 으쓱하였다.

"우리는 목적을 위해 손을 잡은 동지. 물론이고말고."

얼굴을 괘락으로 일그러뜨리며 일어나 손가락을 딱 튕겼다.

지그닐 주위로 노인의 얼굴을 한 날아다니는 벌이 나타났고, 아까 관객을 잡아먹던 상반신만 있는 괴물이 루카스의 앞을 가로막았다.

"사드, 어째서 네놈이 이런 곳에 있지?!"

대체로 예상은 된다. 안 그래도 이곳은 용사 마시로가 지배하는 지역이다. 게다가 이 나라에는 현왕의 남동생이 있다. 그것은 더는 인간이 아니라, 포와 마찬가지로 초월자의 영역에 있다는 소문을 들었다. 겁쟁이처럼 신중한 이 녀석이 그런 위험 지대에 발을 들이는 이유는 아마 하나뿐일 것이다.

"양상이 너무 변해서 어디의 누군가 했더니, 너, 그 자의식 과잉인 검제잖아~."

검제라는 말에 관객석이 술렁거렸다.

"옛날 일이야. 지금은 제국 군인조차 아니야. 그래서? 넌 왜 여기 있지?"

"으음, 우여곡절이 있긴 하지만, 여기서 죽을 너에게 말해도 의미가 없지 않을까. 물론 쉽게 죽이지는 않겠지만. 그렇지, 대황봉(大皇蜂)?"

그는 악질적인 미소를 히죽 지으며 인간의 얼굴을 한 벌에게 발을 걸었다.

"이런 땅꼬마를 죽이기 위해 날 부른 건가? 설령 약하더라도 대가는 확실히 받을 건데?"

"물론이지. 끝나면 나의 컬렉션을 제공할게. 추가로 저기 짐승 아이도 마음대로 해도 돼."

대황봉이 사슬에 묶인 수인족 아이에게 시선을 보냈다.

"흥, 제법 부드럽고 맛있어 보이는군. 그러고 보니 최근 여자 고기는 먹질 못했어. 특별한 용해액으로 완자를 만들면, 꽤 맛있거든. 좋아. 받아들이마."

대황봉이 지그닐의 앞으로 날아올랐다.

"너는 그래, 맛이 없어 보이니 우리 벌들의 모판으로 써먹도록 할까."

"어디 해보시지!"

지그닐도 장검을 들고 중심을 낮췄다.

"오, 오데는?! 오데의 포상은?!"

상반신만 있는 괴물이 사드에게 간절하게 말했다.

"유구귀(幽口鬼), 넌 이미 많이 먹었잖아?"

"응, 먹었어……."

사드가 슬퍼 보이는 목소리를 내는 유구귀를 달래며 사회자에게 확인했다.

"알겠어. 알겠다니까. 네가 저 노인네를 처분하면 그래, 여기엔 다른 스톡도 많은 것 같으니, 그걸 얘한테 줘도 되나?"

"상관없다! 그 녀석을 죽이면, 어떤 바람도 들어주마!"

오부츠 후작이 사회자 대신 대답했다.

"잘 들었지? 열심히 하는 거야. 알았지?"

"오데 힘낼게!"

침을 흘리는 유구귀에게 루카스가 크게 한숨을 쉬었다.

"허수아비 따위에게 완전히 얕보였군요. 지그, 저 벌레를 맡기겠습니다. 저는 이 허수아비를 처리하도록 하죠."

루카스가 휘어진 검을 오른손에 들며 천천히 상반신만 있는 괴물, 유구귀에게 다가갔다.

이렇게 두 사람의 싸움은 두 번째 라운드로 접어들었다.

지그닐과 대황봉와의 전투는 거의 호각 같았지만, 그것은 처음뿐이고 점차 지그닐 쪽으로 형세가 기울기 시작했다.

지그닐 주위를 고속으로 날아다니며 등 뒤에서 용해액을 토하는 대황봉. 지그닐은 그걸 몸을 비틀어 피함과 동시에.

"비사(飛射)!"

마력을 담아 참격을 날렸다. 일정한 준비가 필요하여 같은 수준의 검사에게는 오히려 빈틈을 보이게 되는 이 기술도, 대황봉에게는 효과 만점이었다.

"으앗?!"

참격이 대황봉의 날개 하나를 둘로 갈라버리면서 전진하여, 직선상에 있는 유구귀의 몸에 깊숙이 꽂혔다.

"커흑?!"

몸을 수그리는 유구귀에게 화염을 두른 루카스의 검이 다가와 그 오른팔을 절단했다. 절규하며 불타는 상처 부위를 누르는 유구귀.

"결국 지성이 낮은 식인 마물에 불과하다는 것입니까……."

루카스는 차가운 시선을 보내며, 경멸과 함께 정수리를 향해 검을 휘둘렀다. 온몸이 불타오르더니 순식간에 재가 된 유구귀를 보며, 대황봉은 이를 악물고 다친 날개를 치유했다.

"그럼 이제 그쪽 혼자 남았습니다만?"

"사드! 날 도와줘!"

"에이, 벌써 하고 있어."

명랑한 목소리가 들린 순간, 지그닐의 온몸이 꿈쩍도 하지 않게 되었다. 그리고 그것은 루카스도 마찬가지였다. 상공에는 아까 그 새하얀 날개가 달린 가면을 쓴 이형의 존재가 부유하고 있고, 양손에서 뻗어 나온 실이 지그닐과 루카스의 온몸에 감겨 있었다.

"미안해. 이건 처음부터 대결 같은 게 아니었어. 그야, 그가 나오면 끝나는 이야기니까."

두 사람은 애써 구속을 풀려고 했지만, 가면을 쓴 존재가 감정이 전혀 담기지 않은 목소리로 그 행위를 부정했다.

"소용없소. 내 하늘의 실은 인간 따위가 풀어낼 수 있는 것이 아니기에."

"맞아, 그는 신사(神使) 퍼핏 님. 우리 인간이 믿는 성무신 아레스 님이 이 땅에 보내신 신의 사자야. 너희는 절대 벗어날 수 없어."

신사는 소환 마법에 어두운 지그닐도 안다. 신이 하늘에서 보낸 사자이자, 때로는 인류를 올바른 길로 이끄는 존재라며 숭배받는다. 용이나 정령 같은 이 세계의 생물과는 격이 다른 존재로, 틀림없는 초월자다!

"사드, 어떻게 네가 신사와 계약한 거냐!"

신사는 그야말로 이 세계의 파워 밸런스를 무너뜨리는 존재다. 제국이 그런 초월적인 존재와 쉽게 계약할 수 있다면, 지금쯤 황제는 전 세계 정복에 나섰을 것이다. 그런 소문이 나지 않은 이상 황제는 이 사실을 모른다는 뜻이다.

"그래, 그래, 이해해. 설마 나도 신사님과 계약할 수 있을 줄은 꿈에도 생각하지 못했거든. 신의 나라와 붙을 생각이라니, 진짜 어리석은 황제야."

"괜찮겠어? 그걸 폐하가 들으면 살해당할 텐데?"

"어떻게? 신사를 얻은 나를 이길 존재는 제국 내에는 없는데."

만약 저것이 정말 신사라면, 사드의 말은 허풍이 아니라 모두 진실이다. 신화에 따르면, 인류가 문명을 이룩한 이래 신에게 등을 돌린 존재가 용서받은 일은 지금까지 존재하지 않았기 때문이다.

"정말 저 녀석들, 움직이지 못하는 건가?"

오부츠 후작이 조심스럽게 물었다.

"당연히 무슨 수를 써도 손가락 하나 움직이지 못하지~요! 때려고 되고, 찔러도 되고! 무엇이든 다 할 수 있다고요!"

사드가 빙글빙글 춤을 추며 끈적거리는 목소리로 외쳤다.

"저, 정말이지? 거짓말을 했다간 용서 안 할 테다!"

"물론이죠! 신의 나라 출신인 분께 거짓말은 하지 않는다고요. 그렇죠, 퍼핏 님?"

"네, 우리 경애하는 신은 우리에게 용사 마시로를 가르치며 이끌도록 계시를 내리셨기 때문에. 그 또한 모두 우리 신의 뜻입니다."

퍼핏은 동문서답 같은 말을 했다.

오부츠 후작은 재빠르게 투기장까지 내려와, 지금도 움직이지 못하는 루카스의 앞에 서서 팔꿈치를 강하게 찔러넣었다.

"테러리스트 주제에 이 나를 죽이려고 하니까 이런 꼴이 되는 거다!"

의기양양한 미소를 지으며, 루카스를 몇 번이나 때렸다. 그래도 눈썹 하나 까딱하지 않는 루카스의 모습에 오부츠 후작의 분노는 점점 커졌으나, 사회자가 다가와 귓속말을 하자 갑자기 신나는 표정을 지었다.

"그래. 네놈을 이용해서 옛 공녀인 테러리스트를 포박하도록 하지."

"…………."

처음으로 루카스의 눈이 격렬한 분노로 물들었다.

"힉!"

움직이지도 못하는 루카스가 노려보는 데도 오부츠 후작은 작은 비명을 질렀다가, 그 사실에 굴욕을 느껴 얼굴을 새빨갛게 물들였다.

"날 무시하다니!"

후작이 손에 든 단검을 뽑아 루카스의 오른쪽 허벅지를 찔렀다.

"페리스에겐 몇 번이나 배신을 당했으니, 놈을 잡으면 실컷 즐긴 다음 노예로 만들어 창관에라도 팔아주겠어!"

"천박한 놈, 지금 발언만으로도 폐하의 귀에 들어가면 교수형에 처해질 거다!"

루카스의 위압에 오부츠 후작은 말문이 막혀 입을 어물거렸다.

"흐, 흥! 차, 착각하지 마라! 그, 그 여자는 이제 왕족이 아니라 테러리스트 아닌가! 붙잡히면 교수형에 처해지는 건 페리스 쪽이야! 이건 나 나름의 배려라는 거다!"

오부츠 후작은 움츠러들면서도 자신의 발언을 필사적으로 정당화하다가, 사회자가 다시 귓속말을 하자 또 금세 기분이 좋아졌다. 정말 어린아이의 사고 그대로 어른이 된 듯한 녀석이다.

"그럼 이 '신의 잔'을 지키던 '야엔'은 갑작스럽게 습격한 도적에 의해 무참하게 살해되고 말았으므로, 운영진은 새로운 이벤트를 제안하겠습니다!"

소란스러워진 실내에서 사회자가 투기장에 사슬로 묶인 수인족 소녀 앞까지 가더니, 오른손에 든 지팡이로 목을 눌렀다.

"우리 하늘의 사자는 말씀하셨습니다. 이 죄 많은 짐승 여자를 이용하여 사악한 더러움을 씻어내라고."

추악한 소리를 수치스러운 줄도 모르고 외쳤다. 순간 정적이 흐른 뒤, 엄청난 환호성이 실내에 울려 퍼졌다.

'이 사람들, 완전히 미쳤어······.'

이런 소녀를 희생해서까지 지켜야만 할 일은 이 세상에 존재하지 않는다. 그러나 그들은 자신의 사악한 더러움을 씻어낸다는 말도 안 되는 망상을 위해 소녀를 제물로 삼으려고 한다. 그 결과 지키려고 하는 것은 고작해야 자신의 재산이나, 안락한 생활 같은 것뿐이다. 이만큼 아둔하고 흉측한 짓은 많지 않다.

"소환사님, 그럼 부탁드리겠습니다!"

사회자가 수인족 소녀에게서 떨어져 가슴에 손을 대고 인사하자, 사드가 귀빈실에서 투기장으로 도약하여 관객을 쭉 둘러보더니, 오른팔을 높이 들었다.

"그럼, 본격적으로 시작해볼까나! 지금부터 내가 소환한 대황봉으로 이 여자애를 산 채로 천천히 녹여볼게. 그러면 처음으로 그녀는 더러움에서 해방되어 구원을 얻을 수 있을 거야!"

이 악랄한 말에 일어난 것은 비난도, 혐오도 아닌 기쁨의 폭풍이었다.

"정화하라! 정화하라! 정화하라! 정화하라! 정화하라!"

상기된 얼굴로 눈에는 강렬한 열기를 담고, 소녀에 대한 가해를 정당화하는 말을 외친다.

이제 신앙이나 교의가 어쩌고 하는 수준이 아니다. 틀림없다. 이들은 제정신이 아니다.

"그만둬!"

필사적으로 버둥거리며 이 어리석은 짓을 막으려고 하였지만, 역시 꿈쩍도 하지 않았다.

공포를 확인하려는 듯 대황봉이 천천히 수인족 소녀에게 다가갔다.

'움직여! 움직이란 말이야!'

지그닐이 지금까지 단련한 까닭은 검의 길 끝에 있는 정상에 도달하기 위해서다. 그것은 검사의 자랑이자 최종 목표다. 지금까지 그것을 쭉 믿고 검을 휘둘러왔고, 그것은 검의 길을 잃은 지금도 같으며 분명 앞으로도 생애에 걸쳐 그럴 것이다. 그러나 이 눈앞의 소녀 한 사람을 구할 수 없는 상태로, 장래에 그 장소에 도달한다고 해도 과연 지그닐은 만족하여 웃을 수 있을까?

'아니! 절대 아니야!'

지그닐의 내면에서 무언가 뜨거운 것이 터져 나왔다.

검의 신이여! 너무 뻔뻔하다는 건 나도 알아! 하지만 다시 한 번만 나에게 지킬 힘을 빌려줘!

순간 시야가 새빨갛게 물들며, 몸 중심에서 열 같은 것이 솟구쳤다.

온몸의 근섬유가 뚝뚝 끊어지는 기분 나쁜 감촉을 맛보면서도, 어린 시절부터 자신과 함께 한 장검을 꽉 쥐었다.

"으음? 마, 말도 안 되오."

어딘가 초조함이 담긴 퍼핏의 목소리. 장검이 삐걱거리는 소리를 내며 움직였다. 온몸이 깨질 듯한 격통이 느껴졌다.

"우오오오오오오오오오오오——!"

짐승처럼 으르렁거리며 자신을 구속하는 온몸의 실을 절단했다. 대황봉의 꼬리에서 독액이 소녀를 향해 사출된 것은 바로 동시였다. 지그닐의 눈에는 발밑에서 파열된 바닥의 모래알 하나하나며 흘러가는 경치까지 선명하게 보였다.

꺼림칙한 보라색 용해액이 닿기 직전에 수인족 소녀를 끌어안았다. 곧바로 등에 뜨거운 용암이 흐르는 듯한 격통이 느껴졌다.

품에 안은 소녀의 온기에 강렬한 안도감을 느끼며, 의식이 점

차 흐려졌다.

"나이스 파이트."

몸을 부축하는 감촉. 그리고 묘하게 든든한 목소리와 함께 지그닐의 시야가 하얗게 물들었다.

* * *

무지나라는 정보상에게 며칠 만에 많은 정보를 얻을 수 있었다.

마약 밀매와 인신매매를 벌인 것은 '야엔'임이 분명하다. 그러나 그 '야엔'에 여러모로 공적인 편의를 봐주는 것이 오부츠 후작을 중심으로 한 '신의 잔'이라는 이름의 정치 결사다. 그들은 아멜리아 국내에서 유수의 권세를 지닌 혈맹 연합에 이름을 올린 자 중에서도 특권 의식, 차별 의식이 강한 고위 귀족으로 구성되어 있다. 이 세계에선 신에게 축복받은 자신들만 가치가 있으며 다른 사람은 자신들의 밑거름이 되기 위해 존재한다는, 터무니없는 생각을 지닌 자들이었다.

보통은 이런 머리의 나사가 풀린 망상병 환자들은 제거되어야 하겠지만, 그 대부분이 고위 귀족. 국정에 깊이 관여하고 있기에 제대로 자정 작용이 되지 않아서 마음대로 행동하는 중이라고 한다.

또한 '신의 잔'이 주최하는 밤 연회인 '옥션'은 실제로 정말 역겨운 내용이었다.

전국에서 정령을 잡아 와 놀이로 죽이고 정령의 영혼인 결정인 정령핵을 꺼내, 옥션에 올려 획득한 자가 그것을 먹고 미약한 힘을 얻으며 기쁨에 젖는다.

그리고 가장 큰 문제는 이 '신의 잔'이라는 수상한 조직을 용사 마시로가 지원하고 있다는 사실이다. 코인에 카드라는 이기적인 조직을 지원하며, 이번에는 사상이 가깝다는 이유만으로 이러한 조직에도 힘을 빌려주었다. 끝까지 구원의 여지가 없는 용사다. 진심으로 용사를 없앨 스토리를 생각해야 할 때인지도 모른다.

아무튼 이제 이런 조직을 조금이라도 존속시킬 마음이 없었던 나는 그들에게 엄청난 파멸을 선사하기 위한 계획을 세우기로 했다. 그를 위해 더 많은 정보를 무지나에게 얻었다.

전환점은 동시에 조사하고 있던 뮤의 부모였다. 아무래도 뮤의 부모는 살아 있고, 심지어 그 부모의 의뢰를 받아 그 검제 지그닐 가스트레아가 뮤의 탐색을 시작했다고 한다. 게다가 그 상대로 동행한 사람이 로제의 숙모 페리스 로트 아멜리아의 측근인 루카스 기지도어라나. 저번에 본 최강 헌터 이자크 기지도어의 친아버지였다.

공녀 페리스는 사연 많은 나라 에르딤에서, 그곳을 중심으로 해방 운동을 펼치고 있다. 페리스의 이름은 로제에게 한번 들은 적이 있다. 숙모라기보다 언니와 같은 존재로, 5년 전에 실종된 이후 소식이 끊겼다. 덤으로 무지나의 정보에 따르면, 에르딤에 관해 이 아멜리아 왕국에서 불온한 움직임도 생긴 모양이다.

공녀 페리스가 에르딤에서 해방 운동을 펼치고, 제국의 전 검제가 그 페리스의 측근과 행동을 함께하며, 내가 보호하는 뮤를 찾고 있다. 또한 에르딤 주위에서 움직이는 아멜리아 왕국과 그 리트닐 제국. 그리고 제국 최고의 소환사가 이 왕국에서 '신의 잔'에 협력하고 있다. 추가로 아멜리아 왕국에서 암약하는 신의 사자라는 존재까지.

모든 것이 연결된 듯하면서 미묘하게 어긋나 있다. 어금니에 이물질이 낀 것처럼 독특한 감각이다.

루카스는 차치하고, 그 검제는 이번 계획에 써먹을 수 있을지도 모른다. 그는 말도 안 될 만큼 미숙하지만, 검의 재능만은 뛰어나다. 조부 애쉬번처럼 검의 길 정상에 발을 들일 가능성을 담고 있다. 물론 검의 재능만으로는 불가능하다. 지금 그에게는 검사에게 가장 중요한 것이 빠져 있으니까. 만약 그것을 깨달을 수 있다면, 그는 달라질지도 모른다. 따라서 두 사람을 계획에 끌어들이기로 했다.

그리고 이번 계획에 얽힌 기리메칼라와 스파이를 포함하여 계획의 마지막 조정을 하는 중인데, 두 사람의 제안은 내가 도저히 납득할 수 없는 것이었다.

"아이인 뮤와 전투엔 문외한인 애쉬까지 끌어들이는 건……."

기리메칼라와 스파이의 제안은 뮤와 애쉬에게 이번 영웅을 각성시키기 위한 공주님 역할을 맡기는 것이다. 상대가 약하면 그것도 괜찮겠지만, 제국 최고의 소환사가 있는 이상 본래는 내가 처리해야 할 안건이다. 그 위험도는 지금까지 해온 어중간한 임무와는 급이 다르다.

"애쉬는 전투에 대해서는 확실히 문외한이지만, 심지는 아주 강해요. 무엇보다 이번 계획에는 그들이 애쉬를 유괴하는 게 필수잖아요. 그건 알고 계시지요?"

그 점은 스파이가 새삼 지적하지 않아도 안다. 그들이 나와 동석한 애쉬를 찾고 있다는 사실은 이미 조사를 마쳤다. 십중팔구, 애쉬는 그들에게 노려질 거다.

"애쉬 이외의 사람에게…… 아니, 그것도 타인에게 위험을 떠넘길 뿐인가……."

스파이가 크게 고개를 끄덕였다.

"만약 그 애가 그 사실을 알면 상당히 상처받을 겁니다. 착한 애니까요."

스파이도 애쉬와 몇 번 만났을 뿐인데 잘 파악하고 있다. 애쉬라면 계속 그 건으로 죄책감에 시달릴 것이다. 그것을 막고 싶다면, 이 함정을 치려는 계획 자체를 수정해야 한다. 하지만 그래서는 쓰레기들을 놓칠 위험성이 있다.

"애쉬 건은 알겠어. 하지만 아무리 그래도 뮤는 아직 어려. 이 계획에는 너무 부적절하잖아?"

뮤에 대한 나의 판단을 의외인 사람이 부정했다.

"뮤는 사부가 생각하는 만큼 어린애가 아니야. 미숙하지만 스스로 확실히 생각할 수 있는 훌륭한 전사라고."

가만히 듣고 있던 잭이 끼어들었다.

"훌륭한 전사…… 나로서는 그 부분이 제일 우려되는데."

나는 이번에 무술과 마법이라는 힘을 뮤에게 주고 말았다. 실전 경험을 수반하지 않은 힘이란 있어서는 안 되는 법이다. 오히려 무모함을 조장한다는 점에서 해악만 끼칠 뿐. 이번에 뮤를 마음대로 놔두면 틀림없이 목숨이 위험해질 것이다.

"그럼 뮤가 위험해지면 사부가 바로 구하면 돼. 이번 사건은 뮤를 크게 성장시킬 거야. 나는 스파이의 제안에 찬성하겠어."

성장이라. 확실히 무술에 막 발을 들인 자에게 무모함은 달콤한 꿀과 같다. 여기서 뮤를 과잉되게 위험으로부터 멀어지게 하더라도, 반드시 가까운 미래에 위험에 빠져 큰 대가를 치를 것이다. 그때 나의 손이 미치는 곳에 있다면 괜찮지만, 만약 아니라면 뮤는 죽는다. 만약 그렇게 된다면, 뮤에게 힘을 준 나의 책임이다. 위험도 감수할 수밖에 없나.

"알겠어. 계획은 스파이, 너의 제안을 받아들일게. 다만, 내가 진짜 위험하다고 판단하면 그 즉시 개입할 텐데 괜찮겠지?"

"물론입니다!"

기쁜 듯 풀어진 얼굴로 스파이가 고개를 크게 끄덕였다.

그 반응에 나는 양쪽 무릎을 탁 치고, 자리에서 일어났다.

"그럼 바로 계획을 시작하자. 잘 들어라! 이번 일에 얽힌 쓰레기는 남김없이 모두 없앤다. 한 마리도 살려 보내지 마라! 이 세상의 지옥을 보여줘라!"

"네! 주인님께서 원하시는 대로!"

"네! 주인님께서 원하시는 대로!"

내 엄명에 기리메칼라와 스파이가 나란히 대답하면서, 우리의 계획이 시작되었다.

모든 것이 모두 무서울 만큼 계획대로였다. 그런데도 도저히 용서할 수 없다고 느낀 것은, '신의 잔'이라는 쓰레기들의 악랄함이 나의 상상을 훨씬 뛰어넘었기 때문이다.

애쉬의 강한 마음과 뮤가 쥐어 짜낸 용기, 그리고 루카스 기지도어의 책임감과 검제 지그닐의 필사적인 분투를 나는 그저 가만히 지켜보았다. 기본적으로 이기적이고 참을성이 없는 내가 이런 하잘것없는 잔챙이들의 짓을 이렇게까지 참은 것은 수만 년간 아마 처음 경험한 일이라고 생각한다.

지그닐이 흰색 날개가 달린 마물의 구속을 자력으로 파괴하고, 뮤를 감싸며 대황봉이 쏜 독액을 막아냈다.

"나이스 파이트."

의식을 잃고 쓰러지는 지그닐을 부축하며 나온 것은 칭찬이었다.

지그닐은 정말 미숙하다. 검사로서 일류라고는 하기 힘들다. 저 흰 날개를 가진 잔챙이 마물의 구속조차 처음에는 부수지 못했던 것이 그 증거다. 그것이 지금 그의 한계. 그러나 지그닐은 그 구속을, 자신의 한계라는 껍데기를 자신의 손으로 깨고 마지막에 뮤를 구하며 영웅으로서 역할을 다했다. 아마 이것이야말로 지그닐의 본질이다. 세계를 구할 사명을 지닌 용사도 아니고, 패도를 걷는 왕도 아니지만, 그저 고통받는 약자를 구하는 작은 영웅. 그것은 일찍이 던전에 삼켜지기 전에 내가 꿈꾸던 이상적인 영웅이다. 지금 이곳에서 자신의 역할을 마친 영웅에게 미움껏 갈채를 보내자. 그리고 다음은 내 차례다.

"자, 영웅의 차례는 끝이다. 지금부터는 악당의 시간이야."

이 정도로 나를 불쾌하게 만들었으니 쉽게는 못 끝내준다. 모두 한꺼번에 이 세상의 지옥을 보여주겠다. 물론 타협 따위는 없다. 왜냐하면 지금 나는 악당이니까.

"뭐야, 이 녀석은?"

대황봉의 질문에 대답한 사람은 따로 있었다.

"어, 아버지, 저 녀석이야! 저 녀석이 나한테 무례하게 대한 하찮은 놈이야!"

빙글빙글 말린 헤어스타일의 피시즈였다.

"마침 잘됐군. 저 녀석은 오부츠 후작가에 침을 뱉은 배신자다! 게다가 아무래도 '이 세상 제일의 무능'이라는 기프트 홀더이자, 그 보기 싫은 로제 왕녀의 로열가드라나!"

여기저기서 터지는 비웃음에 오부츠 후작은 만족스럽게 몇 번이나 고개를 끄덕였다.

"다들, 이 무능을 어떻게 해야 한다고 보지?!"

"죽여라!"

"그래! 어서 죽여!"

열심히 죽이라는 외침이 회장에 울렸다.

"아뇨, 무능한 배신자 주제에 신의 축복을 얻은 오부츠 후작 각하의 아드님께 불경을 저질렀습니다! 죽음 따위는 약해요! 살아 있다는 사실을 진심으로 후회하게 만들어야 하지 않겠습니까!"

사회자가 두 팔을 들고 외치자, 곳곳에서 찬성을 표하며 짐승처럼 울부짖었다.

"그럼 소환사님, 부탁드리겠습니다."

"좋아! 정말 좋지~! 대황봉! 해치워버려! 일단 암네스가 집착하는 모양이니 경계는 해둬!"

사드라는 하찮은 소환사의 지시로, 인간의 얼굴을 단 벌이 내 주위를 날기 시작했다.

"이 내가 누구인 줄 아느냐! 이런 애송이에게 뒤처질 리가 없지! 그보다 대가는 확실히 받겠다!"

"물론이지이! 네가 좋아하는 야들야들한 아이를 제공할게! 또 크게 서비스도 줄게! 거기 정령 아이를 마음대로 해도 돼!"

사드가 토끼 얼굴의 정령 아이를 가리키며, 신나게 망언을 외쳤다.

"그 말, 틀림없겠지?! 거짓말을 하면 용서 못 해!"

"당연히 괜찮겠지? 오부츠 후작님?"

"그래, 마음대로 해! 예비는 얼마든지 있어! 여기 있는 상품을 모두 써도 좋아! 그러니 저 무능에게 산지옥을 맛보여줘라!!"

"잘 들었지?! 꼬마야, 운이 없었구나!"

대황봉이 당당하게 말했다.

"너희 조무래기의 허황된 말엔 진심으로 구역질이 나. 얼른 덤벼라. 특별히 해충 취급까진 해주마."

"이, 이 몸이 조무래기라고?! 해충이라고?! 네놈 따위가 이 나의 속도를 따라올 수 있겠느냐!"

왼쪽 손가락을 까딱하며 도발하자, 거추장스럽게 나의 주위를 비행하는 인면봉.

"뭐야, 아까부터 붕붕 날아다닌 건 속도로 경쟁하고 싶었던 거였나."

이런 둔한 녀석, 눈을 감고서도 쉽게 포착할 수 있다. 이 정도로 잘도 자신감이 넘치나 보다. 나는 대황봉의 뒤로 이동하여, 그 날개를 모두 라이키리로 베어냈다.

"어?"

바닥에 툭 떨어진 대황봉을 향해 칼을 들고 단적으로 물었다.

"그래서? 이걸로 끝이야?"

"마, 말도 안 돼! 어떻게 나의 속도를 따라잡았지?!"

"착각하지 마. 내가 빠른 게 아니야. 그냥 네가 느려터졌을 뿐이지."

이 정도로 둔한 녀석은 그 이지 던전에도 없었다.

"얼마나 더 이 나를 우롱해야——."

"시끄러워."

침을 튀기며 떠들어 대는 대황봉을 걷어차 옆으로 쓰러뜨린 뒤, 아무렇게나 버려져 있던 장검을 주워 볼을 찔러 바닥에 고정시키며 조용하게 만들었다.

"크억?!"

곧바로 크게 아우성치는 대황봉을 그대로 짓밟았다.

"잘 들어, 넌 뮤를 완자로 만들어 먹으려고 했어. 즉, 나로부터 가족을 빼앗으려고 한 거야. 나는 너를 절대 용서하지 않아. 너희의 진부한 말을 빌리자면, 지금 살아 있다는 것을 진심으로 후회하게 만들어주겠다는 뜻이야."

몸을 숙여 노려보며, 가슴에 쌓인 울분을 입으로 토해냈다.

"키익!"

결국 대황봉은 거품을 뿜으며 기절하고 말았다.

"끝까지 불쾌한 녀석이군⋯⋯."

마지막까지 물고 늘어지려는 모습이 전혀 없다. 그것이 더할 나위 없이 나를 짜증 나게 했다. 사후 처리는 나중이다.

"너희도 마찬가지인 거 알지?"

고개만 기울여 주위를 빙 둘러보며 말했다.

"이, 이봐, 소환사, 이 녀석들 정말 괜찮은 거겠지?!"

오부츠 후작이 초조함이 가득 담긴 목소리로 물었다.

"물론 쉽게 이길 거라고요! 대황봉에게 승리한 것은 다소 의외였습니다만, 지금 저는 신의 힘을 받아 크게 강해졌으니까요!"

제국의 소환사 사드가 지팡이를 들고 영창을 시작했다. 곧바로, 두 개의 마법진에서 등딱지가 달린 용 같은 생물과 인간의 얼굴을 한 커다란 새가 나타났다.

"지룡, 하피! 저 녀석을 해치워. 살아 있기만 하면 다소 망가져도 괜찮아. 너희를 위해 충분한 마나(생명력)는 준비해뒀어."

뭐야, 이 잔챙이들은? 전혀 강함이 느껴지지 않는데? 아까 그 인면봉과 뭐가 다르지? 아무래도 제국의 소환사는 상당히 나를 얕잡아보는 모양이다.

"오호라, 통이 큰데! 너──."

"이제 이 흐름도 질렸다."

등딱지가 달린 용 같은 생물, 지룡이 입에서 조금씩 불을 내뿜으며, 나를 내려다보았다. 그리고 인면봉과 마찬가지로 의기양양한 망언을 내뱉으려는 것을 '사선'으로 조각조각 잘라내 강제로 정지시켰다.

"아니?"

놀란 소리를 내는 사드를 힐끗 보며, 나는 하피 쪽으로 향했다. 단지 그것만으로 하피가 뒤로 크게 물러났다.

"뭐, 뭐야, 너—— 꾸엑?!"

무언가 필사적인 얼굴로 외치는 하피의 머리까지 이동하여, 라이키리로 쓸데없이 커다란 머리를 찔러 넣은 다음 마력을 주입했다. 라이키리에서 전기가 일어 순식간에 머리가 산산이 부서졌다.

고기가 타는 냄새가 나는 와중에 나는 라이키리를 휘둘러 피를 떨어뜨리고, 사드에게 검 끝을 향했다.

"이런 하찮은 마물로는 상대가 안 돼. 너, 현재 제국 제일의 소환사라며? 얼른 제일 강한 걸 내놔."

그에게 신경질적으로 최후통첩을 보냈다. 물론 이 녀석을 배려한 것이 아니다. 어쨌든 그는 제국 제일의 소환사. 게다가 힘을 얻었다는 식의 발언도 했다. 그의 필살기를 모두 쓰게 한 뒤가 아니면 사로잡기란 위험하다고 판단했기 때문이다. 뭐, 죽이는 것만이라면 금방 하겠지만, 지금은 순순히 죽여줄 마음이 전혀 없다.

"지금 뭐라고 했지? 지룡은 최하급이라고 해도 용족. 네가 쉽게 쓰러뜨릴 수 있을 리가 없어!"

사드가 지금까지 여유로웠던 표정과는 달리, 심각한 얼굴로 초조하게 외쳤다.

"뭐 어쩌라고."

"뭐라고?"

사드가 미간을 찡그리고 물었다.

"그런 건 아무래도 좋다고 했어! 어서 네 비장의 카드를 선보여!"

라이키리로 위협하며 강한 어조로 지시했다. 곧장 사드의 이마에 핏대가 불끈불끈 솟았다. 사드는 분노를 가라앉히듯이 크게 심호흡을 하더니, 지팡이를 양손으로 들었다.

"그래, 포와 암네스가 집착할 만한 최소한의 실력은 갖췄나 봐. 그럼 놀이는 끝났어."

사드가 그렇게 중얼거리고 긴 영창을 시작했다. 바닥에 나타난 복수의 마법진과, 그 안에서 솟아나는 크고 작은 다양한 마물들. 즉시 투기장이 마물들로 가득 메워지고 말았다.

"이럴 수가…… 이 대단한 압력, 이런 거에 이길 수는 없어!"

백발 신사가 소환된 마물들로 시선을 고정하고 간신히 소리 내어 말했다.

"맞아! 이건 지금 내가 지닌 최고 전력! 세계에서도 손꼽히는 신화의 군세야!"

사드가 의기양양하게 말하며 나를 향해 지팡이를 들자, 마물들이 일제히 나를 노려보았다.

"최고 전력? 정말 이게, 네 본 실력이란 말이야?"

조금 목소리기 떨리는 것이 느껴진다.

"거창하게 입을 놀리더니, 무서워서 실금이라도 했나? 그래. 이게 나의 본 실력이야! 알아! 안다고! 용과 환수까지 있으니까! 이건 확실히 일국의 군대에 필적하는 전력이야! 지금 네 속마음은 공포와 후회로 넘치고 있겠지?! 하지만 안 돼! 안 된다고! 너는 이 나의 긍지에 침을 뱉었어! 그건 죽을죄에 해당하는 아주 큰 죄라고! 이대로 네 사지를 절단하여——."

실망스럽다…….

"대체로 이해했어. 이제 됐으니까 잠깐 조용히 있어."

정말 실망스럽기 짝이 없다.

"끝까지 건방진 녀석이구나! 해치워라!"

나를 향해 땅이 울리도록 달려와 공격하려는 마물들을 보며 나는 라이키리를 도로 칼집에 넣었다.

"아무래도 체념한 모양이네. 하지만 그리 쉽게 죽이지는 않을——."

나는 라이키리의 칼자루를 건드렸다.

"'진계류 검술 일도류' 제4형—— 아라크네."

약한 적을 다수 섬멸할 때 쓰는 기술. 마물들은 나에게 닿기 직전에 십자 형태로 절단되어 투기장 바닥으로 와르르 무너져 내렸다.

"히엑?"

사드가 눈을 크게 뜨고 부들부들 떨며 히스테릭한 목소리로 외쳤다.

"요, 용과 환수도 있었는데?! 너, 무슨 짓을 한 거야?!"

사드라는 멍청이의 정보만 무지나가 드물게 실수한 건가? 제국 제일의 소환사는커녕 허울 좋은 잔챙이로 보일 뿐이다. 아니, 아직 필살기가 남아 있다고 생각하자. 일단 경계해도 손해는 없을 것이다. 뭐, 기대는 전혀 할 수 없지만.

"퍼, 퍼핏 님, 부탁입니다! 이 사악하고 비열한 배신자에게 신의 벌을 내려주십시오!"

사드가 양손을 모으고 필사적으로 애원했다.

"좋습니다. 하계의 존재치고는 불가사의한 힘이 있는 모양이지만, 대단한 힘도 느껴지지 않고, 아까 그 기묘한 기술만 조심하면 죽이는 것 자체는 가능하기에."

퍼핏이 고개를 끄덕이며 승낙했다.

"설마 너는 저게 필살기라고 진심으로 말할 셈이야?"

역시 이런 결말인가.

"말이 너무 건방지오. 하계의 존재를 쓰러뜨렸다고 우쭐――."

귀찮아진 나는 독자적인 보행술로 그의 뒤로 이동한 뒤 오른손에 라이키리를 들어 녀석의 배에 깊숙이 찔렀다.

"봐, 전혀 반응도 못 했잖아."

"대, 대체 어떻게?"

"어이쿠, 움직이지 않는 게 현명할걸. 지금 장기의 빈틈을 찔렀으니까. 조금이라도 움직이면 치명상이야."

몸을 비틀어 움직이려 하길래, 고마운 조언을 해주었다.

"히, 히이이익!"

찢어질 듯한 비명을 지르는 녀석.

"거기까지다, 괴물 자식아! 퍼핏 님에게서 떨어져! 그러지 않으면 이 여자애를 죽이겠다!"

그때 사회자 남자가 뮤의 목에 검을 들이대고 외쳤다. 가장 어리석은 선택을 하는 건가.

"흥! 죽이든 살리든 네 마음대로 해."

"뭐?! 나, 나는 진심이야!"

그는 설마 이렇게 대답할 줄은 꿈에도 상상하지 못했는지 크게 당황하여 검을 뮤의 목덜미에 대고 찰싹찰싹 때렸다.

"그러니까 마음대로 하라고 했잖아. 너 하고 싶은 대로 해. 단, 할 수 있으면 말이야. 그렇지?"

이 내가 어린 뮤를 그대로 놔둘 리가 없다. 이미 한참 전에 보호하여 다른 장소로 피난시켰다.

"주인님께서 원하시는 대로!"

뮤의 두 눈이 검게 물들며, 날카로운 송곳니가 자라났다. 그리고 근육이 팽창하며 순식간에 거대하고 코가 긴 괴물의 모습으로 변했다.

"히야아악————!"

공포로 얼굴을 굳히며, 사회자가 엉덩방아를 찧고 귀청이 찢어지도록 절규했다. 사회자만이 아니다.

"이, 이, 이 압력, 악신이잖아?! 저, 저, 저것을 부리고 있다니! 그럼 설마, 설마———— 저것은?!"

퍼핏도 괴상한 소리를 내며 온몸을 잘게 부들부들 떨며 중얼중얼 떠들어대기 시작했다.

"자, 너희의 바닥은 다 봤어. 솔직히 이렇게까지 경계할 필요도 없었네……."

아무튼 이 사드라는 남자, 본 실력을 드러내고 이 수준이라니. 아마 제국 제일의 소환사라는 말은 그저 헛소문일 것이다. 뭐, 쉽게 적국으로 배신하는 바보를 수완가라고 알려진 황제 암네스가 중용할 리도 없나.

"나, 나를 어쩔 셈인가?"

자칭 신사, 퍼핏이 검토조차 불필요한 질문을 했다.

"말했을 텐데. 지옥으로 직행이야. 이건 너희가 말하는 비유가 아니라, 더할 나위 없이 재현성이 높아. 그렇지, 벨제?"

나는 이런 쪽의 처리엔 어둡다. 이럴 때는 전문가에게 맡기자. 고문엔 벨제만 한 적임자가 없으니까.

나의 부름에 스르륵 모습을 드러낸, 왕관을 쓴 이족보행 하는 거대한 파리.

"용서…… 못 합니다……."

"응?"

평소라면 "알겠슘니당" 하고 징그럽게 키득키득 웃어야 할 때인데.

"바브의 쥬인님에 대한—— 수많은 불경! 절대 용서 못합니다! 구더기 모판?! 안 됩니당! 산 채로 썩게 한다?! 그런 건 너무 온건한데요?! 감각과 의식을 유지하며, 더 많이, 많이, 많이, 많이, 많이, 많이, 훨씬 더 많이 엉망진창으로 만들지 않으면 안 됩니낭!"

175

벨제는 고개를 숙이고 충혈된 겹눈으로 양손을 와들와들 떨며, 저주의 말을 끊임없이 중얼거렸다.

"주인님아, 이것과 저것, 여기에 있는 벌레들은 바브가 모두 가져도 되겠습니까?"

나의 질문에 퍼뜩 정신을 차린 듯 벨제가 깊숙이 머리를 숙이며 인면봉과 퍼핏을 가리키며 허락을 구했다.

"응, 처음부터 그럴 생각이었으니 상관없어. 기리메칼라, 너희도 괜찮지?"

"본래 그런 계획이었으니까요."

이 작전엔 기리메칼라파와 벨제바브팀이 공동으로 나섰다. 위험하다고 판단되면, 나의 부하 중에서도 최강인 벨제바브가 개입하기로 되어 있었다.

"자비를……."

퍼핏이 라이키리에 찔린 채, 완벽하게 전의마저 상실하고 양손을 모으며 용서를 구했다.

"처음에 악당이라 소개했을 텐데. 악당인 내가 나를 불쾌하게 한 너희를 용서한다? 그건 절대 있을 수 없는 선택이야. 즉, 답은 이미 정해져 있다는 뜻이지."

내가 말을 끝낸 순간, 마치 벨제의 지금 감정을 체현하는 것처럼 그의 온몸에서 새까만 안개가 나와 퍼핏을 집어삼켰다.

실내가 조용해졌다.

"신사님이 졌어……."

"괴물이야!"

"도망쳐!"

이 목소리가 신호였다. 출구로 몰려가는 관객들.

"밀지 마! 지금 문을 열어!"

"열렸다!"

문을 열고 환호한 순간, 그들의 온몸이 부풀어 올라 파열되었다. 그리고 등에 파리 마크가 그려진 위아래로 헐렁한 검은 옷에 선글라스를 낀 남자가 입구로 들어왔다.

"우리 위대한 주인님, 이 저택 전체의 구조를 완료했습니다."

남자가 나에게 무릎을 꿇고 유일하게 우려하던 점을 보고했다. 태도는 크게 바뀌었으나, 그는 파프라 사건의 주범 지르마다. 이번엔 벨제바브의 권속으로 행동한 모양이다. 뭐, 원래 인간인지라 벨제바브의 부하 중에서는 가장 상식적이다. 이런 임무에는 최적이었을 것이다.

"잘했어."

"황송하신 말씀……."

목소리를 떠는 지르마의 모습에 어깨를 으쓱하고, 나는 주위를 빙 둘러보았다.

"알겠지만, 너희는 도망치지 못해. 시험해봐도 좋지만 소용없어."

나의 선언에 오부츠 후작이 손뼉을 치며 확연히 꾸며낸 미소를 지었다.

"대단한 실력이야! 네 강함에 감탄했어! 우리는 저기 제국의 소환사의 꼬임에 넘어갔을 뿐이야!"

"이, 이제 와서 무슨 소리를 지껄이는 거야?!"

사드가 당황하여 외쳤다.

"닥쳐라! 제국의 개가! 너야말로 진정한 신의 사자! 우리 조직에 넣어주마! 응, 그렇지 않나?!"

오부츠 후작이 사회자를 돌아보았다.

"무, 물론입니다! 당신은 성무신이 내리신 신의 말을 이 세상에 실현하는 존재! 최고의 대접을 해드리겠습니다!"

헛소리를 한다. 그러자 회장에 남은 관객들이 그 말에 동의하는 내용의 발언을 하기 시작했다. 그와 반대로 벨제바브가 이를 빠득 갈며 괴성을 지르기 시작했다.

"우리 신을 감히 하찮은 신의 사자라고!"

기리메칼라도 악귀 같은 형상으로 무릎을 꿇은 채 바닥을 양손으로 잡아 뜯었고, 그것들이 아직까지 숨어 있던 나의 부하들에게로 전염되었다.

"너희들 완전히 구제 불능의 쓰레기구나. 아무리 나라도 너희만큼 악당은 못 되겠어."

솔직히 화낼 가치조차 느껴지지 않는 쓰레기다. 이렇게까지 가치를 못 느끼겠는 녀석을 나는 처음 만났다. 이제 얽히는 것조차 싫다. 아무튼 이들은 이미 끝났다. 어느새 뒤에 서 있던 아스타에게 오른손을 들어 신호를 보냈다. 아스타가 손가락을 딱 튕겼다.

"크익!"

갑자기 괴로워하는 오부츠 후작과 귀빈실에 있던 고위 귀족들.

"아버지?! 네 이놈! 무능, 너 이 자식, 아버지에게 무슨 짓을 한 거냐?!"

"글쎄, 체한 거 아냐?"

그들이 먹던 정령핵이라는 것은 내 지시를 받은 아스타가 특별한 주문을 건 광석으로 뒤바꾸어 놓았다.

"그아아아아아이이이이이이이이이익————!"

온몸의 피부가 물결치며 울퉁불퉁 부풀더니, 그들이 끈적끈적 녹아내리기 시작했다.

"아버지!"

피시즈의 절규를 시작으로, 비명과 절규가 터졌다. 내가 털어내는 듯한 몸짓을 취하자, 벨제바브의 상공에 감돌던 검은색 안개가 살점으로 변한 오부츠 후작, 지배인, 피시즈, 사드, 그 외 관객들을 삼켜버렸다.

"얘들아, 수고했어. 벨제, 기리메칼라, 사후 처리는 부탁할게."

"네!"

"알겠습니당!"

나는 치하를 건네고 투기장을 뒤로했다.

며칠 뒤, 저택 1층 거실에서 로제가 양손으로 머리를 감싸고 있었다.

"페리스 언니가 레지스탕스의 수령? 게다가 활동 거점이 그 유명한 에르딤? 그게 들키면 분명히 국제 문제가 돼요!"

"그럴지도."

무지나에게 얻은 정보에 따르면 그 나라에 길버트파의 바보 귀족들이 손을 대려고 한다는데, 그것까지 전하면 분명 졸도하고 말 것이다.

"이번 일의 주범격인 자들은 어떻게 할 생각이죠?"

"물론 내가 적절하게 처리할 거야."

"왕국의 사법에 맡기지 않겠다고요?"

"당연하지. 그들은 나를 진심으로 불쾌하게 만들었어. 그런 자정 작용이 전혀 되지 않는 장소에 돌려보내는 건 말도 안 돼."

"그렇습니까."

로제는 안심한 듯 가슴을 쓸어내리며 대답했다. 로제치고는 다소 위화감이 든다.

"흐음, 솔직히 불처럼 화를 내며 반대할 줄 알았는데?"

로제는 좋은 의미로도, 나쁜 의미로도 올곧다. 이런 악당이나 선택할 법한 수단은 절대 허용하지 않을 것이라 생각했다.

"모든 일에는 한도가 있습니다. 정령님을 죽이고 그 핵을 꺼내 먹다니, 그야말로 짐승이나 할 짓. 절대 용서할 수 없습니다. 아마 국왕 폐하가 아시면 불같이 화를 내며, 관계자를 엄벌에 처하겠지요. 설령 그것이 누구더라도."

"흠, 그렇구나."

이 땅은 과거에 흉악한 마수의 서식지였으나, 아멜리아 초대 국왕이 정령의 고향인 요환향(妖幻鄕)의 왕의 힘을 빌려 마물들을 토벌하고, 지금의 왕국을 건국하였다고 한다. 즉, 정령은 아멜리아 왕국의 왕족에게 그야말로 수호신 같은 위치라는 뜻이다.

그것을 모욕했다는 것이 알려지면, 국왕은 엄숙한 태도를 취하지 않을 수 없다. 설령 그것이 고위 귀족이든, 친아들이든, 용사든 상관없이 말이다.

이 건이 공개적으로 드러나면, 십중팔구 아멜리아 왕국은 위로든 아래로든 큰 소란이 벌어질 것이다. 자칫하면 내란으로 발전될 위험마저 있다. 로제는 이것을 우려했을 것이다.

"게다가 뮤와 애쉬에게 한 짓도 전 진심으로 화가 났거든요."

로제의 눈에 흔들리는 격렬한 분노의 불꽃을 인식하고, 나도 모르게 입꼬리를 올렸다. 한마디로 지금 로제에게 뮤와 애쉬는 가족이나 마찬가지라는 소리다.

"걱정하지 마. 모든 것이 끝나면 최소한 처형대로는 보내줄 생각이니까."

그때에는 분명히 죽여달라고 애원하고 있을 테지만.

"모든 것이 끝나면, 이라니…… 역시 뭔가 꾸미고 있는 거죠?"

"꾸미고 있다니 단어 선정이 그러네. 이 왕국에 백해무익한 이물질을 모두 퇴장시키고, 본래 있어야 할 모습으로 되돌릴 뿐이야."

무지나에게 얻은 정보를 분석한 나의 결론은 이 일련의 사건은 모두 근본적으로 연결되어 있다는 것이었다. 아무래도 여러 세력의 생각이 교차하며, 복잡하게 얽힌 모양이다. 앞으로도 부외자가 끼어드는 건 조금 귀찮기도 하고, 앞으로 왕위 계승전이라는 게임의 정당한 진행에 지장을 줄 수 있다. 따라서 왕국 내의 불순분자를 모조리 없애자고 생각했다. 게임은 최소한의 공정성이 없으면 재미없기 때문이다.

"역시 황당한 작전을 세우고 있는 거잖아요."

"황당한 정도가 아니라 정신이 완전히 나갔다고밖에 생각되지 않는 계획이라오."

진심으로 질색한 표정으로 옆에 있던 아스타가 비꼬았다. 로제는 잠시 눈을 깜박거렸다.

"카이, 정말 무엇을 하려는 건가요?"

숨을 들이켜고 무서운 얼굴로 따졌다.

"아스타, 로제가 진지하게 받아들이니까 괜히 의미심장하게 말하지 마."

"본인은 전혀 과장하여 말하지 않았소."

내가 계획을 모두 말하자, 아스타는 처음에 머리를 싸매더니 자꾸 이런 식의 발언을 하게 되었다.

"카이, 위험은 없는 거죠?"

"그렇고말고."

진지한 얼굴로 묻는 로제에게 엄지손가락을 세우고 당당한 얼굴로 단언했다.

"믿겠습니다. 믿을게요. 믿을 테니까요?"

로제가 필사적인 모습으로 몇 번이나 반복했다.

"어, 알겠어. 알겠어."

"루카스 경과 제국의 검제님은 어떻게 할 생각이에요?"

대충 넘기는 나를 로제는 잠시 차갑게 응시하다가, 그제야 이야기를 좀 진행시켰다.

"아무것도 안 해. 필요한 정보만 알려줄 거야."

그 두 사람이라면 그것만으로 내가 바라는 선택을 해줄 테니까.

"카이, 역시——."

"로제 님, 에미와 저 정령님이 면회를 원하시며, 객실에서 기다리고 있습니다."

로제가 다시 이야기를 되돌리려고 하자 안나가 방으로 들어와 보고했다. 그 일 때문에 '신의 잔' 잔당과 그들의 동료 귀족들에게 노려질 우려가 있어 에미의 부모와 아이들, 그리고 보호한 정령들은 이 저택에 머물도록 지시를 내렸다.

"들었지? 가보자."

"또 그렇게 얼버무리고!"

볼을 부풀리며 고개를 돌리는 로제에게 다가가, 머리에 손바닥을 올려 가볍게 톡톡 두드린 뒤 응접실을 향해 걸어갔다.

응접실에 놓인 커다란 테이블의 각 자리에는 이번 유괴 사건에 관여된 사람들이 모여 있었다. 먼저 진지한 얼굴로 앉아 있는 에미와 그 부모. 그리고 험악한 표정으로 딱딱하게 굳은 토끼 얼굴의 정령과 그를 필두로 한 '신의 잔'에 사로잡혀 있던 인간이 아닌 자들.

내가 방으로 들어가자 정령들이 일제히 나에게 무릎을 꿇고 머리를 조아린 채 몸을 떨었다. 또 이런 반응인가. 아무래도 인간이 아닌 자들에게 나는 극악무도한 마왕이나 살육을 일삼는 악마처럼 보이는 모양이다.

"그러지 말라니까. 전에도 말했잖아?"

"아, 네!"

모두 서둘러 일어나 자세를 바르게 했다. 큰일이다. 전혀 이해하지 못했다. 이래서는 대화가 안 된다. 어깨를 늘어뜨리고 로제에게 맡기기 위해 오른손을 들고, 나는 구석에 놓인 소파에 앉았다.

"여러분, 처음 뵙겠습니다. 나는 로제마리 로트 아멜리아, 이곳 아멜리아 왕국의 제1왕녀입니다. 여기는 카이 하이네만, 나의 기사이므로 잡아먹지 않을 테니 안심하여 주세요."

로제는 보통 왕족임을 선언하는 행동은 하지 않는다. 이번에 일부러 소개한 이유는 늘 그렇듯 악의 대마왕처럼 되고 만 나에 대한 공포심을 없애기 위함일 것이다. 정령들에게도 미운 인간의 왕족 직속 기사인 쪽이 대마왕보다는 훨씬 나을 테니까.

"왕녀? 정말 저분이 당신의 기사란 말입니까?"

예상대로 당황한 표정으로 토끼 얼굴의 여자가 조심스럽게 물었다.

"네, 그렇죠? 카이?"

환한 미소와 함께 고개를 끄덕이며, 로제가 나에게 동의를 구했다. 거절하고 싶지만, 그러면 틀림없이 나의 대마왕 취급이 고착화되고 말 것이다. 다만 그대로 긍정할 마음이 없는 것도 사실이다.

"일부 정정해야 해. 어디까지나 일시적인 임시 기사야."

"네, 네, 알고 있어요. **더욱 적합한** 로열가드가 발견될 때까지 임시로 하는 기사였죠."

미소를 지으며, 로제가 테이블 위에 놓인 컵을 들어 입으로 가져갔다.

"맞는 말인데 뭔가 이상하네."

로제의 뉘앙스에 왠지 소름이 끼친다.

"그럼 바로 본론으로 들어가죠."

로제가 조용히 나를 돌아보았기에 먼저 에미와 그 부모에게 시선을 보냈다.

"오부츠 후작을 제거한 지금, 너희는 처음 계약대로 로제의 진영에 들어와야겠어. 괜찮겠지?"

에미의 부모는 엄숙한 표정으로 서로 마주 본 뒤, 크게 고개를 끄덕였다.

"저희는 덕분에 목숨을 건졌습니다. 저희는 요리밖에 할 줄 아는 게 없습니다만, 미력하나마 협력하겠습니다."

"감사합니다!"

지금까지 다소 딱딱했던 표정과 달리, 로제가 기쁘게 얼굴을 빛내며 두 사람의 손을 잡았다.

어른 세 명과 아이 열 몇 명이 얼결에 굴러들어오긴 했지만, 틀림없이 로제의 첫 영지민이다. 그야 기쁠 만도 하다. 뭐, 본래 다른 후보자는 처음부터 영지민이 존재한다. 영지민의 획득까지 모두 로제가 해야 하는 것은 도리가 아니지. 물론 나에게 업혀 가는 것은 이번 사건이 마지막이다. 불순물을 제거하여 이 게임을 공명정대하게 되돌린 다음에는 로제에게 영지민 획득법을 고안하게 할 생각이다.

"에미, 너도 그걸로 괜찮겠어?"

"물론 그게 약속이었으니까. 그보다 어젯밤에 나온 요리를 알려줘!"

어젯밤? 햄버그 말인가. 어젯밤엔 파프가 졸라 내가 저녁밥을 지었는데, 아무래도 그녀의 마음에 쏙 든 모양이다.

"그래, 알겠어. 오늘 밤에 알려줄게."

사실 오늘 밤은 애쉬에게 햄버그의 조리법을 알려달라는 부탁을 받았다. 한 사람에게 가르치는 것과 두 사람에게 가르치는 것은 차이가 없으니까.

"카이, 정령님을 이 이상 기다리게 하는 건……."

탈선하려는 대화를 진행하도록 재촉하는 로제에게 손을 들어 알겠다는 신호를 보내고, 토끼 정령들에게 시선을 보냈다. 모두 안쓰러울 만큼 굳어버렸다.

"그렇게 떨지 마. 너희에게 해를 끼칠 생각이었으면, 처음부터 구하지도 않았어."

한숨 섞인 목소리로 말했다.

"떠, 떠는 것이 아닙니다! 저희는 그저 긴장했을 뿐입니다!"

토끼 얼굴의 어머니가 양손을 좌우로 크게 흔들며, 나의 지적을 부정했다.

"그럼 됐어. 본론으로 넘어갈게. 이 건을 헌터 길드에 전했어. 곧 헌터 길드의 적절한 사자가 와서 너희를 고향으로 보내줄 거야."

왕국에 이 일을 전달해도 묵살될 테고, 사로잡힌 '신의 잔'을 건네라는 요구나 할 것이다. 무엇보다 섣불리 왕국이 움직여 지금 우스꽝스럽게 놀아나고 있는 광대들이 행동을 짜 맞추면 귀찮아진다. 따라서 왕국에는 알리지 않고, 바르세의 헌터 길드에만 은밀하게 보고했다. 무슨 까닭인지 바르세 헌터 길드의 간부들은 나에게 부자연스러울 정도로 호의적이므로, 나의 제안을 흔쾌히 받아주었다.

토끼 어머니가 다른 정령들을 보자 모두 고개를 끄덕였다. 그리고 침을 꿀꺽 삼키더니 나에게 머리를 깊숙이 숙이고 애원했다.

"부탁드립니다! 부디 저희의 왕을 만나주지 않으시겠습니까?"

마치 운명에 사로잡힌 듯한 심각한 표정이었다.

"흠, 헌터 길드 간부들에게 그 말도 전해줄게."

특히 헌터 길드의 마도사들은 사건의 전모를 듣자 미친 듯이 화를 냈다. 정령들에게 크게 호의적인 것이 분명하다. 정령왕과의 회담은 정령들이 바라는 일이므로, 양측에 일정한 이득이 있을 것이다.

"아니요, 만나주셨으면 하는 것은 당신입니다!"

"뭐? 내가 왜 너희 왕을 만나야 하는데?"

"물론 그것이 얼마나 불경한 발언인지 저희도 아주 잘 알고 있습니다! 그러나 멸망해가는 저희로서는 그것이 지금 꼭 필요합니다!"

"아니, 그런 의미가 아니라⋯⋯."

"모쏘록, 모꼬록—— 부탁드립니다!"

정령들이 모두 바닥에 엎드려 나에게 절을 하며 외쳤다.

너무 뜻밖의 사태가 벌어졌다. 눈을 동그랗게 뜨고 어안이 벙벙해진 로제. 이 녀석에게 정령들의 기행에 대해 물어도 소용없을 것이다.

"이거, 어떻게 생각해?"

나는 옆에서 우아하게 차를 마시는 아스타에게 의견을 구했다.

"저것들은 주제도 모르고 마스터에게 협력을 요청하고 있소. 그렇다면 이것이 지극히 당연한 태도이오."

더욱 의미를 모르겠다. 뭐, 됐다. 만나는 것만이라면 이쪽엔 아무런 손해가 없다.

"알겠어. 하지만 지금은 여러모로 바빠. 그게 끝난 뒤에 가도 상관없나?"

"물론입니다!"

정령들이 서로 끌어안고 기뻐했다. 감격하여 오열하는 자, 기도하는 자까지 보이자 볼이 움츠러들었다.

"그럼 내가 보내줄 수밖에 없겠네. 그때까지 이 저택에 있어야 할 텐데, 로제, 그래도 괜찮겠나?"

솔직히 나 같은 일개 검사와 만나서 정령왕에게 무슨 메리트가 있을지 모르겠다. 뭐, 본인들이 바라니 어쩔 수 없나.

"네, 그럼요, 물론 저도 이의는 없습니다……."

아직 사태를 제대로 이해하지 못하였는지 묘하게 얼떨떨한 태도를 보이는 로제를 향해 나는 크게 한숨을 내쉬었다.

"괜찮다고 하네. 그럼 때가 될 때까지 편안하게 있어."

체념과도 같은 환영 인사였다.

***

간신히 내부 구조를 인식할 수 있는 어두운 실내에서 눈과 코를 마스크로 가린 곱상한 남자 코린 코르타누가 말했다.

"퍼핏이 행방불명이 되었는가······."

눈앞에 무릎을 꿇은 흰색 코트에 새하얀 모자를 깊숙이 쓴 남자의 보고에, 코린은 눈가를 누르며 일어나 이동한 뒤 창문을 열었다. 달빛이 방에 서 있는 여러 남녀를 비췄다. 이 남녀 모두의 등에는 새하얀 날개가 달려 있다.

"너희는 이 건을 어떻게 생각해?"

"약하다고는 해도 퍼핏은 일단 우리 신사 중 하나인걸. 이 세계의 존재들은 상처 하나 낼 수 없어."

흰옷을 입고 가면을 쓴 바가지 머리의 여성, 신사 비앙카가 목 뒤로 두 손을 잡으며 시큰둥하게 대답했다.

"동감이야. 그렇다면 두 가지밖에 없겠네? 우리를 배신했거나, 아니면 다른 신의 세력에 쓰러진 것 아닐까?"

장신에 얼굴이 매우 가늘고 긴 남자, 신사 루즈가 각진 머리를 긁으며 의문을 표했다.

"우리는 아레스 님의 뜻을 하계에 전하는 충실한 종. 배신이라니 말도 안 됩니다!"

왼손에 경전을 든 사각형 머리의 스킨헤드 남자, 신사 프레토가 오른손을 꽉 쥐며 힘차게 주장했다.

"그렇다면 그 마왕의 세력이겠네?"

"퍼핏을 없앨 자는 이 세계에 그 정도밖에 없습니다!"

신사 프레토가 크게 동의했다.

"하지만 봉인이 풀리는 건 있을 수 없잖아. 만약 그랬다면 지금쯤 인간들이 여기저기 난리일 테니까."

"맞아. 아마 부하 한 마리가 움직이고 있는 것에 불과해."

"우리라면 지지 않겠지만, 경계해도 손해는 없으니……."

코린 코르타누가 스스로 다짐하듯이 오른손으로 턱을 쓰다듬었다.

"그런데 짐승들의 고향 일은 어떻게 됐어?"

신사 비앙카가 물었다.

"지금 귀족들이 고용한 용병단이 목표인 짐승의 딸을 납치한 참이야~. 이제 딸을 미끼로 아빠 짐승을 유인하기만 하면 돼."

"모두 순조롭다는 건가. 인간 신도를 늘리지 않으면 이 세계의 관리자인 우리 신조차 이 땅을 밟지 못한다니, 정말 성가신 규칙이로군."

가까운 의자에 앉아 크게 한숨을 내뱉고 현 상황을 한탄하는 코린에게 다른 신사들도 쓴웃음을 지었다.

"하지만 얼마 안 남았습니다."

신사 프레토의 말에 모두 진지한 얼굴로 고개를 끄덕였다.

"그나저나 루즈, 이번 계획에 사용한 인간들이 체류하는 도시 근처에 있는 유적, 그 조사는 어떻게 됐지?"

"그것은……."

코린의 물음에 루즈는 순간 입을 어물거렸지만, 곧 평소처럼 안색 하나 바꾸지 않고 대답했다.

"과거에 인간이 만든 신전과 같은 것이더군요. 아무런 힘도 없는, 그저 폐허였습니다."

"그런가. 그럼 됐어."

코린이 만족스럽게 고개를 끄덕였다.

이때 코린이 루즈의 눈 깊은 곳에 숨겨진 새까만 욕망을 좀 더 빨리 눈치챘다면, 앞으로 일어날 최악의 재앙은 미연에 막을 수 있었을 것이다. 그러나 이때 코린이 자신의 우려를 떨쳐낸 바람에 사태는 혼돈을 향해 움직이기 시작했다.

***

──왕도 숙소의 어느 방.

"애쉬 님이 행방불명이 되었다?! 그게 사실이야?!"

4대 마왕── 애쉬메디아의 최고 간부 중 한 사람, 네일이 거칠게 물었다.

"정보가 혼재되어 있습니다만, 돌체 님의 전령이므로 틀림없을 듯합니다."

네일의 측근인 마족이 괴로운 표정으로 네일에게 악몽과도 같은 말을 하였다.

191

"하필이면 제국 용사팀의 침입을 허용하여, 대로와 에가가 살해당하고 애쉬 님이 유괴되었다고?! 그런 걸 믿을 수 있겠나? 그보다 왜, 결계가 작동하지 않았지?!"

그 결계라면 용사팀이라고 해도 쉽게 침입할 수 있을 리가 없다.

"'흉'이라는 패거리의 매직 아이템 때문이라고 합니다! 긴급하게 어전회의가 열려 대다수의 찬성으로 안개의 마왕, 프로키온과 손을 잡는 것이 결정되었습니다!"

"뭐?! 왜 여기서 놈이 나와?!"

안개의 마왕, 프로키온. 안개를 다스리는 마왕 중 하나로, 악질적이며 매우 강력한 하얀 안개의 능력을 지녔다. 4대 마왕은 기본적으로 악랄한 자들로, 다른 사람을 벌레만도 못하게 여긴다. 백성을 생각하는 다정한 마왕은 애쉬 님뿐일 것이다. 따라서 지금까지 용사라는 위협에도 마족은 단결하지 않았다.

"인간을 타도하기 위한 포석이라고 합니다. 동시에 새로운 지령이 내려왔습니다!"

"이 상황에 새로운 지령이라고?!"

무심코 호통을 치고 말았다. 당연하다. 지금은 애쉬 님의 구출을 최우선으로 생각해야 할 시기이기 때문이다.

"네. 인간들을 잘 부추겨서 지정한 유적의 봉인을 풀라고 합니다."

"그렇게 쉽게 되는 게 아닌 걸 알면서! 우리가 지금까지 얼마나 고생을 했는데!"

많은 부하를 잃고, 자존심마저 박살 나고, 용사팀에 의해 매번 계획 자체가 무산되곤 했다. 네일은 이제 이 방법이 정답이라고는 도저히 생각할 수 없게 되었다.

"그래도 해야만 합니다! 그러지 않으면 우리 나라의 백성이 희생되고 맙니다!"

"그건 무슨 소리야?!"

"어둠성 최상층의 의식장에서 대규모 대신 강림 의식이 실시되었습니다. 그 의식에서 지정된 유적에 봉인된 것이 필요하다고 합니다. 만약 지정된 기일까지 그것을 가져오지 않으면 우리 백성의 절반이 희생된다고."

"그건 협박이 아닌가! 본국 인물들, 아니, 돌체는 대체 무슨 생각이지?!"

"이것은 지금까지의 본국의 지시와는 결정적으로 다릅니다. 확증까지는 없습니다만, 돌체 님이 마왕 프로키온 측에 붙은 것이 아닐까요."

"최악이야……."

애쉬 님이 납치되고, 최고 간부 돌체가 배반. 덤으로 프로키온에게 어둠의 나라가 점령되어 백성이 인질로 잡혔다. 사면초가인 상황이다.

"네일 님, 어떻게 하시겠습니까?"

비장함이 가득한 부하의 표정을 보니, 이미 답은 나와 있다.

"할 수밖에 없어. 그런 폭거를 용납했다간, 애쉬 님을 마주할 자격이 없으니까."

그러나 이번 명령은 평소처럼 유적에 봉인된 어둠의 신을 부활시키라는 막연한 것이 아니라, 좀 더 구체적인 의사가 포함된 느낌이 든다.

"그래서 돌체가 지정한 유적이란?"

"일곱 곳이 있습니다만, 가장 가까운 곳은 사우로픽스입니다!"

"사우로픽스? 아, 마침 아멜리아 왕국의 고위 귀족이 체류하고 있는 장소인가……."

그 특이해 보이는 자들이 굳이 장기간 체류하는 이유는 무엇일까. 어차피 제대로 된 일은 아닐 것이다. 반면에 욕망에 약한 자들이라면, 쉽게 부추길 수 있을지도 모른다.

"알겠어. 사우로픽스로 당장 떠나자!"

네일은 자리에서 일어나 출발 준비를 시작했다.

***

아멜리아 왕국의 내 방에는 토벌 도감의 유쾌한 동료들을 중심으로 이 계획의 관계자가 모여 있었다.

"정말 할 생각이오?"

아스타가 질린 얼굴로 그런 질문을 하였다.

"물론이지."

환하게 웃으며 대답했다. 이것이 이번 계획의 골자니까. 자중할 마음은 전혀 없다.

"그런 힘 없는 원숭이 두 마리에게 마스터가 그렇게까지 집착하는 이유를 본인은 이해하지 못하겠소."

"그야 그렇겠지. 이 계획에 두 사람을 기용하는 건 힘 때문이 아니니까."

이번 계획의 영웅 역할을 지그닐에게 맡기려고 생각한 까닭은 그가 보여준 마지막 의지 때문이다. 루카스는 굳이 따지자면 정반대다. 그의 눈 깊은 곳에서 나에게 가까운 것이 느껴졌다.

"그렇다고 해서 그 여자애를 마스터의── 아니, 아무것도 아니오."

아스타가 토라진 듯 고개를 돌려버렸다. 평소에도 이상하지만, 특히 오늘은 한층 더 이상하다. 뭐, 아스타의 기분 따위는 아무래도 상관없나.

"사토리, 상황은?"

뒤에 대기하고 있던 녹색 머리를 일자로 내린 소녀에게 물었다.

"지시하신 대로 관계자의 기억은 모두 뒤바꾸어 놓았습니다."

"그래. 기리메칼라, 스파이, 너희도 준비는 다 됐어?"

"네! 모든 것은 우리 주인님께서 원하시는 대로!"

"모든 준비를 마쳤습니다!"

각자 명쾌하게 대답하는 기리메칼라와 스파이.

"수고했어. 그럼 내가 가기만 하면 되겠네."

이것으로 게임이 움직이기 시작했다. 이번에 하잘것없는 계획을 짠 쓰레기들은 나를 진심으로 화나게 했다. 그렇다면 젊은이의 성장을 위해 기꺼이 제물로 삼아주겠다.

"그 부분이 제일 납득이 안 가는데요. 왜 저를 빼놓는 거죠?"

아스타와 마찬가지로 로제가 입을 삐죽거리며 불평불만을 늘어놓았다.

"일단 계획의 후보에는 올라가 있었어. 그러나 이 이상 등장인물을 늘려서 복잡하게 해봐야, 계획에 지장이 생길 뿐이라는 결론에 도달했거든."

"그럼 왜 애쉬인 거죠?!"

"애쉬가 에르딤과 깊은 관계가 있는 느낌이니까. 아마 기억의 결여와도 관련되어 있을 거야."

애쉬는 에르딤에 강하게 집착하면서 꼭 방문하고 싶다고 말했다. 일단 사토리에게도 조사하게 시켰으나, 다양하고 복잡한 프로텍트가 걸려 있어서 새로운 정보는 얻지 못했다. 아마 예의 영혼의 융합 때문일 것이다. 아무래도 당초 불안정했던 영혼의 융합이 어중간하게 안정되어, 지금 애쉬의 몸은 두 개의 영혼이 양립된 상태가 된 모양이다. 뭐, 사토리가 놀라던 걸 떠올리면 상당히 드문 케이스인 듯하다.

"그것은 이해합니다. 저는 애쉬를 에르딤에 데려가지 말라고 하는 게 아니에요!"

"흠, 그럼 뭐가 불만인데?"

"그, 그것은……."

갑자기 우물쭈물하며 말을 어물거렸다.

"됐어요."

그러더니 어깨를 늘어뜨리고, 입을 다물어버리는 로제. 로제도 일단 납득한 모양이니, 계획을 시작하도록 하자. 나는 왼손

중지에 낀 반지에 마력을 주입하고, 후드가 달린 로브를 걸친 다음 부츠를 신고 상인 복장에 금발을 투 블록으로 자른 청년의 모습으로 변했다.

"그럼 즐겁게, 가슴 떨리는 게임을 시작하자!"

오른손을 들고 나는 문을 향해 걸어갔다.

──이것은 괴물의 변덕. 그저 놀이에 지나지 않는다. 다만 이 괴물은 놀이에 절대 타협도, 자중도 하지 않는다. 놀이의 목적을 달성하기 위해 영웅들에게 내리는 시련. 중립 도시국가 에르딤을 무대로 한, 이 세상에서 가장 민폐일 큰 축제는 이때 천천히 막을 올렸다. 그렇다. 인간, 수인, 엘프, 마족, 악의 군세 등 온갖 것을 끌어들이면서…….

제2장 비스트

지그닐이 잠에서 깬 곳은 어느 낡은 방이었다.

"정신이 든 것 같아 다행입니다."

"여기는?"

혼탁한 머리를 몇 번 흔들자, 점차 머릿속에 드리워져 있던 안개가 걷히며 선명한 기억이 떠올랐다.

"루카스, 그 수인 아이는 어떻게 됐어?!"

지그닐은 침대에서 벌떡 일어나 아이의 안위부터 물었다.

"걱정하지 마세요. 보시죠?"

루카스가 쓴웃음을 지으면서도 옆에 놓인 의자에 잠든 은발의 수인족 소녀를 가리켰다.

"그래. 무사했구나."

안도감이 밀려와 깊은 한숨을 내쉰 순간, 은발 소녀가 눈을 비비며 일어나서는 눈을 반짝 빛냈다.

"오빠, 일어났어!"

그리고 자리에서 일어나 방에서 타박타박 나가더니, 얼마 지나지 않아 두 명의 남녀와 금발 여자아이를 데리고 돌아왔다.

여자는 긴 검은 머리를 앞머리만 깔끔하게 잘랐고, 남자는 금색 머리를 투 블록으로 자른 상인풍의 모습이었다. 그리고 남자의 손을 잡은 것은 황금색 머리에 리본을 단 여자아이였다.

상인풍 청년이 오른손을 가슴에 대고 인사했다.

"일어났구나. 반가워, 나는 카이토. 지금은 보잘것없는 상인이야. 옆에는 우리 상회의 수습 요리사, 애쉬. 이쪽은 내 동생 파프."

각자 자기소개를 하였다.

"애쉬야, 잘 부탁해."

"파프예요!"

오른손을 들고 기운차게 소개하는 금발 소녀의 머리를 카이토가 다정하게 쓰다듬고는, 다시 지그널을 바라보다 머리를 깊게 숙였다.

"우리 상회의 가족인 뮤를 구해줘서 정말 고마워."

"아니, 본래 가우스 공에게 부탁을 받아 저희도 찾고 있었습니다. 이쪽이야말로 뮤 양을 보호해주서서 감사합니다."

"부모님을 찾아서 다행이야. 역시 아이는 부모님과 있는 게 제일 좋아. 내일 아침에라도 떠나도록 하지."

인사를 한 뒤, 카이토와 다른 사람들은 방에서 나가버렸다.

"루카스, 이게 대체 어떻게 된 거야?"

"우연히 우리가 구한 그 소녀가 뮤였습니다. 내일 마을로 돌아가기로 했습니다."

"아까 그 남자, 믿을 수 있어? 수인족 아이를 노예로 사들인 녀석이잖아?"

솔직히 멀쩡한 상인이라면 수인족 아이를 고액에 산다는 선택은 하지 않는다. 게다가 그 노예상은 분명——.

"윽!"

갑자기 머리에 격통이 느껴져 손으로 이마를 짚고 어떻게든 넘겼다.

그렇다. 바르세로 가기는 했지만, 노예상과는 만나지 못했다. 따라서 어쩔 수 없이 정보를 얻으려고 왕도로 향했다. 그리고 왕도에서 우연히 그 사건의 소문을 들은 루카스와 함께 그 장소에 뛰어들었다.

"지그닐, 괜찮습니까?"

"응, 그보다 자세한 사정을 듣고 싶어."

루카스는 고개를 끄덕이고 이야기하기 시작했다.

카이토는 과거에 은발 수인에게 도움을 받은 적이 있다. 우연히 비슷한 외모의 뮤를 발견하고 은혜를 갚고 싶다는 강한 마음이 생겨, 노예상에게 몸값을 치렀다고 한다. 가족으로 함께 살기 시작한 지 몇 달이 지났을 때, 뮤가 그 비열한 조직에 납치되고 말았다. 확실히 앞뒤가 맞는 이야기다.

"그런데 결국 우리를 구해준 건 회색 머리 검사인가……."

그 절망의 화신 같은 신사 퍼핏을 쓰러뜨린 것은 회색 머리의 검사라고 한다. 호쾌하게 나타나 그 자리의 쓰레기들을 사드와 퍼핏까지 포함하여 모두 죽여버렸다는 모양이다.

'회색 머리 검사라. 우연인가, 아니면…….'

그 모습에 떠오른 것은 지그닐이 눈을 뜬 계기를 만든 최강의 검사다. 지그닐은 그에게 승리할 수 있는 사람을 도저히 떠올릴 수 없다. 어쩌면 정말 그 검사일지도 모른다. 지그닐은 이렇게 단시간에 계속해서 지고 있다. 이 세계는 강자로 넘쳐난다. 비슷한 외모의 강자가 있어도 크게 이상하지는 않겠지만.

"회색 머리 검사는 카이토 공이 고용한 검사입니다. 실력이 좋은 정보상을 통해 의뢰했기에 이름 같은 다른 정보는 전혀 모른다고 합니다만."

그렇구나. 그럼 지금 증명할 수단은 없다. 나머지는 모두 추측의 영역에 불과하다.

게다가 루카스는 마냥 착한 사람이 아니다. 실수로라도 가우스가 위험해질 선택은 하지 않을 것이다. 카이토의 동행을 허락한 것도 안전을 확보할 자신이 있기 때문이겠지. 그렇다면——.

"알겠어. 내일이라고? 그럼 조금만 더 잘게."

눈을 감자 지그닐의 의식은 금세 깊은 어둠으로 떨어졌다.

다음 날 이른 아침, 왕도를 출발했다. 처음 며칠간은 크게 경계하였으나, 점차 이 카이토라는 남자와 마음을 터놓게 되었다.

지금은 야영하며 저녁밥을 먹는 참이다.

"카이토, 오늘 밤 수프 어때?"

카이토가 입에 머금고 맛을 보았다.

"응, 괜찮은 것 같은데. 맛있어. 그렇지, 파프?"

"맛있어요!"

행복한 듯 풀어진 얼굴로 파프가 바로 대답했다.

"좋아! 해냈어! 합격이야!"

정말로 기쁜 모양이다. 애쉬가 기쁨에 찬 말을 외치더니, 카이토를 끌어안고 말았다.

"애쉬, 식사 중이잖아?"

"앗?!"

한숨이 섞인 카이토의 지적에 애쉬는 순간 새빨개진 얼굴로 허둥지둥 몸을 떼어냈다.

보는 사람이 부끄러울 만큼 알콩달콩한 관계도, 본인들의 설명에 따르면 일단 소꿉친구 이상은 아니라고 한다.

전에 숙소의 여자 주인이 부부로 착각하여 같은 방으로 하겠냐고 묻자, 카이토가 눈썹 하나 까딱하지 않고 그 말을 부정하며 각자 방을 잡았으니 그 말은 사실일 것이다. 다만 애쉬가 과일처럼 새빨개져 허둥지둥하는 모습으로 보아, 적어도 애쉬는 부부가 되는 것이 싫지는 않은 모양이다.

적어도 며칠간 이들과 얽히면서 카이토의 설명을 의심할 마음은 사라졌다.

"지그!"

지금까지 따뜻한 눈으로 지켜보던 루카스가 심각한 얼굴로 이름을 불렀다.

루카스의 시선 끝에 우글거리는 여러 기척. 한밤중이고 멀기도 하여 확실하지는 않지만, 아무래도 여자가 쫓기고 있는 듯하다.

"어느 쪽을 구할래?"

장검을 들며 자명한 질문을 했다.

"무기도 들지 않은 여성과 무기를 든 강한 남자. 말할 필요도 없겠지요."

"하긴 그러네."

아마 사냥이라도 하는 셈인지, 남자들은 노는 것처럼 보였다.

"엄마!"

쫓기는 여성을 눈을 가늘게 뜨고 응시하던 뮤가 비명처럼 외쳤다.

"쫓기는 사람이 울루루였나!"

"어서 구합시다!"

지면을 박차고 거리를 좁혔다.

"으앗?!"

불량배들의 경악한 목소리를 끝으로, 지그닐의 검이 춤을 추었다. 곧바로 의식을 잃은 불량배들이 바닥에 풀썩 쓰러졌다. 루카스도 도망치려는 잔당의 의식을 일격에 빼앗았다.

"지그…… 그이가……."

울루루는 그 말을 하고는 의식을 잃고 말았다. 울루루가 노려진 시점에서 십중팔구 가우스가 사는 그 숨겨진 마을에 무슨 일이 생겼다는 걸 깨달았다. 너무나 불길한 예감이 든다.

"엄마?!"

뮤가 달려가 어머니를 안고, 초조함이 가득한 목소리로 몸을 흔들었다.

"걱정하지 않아도 됩니다. 정신을 잃었을 뿐이에요. 이 정도 상처라면 제 마법으로 금방 치료할 수 있습니다."

루카스가 다정하게 달랜 뒤, 울루루를 업고 야영 텐트로 옮겼다.

"하필이면 놈들이 그 숨겨진 마을을 노릴 줄이야……."

정신이 든 울루루에게 들은 정보는 그야말로 최악이라고 해도 과언이 아니었다.

"미야를 납치하고, 그녀를 인질로 삼아 가우스에게 아멜리아 왕국의 귀족을 습격시키려는 건가. 하하! 정말 악랄하기 짝이 없네!"

지그닐이 주먹으로 땅을 쳤다.

"냉정해져. 여기서 네가 한탄해도 사태는 전혀 해결되지 않아."

카이토가 논리적으로 말했다.

"미, 미안해."

그 이글거리는 짐승 같은 표정에 슬며시 미소를 지은 모습은 지금까지 선량했던 카이토와는 완전히 딴판이라 무심코 숨을 들이켜고 말았다.

"먼저 현재 상황을 확인하자. 너의 딸 미야는 그들에게 잡혀갔고, 지정된 기한까지 특정한 귀족을 죽이지 않으면 목숨을 보장하지 않겠다는 협박을 받았어. 이에 너의 남편 가우스는 납치된 미야를 구하기 위해 특정 귀족을 공격하는 척을 하기 위해 그 자리를 떠났고. 그동안 네가 에르딤으로 향하여 조력을 요청하려던 차에 그들의 눈에 띈 거야. 여기까지 맞아?"

"아, 네. 맞습니다."

울루루가 조심스럽게 고개를 끄덕였다. 지금 카이토는 지그닐조차 주눅이 들 만큼 독특하고 위험한 분위기를 풍기고 있다.

싸움에 관해선 초보에 불과한 울루루치고는 정말 잘 대답하고 있는 편이라고 생각한다.

"기한은 3주인가. 그 안에 귀족을 습격하지 않으면 미야 양은 죽어. 그때까지 에르딤의 협력을 얻어 마을 주민을 보호하고, 미야 양의 구출대를 편성하여 구출해야 해. 하지만 그것은——."

"상대도 이미 예측했다는 건가?"

"그래. 나름대로 방해 수단을 쓸 거야. 그런데 루카스 씨, 에르딤이 그녀의 요청을 받아들일 것 같아?"

"아마 거절하겠죠."

루카스가 씁쓸한 얼굴로 고개를 가로저었다.

"그, 그럴 수가……."

절망하여 목소리를 떠는 울루루를 보며 카이토가 크게 한숨을 내쉬었다.

"뮤, 넌 어떻게 생각해?"

좀 더 슬픔에 빠져 비정한 현실에 엉엉 울 것이라 생각했으나, 뮤가 크게 동요한 것은 처음뿐이었고, 울루루를 보호한 뒤로는 무서울 만큼 냉정했다.

"먼저 에르딤에서 협력을 받을 수 있도록 설득할 수밖에 없다고 생각해."

"하지만 안 될 거라며!"

울루루가 히스테릭하게 소리를 질렀다.

"안 될지 어떨지는 해보지 않으면 몰라. 그렇지, 오빠?"

두 손을 맞잡은 뮤가 자기 생각을 말하고는 카이토에게 동의를 구했다.

"맞아. 포기하면 그 시점에서 패배가 확실해져. 움직여야만 해. 뮤, 너라면 어떡할래?"

"응! 먼저 다 같이 에르딤으로 피난을 가야 하지 않을까?"

"그래! 이곳에 주민을 남겨두어도 전혀 의미가 없어. 오히려 두 번째, 세 번째 인질로 잡힐 위험성이 있어. 그게 가장 좋은 방법이겠지."

"혹시 받아주지 않는다면?!"

울루루가 여전히 울먹이는 얼굴로 비관적인 의견을 내놓았다.

"받아들이도록 설득할 수밖에 없어. 무엇보다 곤경에 처한 피난민을 거부하는 판단을 내릴 법한 조직이라면, 더는 그런 곳을 의지할 가치도 없어. 다른 수단을 생각해야 할 거야."

뮤가 가볍게 일축했다. 이것이 아까 그 어린 소녀와 동일 인물이라고? 이렇게까지 냉정하고 침착한 판단을 내리는 이는 제국군인 중에서도 그리 많지 않다.

"흠. 그래. 설득에는 여러 가지가 있어. 받아들이지 않을 수 없는 상황을 만들어야겠지. 그래도 받아들이지 않겠다고 판단한다면, 오히려 이쪽이 버려야 해. 그래서?"

카이토가 크게 고개를 끄덕이고, 뮤에게 다음 이야기를 재촉했다.

"그리고 언니를 구조할 팀을 편성하여 적을 강습해 탈환해야지. 저기, 오빠, 언니가 잡혀 있는 곳이 어딘지 알아?"

카이토의 물음에 뮤가 다시 제안했다.

"당장이라도 정보상에게 부탁해서 위치를 조사하도록 할게."

"…………."

지그닐을 비롯한 다른 사람들은 어안이 벙벙한 채 보기만 했다.

"그럼 바로 움직이자. 밤에는 위험하니 낮이 좋겠어. 최우선은 마을 주위에 배치된 바보들을 없애는 거겠지? 자, 어떻게 할까."

카이토가 턱에 손을 대고 지금도 사로잡혀 쓰러져 있는 불량배들을 보며 악질적인 미소를 씨익 지었다. 그런 카이토의 얼굴을 확인한 불량배들이 비명을 질렀다. 아마 이 녀석들로부터 적에 대한 정보를 얻어낼 작정일 것이다.

"카이토, 당신은 우리처럼 투쟁에 몸을 맡긴 부류로군요?"

루카스의 분석에 매우 동의한다. 이번 일련의 발상은 도저히 전투에 문외한인 사람이 떠올릴 수 있는 것이 아니다. 그 외에도 일거수일투족을 보면 틀림없이 실전으로 단련된 전투의 프로다.

"아, 아니, 아니야. **나는** 상인이야. 응."

허둥지둥 수습하려는 듯이 카이토가 꺼림칙한 미소를 지우고, 평소처럼 온화한 표정으로 돌아갔다.

"이런 악질적이고 위험한 생각을 하는 상인이 어디 있어!"

지그닐의 지극히 당연한 지적에 카이토는 벼락에 맞은 듯 몸을 굳혔다.

'큰일인걸…… 계획을 조금 변경해야겠어.'

카이토는 그런 의미를 알 수 없는 말을 중얼거리며, 머리를 긁적거렸다.

"응, 사실 난 전직 용병이야."

그리고 어깨를 늘어뜨리며 예상했던 대답을 내놓았다.

***

──아멜리아 왕국 북서쪽 끝에 있는 밀림 지대.

'설마 이렇게 쉽게 알아챌 줄이야……'

한숨이 섞인 나의 혼잣말은 밤의 차가운 강풍에 의한 나무들의 흔들림에 사라지고 말았다.

큰일이다. 정말 걱정이다. 자신이 이렇게까지 연기가 서툴 줄은 전혀 알지 못했다. 은발 수인족에게 도움을 받았다는 전투 초보 상인이라는 설정은 포기하고, 전직 용병 상인으로 용병 시절에 은발 수인족에게 도움을 받았다는 스토리로 변경할 수밖에 없다. 뭐, 아직 수정이 통할 정도의 모순에 지나지 않지만, 이 상태로는 금방 애쉬와 뮤의 기억이 돌아올지도 모른다. 사토리가 한 것은 최소한의 기억 수정에 불과하기 때문이다. 자신의 기억과 모순이 생기면, 쉽게 기억이 원래대로 돌아간다. 그럼 어떻게 해야 할까…….

'자업자득이오. 이런 짓을 하는 괴물을 선량한 상인이라 믿는 쪽이 이상하오.'

등 뒤의, 아무것도 없을 터인 공간에서 들리는 한숨 섞인 목소리. 무슨 까닭인지 게으른 성격의 아스타가 이 여행에서만은 이렇게 한시도 떨어지지 않고, 계속 모습을 감춘 채 나의 말에 일일이 딴죽을 걸고 있다.

'그런가? 이런 건 벨제의 심문과 비교하면 천국 아니야?'

'애초에 비교 대상이 잘못되었소!'

'너무 크게 소리 내지 마. 들키면 어떡하려고?'

아스타에게 주의를 주자, 잔소리를 하면서 입을 가렸다. 왠지 요즘 아스타의 기분이 매일같이 저기압이다.

'사실 들릴 걸 걱정할 필요는 없지만.'

지그닐은 다른 사람들의 호위를 위해 텐트에 남았다. 처음엔 루카스가 심문을 하였으나, 그런 어중간한 심문으로는 토해낼 것 같지 않았기에 내가 맡아 지금에 이르렀다. 참고로 루카스는 나의 심문이 시작되자 안색이 매우 나빠지고 말았기에 주변 정찰을 지시해두었다. 그런 연유로 지금 이 자리에 있는 것은 나와 모습을 감춘 아스타와 이 녀석들뿐이다.

'마스터.'

'알고 있어. 이 기척은 루카스인가.'

루카스가 돌아온 모양이다. 심문의 증인이 필요했으니 마침 잘됐다. 나무 사이로 모습을 드러낸 루카스. 루카스는 심문을 마친 모습을 확인하고, 볼을 경련시켰다.

"그럼 모두 토해낼 마음이 들었나?"

싱글벙글 웃으며 물었다.

"마, 말했습니다! 아까부터 계속 솔직하게 말했다고 했는데!"

불량배가 새된 소리를 질렀다. 중급 포션을 꺼내 심문으로 생긴 상처를 모두 치료했다.

"잘 들어. 상처를 치료한 것은 너희를 배려해서가 아니야. 그냥 발음이 잘 안 들리기 때문이야."

"…………."

불량배들이 울먹이며 몇 번이나 고개를 끄덕였다. 뭐, 또 한 가지 치료한 이유를 들자면, 다른 사람들에게 다소 자극적이기 때문이기도 하다.

"지금부터 나의 동료 앞으로 데려갈 거야. 우리 앞에서 확실히 너희가 아는 모든 것을 말해. 물론 거짓 없이. 혹시 조금이라도 속임수를 쓴다면── 알지?"

금세 핏기가 가신 얼굴로 아까보다 더 필사적으로 고개를 몇 번이나 끄덕였다. 이거 참, 이제야 탈선하려던 계획을 원래대로 되돌릴 수 있다.

"카이토, 당신은 대체 정체가 뭡니까?"

내가 아이템 박스에서 꺼낸 특수한 구속용 끈으로 불량배들을 묶고 있자, 루카스가 조심스럽게 질문했다.

"응? 전직 용병인 평범한 상인이야."

방금 새롭게 덧붙여진 설정을 대답했다.

"얼버무리지 마십시오! 탁월한 전술 안목과 전혀 거리낌 없는 심문. 누가 봐도 범상치 않아요!"

"저기, 일반 용병이라면 나 정도 머리는 돌아가고, 심문도 이런 건 별것도 아니야."

전술 안목이라고 할 만큼의 계획은 아직 세우지 않았고, 그 던전 안에서는 초반에 다치지 않는 날이라고는 없었다. 이 정도

심문은 고난에도 들어가지 않는다.

"그, 그렇다면 순식간에 상처를 치유한 기적의 묘약은?!"

"기적의 묘약? 그건 그냥 중급 포션이야."

"포션……이 뭐죠?"

"회복약이야. 도시에선 어디서나 팔고 있을 텐데?"

"죄송합니다만, 저는 그런 마법의 약을 파는 도시를 모릅니다."

큰일이다. 포션은 희귀한 것이었나. 라무르에서 팔지 않은 이유는 시골이기 때문이라고 생각했다. 그러고 보니 잭도 놀란 듯했었다. 나 같은 무능이 고가의 아이템을 가진 것이 원인이라고 지금까지 생각했으나 아니었단 말인가.

얼버무리기 위해 헛기침을 했다.

"아무튼 모두 사소한 일이야."

"하지만——."

"그런 것보다 이 녀석들에게 사건의 개요를 듣는 게 우선 아닌가?"

루카스의 반론을 막고, 나는 강제로 화제를 본론으로 되돌렸다.

"……그렇군요."

"그럼 야영지까지 연행하는 걸 도와줘."

나는 묶여 있는 불량배들의 끈을 잡고 야영지까지 걷기 시작했다.

불량배들의 입에서 나온 정보는 대충 예상대로였다. 이 땅을 습격한 것은 아멜리아 왕국의 귀족이 고용한 용병들. 의외였던 것은——.

"비스트, 라."

아무래도 제국 육기장이라는 지그닐의 옛 동료가 이 작은 마을의 습격에 가담한 모양이다. 심문한 결과, 사드도 제국 황제의 지침으로 나를 괴롭히라는 지시를 받았다는 보고가 올라왔다. 이 유괴 사건도 그리트닐 제국이 얽혀 있는 건가. 아마 내가 로제를 구한 것에 앙심을 품었을 것이다. 명확하게 싸움을 건다기보단 조금씩 건드리는 수준에 불과하지만, 이 이상 귀찮은 일에 휘말리는 것도 불쾌하기 짝이 없다. 경고는 해두어야겠다.

"어떻게 하겠습니까? 옛 동료라면 싸우기 거북하기도 하겠죠. 제가 할까요?"

루카스의 제안에 지그닐은 고개를 크게 가로저었다.

"이미 나는 제국의 군인이 아니야. 일개 검사, 지그일 뿐. 그건 쓸데없는 배려라고."

장검을 쥐고 숲속을 노려본다. 지그닐의 눈에는 결의라는 이름의 강렬한 빛이 흔들리고 있었다. 약한 자를 위해 목숨을 걸수 있다. 역시 지그닐은 영웅에 필요한 것을 이미 갖추고 있다.

"지그, 비스트의 능력은 알고 있어?"

"그래, 알아. 녀석의 능력은 비스트포머야. 호랑이 같은 짐승의 모습으로 변하는 능력이지. 마법을 튕겨내는 강철 같은 단단한 피부와 십수 배에 달하는 힘을 얻고, 심지어 재주마저 향상되어 대형 무기도 자유자재로 다룰 수 있어."

흠. 전형적인 전위 타입인가. 그렇다면——.

"성격은 무작정 돌진하는 유형이려나?"

"맞아. 전위에서 짐승으로 변해 돌진하여 적군을 마구 파괴하는 전술을 선호해."

토벌 도감의 유쾌한 동료 중에도 그런 단세포가 있다. 중요한 건 그 실력이 어느 정도냐는 것이다.

"너와 그 비스트, 어느 쪽이 강해?"

지그닐과 루카스는 모두 미숙하다. 두 사람보다 압도적으로 강하다면 은밀하게 내가 제거하도록 하자. 뭐, 방법은 여러 가지가 있으니까.

"나는 육기장에서는 포를 제외하고 절대 뒤처지지 않아. 뭐, 사드에게 실컷 당했으니 별로 설득력은 없겠지만."

지그닐과 동등한 강함이라면 적어도 현시점에는 잔챙이다. 육기장이라는 조직은 아마 각 분야에서 재능이 있는 다이아몬드 원석을 제국 내에서 모아, 특수한 훈련을 하는 조직으로 보인다. 한마디로 발전 중인 각 분야의 천재 모임이라고나 할까.

"참고로 그 비스트는 네가 보기에 무인이야?"

나의 질문에 지그닐이 얼굴 전체를 혐오로 물들였다.

"타인을 괴롭히는 게 취미인 썩을 놈이야!"

그것은 완전히 단정이었다.

"그런가……."

그렇다면 망설일 것 없다. 아무리 무의 재능이 있더라도 영혼이 썩은 하잘것없는 자를 배려할 필요는 없다. 무엇보다 시간이 한정되어 있다. 그런 잔챙이에게 일일이 시간을 들일 가치 따위는 없지.

"내 계획을 따르지 않을래?"

"너의 계획?"

"그래. 노력하지 않고 바보들을 없애기 위한 계획이야."

"노력하지 않는다니, 아까도 말했지만 상대 중엔 비스트도 있는데? 대체 어떻게 할 셈이야?"

"말 그대로 지옥에 떨어뜨릴 거야."

"아까는 허세를 부렸지만, 비스트는 진짜 성가시다고! 나도 일대일이라면 목숨을 걸어야 해!"

"아무래도 너는 강함이라는 것의 의미를 잘못 아는 것 같아. 강함이란 말이야, 여러 가지 종류가 있거든."

비스트라는 멍청이가 정말 강하다면, 지금 우리가 이렇게 정보를 얻었을 리가 없다. 그 무력한 무지나도 이런 실수는 하지 않는다. 즉, 비스트의 자세한 정보를 우리가 얻은 시점에 우리의 승리는 거의 확정된 것이나 마찬가지다. 나머지는 어떻게 상대를 요리할지 수단의 차이에 지나지 않는다.

"그게 무슨 의미야?!"

"지금 너에게 설명해도 이해하지 못해. 행동으로 보여줄게."

이제 필요한 정보는 거의 손에 들어왔다.

"카이토 너, 그 녀석을 너무 얕보고 있어!"

"그에게 맡기도록 하죠."

일어나서 고함을 치는 지그널의 어깨를 루카스가 붙잡고 달 랬다.

"젠장!"

온몸으로 화를 드러내며, 팔짱을 끼고 눈을 감아버리는 지그닐. 루카스가 진지한 얼굴로 나를 응시했다.

"그럼 카이토 공, 그 계획이란 것을 알려주십시오."

"자, 말해볼까!"

나는 입꼬리를 올리고 흉계를 늘어놓기 시작했다.

***

──아멜리아 왕국 북서쪽 끝에 있는 밀림 지대.

"부하와 연락이 되지 않아."

용병단 치킨의 보스인 복면을 쓴 남자, 난반이 옷 차림의 빨간 머리 거인, 비스트에게 보고했다.

"짐승 여자와 즐기는 중이란 말인가! 흥! 팔자 한번 좋군!"

깔보는 듯한 빨간 머리 거인의 말에 난반은 복잡한 표정으로 고개를 가로저었다.

"그렇다기에는 시간이 너무 걸려. 빠르게 이곳으로 데려오라고 지시를 내렸어. 이 상황에 이 정도로 늦어지는 건……."

난반이 뒷말을 잇지 못했다.

"이봐, 암컷 짐승 한 마리를 잡는 데 설마 실패했다고? 하하! 너희는 일단 왕국에서도 열 손가락 안에 드는 용병 길드 아닌가? 왕국의 용병이 그 정도로 약했단 말이야?"

코웃음을 치는 비스트에게 난반은 이를 빠득 갈았다.

"이번에는 간단한 미션이라고 단정 지은 우리의 실수야. 이 실패는 우리 손으로 만회하게 해줘."

"너희의 결의는 이해했어. 마음대로 해. 난 여기서 너희의 낭보를 기다릴 테니."

아까와는 달리 호의적인 말이 돌아왔다.

"고맙군."

난반은 다시 한번 머리를 숙이고, 검을 뽑아 숲속으로 모습을 감췄다.

"바보. 너희 같은 냄새나고 약한 왕국의 쓰레기들에게 이 내가 맡길 거 같아? 그냥 난 왕국의 쓰레기들의 알량한 자존심이 몽땅 찢기는 모습을 보는 게 너무나 기대될 뿐이거든. 너희가 의기양양하게 승리하고 돌아오면, 그 즐거운 분위기 속에 죽일 거야. 너희가 도망쳐 돌아오면, 물론 절망 속에서 죽여야지. 자, 양쪽 다 최고로 재미있겠지?"

입맛을 다시며 혼잣말을 하는 비스트. 그 온몸에서 새빨간 털이 돋아났고, 온몸의 근육이 부풀어 올랐다. 날카로운 송곳니가 자라며 얼굴은 맹호와 비슷한 모습으로 바뀌었다.

"자, 한번 가볼까."

비스트는 흉악한 미소를 지으며 걸음을 옮겼다.

난반이 알아챈 것은 정말 우연이었다. 구체적으로 표현하기는 어렵지만, 굳이 말하자면 주위의 체감 온도가 1도 내려간 듯한 위화감일까. 본래는 무시할 법한 독특한 감각에 발이 멈추더니,

뿌리라도 내린 것처럼 한 걸음도 움직이지 못하게 되었다.

"대장, 이 앞은 위험해요!"

온 얼굴에 흐르는 대량의 땀을 닦지도 않고, 덥수룩하게 수염을 기른 부대장이 숲 안쪽을 응시하며 간신히 말했다.

"이 앞에 뭐가 있는데?"

부대장의 기프트는 '트랩 헌터'. 함정을 간파하는 데 특화된 것이다. 그런 부대장이 이 정도로 위기감을 느끼다니 상당한 함정임이 분명하다.

"함정, 일 것 같습니다."

"돌파될 거 같아?"

"불가능……하지 않을까요. 이 앞에 있는 것은 우리의 죽음뿐입니다."

"다시 한번 물을게. 너조차 해체가 불가능하다는 뜻인가?"

지금까지 부대장은 어떤 함정이 설치되어 있더라도 해체해왔다. 해체할 수 없는 함정이란 한 번도 없었다. 그런데 이렇게 쉽게 패배를 선언하다니 믿기지 않는다.

"네, 그렇습니다! 작은 틈조차 없는 완벽한 함정이에요! 게다가 해체 방법조차 불명확합니다. 이런 건 무슨 수를 써도 돌파될 리가 없어요!"

절박한 표정으로 말하는 부대장의 태도로 보아, 이 앞을 돌파하려면 막대한 희생을 치러야 할 것이 분명하다. 만약 운 좋게 도달한다고 해도, 이러한 악질적인 함정을 치는 자가 기다리고 있겠지. 나바과 마찬가지로 투쟁의 프로임은 확실하다.

"아무것도 모르는 왕국 귀족 놈들! 뭐가 눈을 감고도 할 수 있는 간단한 일이냐! 방심하면 즉사하는 특급 클래스의 미션이 아닌가!"

아니, 이제 와서 생각해도 확실히 위화감이 들었다. 간단할 터인 미션이라면 왜 왕국에서 유수의 용병 길드인 치킨이 선택되었을까? 덤으로 제국 육기장 비스트까지 제국 황제의 칙명을 받아 이 미션에 게스트로 참가하고 있다. 그만큼 이곳의 완전 제압이 어렵다고 느꼈다는 뜻 아닌가? 그들의 사전 설명에 따르면, 수인족 왕족의 혈족인 가우스와 그 협력자가 경계 대상이다. 이 함정을 친 사람은 그 협력자란 말인가? 아니, 그보다 지금은 함정에 대한 대책을 세워야 한다. 자칫하면 숲 전체에 함정이 깔려 있다는 최악의 사태에 직면할지도 모른다. 이대로 나아가도 전멸할 뿐. 일단 태세를 정비해야 한다. 비스트의 협력을 얻어 만전을 기하는 것이 옳다.

"일단 원래 장소로 후퇴해서 다시 계획을 세우자."

부하들에게 지시를 내리고 몸을 돌리려는 순간, 거대한 털북숭이 같은 무언가가 하늘에서 내려왔다.

"꼬리를 말고 도망치는가! 아쉽게 됐네~. 이러면 안 되거든!"

웃음을 머금은 목소리와 함께 거대한 배틀액스가 전방을 걷던 부하에게 휘둘러지며, 그의 상반신을 둘로 절단했다. 피와 살이 튀는 가운데, 난반 일행의 눈앞에는 배틀액스를 등에 진 이족보행 하는 호랑이가 서 있었다.

"으아……."

신음하던 부하의 목이 순식간에 날아갔다.

"히이이이익!"

비명이 울려 퍼지며, 학살이 시작되었다.

"네가 마지막이야."

난반은 목덜미를 잡고 가볍게 들어 올리는 비스트를 노려보았다.

"이 배신자!"

마지막 힘을 쥐어 짜내 외쳤다.

"배신자라고? 바보 같은 소리 하지 마! 너희 왕국의 약해빠진 놈들과 동료가 된 기억은 없거든!"

"망할 자식!"

호랑이 얼굴에 침을 뱉었다.

"멍청하긴."

뽀각 하는 소리와 함께 난반의 목이 엉뚱한 방향으로 꺾이며, 실이 끊어진 인형처럼 축 늘어졌다. 비스트는 숨이 끊어진 난반을 내던지고 목을 뚝뚝 울렸다.

"그럼 다음엔 나의 영역에 들어온 토끼라도 사냥해볼까."

비스트는 한 손에 배틀액스를 들고 안쪽으로 걸어갔다.

"뭐야…… 이건?"

숲속을 돌진하던 비스트가 느낀 것은, 절벽 위에 까치발로 서 있는 듯한 독특한 감각. 그것은 비스트가 아직 약했던 시절 빈

번하게 느꼈던 야생의 감정이다. 즉, 농후한 죽음의 예감이라는 것이다.

여기서 돌이켜 보았다면, 그랬다면 혹시 다른 결과가 나왔을지도 모른다. 그러나──.

"웃기지 마! 짐승과 그 협력자 따위에게 이 내가 질 리 없어!"

비스트는 야생의 감을 떨쳐내고 말았다.

온몸의 털이 곤두서고, 자신의 위기의식이 이곳에서 전력으로 도망치라고 외치는 와중에도 애써 그것을 무시하며 한 걸음, 또 한 걸음 앞으로 나아가자, 전방에 변색된 바닥이 시야에 들어왔다.

"흥! 이런 것도 함정이라고 둔 건가. 꼴사납기는."

고전적인 함정, 땅을 파내 떨어뜨리는 것이라 판단하고 배틀액스를 아무렇게나 휘둘렀다.

배틀액스가 전방의 지면에 꽂힌 찰나, 등 뒤의 지면이 폭발하며 거대한 몸이 그대로 날아갔다.

"으앗?!"

전방의 지면으로 내던져진 순간, 찰칵하는 소리가 들렸다. 발밑에서 눈 부신 빛이 퍼지더니, 귀를 따갑게 하는 굉음이 울렸다.

"크아아아아아아아아앗!"

누구도 상처를 내지 못할 터인 강철 같은 다리에 느껴지는, 못이라도 박힌 듯한 격통. 절규하며 휘청거리면서도 퇴로를 찾기 위해 뒤로 물러났을 때, 다시 찰칵하는 소리가 났다. 그러자 사방팔방에서 화살 같은 것이 날아왔다.

"얕보지 마라!"

그것들을 모두 쳐내기 위해 배틀액스를 회전시켰다.

"크억!"

새하얀 섬광이 터지더니, 시야가 새하얗게 물들고 말았다. 동시에 미처 쳐내지 못한 화살이 왼팔에 박히며 폭발을 일으켰다. 신경 말단을 태우는 듯한 격렬한 자극에 저절로 비명을 질렀다.

"눈이 안 보여!"

시야가 봉인된 데다 온몸에 느껴지는 정체불명의 격통. 그것들이 비스트에게 오래도록 잊고 있던 어떤 감정을 불러일으켰다. 즉, 공포다!

"이렇게 무너질까 보냐!"

떨리는 온몸을 채찍질하여, 자신을 고무시키기 위해 하늘을 향해 외쳤다. 그들은 비스트에게 포식 대상이다. 그 외에는 아무것도 아니다. 아니, 그 외에 무언가가 있어서는 안 된다. 일단 방금 있던 안전지대로 돌아가 태세를 정비해야 한다. 시각과 청각은 섬광과 폭발 소리에 잃었고 방향 감각이 헷갈리기는 하지만, 후각은 아직 멀쩡하다. 주위에 감도는 코가 막힐 듯한 이상한 냄새. 십중팔구 이것이 함정이다. 그렇다면 이 냄새를 피하여 지나가면 안전지대로 돌아갈 수 있을 것이다.

"어?"

코를 벌름거리며 살짝 몸을 비튼 순간, 오른팔에 실 같은 것이 걸리고 말았다.

"크으으윽!"

비스트가 있는 지면이 폭발하며, 그 몸이 다시 크게 내던져졌다. 착지한 비스트를 향해 쏟아지는 무수한 화살. 그것들은 비스트의 피부와 충돌하자 폭발했다. 의식을 잃을 듯한 격통에 비스트는 절규하며 몸을 젖혔고, 다시 실을 건드리며 폭발했다. 그 과정에 일어난 바람 때문에 거대한 몸이 크게 날아가고 말았다.

그것은 비스트에게 지옥의 도망극이 시작된 순간이었다.

"어쩌다…… 이렇게 됐지?"

의식이 몽롱해지면서도 비스트는 벌써 몇 번째인지 모를 의문을 입에 담았다. 이미 온몸은 화상을 입어 서 있는 것도 고작인 만신창이가 되었다. 게다가 섬광으로 시야가 가로막혀 몇 번이나 나가떨어지는 바람에 오래전에 방향조차 알 수 없게 되어, 자신이 어디에 있는지도 불명확한 상황이다.

"이런 함정을 깔아둔 녀석은……."

비스트는 제국 최강의 육기장 중 한 사람이다. 이 세상의 누구든 쉽게 지지 않을 자신이 있었다. 그런데 심신 모두 철저하게 대응조차 하지 못하고 부서지고 있다. 치킨 놈들이 도망쳐 돌아온 이유를 지금은 확실히 알겠다. 분명히 이곳은 지옥이다. 발을 들이면 그것을 끝으로 살아서 돌아가지 못하는 죽음의 숲일 것이다. 무엇보다――.

"이런 함정이 어디 있어!"

이것을 설치한 녀석은 제정신이 아니다. 아니, 이런 무섭고

잔혹한 지옥을 만들어낸 자가 같은 인간이라고는 도저히 생각할 수 없다. 포와 마찬가지로 인간과는 다른 섭리로 사는 녀석이다.

"도망쳐야 해!"

어떻게든 이곳을 이탈하여 황제 폐하께 자세히 아뢰어야 한다. 이 건에서 당장 손을 떼도록!

그렇게 생각하는 사이, 간신히 회복된 시야에 나무가 사라지고 초원이 펼쳐진 것이 보였다. 틀림없다. 이 앞이 지옥의 끝이다.

"살았다!"

자신의 목소리가 불쌍할 만큼 떨리고 있었다. 안도하여 눈물을 흘리며, 휘청휘청 눈앞의 안전지대로 걸음을 옮겼다.

"안녕, 비스트. 오랜만이네."

달빛 아래 서 있던 것은 일찍이 같은 육기장이었던 검은 머리의 검사였다.

"네 이놈, 지그닐! 어째서 네가 이런 곳에 있지?!"

혼란스러운 머리로 그렇게 외쳤다.

"글쎄. 나도 잘 모르겠는데."

"네놈, 배신했구나!"

물론 물러터진 지그닐이 이런 끔찍한 짓을 할 수 있을 리가 없다. 하지만 지그닐이 잘 모르는 무서운 존재와 손을 잡았다는 것만은, 더 이상 의심할 여지가 없다.

"배신이라. 나는 제국에서 탈영한 몸이야. 그런 말을 하기엔 너무 늦었어."

어깨를 으쓱하고 비웃음을 지으며 대답한다.

"상황을 이해한 거냐! 이런 걸 황제 폐하가 아신다면――."

"그 이상은 필요 없어. 이미 오래전에 모든 것을 버릴 각오는 되어 있었거든."

"지그닐! 아직은 괜찮다! 지금 당장 출두해서――."

"그런 교섭은 필요 없어. 무엇보다 설령 나 따위가 여기서 배신해봐야, 아마 결과는 크게 달라지지 않을걸. 이봐, 카이토, 내 말이 맞지?"

지그닐이 뒤를 돌아보며, 금발 남자 카이토에게 물었다.

"글쎄? 이 타이밍에 배신하는 건 조금 뜻밖이지만, 나름대로 대처할 생각이기는 해."

"담담하게 대답하는 게 오히려 더 무섭다고!"

"그런가? 아무튼 이 투쟁은 내가 맡았어. 마지막 마무리도 내가 할게. 자, 어서 덤벼."

카이토가 비스트를 향해 검을 들고 도발했다. 솔직히 전혀 강해 보이지 않는다. 그러나 그 함정을 설치한 것이 이자라면, 한없이 위험한 상대라고 할 수 있다.

"알겠다! 이렇게 하자! 너를 육기장인 나, 비스트의 이름으로 황제 폐하께 추천하지! 폐하는 강자를 좋아하신다! 반드시 중용될――."

"시시한 소리 하지 마. 너의 길은 두 가지뿐이야. 나와 싸워서 패배하고 죽든가. 아니면 이기고 생을 손에 넣든가."

그 말을 끝으로 카이토의 분위기가 일변했다.

"힉?!"

목구멍에서 나온 것은 비명과 같은 소리.

위험하다! 위험해! 언뜻 보기만 해도 안다. 이 녀석은 너무 위험하다! 엄청나게 거대한 괴물이 입을 크게 벌리고 있는 듯한 위험하기 짝이 없는 이미지에 간신히 남아 있던 마지막 전의가 곧바로 사라졌다.

"괴, 괴물이야!"

비스트는 찢어질 듯한 비명을 지르며 재빨리 지옥을 향해 달려갔다.

"약자에게는 신나게 힘을 휘둘렀으면서 이 타이밍에 적에게 등을 보이다니. 지그의 말이 맞았어. 너에게는 검을 휘두를 가치조차 없어."

힐난하는 카이토의 목소리. 순간 무언가가 발밑에 박히며 크게 무너지기 시작했다.

"흐앗?"

비스트의 얼빠진 소리와 함께 높은 곳에서 낙하하는 독특한 감촉이 느껴졌다. 곧바로 눈앞에 무수하게 날카로운 무언가가 다가왔고, 이어서 폭발 소리와 함께 비스트의 의식은 뚝 끊기고 말았다.

***

깊은 구덩이 바닥에서 타버린 고깃덩어리가 된 비스트를 내려다보았다.

"결국 미리 들었던 대로의 녀석이었네."

조금 낙담하여 솔직한 감상을 말했다. 지그닐에게 얻은 사전 정보에 따르면, 타인이 재기 불능이 되는 모습을 보는 것을 세 끼 밥보다 좋아하는 극악무도한 성격이지만 실력만은 초일류라고 했다. 그러나 실제로는 자신보다 약한 사람만 공격하는 비겁한 자였다. 그뿐이었다.

"카이토, 너 대체 정체가 뭐야?!"

"몇 번이나 설명했잖아? 전직 용병인 상인이야."

지그닐이 충혈된 눈으로 캐묻자 나는 현재의 신분을 말했다.

"거짓말하지 마! 일개 용병 따위가 그런 괴물 같은 살기를 낼 수 있겠냐고!"

"그렇게 따지면 할 말이 없는데. 녀석이 생각보다 더 겁쟁이라 멋대로 자폭했을 뿐이잖아."

그에게는 전사로서 마지막 의지를 보여줄 기회를 주었다. 그것을 내던지고 멋대로 함정에 빠져 죽다니, 나에게도 최악의 의미로 뜻밖이었다.

"자폭……."

"그래, 자신의 눈을 멀게 한 건 아까 그 멍청이야."

무지나에게 치킨이라는 용병단에 트랩을 다루는 기프트를 지닌 자가 있다고 들었다. 따라서 그 함정으로 적당히 줄인 다음 지그닐과 루카스를 내보낼 계획이었으나, 비스트라는 바보가 모두 죽여버리더니 이곳에 도달하기까지 알아서 엉망진창이 된

걸레처럼 되고 말았다. 지그닐은 좋은 의미로도, 나쁜 의미로도 올곧다. 어떤 악인이라도 다친 적을 온 힘을 다해 쓰러뜨리려고는 하지 않는다. 루카스도 아멜리아 왕국의 기사라고 하더니, 마음이 내키지 않는 듯했다. 이런 녀석 탓에 두 사람의 신뢰를 잃고 계획이 수포로 돌아가는 것도 우스운 일이다. 따라서 마지막으로 전사임을 증명할 길을 내가 마련해주려고 하자, 스스로 함정에 빠져 죽은 것이다.

"카이토, 어떻게 비스트의 방어를 쉽게 뚫었지? 그에게는 마법 내성이 있었을 텐데?"

지그닐이 심각한 얼굴로 나에게 물었다. 지그닐이 준 정보에 따르면 육기장 비스트는 강력한 신체 능력과 도끼를 손발처럼 다루는 전투 스타일, 그리고 비스트포머라는 변신 능력을 지녔다. 그 능력으로 신체 능력이 상승하고, 마법에 대한 강한 내성이 만들어진다고 한다. 그것이 사실이라면 확실히 마법은 통하기 어렵다. 다만──.

"그야 그렇지. 애초에 저건 마법이 아니니까."

"마법이 아니라면 뭡니까?"

뒤에 있던 루카스가 흥분하여 콧김을 내뿜으며 캐물었다.

"저건 화약이야. 일부 힘이 약한 자들에게 살상 능력을 준다고 하는 다른 세계의 병기지. 뭐, 나도 상인이 되어 입수한 책에서 본 지식으로 이번에 처음 만들었지만, 아무래도 잘된 모양이야."

저것은 마법이 아니라 이계의 이론인 '과학'에 의한 병기다. 그 이지 던전에서 발굴한 책 속에 있던 이론에 의거하여 만든 것이다. 던전 내에서 공략하느라 몇 번 직접 만든 것을 사용해 보았으나, 그 안의 마물에게는 전혀 효과가 없었기에 그 이후로 쭉 먼지를 뒤집어쓰고 있었다.

그러나 전에 스파이의 마도총이 예상보다 더 쓸 만한 구조였기에 연구를 해보았다. 그리하여 얻은 추론은 이런 병기는 아주 소수의 마물과 미숙한 인간에게는 효과가 있을지도 모른다는 것이었다. 한마디로 날파리처럼 약한 자라면 마물에게든, 인간에게든 효과가 있을 가능성이 있다는 뜻이다. 이번 실험으로 나의 추론이 증명되었다고도 할 수 있다.

"일부 약한 자들이라니, 상대는 비스트인데?"

"글쎄. 하지만 이게 제대로 먹힌 이상, 그 녀석도 약했다는 뜻이겠지."

나나 부하들에게는 전혀 효과가 없었으니 틀림없다. 무엇보다 비스트는 지그닐이 사투를 펼칠 만한 실력이라고 하니, 효과가 없을 리가 없다.

"그럴 수가……."

지그닐이 아연실색했다.

"훌륭해요! 너무나 훌륭합니다! 인간을 뛰어넘은 탁월한 전술 감각에 냉철하기 짝이 없는 사고방식. 또한 마법의 기적조차도 초월한 힘의 예지! 그리고 그 상식에서 벗어난 투기까지, 당신은 아마 우리를 이끌……."

황홀한 표정으로 허공을 바라보며 혼자 중얼거리는 루카스.

이제 남은 것은 이 유괴 사건을 꾸민 쓰레기를 없애는 일이다.

'기리메칼라, 이 일을 꾸민 쥐새끼가 이 근방에 있어. 일단 제거해줘.'

'알겠습니다!'

미안하지만, 아이를 유괴하는 나쁜 놈에게 베풀 자비 따위는 나에게 요만큼도 없다.

"그럼 녀석들의 무력화에도 성공했고, 시간도 촉박해. 뮤의 고향에 있는 수인들을 설득해서 에르딤으로 가보자."

나는 지금도 자신의 세계에 몰두한 두 사람을 재촉하여 걸음을 옮겼다.

***

주위에 깔린 검은 안개 속, 신사 비앙카는 열심히 도망치고 있었다. 이미 부하는 모두 놈들에게 죽고 말았다.

"왜 이런 곳에 저런 악신이 있는 거야!"

코가 긴 괴물의 저 절망적이고 압도적인 힘은 평범한 신사와는 격이 다르다. 부왕(腐王), 아니, 아마 그런 수준이 아니다. 좀 더 상위에 위치한, 비앙카에게는 구름 위에 있는 존재다. 그렇다. 마치 저 악의 총본산에 있는 악군과 같은——.

"그런 일이 있어서는 안 돼!"

최악의 결론에 도달하는 바람에 고개를 가로저어 그 생각을 떨쳐냈다.

악군이란 이 세상의 절대악을 자칭하는 자들로, 이 세상의 양대 세력 중 하나이기도 하다. 그 조직에 속한 장관급이 되면 그 강함은 상급신 아레스 님을 가볍게 뛰어넘는다고 일컬어진다. 사실상, 천군이 아니라면 토벌할 수 없는 이 세상에 존재하는 몇 없는 불합리한 존재다. 그런 존재가 이 세계 레무리아에 소환되어 있다면, 지금쯤 천계는 여기저기 소란이 일었을 터. 게다가 지금 비앙카를 쫓고 있는 것은 저 코가 긴 괴물만이 아니다.

"도망칠 수 없어요!"

갑자기 흰색의 인간형 덩어리가 하늘에서 내려와 길을 막았다.

"히익?!"

비명을 지르며 몸을 돌리려고 하였지만, 정면으로 부딪쳐 엉덩방아를 찧었다. 고개를 들자 여덟 개의 눈을 지닌 상반신을 노출한 괴물이 차가운 눈으로 내려다보고 있었다.

이어서 옆을 보자 왼쪽에는 온몸이 검은 두루뭉술한 괴물이, 오른쪽에는 그 코가 긴 괴물이 있었다.

그리고 나무 사이로 줄줄이 나타나는 사악한 신들. 그것들이 비앙카를 마치 부모의 원수라도 보는 듯한 눈으로 노려보고 있었다.

"말도 안 돼…… 이런 일은 절대 있을 수 없어!"

이런 악군에 필적하는 세력에 쫓기다니 질 나쁜 농담이다.

코가 긴 괴물이 충혈된 눈으로 주위의 악신들을 둘러보며 두 팔을 벌리고 외쳤다.

"네놈은 우리 위대한 분의 분노를 샀다! 그것은 가장 범해서는 안 될 대죄! 너희들, 이 어리석은 자를 용서할 수 있겠는가?!"

대기가 흔들렸다.

"아니! 결코 아니다! 용서할 수 있을 리가 없습니다!"

흰색의 인간형 덩어리가 외쳤다.

"맞아! 죽이자! 미약한 구원도 없이 죽여주마!"

"죽음을! 절망 속에서 죽음을!"

두루뭉술한 괴물과 눈이 여덟 개인 괴물이 호통쳤다.

"죽여라! 죽여라! 죽여라! 죽여라!"

주위의 악신들로부터 악질적인 검은색 오라가 휘몰아치며 대기를 기묘하게 비틀었다.

"안 돼애애애애!"

그 검은색 오라에 의해 비앙카는 온몸이 서서히 먼지가 되어가는 가운데, 거부를 토해내며 의식이 뚝 끊겼다.

제3장 괴물의 시련

수인족 마을에서 뮤의 열변과 울루루의 설득으로, 비교적 혼란 없이 에르딤으로 향할 수 있었다. 가는 길에 지그닐과 루카스 두 사람의 요청으로 간단한 전술을 가르쳐주었다. 동시에 중단했던 뮤의 단련도 재개했다. 단련은 본래 하루도 게을리해서는 안 되는 법이니까. 우리 이외의 자에게 배우는 것도 좋은 경험이 된다. 따라서 뮤의 교관 역할은 지그닐과 루카스에게 맡겼으나, 두 사람 모두 뮤의 높은 잠재 능력에 혀를 내둘렀다. 그리고 약 닷새 뒤, 우리는 에르딤에 도착했다.

새하얗고 커다란 돌 성벽으로 둘러싸인 원형 도시. 이곳이 중립 도시국가 에르딤이다.

이 도시는 합의제 정치 형태를 취하며, 현재 수인족의 장이 의장을 맡고 있다. 또한 의장이 수인족인 만큼, 엘프족, 여인족, 드워프족, 인간족 등 다양한 종족이 정치와 경제에 참여하는 세계에서도 드문 국가다. 장소는 딱 아멜리아 왕국과 그리트닐 제국의 국경 부근에 위치하고 있어서, 예전에는 두 나라가 자신의 영토임을 주장하였다. 그리고 오래도록 불가침 영역이었던 이 장소는 바벨이 제기한 세계 회의가 승인됨에 따라, 독립된 국가로 자치권을 인정받게 되었다.

이처럼 다종족 국가이기는 하지만 많은 이민을 인정하는 것은 아니고, 실은 국적 취득 요건을 매우 엄격하게 심사하고 있다.

아마 타국의 간섭을 최대한 제한하려는 취지일 것이다.

이번 수인들은 이 국적의 취득만으로, 성벽 밖 체재소인 숙소에서 이미 하루를 보내야 했다. 즉, 타임 리미트까지 앞으로 2주일이 남았다는 뜻이다.

"카이토 공, 지그, 울루루, 뮤, 이리 와 주십시오."

의외다. 외부인인 나와 지그닐은 솔직히 제외될 거라고 생각했는데. 설마 내가 로제와 얽혀 있다는 사실이 알려졌나? 아니, 루카스에게 그런 기색은 없다. 무엇보다 사토리가 그런 실수를 할 리 없다.

"주인님……."

파프가 나의 허리를 끌어안고 나를 올려다보았다. 아마 나와 뮤 모두 파프와 떨어지는 것은 이번 여행에서 처음 있는 일이다. 전처럼 불안이 밀려온 것이라 생각한다.

"미안해, 파프. 애쉬를 지키고 있어 줘."

파프의 머리를 다정하게 쓰다듬자, 그녀는 잠시 나의 배에 얼굴을 묻었다.

"알겠어요!"

그러고는 오른손을 들고 평소처럼 쾌활하게 대답했다. 파프는 순수하게 강하다. 왕국과 제국 내의 진정한 강자급이 자객이 되어 습격하지 않는 한, 콧노래를 부르며 격퇴할 수 있을 것이다. 또한 아스타에게도 호위를 부탁하였으니 위험해지더라도 전이 능력으로 도망치는 것이 가능하다.

"그럼 출발하자."

루카스의 안내로, 우리는 걸음을 옮겼다.

길고 좁은 테이블과 의자밖에 없는 응접실 같은 장소로 들어갔다. 소박하기는 하지만, 만듦새는 센스가 있다. 적어도 아멜리아 왕국의 덕지덕지 장식한 곳보다는 훨씬 호감이 간다.

잠시 기다리자 수인족의 나이 든 여성을 필두로 차례로 사람들이 들어와 자리에 앉았다. 그리고 가장 마지막으로 열넷, 열다섯 살쯤 되어 보이는 금색 머리를 옆으로 묶은 소녀가 자리에 앉더니 이쪽을 품평하듯이 응시했다. 외모가 들은 바와 일치한다. 아마 이 여자가 페리스 로트 아멜리아. 이래 봬도 서른 살 먹은 공녀 전하라고 하니, 젊게 꾸미는 정도가 지나치다고 할 만하다.

그들이 각자 자리에 앉더니, 우리에게도 앉기를 권하였다.

"저는 이곳 에르딤의 평의회 의장 시라우스입니다. 잘 부탁드려요."

나이 든 수인족 여자가 가볍게 머리를 숙이고 울루루를 바라보았다.

"울루루, 오랜만이군요."

"네. 오랜만에 뵙습니다."

"당신이 가우스와 울루루의 아이, 뮤로군요?"

시라우스가 울루루에게 인사한 뒤, 뮤에게 다정하게 물었다.

"으, 응."

조심스럽게 고개를 끄덕이는 뮤를 잠시 사랑스러운 듯 미소를 짓고 바라보더니, 다시 울루루에게 시선을 고정시켰다.

"그럼 용건을 들어보죠."

"미야를, 저희를 구해주십시오!"

울루루의 이 요청은 예상한 바인지, 시라우스는 눈썹 하나 까딱하지 않았다.

"유감이지만, 그럴 수 없습니다."

그리고 눈을 감고 천천히 고개를 가로저었다.

"왜죠?! 미야는 당신의 손녀잖아요!"

울루루가 이를 드러내며 거칠게 외쳤다.

"그렇기 때문입니다. 나의 손녀를 구하면, 이 일을 꾸민 자들에게 아주 좋은 구실을 주는 거예요. 그건 지금 제가 의장 지위를 물러나더라도 마찬가지. 맹세해도 좋아요. 미야를 구하면 그들은 공격한 것 자체를 핑계로 우리 에르딤을 공격하겠죠."

국가의 위험을 피하기 위해서라면 가족마저 버리는가. 시라우스의 말은 위정자의 선택으로서 전혀 틀리지 않았다. 아니, 오히려 모범적인 결단일 것이다. 그러나 나는 그런 틀에 박힌 판단을 보고 싶은 것이 아니다. 뮤의 머리에 오른손을 올리며 그녀를 내려다보자, 뮤도 크게 고개를 끄덕였다.

"설령 언니를 모른 척하더라도, 그들은 이곳을 공격할 거야."

뮤의 지적에 시라우스의 미소가 한층 더 짙어졌다.

"어린애가 알지도 못하면서 말하지 마!"

"맞아! 이곳은 신성한 평의회장이야! 외부인은 가만히 있어!"

곧바로 자리에 앉아 있던 평의회 간부들이 뮤에게 무서울 만

큰 호통을 쳤다. 그 와중에 뮤는 눈썹 하나 까딱하지 않고 입을 열었지만, 소란에 묻히고 말았다. 이 평의회 멤버들의 유치한 반응. 도저히 천하의 에르딤의 평의회라고는 생각할 수 없다. 어쩌면…….

"저는 지금 뮤와 이야기하고 있습니다. 조금 조용히 하세요."

시라우스가 낭랑한 목소리로 제지하였다. 그 순간 아까의 소란이 거짓말처럼 실내가 조용해졌다. 역시 이 반응, 너무 부자연스럽다. 이 녀석들, 아까부터 뮤를 이 일에 얽히지 않도록 하는 것 아닌가?

"뮤, 어째서 그렇게 생각하죠?"

"무슨 짓을 해도 당신이 아빠의 엄마란 사실은 변함없어. 그게 이유야."

"무슨 뜻이죠?"

시라우스가 미간을 찡그리고 물었다.

"설령 당신이 방관하더라도, 아빠는 기한이 되면 언니를 구하기 위해 지정된 인간족 귀족을 습격할 거야. 그것을 이유로 내세워도 이곳은 공격할 수 있어. 물론 당신이 지적한 대로, 언니를 구하는 선택을 하더라도 그것을 이유로 그들은 이곳을 공격하겠지."

뮤가 담담히 대답했다.

"그렇다면 네 아버지 가우스를 우리가 구속하면 되는 것 아닌가?"

간부로 보이는 수염 난 난쟁이가 흥미롭다는 듯, 시험하듯이 뮤에게 물었다. 확실히 이 지적에도 일리는 있다. 뭐, 적이 상당히 인정 많은 바보라는 조건이 붙어야 하겠지만.

"에르딤의 백성이 그걸 위해 현지로 찾아가면, 그때 한꺼번에 습격당하여 입막음을 당할 거야. 그리고 결국 그 죗값을 전부 치러야 할 테고."

결국은 쉽게 적의 입장에서 대비책을 세울 수 있다. 시라우스의 손녀를 인질로 잡힌 시점부터 에르딤은 이래도 지옥, 저래도 지옥인 최악의 악순환에 빠지고 말았다. 도망치는 것은 처음부터 용납되지 않았다. 그러나 아마도 그것을 진정한 의미에서 이해한 사람은 이 방에 아무도 없다.

지금까지 시끄럽게 떠들어대던 자들도 갑자기 기세가 줄어들고 말았다. 이것은 위기를 처음으로 실감했기 때문이 아니라, 연기하는 것을 잊었기 때문인가.

"무섭군요."

시라우스가 나직하게 중얼거렸다.

"네, 장래가 두려운 소녀입니다."

측근으로 보이는 엘프 청년이 감탄하며 동의했다.

"아닙니다. 이 흐름을 만들고 만 저분이 말이에요."

나를 응시하며 시라우스가 그의 말을 부정했다.

"이 남자가…… 말입니까?"

무례하게도 나를 수상하다는 듯 바라보는 드워프족 남자에게 쓴웃음을 지었다.

"당신은 지금 뮤의 말을 우리가 받아들일 수 없는 이유를 알고 있어요. 아닙니까?"

"대략적으로는."

이 여자, 정말 재미있다. 거기까지 읽어냈단 말인가.

그 말이 옳다. 지금까지 나온 이야기는 사실 누구나 쉽게 떠올릴 수 있는 것이다. 그런 것쯤 이 국가의 원수라면 이미 잘 아는 이야기다. 그럼에도 국가로서 구출을 선택할 수 없는 절대적인 이유가 있을 것이다.

"시라우스 공, 받아들일 수 없다니 무슨 소리인가! 설마 어린 아이를 죽도록 내버려 둘 셈인가?!"

페리스가 시라우스에게 따졌다. 뮤는 물론, 루카스와 지그닐의 경악한 표정으로 보아 이 흐름은 예상조차 하지 못했던 모양이다.

"방금 뮤의 이야기에 입각해도 저희가 움직일 수 없는 이유가 있습니다. 당신이라면 알고 있겠죠?"

"바벨의 비밀특기조항?"

이번에야말로 연기가 아니라 숲이 흔들리는 것처럼 여기저기가 술렁거렸다. 내리친 듯한 강렬한 경계심이 드러났다.

"역시 알고 있었습니까. 그렇습니다. 완전 비무장조항입니다."

바벨이 발의하여 세계 회의 결의를 통해 승인된 정당한 가맹국은 대부분이 독자적인 무장을 보유하는 것이 허용된다. 그 예외가 완전 비무장조항으로, 무력을 일절 갖추지 않는 조건으로 가맹이 허락되는 특수한 조항이다. 그럼 왜 이 조항이 비밀 취급을 받는가 하면, 아마 가맹국에 대한 침공을 억제하기 위함일 것이다. 보통 가맹국에 침공이 오더라도 그것은 어디까지나 두 나라 간의 싸움이므로, 당사국에서 대항해야 하는 일이다. 그 예외가 이 완전 비무장조항이다. 만약 이 조항이 붙은 나라가 타국으로부터 공격받은 경우, 바벨을 중심으로 한 국가의 무력 지원을 받을 수 있다. 가맹국으로는 동쪽의 대국 부토도 있으니 대국인 아멜리아 왕국이라도, 세계를 상대로 하면 조금 불리해 진다. 이처럼 가맹국의 조항 유무를 비밀로 하여, 힘이 없는 나 라를 공격하는 것은 높은 리스크를 감수해야 한다는 것을 인식 시켜야 의미가 있다.

물론 무력을 절대 지니지 않는 것은 상당히 위태로운 일이다. 웬만한 도적의 습격조차도 서민 수준으로 대항하지 않으면 안 되기 때문이다. 한마디로 위험한 싸움을 피하기 위해 작은 위험 으로 서민에게 피를 흘리게 하고 있는 것이다.

"오빠, 그게 있으면 어떻게 되는데?"

뮤가 초조한 목소리로 물었다.

"만약 무력행사를 한다면, 비밀특기조항은 소멸돼. 즉――."

아멜리아 왕국의 부대에 손해를 입힌다면, 그것은 틀림없는 무력행사. 그리고 적은 일정한 무력을 동원하지 않으면 구출할 수 없는 철벽의 포진을 깔아두었을 것이다.

"침략을 막는 것이 없어진다고?"

"맞아. 그렇기에 에르딤은 어떻게 해서든 이걸 무시해야만 해."

그것이야말로 에르딤의 잘못이며, **앞으로 시작될** 고난이기도 하다.

"허튼소리 하지 마! 아이가 위험에 빠졌다고 하지 않나! 게다가 자네의 손녀라며! 자네는 그러고도 괜찮단 말인가!"

페리스가 눈물 섞인 목소리로 질타했다.

"괜찮을 리가 없잖아요! 하지만 지금 이 나라를 지키려면 이 것밖에 방법이 없습니다!"

아랫입술을 피가 날 정도로 깨물며 시라우스가 절박하게 외쳤다.

"좋아. 그럼 일시적으로 수인족 난민의 보호를 요청할게. 그 거라면 딱히 특기조항에 걸리지 않겠지?"

"네. 그것은 받아들이겠습니다."

"그럼 가자. 더는 이곳에 용건은 없어."

몸을 돌렸다. 뮤도 좀 더 반론할 것이라 생각했으나, 의외로 순순히 따랐다. 유일한 예외가——.

"정말로?! 정말 아이를 희생할 셈인가?!"

결국 울부짖고 만 페리스. 로제보다 더 솔직한 사람이다. 그러나 이런 바보는 솔직히 싫지 않다. 적어도 남에게 의지하며 자신의 긍지까지 내버리려고 하는 자보다는 훨씬. 뭐, 젊은이들에게 조언 정도는 해줄까. 나는 방의 커다란 문까지 나아가, 슬쩍 뒤를 돌아보았다.

"잘 들어. 앞으로 너희는 선택을 하게 될 거야."

이것은 조언이다.

"선택?"

눈썹을 찡그리고 되묻는 시라우스를 향해 입꼬리를 올렸다.

"그래, 괴롭고 고통스럽게 자신의 몸을 베어내는 듯한 선택이야. 모쪼록 너희 스스로 납득이 가는 길을 고르도록 해."

그 말만 남기고 방에서 나갔다.

"이봐, 카이토, 그 선택이란 게 뭐야?"

"저 사람들이 고르지 않으면 안 될 일이야."

"미야는 어떻게 하고?"

지그닐의 지극히 당연한 질문에 나의 소매를 꼭 잡는 뮤의 머리를 쓰다듬었다.

"걱정하지 마. 나를 믿어. 나쁜 일은 없을 테니까."

힘차게 격려했다. 어린아이를 희생하는 미래 따위 나에게는 필요 없다. 이미 손은 완벽하게 써두었다.

"응!"

아마 허세겠지만, 뮤는 평소처럼 명랑하게 큰 소리로 대답했다.

"카이토 님, 도와주셔서 정말…… 감사합니다."

울먹이는 울루루에게 가볍게 손을 들어 인사하고, 나는 파프와 다른 사람들이 기다리는 숙소로 걸어갔다.

***

에르딤의 남쪽 10킬로메르에 위치한 초원에 있는 무수한 존재들.

코가 긴 이족보행 괴물 주위로, '악사만계(惡邪万界)'의 최고 간부들이 모여 있었다. 이곳에 있는 자들은 이 세상의 압도적인 강자다. 설령 악군, 천군의 무신이더라도 맨발로 도망칠 것이라 자타가 공인하는 최강의 악신들이다.

"경과는?"

"모두 예정대로입니다."

옆에 무릎을 꿇고 있는 흰색 슈트에 외눈 남자, 스파이가 대답하자 초원이 환희의 소용돌이에 휩싸였다.

"이번에도 우리 '악사만계'가 위대한 분이 만들고 즐기실 계획의 한 축을 담당하게 된 거로군?!"

상어 머리의 악신이 물었다.

"물론이고말고! 이제 곧 우리 신이 주최하는 커다란 축제의 메인 캐스트가 이 세계에 나타날 거다!"

코가 긴 악신 기리메칼라가 두 팔을 벌리고 대기를 흔드는 커다란 목소리로 외쳤다.

"메인 캐스트입니까…… 이것은 그분의 시련. 그 시련의 마지막 보스에게는 최소한의 강함이 필요합니다만, 이번에는 악군입니까? 아니면 천군입니까?"

허공에 부유하는 흰색 인간형의 악신, 드레카바크가 물었다.

"만약 악군이라면 중장 이상이 아니면, 이제 그분의 놀이 상대조차 되지 못하는 것 아닐까."

눈이 여덟 개인 괴물 로노베가 팔짱을 끼며 혼잣말을 했다.

"그래, 중장 티아마트 때 크게 실망하신 모양이니까. 이런 일은 더 이상 있어서는 안 돼!"

두루뭉술한 존재, 아자젤이 과거에 주인의 기대에 부응하지 못한 실패에 주먹을 꽉 쥐고 떨었다.

"걱정하지 마라. 불러낼 것은 육대장 마라다."

기리메칼라의 태연한 말에 침묵이 흘렀으나, 곧 미칠 듯한 환희가 폭발했다!

"그 육대장 마라인가! 상대로는 부족함이 없군!"

눈이 하나인 악신 간부가 포효하자, 사악한 신들이 하늘에서, 대지에서 기쁨에 날뛰기 시작했다.

"마라를 불러내는 것이라면, 그 '휘하왕'도 오겠군요. 기리메칼라, 당신의 의남매를 어떻게 할 생각입니까?"

"흥! 이미 그에 대비한 책략도 충분히 짜두었어! 물론 대장 마라에게는 우리 신이 직접 철퇴를 내리실 거고."

드레카바크의 물음에 기리메칼라가 즉시 대답했다.

"그런데 괜찮겠나? 마라는 네 예전 주인이잖아?"

로노베가 물었다.

"그건 쓸데없는 걱정이야. 우리 신이야말로 최고이자 최상! 그 외에는 우리를 포함하여 모두 하찮은 벌레만도 못한 존재다! 예전 주인이더라도 그것은 변함없어."

강한 단언이었다.

"……그런 것으로 해둘까."

로노베는 잠시 기리메칼라를 응시하였으나, 곧 크게 한숨을 내뱉었다.

"그럼 모두 최선을 다해 우리 위대한 분의 계획을 수행하자!"

광기가 담긴 세 눈에 핏발을 세우며 기리메칼라가 포효하자,

그것을 신호로 사악한 신들 또한 환희하면서도 자신이 믿는 신을 위한 행동에 나섰다.

＊

에르딤에서의 체류가 허락된 다음 날, 카이토에게 에르딤 관광을 하고 싶다고 부탁하니 바로 승낙하였다. 지금은 카이토와 둘이 거리로 나온 참이다.

"파프와 뮤도 데려오는 것이 좋지 않았을까?"

"뭐. 지금 뮤에게는 파프가 있어. 지금 뮤에게 필요한 것은 어른의 배려가 아니라, 사이 좋은 친구의 다정함이야."

뮤는 현재 아버지 가우스와 언니 미야가 지극히 위험한 상황에 처한 것을 실감하여, 울적한 표정으로 한숨을 쉬는 일이 많아졌다. 그런 뮤를 걱정한 파프가 한시도 떨어지지 않고 함께 있어 주고 있다.

파프는 지나칠 정도로 오빠를 따르므로, 카이토와 항상 함께 있다. 오빠라고 해도 피는 이어지지 않아서, 본인이 말하기를 어두운 장소에 갇혀 있던 것을 카이토가 구해주었다고 한다. 그 이후로 카이토를 주인님이라고 부르며 계속 떨어지지 않고 있다고 한다.

카이토는 초원에서 기억을 잃은 나를 구해준 상인이다. 이것은 카이토가 자칭하고 있을 뿐이다. 나도, 뮤도 그가 평범한 상인이라고는 생각하지 않기에 루카스에게 전직 용병임을 들켰을 때 묘하게 납득하고 말았다. 그야 언동 하나하나가 아무리 생각해도 일개 상인이라고 하기에는 너무 괴리가 심하니까.

"…………."

그런 생각을 하며, 카이토의 옆얼굴을 멍하니 바라보다가 갑자기 눈이 마주치는 바람에 서둘러 시선을 피했다.

"응? 왜 그러는데?"

"아, 아무것도 아니야."

아무래도 요즘 카이토와 둘만 있을 때, 그의 눈을 똑바로 바라보지 못하게 되었다.

"흠. 그럼 됐어."

카이토의 소매를 잡고 있던 손에 더욱 힘을 주고, 나도 걸음을 옮겼다.

수인족, 인간족, 드워프족, 엘프족, 아마조네스 등 길을 오가는 것은 본래 서로를 혐오하고 적대하는 여러 종족이다. 특히 엘프와 드워프는 서로 불구대천의 원수라도 되는 듯한 존재라고 들었는데, 그런 존재들이 어깨를 나란히 하고 걸어가는 모습까지 보였다.

"이것이 에르딤……."

무슨 까닭일까. 이 광경을 보고 있으니, 가슴이 옥죄는 듯하다.

──이 세계에는 에르딤이라는 여러 종족이 사는 나라가 있다고 합니다. 폐하의 이상적인 나라를 만드는 데 참고가 될지도 모릅니다. 한번 조사해보는 것도 좋지 않을까요…….

갑자기 머리에 울리는 그립고 다정한 목소리. 눈시울이 뜨거워지는 것이 느껴졌다.

"어라?"

두 눈에서 흐르는 많은 눈물. 소매로 닦았지만, 자꾸만 흐르는 눈물에 어쩔 줄을 모르겠다.

"애쉬?"

옆에서 걷던 카이토가 눈썹을 찡그리고 안색을 살폈다.

"아, 아무것도 아니야."

얼른 눈물을 닦고 아무렇지 않은 척했다.

"저기, 카이토, 왜 에르딤에서는 여러 종족이 싸우지 않고 함께 살 수 있는 거야?"

지금 가장 궁금하게 여긴 현실에 대하여 질문했다.

"그건 아마 본인들이 상당한 노력을 기울였기 때문일 거야."

"노력했기 때문에?"

설마 현실주의자인 카이토가 정신론적 대답을 할 줄은 상상도 못 하였기에 되묻고 말았다.

"그래, 이곳에 있는 사람들은 각 종족 중에서도 사연이 있는 사람들이야. 애초에 자신의 동족들과는 함께 걸어가지 못할 사람들뿐이지. 그렇게 떨어져나온 사람들이 살아갈 수 있는 장소. 그것이 이곳 에르딤이야. 인종 간의 알력이나 원한을 따지지 않도록 노력하지 않으면 살 수 없어."

"하지만 노력하는 것 치고는 모두 전혀 무리하는 것처럼 보이지는 않는데."

"그건 그래. 그 동족들의 혐오스러운 모습에 질려서 이 땅에 도달한 사람도 많아. 오히려 진짜 무서운 것이 무엇인지 알고 많은 어깨의 짐을 내려놓았을 테니까."

"진짜 무서운 것?"

카이토가 고개를 끄덕였다.

"애쉬, 진짜 무서운 것은 종족도 아니고, 이야기 속의 신도 아니야. 그 마음의 진정한 자세야."

엄숙한 표정으로 그렇게 말했다.

"카이토가 무슨 말을 하는지 나는 전혀 모르겠어."

"그래. 몰라도 괜찮아."

카이토가 나의 머리에 손바닥을 올리고 평소처럼 미소를 지었다. 그 부드러운 감촉에 가슴속이 따뜻해져 눈을 가늘게 떴다.

『너 같은 진정한 괴물이 그런 말을 하다니⋯⋯.』

머릿속에 울리는 하쥬의 목소리가 어쩐지 겁에 질려 있었다.

'하쥬?'

『이건 충고야. 그 남자에게 이 이상, 얽혀서는 안 돼.』

'어째서? 카이토는 정말──.'

『아니야! 그 녀석은 너를──.』

하쥬가 목소리를 높이려는 때였다.

──그쯤 하여라.

머릿속에 울리는 또 다른 여성의 목소리. 하쥬가 숨을 죽이고 더는 입을 열지 않았다. 지금까지 하쥬뿐이었고, 이런 목소리는 들은 적이 없다. 어쩌면 정령 같은 것이 여럿, 나의 몸에 숨어 있을지도 모른다.

아무튼 하쥬는 카이토가 거북한 듯, 이처럼 그의 언동을 비판만 한다. 그리 드문 일도 아니다. 정신을 차리고 다시 걸어가려고 할 때였다.

"카이토 공!"

엘프로 보이는 귀가 긴 청년이 심각한 얼굴로 이쪽으로 달려오는 것이 보였다.

"음, 생각보다 빠르네."

카이토의 작은 속삭임은 거리의 소란에 휩쓸려 사라지고 말았다.

엘프 청년은 카이토 혼자 오기를 바란 모양이지만, 카이토가 나의 동행을 위해서 함께 가게 되었다.

회의실 같은 방에 들어가자, 타원형 테이블에 이곳 에르딤의 간부 같은 다양한 종족이 모두 모여 있었다. 모든 사람의 표정이 예외 없이 돌처럼 굳은 상태였다.

"당신은 이곳을 알고 있었군요?"

수인족의 중년 금발 여성이 씁쓸한 표정을 지으며 책망하는 듯한 어조로 카이토에게 물었다. 울루루에게 들은 외모와 일치한다. 아마 저 사람이 에르딤의 평의회 의장이자, 뮤의 할머니, 시라우스일 것이다.

"무슨 소리야?"

"모른 척하지 마십시오! 잡힌 수인족에 대한 공개 처형을 시작으로 한, 이 일련의 사태 말입니다!"

시라우스가 분노를 드러냈다.

"아, 그거 말이야? 그야, 뭐. 너희가 미야를 포기할 것을 예상하고, 그쪽에서 선수를 친 거겠지."

카이토가 태연한 얼굴로 대답했다.

"이런 비열한 행위가 용납될 리가 없어! 국제 문제가 될 거야!"

시라우스의 외침에 카이토는 크게 고개를 가로저었다.

"아니. 너희는 조국에 버림받고 이 세계에서 소외된 존재야. 너희는 운 좋게 이 나라 특유의 자원으로 바벨과 교섭할 기회를 얻고 보호받았어. 하지만 너희가 외면한 자들에게까지는 그 혜택이 돌아가지 않은 거지."

다정한 카이토답지 않게 무정한 말이었다.

"외면하지 않았어! 기회를 봐서 구조할 생각이었다고!"

시라우스가 다시 격하게 외쳤다.

"우리 사정도 제대로 모르면서 멋대로 말하지 마!"

"맞아! 싸움도 모르는 상인 따위가 아무 말이나 하지 마!"

방에서 폭풍처럼 비난이 일었다. 카이토가 크게 한숨을 내쉬었다.

"기회를 봐서 데리러 가겠다? 바보 같군. 그걸 사람들은 외면한다고 하거든."

처음 듣는 듯한 오싹한 목소리. 갑자기 실내가 순식간에 조용해졌다.

"카이토 공, 우리가 외면했다니, 무슨 의미입니까?"

이 중에서 비교적 냉정한 엘프 청년이 모두를 대표해서 물었다.

"이미 알고 있는 걸 일일이 **나에게** 설명시키지 마. 너희는 그것으로 죄책감을 느끼며 잠들지 못하는 나날을 보냈을 거잖아? 그러니 **내** 지극히 당연한 지적에 화를 낸 거 아냐?"

어조까지 다른 사람처럼 완전히 달라진 카이토가 일동을 쭉 둘러보며 확인했다.

고개를 숙이고 분하여 눈물을 흘리는 사람, 아랫입술을 피가 나도록 깨문 사람까지. 시라우스조차 조용히 카이토를 쏘아보기만 했다.

"카이토 공은 어떻게 해야 한다고 생각하십니까?"

그 와중에, 엘프 청년이 이어서 카이토에게 문제의 핵심을 물었다.

"너희가 선택할 길은 두 가지. 그들을 외면하든가. 아니면 여기서 그들을 구출하러 가든가."

"만약 구출하러 간다면?"

"구출에 실패하면 사로잡혀서 온갖 수단으로 고문을 당하여, 에르딤과의 연관성에 관한 정보를 토해내게 되겠지. 아멜리아 왕국군을 습격한 것으로 비밀조항은 효력을 잃고, 그들에게 아무런 제한이 없어지게 돼. 따라서 그들은 아멜리아 왕국군을 습격한 것을 빌미로 이 나라를 공격할 거야. 한마디로 말이야. 실패는 절대 용납되지 않아. 물론 그저 구출에 성공하기만 하면 되는 것도 아니야. 이 미션을 완수하려면 몇 가지 조건이 있어."

"구출할 때의 조건을 가르쳐 주십시오."

엘프 청년이 요청했다.

"구출하는 사람은 이 나라와 아무 관련이 없는 자인 것으로 해야 하고, 구조자를 이 나라로 데려오는 일은 앞으로 불가능해질 거야. 즉——."

"평생 만나지 못하게 된다는 말입니까?"

"바로 그거야. 그래도 이 나라는 존속할 수 있고, 너희의 가족도 생을 누리게 돼."

방에서 회의가 벌어졌다.

"아멜리아 왕국에서 구출해야 하는 가장 중요한 역할을 누가 맡죠? 설마 당신이 한다는 말씀입니까?"

시라우스의 모습으로 보아, 카이토에게는 그것이 불가능하다고 판단했다는 느낌이 나에게도 전해졌다.

"나는 상인인데? 에이, 설마. 나는 그저 가능한 녀석을 알고 있을 뿐이야."

"그게 누구입니까?"

"지그닐 가스트레아. 옛 검제야. 물론 우리도 보조로 참여할 거고."

직후 폭풍 같은 소란이 일었다.

"제국의 검제가 왜 우리를 돕는 겁니까? 설마 제국이 우리를 지지한다고요?"

"아니, 제국은 오히려 왕국을 뒤에서 돕고 있어. 지그닐은 제국과는 현재 반목하면서 우리에게 힘을 빌려주고 있지. 실제로 우리에 의해 제국에서 파견된 비스트라는 녀석은 제거되었고."

"그, 그 비스트를 물리쳤다고요?!"

"맞아. 이번에도 계획만 잘 세우면 미야를 비롯한 수인족을 무사히 구출하는 게 가능할 거야."

시라우스가 잠시 턱에 손을 대고 생각에 잠기더니, 곧 자리에서 일어났다.

"여러분, 죄송합니다. 역시 저는 미야를 외면할 수 있을 것 같지가 않습니다. 여러분은 어떻습니까?"

주위를 빙 둘러보며 의견을 구했다. 지금까지 고개를 숙이고 있던 사람, 절망으로 몸을 떨던 사람 등 실내의 모든 사람 사이에 희미한 희망의 빛이 빛나고 있었다.

"카이토 공, 부디 우리 가족을 구해주십시오. 부탁드립니다."

시라우스가 카이토에게 머리를 숙이자, 방에 있던 에르딤의 간부들도 일어나 머리를 깊숙이 숙였다.

"알겠어. 페리스, 너도 동의해?"

"무, 물론이지! 나도 카이토 공을 지지하네!"

페리스도 눈을 빛내며 자리에서 일어나 찬성의 뜻을 밝혔다.

"다만 무료 봉사를 할 수는 없어. 나는 상인이니까."

"무엇을 원하십니까?"

예상은 했던 모양인지 시라우스가 즉시 대가를 물었다.

"이곳 에르딤에서 우리 상회의 거래 허가를 내고, 내가 부재 중인 동안 울루루를 비롯한 수인족 피난민들을 보호하는 거야. 그들은 미래에 우리 상회의 멤버 후보니까 정중하게 대접해줘."

실로 카이토다운 요구였다. 아마 전반의 허가는 덤이고, 울루루 측의 보호가 본질일 것이다.

"당신은…… 알겠습니다. 여러분도 괜찮으시죠?"

모두가 고개를 끄덕이는 것을 확인한 카이토도 만족스럽게 고개를 끄덕였다. 그리고——.

"그럼 우리는 당장 행동을 시작할게. 애쉬, 가자!"

"으, 응!"

나도 서둘러 대답하고, 방에서 당당하게 나가는 카이토의 뒤를 따라갔다.

카이토는 숙소로 돌아가 상황을 완전히 이해하지 못한 지그닐을 반강제적으로 짐마차에 태우고는, 파프를 데리고 출발했다. 과보호 기질이 있는 카이토가 뮤를 에르딤에 남긴 이유는 뮤가 에르딤 의장의 손녀이기 때문이다. 만약 에르딤 측이 이번 구출 미션에 관여하였다고 공표된다면, 에르딤을 공격할 원인을 제공하게 된다. 그들이 하려는 짓은 에르딤이 관리가 필요한 위험한 나라라고 세상에 알리기 위한 것이기 때문이다.

파프는 어떤 이유가 있더라도 카이토로부터 절대 멀리 떨어지지 않으려고 한다. 그리고 카이토도 결코 파프를 두고 가지 않는다. 그것은 함께 생활하면 잘 알게 된다. 파프는 뮤와 떨어지는 것에 난색을 표했으나, 최종적으로 카이토의 지시에 따라 마차에 올랐다.

"사정은 알겠어. 그렇다고 우리만으로 그 사우로픽스에 주둔하고 있는 왕국군을 물리치는 건, 너무 무리가 있는 거 아냐?

무엇보다 그쪽도 전력은 강화했을 거 아냐?"

마차 안에서 지그닐이 지극히 당연한 지적을 하였다.

"딱히 왕국군과 정면으로 부딪칠 필요는 없어. 중요한 건 인질을 구출하기만 하면 되는 거니까."

카이토가 입꼬리를 올리고 대답했다.

"또 괴상한 계획이라도 세운 거야?"

"글쎄, 과연 어떨까?"

십중팔구, 무언가 꾸몄을 것이다. 무엇보다 이 타이밍에 루카스를 에르딤에 두고 온 것도 신경 쓰인다. 설마 카이토는 에르딤에서 무슨 일이 생길 것이라 예측했을까? 아니, 그렇다면 뮤를 에르딤에 남기는 것은 너무 부자연스럽다. 그건 아닌가.

"뭐, 됐어. 난 널 믿기로 결심했어. 끝까지 따라갈게."

지그닐은 마차에서 벌러덩 드러눕더니 그대로 잠이 들었다. 그것도 그렇다. 카이토는 우리를 배반할 만한 인물이 아니다. 그렇다면 지금은 그를 믿을 뿐이다.

"도착하면 깨울게. 너희도 자면서 몸을 쉬어둬."

"네, 알겠습니다!"

파프가 힘차게 오른팔을 들더니, 카이토에게 기대어 잠이 들었다.

"잘 자."

애쉬도 익숙한 밤 인사를 건네고, 담요를 덮은 다음 눈을 감았다.

***

——사우로픽스.

그곳 주둔지에 있는 어느 호화로운 방 소파에 흰옷을 입은 얼굴이 몹시 가늘고 긴 남자, 루즈가 앉아 오른손에 든 새빨간 과실주를 입에 머금고 있었다.

"그 트레저 헌터라는 자가 유적의 봉인을 해제하는 데 인간 제물이 필요하다고 했다며?"

무릎을 꿇은 흰옷을 입은 남자에게 물었다.

"네. 그 헌터는 유적이 지극히 위험하므로 인간이 다가가지 못하도록 주의 환기를 하였습니다. 그것을 전하고 금세 이 도시에서 모습을 감춘 걸 보면 도저히 믿기 어려운 헛소리입니다만, 일단 저희 주인님께 말씀은 드려두는 것이 좋겠다고 판단하였기에."

남자가 정중하게 대답했다.

"그래…… 유적의 봉인 해제에 인간 제물이 필요하구나."

"루즈 님?"

멍하니 허공을 바라보며 혼잣말을 하는 루즈의 모습에 미간을 찡그리고 되묻는 부하.

"보고하느라 수고했어. 물러나도 좋아."

"네!"

인사하고 방에서 나가는 부하. 부하가 사라지자마자, 루즈는 자리에서 일어나 창가로 다가가 창문을 열었다. 달빛에 비친 산 정상에는 신전 같은 것이 장엄하게 서 있었다.

"저것은 분명히 신의 유적. 비유가 아니라 정말로 신이 만든 것이야! 저 유적의 고대어에는 위대하고 선한 대신 에아에 대한 찬사가 있었어! 봉인된 것은 일찍이 에아 신이 사용했다고 전해지는 저 신기일 가능성이 커! 그것을 이 내가 손에 넣는다면!"

루즈가 황홀한 얼굴로 하늘을 올려다보며 크게 외쳤다.

선량한 태양신 에아── 일찍이 최강이자 최악의 재앙인 벨제바브에게 전쟁을 걸고 몰락한 고대의 대신. 그 신기는 한 번 휘두르면 대지를 가르고, 허공을 찢는다고 일컬어진다.

신사더라도 대신급 신기를 지니면, 신격을 얻을 수 있다. 신사에게 신으로의 승격은 생애를 통해 추구하는 영원한 꿈이다. 특히 루즈는 다른 신사와 달리 항상 향상심을 지니고 사명에 임해왔다. 어린 시절부터 키워온 루즈의 꿈이 이 유적 안에 있다.

"그래요. 에르딤 측이 소수의 인간 구조대를 보냈다는 연락을 받았으니, 이것을 최대한 이용해보도록 할까요."

에르딤 내의 밀정이 보낸 정보에 따르면, 놀랍게도 그 인간은 제국의 옛 검제 지그닐 가스트레아라고 한다. 이런 식의 제물을 필요로 하는 봉인은 그 종족의 영혼과 육체가 강할수록 효과적인 경우가 많다. 그리고 지그닐은 지금 사로잡은 수인족 여자애와 일정한 관계가 있는 듯하다. 미끼는 확실한 편이 좋다. 코린에게 그 수인족 여자애는 마지막으로 하라는 지시가 내려왔으나, 이번에 사용해야 할 것이다.

"이왕 할 거면, 제물은 많은 편이 좋으니까요."

설령 부족한 힘밖에 지니지 않았더라도 제물은 제물이다. 많아서 나쁠 것은 없다. 이왕이면 이 도시의 인간들도 모두 한꺼번에 제물로 삼아야겠다. 그러면 신격을 얻은 후, 루즈가 한 짓이 하늘에 알려지는 일을 막을 수 있다.

"그래. 이것은 어디까지나 그저 사고일 뿐이니까!"

루즈는 마치 광기에 빠진 듯이 깔깔 웃기 시작했다.

──악과 천의 싸움은 정신이 아득해질 기간을 거쳐 진행되어왔다. 따라서 일반 신사, 아니 천군에 속한 신들조차도 그것이 최악의 게임의 전형적인 함정인 것을 아는 자는 적다. 그 무지함 때문에 신사 루즈는 최악의 금기를 저질렀다. 이렇게 최강의 괴물이 만든 이야기는 드디어 절정에 다다랐다.

***

사흘 뒤, 사우로픽스에 도착했다. 왕국의 주둔군이 있어서 몇 번 검문을 받았으나, 카이토가 짐마차에 쌓은 짐을 보여주며 주둔군을 위한 물자를 운반한다고 말하자 쉽게 통과되어 이렇게 도시 내부로 잠입할 수 있었다. 지금은 숙소를 잡아 앞으로의 대책을 의논하는 중이다.

"그나저나 왠지 너무 쉽게 들어왔는데."

지그닐이 별생각 없이 중얼거렸다.

"그야 그렇겠지. 우리가 구조하러 온 사실은 이미 이 녀석들에게 알려졌을 테니까."

카이토가 그런 뜬금없는 사실을 밝혔다.

"자, 잠깐만! 지금 이 작전의 근간에 해당하는 사정을 태연하게 말하지 않았어?"

"응? 말 안 했던가? 우리 행동은 놈들의 스파이가 일일이 보고하고 있다고?"

"전혀 못 들었어!"

"흠. 하지만 지금 전했어. 그럼 아무 문제 없겠지."

"문제투성이야!"

동감이다. 이쪽의 행동이 적에게 모두 알려졌다면, 이번 미션의 성공률은 한없이 낮아지고 말 테니까. 카이토는 머리를 싸쥔 지그닐의 어깨를 톡톡 두드렸다.

"'무슨 일이든 하면 되고, 하지 않으면 안 된다'고 했어. 궁지에 몰리면 인간은 생각지도 못한 힘을 발휘하기도 하거든."

카이토는 격려조차 되지 않는 말로 현혹하려고 했다. 직후, 숙소 밖에서 들리는 남자의 목소리.

"지금부터 왕국을 배반한 대역 죄인의 처형을 시작한다! 처형장은 산 정상에 있는 유적이다! 모두 지금 당장 그곳으로 집합하라!"

남자는 같은 말을 크게 반복하며, 점점 멀어졌다.

"이것도 네 계획 중 하나야?"

"글쎄, 어떨까?"

"너, 진짜 정신 나갔구나."

지그닐이 아마 진심으로 그런 말을 했을 때였다.

"주인님, 파프, 졸려요."

파프가 크게 하품을 하며 카이토의 소매를 잡아당겼다.

"흠. 파프, 조금만 더 기다려줄래?"

카이토는 파프의 머리를 살며시 쓰다듬더니, 지그닐을 향해 그 표정을 엄숙하게 바꾸었다.

"지그, 지금이 물러날 마지막 기회야. 이 작전은 너의 검 솜씨에 달려 있다고 해도 과언이 아니야. 만약 네가 이 일에서 물러난다면, 어느 쪽이든 결국 이 작전은 실패해."

"넌 정말 안 싸우려고?"

"그래, **이런 식**의 싸움은 익숙하지 않거든."

카이토는 결코 불필요한 말을 하지 않는다. 그 발언에는 반드시 깊은 의미가 있을 것이다. 카이토 특유의 독특한 표현에도, 지그닐 자신이 계획 실행의 주체를 맡아야 한다는 결론이 담겨 있을지도 모른다.

"만약 내가 꼬리를 말고 도망치는 걸 선택한다면?"

"그 경우에는 모든 것을 잊고 여기서 이탈하는 것을 최우선으로 생각할 거야. 만약 작전 중지를 결정하더라도 누구도 너를 책망할 수 없어. 성공하더라도 보수는 나오지 않고, 누구에게도 칭찬받지 못해. 그래도 너는 구하러 갈 거야?"

지그닐은 크게 숨을 들이마시고, 내뱉었다. 그리고——.

"나는 어떤 검사에게 졌어. 그에게 아무것도 못 하고 패배했고, 정점이라고 믿었던 장소가 아무런 가치가 없는 하찮은 것에 불과하다는 것도 깨달았어. 자포자기하여 죽기 직전에 미야네 가족에게 도움을 받았지. 다시 한번 검사로서 재기할 기회를 받았어. 미야네 가족은 정말 큰 은혜를 베푼 거야. 그야말로 나의 일생을 좌우할 만큼! 그러니 여기서 도망치는 것만은 절대 못해. 설령 이 몸이 어떻게 되더라도!"

지그닐은 절대 움직이지 못할 만큼 확고한 결심을 눈썹 언저리로 모으며, 결의를 곱씹듯이 그렇게 선언했다.

"그래. 그렇다면 우리도 목숨을 걸게. 애쉬, 너까지 위험에 빠뜨려서 미안해. 그걸 다룰 수 있는 게 아무래도 너밖에 없는 모양이거든."

나의 오른쪽 집게손가락에 끼워진 보라색 보석이 박힌 반지를 바라보며, 카이토가 미안한 얼굴로 머리를 숙였다. 이 반지는 마침 과거에 알고 지낸 헌터로부터 카이토가 고가에 사들인 것이라고 한다. 그 실험에도 몇 번인가 참여하였는데 전이 능력이 부여된 반지였고, 전이할 수 있는 인원수는 그 반지를 장착한 사람의 마력량에 의존했다. 즉, 그 양이 많으면 많을수록 더욱 장거리를 여럿이 이동할 수 있다는 뜻이다. 이번에 처형 대상이 된 것은 수십 명 규모이므로, 마력량이 막대한 나 외에는 불가능하다.

"괜찮아. 나도 할 수 있어!"

『얄미운 녀석…….』

혐오감을 그대로 드러낸 하쥬의 목소리가 머릿속에 울렸지만, 늘 있는 일이기에 그냥 놔두기로 했다.

"그래서? 난 어떻게 하면 돼?"

"물론 영웅답게 악당에게 사로잡힌 민중을 구해야지. 봐, 적이 친절하게도 구조가 필요한 사람들을 한곳으로 모아주고 있잖아."

"너, 이걸 노리고 일부러 녀석들에게 정보를 알린 거구나?"

지그닐이 어이가 없다는 얼굴로 물었다.

"뭐, 그렇다고나 할까. 그럼 슬슬 미션 시작이야."

카이토가 어깨를 으쓱하더니, 그렇게 대답하고 일어났다. 지그닐도 옆에 세워두었던 검을 들었다. 그렇게 구조 작전이 시작되었다.

작전은 매우 간단하다. 들키지 않고 처형장까지 다가간 뒤, 지그닐이 처형장에서 일시적으로 모두를 구출하여 한곳에 모으고, 애쉬가 지닌 반지로 지정된 곳인 근처 숲까지 전이한다. 거기서 중립 도시인 바벨로 향한 다음, 거기서 엘프 왕녀 밀퇴유의 협력을 얻는다. 거기라면 아멜리아 왕국과 그리트닐 제국도 섣불리 간섭하지 못할 테니까. 특히 엘프 왕녀의 비호를 받고 있다면 더욱 그렇다. 엘프 대국 로렐라이의 왕녀와 아는 사이라니, 카이토는 정말 정체가 무엇일까?

당연하게도, 처형장까지 도달하는 건 쉬웠다. 왕국 주둔군의 지시로 사우로픽스의 모든 주민이 산 정상 부근에 있는 유적 앞 광장을 향해 줄줄이 걷고 있기 때문이다.

"저기, 카이토, 이거 어떻게 생각해?"

"뭔가 있는데."

"응, 이상해!"

카이토도 감정을 지운 표정으로 맞장구를 치며, 나도 품고 있던 우려를 표했다. 퍼포먼스라고 하더라도, 단순히 처형 관전을 하는 데 이렇게 많은 사람은 필요 없을 테니까.

처형장은 모여든 사우로픽스의 주민들로 가득했다. 그리고 유적의 제단 같은 장소에 눈을 가린 사람들이 차례로 끌려왔다.

왕국 주둔군의 지휘관으로 보이는 번쩍이는 갑옷을 입은 사람이 한 걸음 앞으로 나와 은발의 수인족 소녀의 목덜미에 칼끝을 댔다.

"지금부터 처형을 시작한다."

"시작부터 위기잖아! 카이토!"

"그래, 무운을 빌게."

지그닐이 인파 사이를 뚫고 달려갔다.

"애쉬, 우리도 가자!"

"응, 알겠어!"

카이토의 재촉에 우리도 군중을 헤치고 처형대의 제단으로 다가갔다.

선두에 다다랐을 때는 이미 전장이 되어 있었다. 지그닐이 검을 손발처럼 다루며, 마주치는 왕국 병사를 일격에 쓰러뜨리고는 제단에서 검을 들고 있는 지휘관을 향해 질주했다. 그야말로 붉은 선이 된 지그닐은 수염 난 지휘관에게 조금의 반응도 용납하지 않고, 한칼에 둘로 베어냈다. 지그닐이 검으로 은발 수인족 소녀의 온몸을 구속하고 있던 사슬을 절단하고, 그 소녀를 끌어안았다.

"지그 오빠!"

울상이던 표정을 순식간에 기쁨으로 바꾸며, 지그닐에게 매달리는 은발 소녀. 지그닐은 다가간 우리에게 안고 있던 은발 소녀를 건넸다.

"카이토, 애쉬, 이 애를 부탁해!"

그리고 다른 사람을 구하기 위해 달려갔다.

처형장이 혼란에 빠지자 관객은 앞다투어 도망치기 시작했다. 그때 하늘에서 영창하는 소리가 들렸다. 얼른 목소리가 들린 하늘을 올려다보았다.

"——앗?!"

저 높은 하늘에 흰색 옷을 입은 수십 명이 주문 같은 것을 외우고 있었다. 동시에 유적 앞 광장 전체의 지면에 거대한 마법진이 떠올랐다. 그 마법진에서 뻗어 나온 것은 무수한 새까만 촉수. 그 촉수에 닿은 병사, 민중들이 차례로 의식을 잃고 픽픽 쓰러졌다.

"루, 루즈 님, 이게 어떻게 된 일입니까!"

상공에 부유하고 있는 얼굴이 몹시 가늘고 긴 금발 남자에게 근처에 있던 부관 같은 금발 청년이 외쳤다.

"수고했어요. 여러분이 임무를 잘 수행해주었군요."

최악의 상황이 가속되었다. 지면에 그려진 마법진이 부풀며, 우리를 뒤덮듯이 새빨간 구체를 형성해갔다.

"카이토! 이건 진짜 위험해!"

지그닐의 절박한 외침에 카이토가 크게 고개를 끄덕이며 지시했다.

"애쉬, 전이를!"

"하, 하지만 사람 수가!"

"처형 예정이었던 사람들만 하면 돼! 어서 해!"

카이토의 처음 듣는 커다란 목소리에 온몸이 움찔하며 경직되었다.

"으, 응!"

필사적으로 지금도 안고 있는 은발 소녀와 지그닐에 카이토, 파프, 그리고 처형장에 구속되어 있던 사람들까지 지정하여 반지에 마력을 주입했다. 나의 발밑에서 푸른색 마력이 흘러나와 지정된 사람들을 향해 나아갔다. 마법을 발동하려고 한 때였다.

"큭?!"

발밑의 마법진에서 뻗어 나온 검은색 촉수가 나의 발을 휘감았다.

『제물 후보 내에 빙의자 하준의 영혼을 확인! 기억했습니다! 천과 악 조항 110조 2항을 집행. 지금부터 하준이 빙의한 육체를 이용하여 대신 강림 의식을 시작합니다.』

그런 무기질적인 여성의 목소리가 머릿속에 울려 퍼졌다.

"아무래도 여기까진가."

옆에 있던 카이토의 그 발언과 함께 나의 발을 침식하던 검은색 촉수가 산산이 부서졌다. 동시에 나의 오른손에 낀 반지에서 막대한 푸른색 마력이 넘치더니, 곧 시야가 새하얗게 물들었다.

정신이 들자 나는 에르딤 중앙 광장의 분수 앞에 서 있었다. 안개가 깔린 듯한 의식으로, 나른한 몸에 애써 힘을 주어 주위를 둘러보았다. 지그닐과 뮤의 언니로 보이는 은발 소녀, 처형될 예정이던 사람들이 바닥에 정신을 잃고 쓰러져 있었다.

"어라? 카이토와 파프는?"

지금 내가 가장 만나고 싶은 사람과 그 동생의 모습이 없는 것을 깨달은 순간, 나의 의식이 뚝 끊겼다.

***

아이템 박스에서 '절대 부서지지 않는 봉'으로 애쉬를 노리는 촉수를 완전히 절단했다. 또한 이 결계 안에 있는 모든 촉수 및 결계를 산산이 부쉈다.

"아닛?! 이게 어떻게 된 일이지?!"

루즈가 불린 남자가 놀란 소리를 냈다.

"아스타, 예정대로 해줘."

"알겠소."

아스타가 나의 곁에 모습을 드러내며 손가락을 딱 튕겼다. 그 순간 민중과 주둔군의 모습이 깔끔하게 사라졌다.

"이, 이럴 수가! 대체 제물들을 어떻게 없앤 거야?!"

안색을 비끄고 외치는 루즈와 아연실색한 흰옷 집단. 그나저

나 제물이라. 역시 민중까지 의식의 제물로 삼으려고 했단 말인
가. 감탄이 나올 만큼 쓰레기다.

"주인님, 저 녀석들 죽여도 될까요?"

그 와중에 잇몸을 드러내며 위협하는 파프. 파프는 요즘 기운
이 없는 뮤를 매일같이 위로하였다. 뮤가 슬픔에 빠진 원흉 중
하나가 저것들이라는 사실은 당연히 파프도 잘 알기에, 뮤의 친
구로서 진심으로 화가 났을 것이다.

"미안하지만, 저것들은 지금부터 시작될 축제의 제물이야. 게
다가 저런 하찮은 것들은 네가 죽일 가치도 없어."

달래기 위해 파프의 머리를 살며시 쓰다듬었다.

"알겠어요. 파프, 참겠어요."

전혀 납득은 하지 않았으나, 떨떠름하게 받아들이고 물러나는
파프. 반면 루즈는 가늘고 긴 얼굴에 핏대를 세웠다.

"고작해야 인간인 주제에 얕보지 마라!"

호통을 치고 깃털을 열몇 개로 분리시켜 그것들을 날렸다. 깃
털이 화살이 되어 화염이며 얼음을 두르고 나에게 날아왔다.

아무런 궁리도 담겨 있지 않은 무수한 화살을 목도로 쳐내 모
두 그들에게 돌려보냈다. 튕겨낸 화살이 초고속으로 하늘에 뜬
흰옷들의 날개를 뚫고 나아갔고, 여기저기서 비명을 지르며 바
닥으로 뚝뚝 떨어졌다.

"어라?"

나는 땅을 박차고 얼빠진 소리를 내는 루즈의 등 뒤로 돌아가,
등에 돋은 새하얀 날개를 절단한 뒤 가볍게 걷어찼다. 루즈는

탄환처럼 일직선으로 날아가 지면과 충돌했다.

"조금 지나쳤나."

혀를 차며 포션을 꺼내 뿌리자, 금세 상처가 치유되었다. 그는 잠시 멍하니 자신의 몸을 여기저기 만지며 확인하였으나, 나와 눈이 마주치자 작게 비명을 질렀다.

"너, 인간이 아니구나?!"

히스테릭한 외침이었다.

"아니, 인간이야. 아무것도 섞이지 않은 순수한 인간인데."

"이만큼 수상하고, 신빙성이 없는 말을 본인은 처음 들었소."

아스타가 쓸데없는 말을 하며 끼어들었다.

"알겠다! 너, 다른 신의 사자구나! 나는 이 세계의 관리신 아레스 님의 신사, 루즈! 아레스 님은 그 최강신 데우스 님의 손자에 해당하는 분! 이 나를 건드리면, 아레스 님도 가만히 있지 않으실걸! 너 같은 신사 따위——."

"시끄러워. 떠들지 마."

망상으로 가득한 말을 떠들어 대는 녀석의 턱을 걷어차 부수자 주위가 조용해졌다.

"시간이 되었어. 아스타, 예정대로 해줘."

"알겠소."

아스타가 오른팔을 들어 손가락을 딱 튕겼다. 순간 여러 개의 구체 마법진이 나타나, 지금도 덜덜 떨고 있는 흰옷을 입은 사람들을 감쌌다. 나는 의식장인 신전으로 루즈를 차버렸고, 그 몸이 초고속으로 날아가 충돌했다. 벽에 부딪혀 생선처럼 경련하는 루즈를 구체 마법진이 감싸더니 검은색 촉수를 꺼냈다.

이 의식장은 일반 봉인의 해제 술식을 발동하면, 그 술식을 강제적으로 변환하여 강림 술식으로 뒤바꾼다고 한다. 즉, 조건을 만족하는 한, 누가 하더라도 그것이 일반 봉인의 해제 술식이라면 강림 술식이 되는 것이다.

마법진의 내부로 뻗은 검은색 촉수가 루즈와 흰옷을 입은 사람들에게 박히며, 줄줄이 용해하기 시작했다.

이제 약간의 가미가 필요하다.

"아스타, 처리해."

"알겠소."

아스타가 긴 영창을 외우기 시작했다. 이 유적 전체의 상공에 거대하고 새빨간 마법진이 떠오르더니, 회전하면서 천천히 내려왔다. 피처럼 붉은 마법진이 전체를 집어삼키듯이 깔끔하게 모든 것을 소멸시켰다.

유적과 소환 술식 전체를 에르딤 남쪽에 펼쳐진 아무도 들어가지 않는 사막 한가운데로 강제 전이시켰다. 사우로픽스를 방문하는 행상인들을 휘말리게 할 수는 없기 때문이다.

일단 내가 적의 전력을 확인하고, 만약 강하다면 바로 제거한다. 혹시 게임에 쓸 만큼 강하다면 사막 주위에 우리 부하들을 배치하여 포위망을 형성해두기로 했다. 그것으로 당분간 녀석들을 막아낼 것이다.

"자, 이것으로 여기서 할 일은 끝났어. 계획의 다음 단계로 넘어가자. 파프, 같까?"

나는 그렇게 말하며 파프의 작은 손을 잡고, 아스타에게 눈으로 신호를 보냈다.

"그럼 왕도의 로제가 있는 곳으로 날아가겠소."

아스타가 손가락을 튕기자, 우리는 왕도 아람가르드로 전이했다.

***

──에르딤에서 50킬로메르 남쪽, 라하사 사막.

몇 개의 마법진이 공중에 떠오르더니, 접근해서 하나로 융합되었다. 그리고 안의 살점이 점점 녹으면서 한 인간 형태의 무언가를 형성해나갔다.

혈관이, 뇌가, 심장이, 내장이, 골격이, 근육이 차례로 형성되었다. 그리고 완성된 것은 선글라스를 낀 분홍색 머리의 남자였다.

"크하! 크하하하하! 이 내가 첫 번째로 온 건가?!"

분홍 머리 남자는 잠시 우쭐해져 미친 듯이 기뻐하였으나, 곧 왼쪽 약손가락을 깨물어 영창을 시작했다.

"휘하왕, 모습을 드러내라."

몇 개의 마법진이 나타나더니 고속으로 회전하였다. 이윽고 검은색의 긴 모자를 쓰고, 검은색 옷에 새하얀 가면을 쓴 남자가 나타났다.

"휘하왕 마엔, 여기 왔습니다. 마라 님, 이 마엔을 불러주셔서 지극히 영광입니다! 그 아름답고 신성한 모습──."

새하얀 가면을 쓴 남자, 마엔이 한쪽 무릎을 꿇고 정중하게 선글라스를 낀 남자 마라에게 머리를 숙이며 찬사의 말을 줄줄이 읊었다.

"아첨은 됐어. 그보다 하준은 어떻게 됐지?"

살짝 짜증이 담긴 마라의 물음에 말이 끊긴 마엔은 잠시 생각에 잠겼다.

"마라 님의 소환은 저희의 영혼에 새겨진 맹약입니다. 그것에 응하지 않았다는 것은──."

대답하였음에도 어느새 왼팔이 날아갔다.

"배반했거나, 실수하여 적에게 사로잡혔단 말인가?"

이마에 굵은 혈관이 두드러지며, 주변의 땅이 쩍쩍 갈라졌다.

"입에 올리는 것도 죄송한 말입니다만."

마엔은 전혀 동요하는 기색조차 보이지 않고 그렇게 대답했다.

"배신자는 필요 없고, 도움이 되지 않는 녀석은 더욱 필요 없어! 하준은 처분해둬!"

"알겠습니다!"

"이곳을 거점으로 삼아 악의 군세를 불러내라! 네가 지휘를 맡아 이 땅을 악으로 물들여라!"

"네! 우리 주신께서 바라시는 대로!"

마엔은 그렇게 외치고 일어나, 양손으로 인을 맺었다. 그러자 지면이 부풀어 오르더니 악취미적인 건물이 나타났다. 곧바로 마리의 모습이 사라졌다.

"그럼 바로 불러보도록 할까요."

마엔이 다시 인을 맺자, 지면에서 차례로 악의 군세가 나타났다.

――이렇게 악군 최고 전력, 육대장 마라 및 휘하왕 마엔, 그리고 악의 군세가 이곳에 등장했다. 오래도록 이어진 천과 악의 게임에서도 육대장 본인이 나타나는 일은 손에 꼽힐 정도밖에 없다. 그리고 그 경우에는 악군이 압도적인 힘으로 승리하였고, 대체로 세계는 온통 악으로 뒤덮여 멸망하고 말았다. 다만 이번 강림을 계획한 것은 틀림없이 이 세상에서 가장 강하고 사악한 괴물이다. 이 괴물은 자신의 목적을 위해서 육대장을 이 땅으로 불러냈다. 이것은 지극히 개인적이고 이기적인 목적을 달성하기 위한 수단으로서는 너무나 어리석은 방법이다. 그 점은 틀림없는 사실. 그 괴물이 카이 하이네만이라는 머리의 나사가 풀린 존재만 아니었다면, 분명 그랬을 것이다. 그것을 모르는 육대장은 불행하게도 아무것도 모른 채 파멸을 향한 행진을 시작하였다.

***

"사우로픽스의 왕국 주둔군이 전멸?! 비앙카와 루즈도 소식이 끊겼다고?!"

코린이 보고하러 온 최하급 신사에게 거칠게 되물었다.

"네. 수인족의 숲을 감시하던 비앙카 님으로부터는 통신이 완전히 끊겼습니다. 또한 루즈 님의 실종 건으로 사우로픽스 일대를 탐색하였습니다만, 완전히 텅 비어 있습니다. 주둔군, 주민을 포함하여 사람 하나 보이지 않습니다."

일찍이 한 번도 본 적 없던 코린의 험악한 모습에 보고하던 최하급 신사는 몸을 움츠리면서도 대답했다.

"사우로픽스의 모든 주민이 없어졌단 말인가?"

"네. 그것만이 아닙니다. 근처에 신전이 있던 유적도 소실되었습니다."

"뭐? 지금 유적도 사라졌다. 그렇게 말한 건가?"

"가까운 유적을 중심으로 일대가 공터가 되어 있었습니다."

"말도 안 돼…… 무슨 일이 일어난 거지?"

주둔군, 사우로픽스의 모든 주민, 나아가 루즈의 실종. 덤으로 유적 일대가 소멸되었다고 한다. 특히 루즈는 신사다. 인간 따위가 쓰러뜨릴 수 있을 리가 없다. 또한 유적 일대를 통째로 소멸시키는 기적을 실행할 수 있는 존재라니. 그것이 가능한 자는 한정되어 있다. 그것은——.

"에르딤의 배신자들! 하필이면 다른 신의 힘을 빌릴 줄이야!"

사우로픽스에서는 에르딤의 관계자를 다수 인질로 잡아두고 있었다. 이 타이밍에 사우로픽스가 소멸되었으니, 그들이 이 일련의 사건에 얽혀 있는 것은 이제 의심할 여지가 없다. 아마 다른 신의 힘을 빌려 이번 흉악한 짓을 저질렀을 것이다.

"다른 신이라면, 역시 부왕일까요?"

다이스의 부장이자, 코린의 측근 신사, 아세틸이 팔짱을 끼고 질문하였다.

"그 외에는 있을 수 없잖아!"

짜증을 내며 대답했다. 이 세계에서 아레스 신에게 정면으로 싸움을 거는 주제도 모르는 신의 세력은 부왕 정도밖에 없다. 그것은 일단 틀림없다.

"그럼 부왕의 봉인이 풀렸다고?"

"아니, 만약 그렇다면 지금쯤 큰 소란이 벌어졌겠지."

부왕은 이 세계의 가장 큰 재앙이자, 아레스 신을 제외하면 유일한 상급 신이다. 부왕 자신이 이곳에 나타났다면 숨기는 것은 불가능하고, 지금쯤 아레스팰리스는 여기저기 큰 소란이 벌어졌을 것이다. 그런데 아레스팰리스에서는 아무 연락이 없다. 이 것은 즉──.

"에르딤의 짐승들을 꼬드긴 것은 부왕의 권속이란 겁니까……."

"그래, 그런 악신 부하 따위의 감언이설에 넘어가다니, 정말 구제 불능인 자들이야!"

"이 건, 아레스팰리스에 보고하시겠습니까?"

아세틸이 고려할 가치도 없는 질문을 하였다.

"말도 안 되는 소리 하지 마! 아레스 님을 실망시키는 짓을 어떻게 해!"

목소리를 높여 부정했다. 상대는 부왕이 아니라, 그 권속인 신사에 불과하다. 겁에 질려 주신에게 조력을 요청하는 일은 절대 있을 수 없다.

"그렇다면 저희끼리 대처할 수밖에 없겠군요."

"그래, 맞아."

더는 시간이 없다. 상대가 악의 세력에 들어간 이상, 코린을 비롯한 신사는 모든 세력을 동원하여 이 세상에서 뿌리째 뽑아 내야만 한다.

상대는 퍼핏, 비앙카, 루즈를 차례로 없앴다. 상당한 강자겠지만, 이쪽에는 상급 신사 코린과 신사 아세틸이 있다. 신사 아세틸의 실력은 상급 신사에 버금가므로, 뒤처지는 일이란 있을 수 없다. 문제는 부왕의 권속과 싸울 때 쓸데없이 끼어드는 자가 나타날 가능성이 있다는 것이다.

"당장 신사 프레토에게 하운드독을 이끌고 에르딤을 공격하라고 해. 모조리 처치하라고."

"즉시 전달하겠습니다."

신사 프레토는 중급 신사이며 퍼핏, 비앙카, 루즈 같은 하급 신사와는 강함의 격이 다르다. 부왕의 권속이더라도 호각 이상의 싸움이 가능할 것이다. 또한 만약을 위해 A랭크 용병 길드 중 하나, 하운드독을 붙여준다. 뭐, 신사 프레토는 성격에 약간 어려움이 있지만, 하운드독도 희롱하여 죽이는 것이 취미 같은 자들이다. 평소에는 그리 쓰지 않는 녀석들이지만, 에르딤은 이미 부왕의 세력에 의해 불사가 되어 있을 가능성이 높다. 과잉 대처는 아닐 것이다. 이것만으로도 충분하겠지만, 일은 철저하게 해야 하려나.

"그래. 용사팀의 팔라딘에게도 협력을 요청해둬."

상대가 부왕의 간부라면 신사 프레토가 패배하는 것도 상정해두어야 한다. 그렇게 되면 그들은 불사 군대를 만들어 이끌고 올 것이다. 그러나 프레토에 의해 상대도 상당한 손해를 입었을 터. 총력전이 벌어지더라도 코린 쪽의 승리는 확실하다. 또한 인간이더라도 언데드에 대한 압도적인 우위성을 지닌 팔라딘이 가세하면, 부왕과의 전쟁은 완벽하게 준비되었다고 할 수 있다. 물론 고위 귀족들은 자존심이 강할 뿐, 딱히 써먹을 곳은 없다. 그들은 부왕의 군대와 전쟁을 벌일 때 도움이 될 것 같지도 않다.

"알겠습니다. 그럼 사우로픽스는 어떻게 할까요?"

"당초 계획대로 준비해둬."

"그럼 에르딤 국장이 들어간 의복을 사우로픽스 내에 놓아두고, 바벨에 조사단 파견을 요청하겠습니다. 그런데 그 수인 여자애의 아버지에게 아키나시령을 습격하게 하는 일은 어떻게 할까요?"

"아, 이제 녀석들의 습격 자체는 크게 영향이 없겠지만, 짐승들의 열등함을 세상에 알리는 정도의 의미는 있겠지. 당장이라도 습격하게 시켜!"

"원하시는 대로."

아세틸은 경례를 하고 방에서 나갔다.

"에르딤의 짐승들! 악의 편을 든 그 무거운 죄, 뼈저리게 느끼게 해주마!"

코린은 주먹을 꽉 쥐고, 신경질적으로 외쳤다.

***

그곳은 중립을 표명하는 곳, 아키나시 영내. 아키나시 영주의 저택 옆에 있는 높다란 언덕 위에는 가우스를 비롯하여 무장한 수인족 중장년 남자들이 모여 있었다.

"하면 정말 미야는 처형을 면하는 거지?"

가우스가 흰옷을 입은 가면을 쓴 남자에게 확인했다.

"그렇다니까. 너희가 돌입하면, 마법으로 그 사실을 사우로픽스에 있는 루즈 님께 전달하마. 그럼 네 딸은 바로 해방될 거야. 처형은 내일 아침이니, 오늘 밤 결행하지 않으면 네 딸은 죽음을 면하지 못할 테지만."

"할 수밖에…… 없는 건가……."

가우스의 입에서 나온 고통에 찬 말. 딸, 미야는 가우스에게 목숨보다 소중한 보물이다. 미야를 위해서라면 자신의 목숨 따위는 당장이라도 내놓을 수 있다.

그러나 지금부터 가우스가 공격할 것은 전혀 상관없는 무고한 사람들이다. 그들에게도 가우스처럼 가족이 있다. 옛날에는 품고 있던 인간족이기에 어떠한 악랄한 짓도 허락된다는 질 나쁜 망상은 이미 오래전에 깔끔하게 사라졌다. 아멜리아 왕국의 감언이설에 넘어가 가우스의 조국을 분단시킨 것은 같은 수인족 동포의 추악한 배반이었기 때문이다.

그렇기에 가우스가 해야 할 일은 정해져 있다.

"가우스, 하자. 미야는 우리 마을의 아이야. 외면할 수는 없어."

소꿉친구이자 수왕국의 옛 근위였던 친구가 가우스의 어깨를 두드리며 결행을 재촉했다. 그 눈에 깃든 자긍심은 전혀 사라지지 않았다.

"그래."

세워두었던 배틀액스를 손에 들고, 밑으로 보이는 영주의 저택을 내려다보았다.

그들에게 들키지 않도록 아키나시 영주 쪽에는 습격할 것이라는 사실을 전달해두었다. 진심으로 공격할 테니 완전 무장을 하고 맞이하라는 말도. 아키나시 영주는 완벽한 태세를 갖추고 경계하고 있을 것이다.

막 습격을 시작하려고 한 때였다.

"아, 참고로 이거, 무엇인지 압니까?"

가면을 쓴 남자가 품에서 스크롤을 꺼내 가우스에게 보여주었다.

"그, 그것은?!"

그것은 영주에게 은밀하게 보냈을 터인 스크롤이었다.

"고의로 자멸해서는 안 되죠. 영주 측에 손해가 나지 않으면, 너희 짐승의 극악무도함을 세상에 드러낼 수 없으니까."

의기양양하게 들뜬 목소리로 설명한다.

"네 이놈!"

왼손으로 녀석의 멱살을 잡았으나, 손쉽게 제압당하고 말았다.

"너희 짐승에게는 우리의 신성한 계획을 위한 장기 말이 될 영예를 누리게 해주었습니다. 부디 해내셔야지요."

"헛소리하지 마! 네놈들은――."

시야마저 일그러지는 분노가 들끓었다.

"가우스, 안 돼! 미야를 위해서야! 참아!"

소꿉친구 수인이 제지하였다. 그렇다. 여기서 참지 않으면, 아무것도 얻지 못한다. 그래도―― 그래도! 이쪽을 이성과 지식이 없는 짐승 취급을 하며, 딸을 인질로 삼는 비열한 자들만은 도저히 용서할 수 없다. 그렇기 때문일까. 순식간에 이런 무의미하고 비생산적인 행동을 저지르고 만 까닭은.

"쓰레기 같은 자식!"

가우스는 어깨 너머로 돌아보며 그를 향해 침을 뱉었다.

"…………."

가면을 쓴 남자는 잠시 눈을 크게 뜨고 멍하니 침이 튄 옷을 내려다보았다.

"신의 사자인 이 나에게 하찮은 짐승 따위가 침을 뱉다니!"

남자가 등줄기가 오싹해지는 낮은 목소리로 호통을 쳤다. 순간 뚜둑 하는 둔탁한 소리와 함께 가우스의 왼팔이 엉뚱한 방향으로 꺾였다. 동시에 척추에 정이 박힌 듯한 격통이 흘렀다. 신음하는 가우스를 향해 가면을 쓴 남자가 말했다.

"그만…… 그냥 그만두겠어! 애초에 이런 어설픈 연극 따위는 필요 없어. 내가 아키나시 영주의 저택에 있는 인간들을 모두 죽이고, 이 녀석들의 시체를 놔두면 되잖아!"

"약속을 어기는 거냐! 그럼 미야는 어떻게 되는 거지?!"

가우스 일행이 실행하지 않으면 십중팔구, 이들은 미야를 처형할 것이다. 그래서는 목숨을 건 의미가 없다.

"흥! 그런 짐승의 딸 따위, 벌써 오래전에 죽었어!"

가면을 쓴 남자의 깔보는 듯한 말의 의미를 가우스는 잠시 이해하지 못했다. 아니, 이해하고 싶지 않았을 것이다.

"죽었다고?"

따라서 앵무새처럼 되풀이하여 물었다.

"그래, 정보에 따르면 사우로픽스의 인간들은 모두 죽었다고 하더군. 정보가 뒤섞여 있지만, 아마 루즈 님의 나쁜 버릇이 나왔을 거야. 정말이지, 그분은——."

불평을 늘어놓기 시작한 남자의 말은 중간부터 귀에 들어오지 않았다. 대신 억제할 수 없는 거친 것이 질풍처럼 가우스의 마음을 채웠다.

"크핫! 크하하!"

"응? 뭐가 웃기지?"

인상을 찡그리고 가면을 쓴 남자가 물었다.

"당연히 웃기지 않나! 네가 신의 사자라며! 이것을 웃지 않고 배길 수 있을까! 누가 보아도 네놈들이야말로 악 그 자체가 아닌가!"

목이 찢어지도록 크게 외쳤다.

"네, 네 이놈, 하필이면 우리를 악이라 말한다고?!"

이번에는 오른팔에 생긴 불타는 막대에 꿰뚫린 듯한 고통에 이를 악물었다.

"어린아이를 인질로 삼고, 무고한 자들을 공격하게 하고! 우리 세계에서는 그것을 악이라고 한다! 이 마음을 지니지 못한 악마들!"

"더러운 짐승 주제에! 신성불가침인 우리에 대한 모욕, 죽음으로 갚아라!"

가면을 쓴 남자가 호통을 치며 가우스를 땅으로 내던지고, 오른손에 거대한 검 같은 것을 현현시켜 휘둘렀다.

"미안."

소꿉친구에게 사죄의 말을 전했다.

'울루루, 미안해. 나는 먼저 미야에게 갈게. 뮤를 부탁해!'

사랑하는 아내에게 남은 딸을 맡겼을 때, 남자의 거대한 검이 거센 바람을 두르고 휘둘러졌다.

그 대검의 칼끝이 가우스의 미간의 얇은 피부를 살짝 베어낸 상태로 뚝 멈췄다.

"윽! 움직이질 않아!"

애써 대검을 움직이려고 하는 가면을 쓴 남자의 머리를 갑자기 거대하고 새하얀 손이 나타나 덥석 잡아 들어 올렸다.

"힉?!"

가우스의 입에서 작은 비명이 새어 나왔다. 그야 그렇다. 장신의 남자를 가볍게 들어 올린 것은 어떻게 보아도 이 세상의 존재라고는 말하기 힘든 무서운 모습이었기 때문이다. 거대한 남자의 몸에 머리 부분은 공처럼 동그랗고, 털 하나도 없는 인조저인 얼굴이다. 무엇보다 그 얼굴의 눈과 입에는 검은색 구멍

이 나 있었는데, 그 안에 무수한 벌레 같은 것이 꿈틀거리고 있었다.

"악? 악? 악? 안 돼! 안 돼! 안 된다고요. 이런 것을 악이라 칭하는 것은 우리에 대한 모욕입니다! 이프리트, 너도 그렇게 생각하지 않습니까?!"

이프리트라 불린 검은색과 붉은색 화염을 두른 근육질 괴물이 나타나 무릎을 꿇었다.

"용서 못 합니다! 악은 우리의 긍지이자 자부심! 이런 하찮은 것과 동류로 보이다니 너무나 큰 모욕입니다!"

이프리트가 짜증을 감추려고도 하지 않고 거칠게 외쳤다.

"맞아, 맞아, 바로 그겁니다. 이자들은 악이란 무엇인지 올바른 인식이 필요하겠군요."

"흡──?!"

새까만 두 눈이 힐끗 노려봤을 뿐인데, 심장을 사로잡히는 듯한 강렬한 오한이 온몸에 흘렀다.

"네놈들, 다른 신의 사자구나! 이곳에는 나의 부하가 배치되었을 거다! 어떻게 여기까지 왔지?!"

가면을 쓴 남자가 외치자마자, 이프리트의 관자놀이에 두꺼운 핏대가 섰다.

"우리 주인, 대신 기리메칼라 님의 복심인 악신, 역귀 님께 무슨 무례란 말이냐! 죽을죄를 짓는구나!"

호통과 함께 몇 개의 검은색 화염이 허공에 일며, 남자의 사지를 순식간에 재로 만들었다. 그 직후, 남자의 찢어질 듯한 절규가 밤하늘에 울렸다. 고통으로 몸부림치는 남자에게는 신경도 쓰지 않으며, 이프리트가 역귀에게 무릎을 꿇고 머리를 깊숙이 숙였다.

"아, 아…… 악신?"

가면을 쓴 남자가 아픔과 공포로 얼굴을 일그러뜨리며 의문을 표했다. 그 얼굴에는 아까와 같은 여유가 전혀 보이지 않았다.

역귀가 남자를 천천히 끌어당겼다.

"네놈은 우리의 악을 더럽혔어. 편하게 죽을 거라고 생각하지 않는 게 좋을걸? 악이 무엇인지, 너에게 확실히 가르쳐주마."

오싹한 목소리로 말하고, 등 뒤로 난폭하게 내던졌다. 엄청난 속도로 똑바로 날아간 남자의 머리를 흰색 천으로 온몸을 둘둘 감은 집단의 중심에 있는 거인이 오른손으로 가볍게 붙잡았다.

"사, 살려줘!"

얼굴을 공포로 굳히며, 자비를 부르짖는 남자에게 역귀는 입꼬리를 귀까지 끌어올리고, 집게손가락을 좌우로 흔들었다.

"당연히 안 되지요!"

그리고 거절을 선언했다.

"아, 안 돼……."

"이 역귀가 명합니다! 저것에게 악을 집행하십시오!"

"안 돼애애애――!"

역귀가 부하로 보이는 흰색 천을 감은 괴물들에게 비정한 명령을 내리자, 곧바로 그 모습이 사라지고 말았다.

가우스는 고통으로 아득해지는 의식을 간신히 유지하며 물었다.

"여러분은?"

"나는 위대한 신을 모시는 자. 안심하십시오. 우리 신의 뜻으로, 너의 딸인 수인족 아이는 무사히 보호되었으니."

"미야가 무사하다고요?!"

"그것이야말로 우리 신의 마음."

역귀가 크게 고개를 끄덕이고, 손가락을 딱 튕겼다.

"어……라?"

갑자기 시야가 크게 일그러졌다.

"기뻐하십시오. 너희의 단련은 우리 악사만계가 직접 행하기로 결정했습니다."

그런 알 수 없는 말을 끝으로 가우스의 의식은 새하얗게 물들었다.

* * *

우리가 의식을 되찾은 곳은 그로부터 약 하루가 지난 뒤의 에르딤이었다. 미야를 포함하여 에르딤의 처형 대상자는 모두 보호되었다. 다만——.

"카이토와 파프가 행방불명인가……."

지그닐이 손바닥으로 머리를 누르면서 최악의 사태를 입에 담았다.

"말하기 미안하지만, 여러분이 살아 있는데 카이토 공이 죽었다는 건 있을 수 없습니다. 아마 그에게는 그렇게 할 이유가 있었겠지요."

루카스가 모기가 앉은 것만큼도 신경 쓰지 않는 어조로 아무런 근거가 없는 말을 하였다. 내가 보아도 지그닐은 상당히 강한 사람이다. 그것을 알면서 이런 발언을 한다니, 카이토를 이 세계에서도 각별한 존재로 보는 것이라 생각한다.

"루카스, 당신은 그 이유라는 것에 짐작이 가?"

"저도 전부 예측하지는 못합니다만, 그가 모습을 감추었으니 그만큼 커다란 움직임이 있겠지요."

"커다란 움직임이라. 별로 상상하고 싶지 않네."

그 카이토가 커다란 움직임을 보인다? 그저 불길한 예감만 든다.

"왜 그 남자를 그렇게까지 중시하는 것인가? 나에게는 흉계가 취미인 기분 나쁜 상인으로밖에 보이지 않다만."

지금까지 두 사람의 대화를 듣고 있던 페리스가 지적했다.

"흉계가 취미인 기분 나쁜 상인이라. 괜찮은 표현이네. 그런 면도 확실히 있어."

"네, 다만 그는 흉계 이외의 면도 상당히 악질적이지요."

지그닐이 진심으로 동의하고 루카스도 비평을 덧붙였다.

"그런데 전이한 미야네 건은 어떻게 됐어?"

옆길로 샌 이야기를 문제의 핵심으로 강제로 되돌렸다.

"물론 난리가 났지. 당초 예정과 달리 사우로픽스의 인근 숲으로 전이했어야 하는 것을 훨씬 멀리 나아가 이곳 에르딤으로 전이했으니까."

애초에 우리가 현지로 떠난 것은 아멜리아 왕국이 에르딤에 개입할 계기를 주고 싶지 않아서였다. 미야네가 이곳 에르딤에 있는 것을 아멜리아 왕국이 안다면, 그들은 신나게 공격해올 것이 분명하다.

"그 이유는 역시 카이토가 모습을 감춘 것과 관련이 있나?"

지그닐이 당연히 떠올릴 법한 질문을 하였다.

"그것이 가장 합리적이겠지요."

루카스가 맞장구를 쳤을 때, 엘프 간부 청년이 방으로 뛰어 들어와 다급한 목소리로 지시를 내렸다.

"긴급 사태야! 당장 회의실로 와줘!"

회의실에는 에르딤의 간부들이 모여 있었다. 애쉬 일행이 자리에 앉자 에르딤의 장, 시라우스가 말을 꺼냈다.

"사성 길드 중 하나인 다이스의 리더, 코린 코르타누가 사우로픽스에 대한 습격의 원인을 우리라 단정 짓고, 선전포고를 하였습니다. 바벨의 조사단이 사우로픽스의 처형장에서 에르딤의 국장이 들어간 의복을 발견했다고 발표하였습니다."

"그건 거짓말이야!"

내가 즉시 외쳤다.

"네, 아시는 바와 같이 새빨간 거짓말입니다. 그러나 그들은 완장을 가지고 증거로 꾸민 모양입니다."

"왕국은 왜 그런 강행 수단에 나선 것인가?! 신빙성이 없어서는 아무도 믿지 않을 텐데! 그래서는 세계로부터 승인을 얻지 못할 것 아닌가!"

페리스가 강한 어조로 의구심을 표했다.

"그 이유는 두 가지. 하나는 완장이 에르딤 간부 회의에서 사용되는 정식 물품이라는 것. 다른 하나는 에르딤의 관계자로서 처형 예정이던 자들, 사우로픽스의 민중, 왕국 주둔군, 그 외 모든 사람이 행방불명이 되었기 때문입니다. 이것으로 왕국은 에르딤이 아멜리아 왕국을 습격하였다고 판단했습니다."

시라우스가 씁쓸한 표정으로 대답했다.

"사우로픽스의 민중, 왕국 주둔군까지 행방불명이라고?!"

지그닐이 놀란 목소리로 외쳤다. 당연하다. 단순하게 생각하면 말도 안 되는 이야기니까.

"네. 다만 이 이상 정보를 수집할 수단이 없어서, 그것이 진실인지는 모릅니다."

"일반적으로 생각하면 왕국군이 민중과 주둔군 양쪽에 위해를 가하는 것엔 메리트가 없어. 그러나 사우로픽스에서 지그가 설명한 바로는 그들의 지휘관은 민중은 물론 주둔군마저 희생하려고 했지. 그리고 결과적으로 민중과 주둔군 양쪽이 사라졌고. 논리적으로 따지면 무언가 마법적 의식에 희생되었다고 생각해야 하지만…… 동시에 카이토 공과 파프 양도 모습을 감췄지. 이것은……."

루카스가 턱에 손을 대고 자문자답을 하였다.

"선전포고를 했다면, 이곳을 침공하는 건 시간문제란 말인가?"

지그닐이 시라우스에게 지금 가장 중요한 사항을 물었다.

"네. 이미 에르딤을 향해 거병했을 것입니다."

"어떻게 할래? 타국의 군사 지원은 받을 수 있을 것 같아?"

"불가능……하겠지요. 아멜리아 왕국이 정식으로 선전포고를 했다는 것은 이번에 바벨이 에르딤에 의한 사우로픽스 습격을 인정했다는 뜻. 그러니까……."

시라우스가 말을 어물거렸다.

"에르딤만으로 대처해야 한다는 건가."

지그닐의 말에 에르딤 사람들의 눈에 절망의 빛이 어렸다.

그야 그렇다. 에르딤은 국가라고 해도 도시 정도의 규모밖에 되지 않는다. 왕국군이 대군을 이끌고 공격하면 조금도 버티지 못할 터였다.

"어쨌든 당장이라도 대처해야 할 텐데요. 민중을 피난시키는 것은?"

루카스의 물음에 시라우스가 고개를 가로저었다.

"우리 에르딤의 민중은 각자 사정이 있어서 갈 곳이 없기에 마지막 보루로 이곳을 찾은 사람들뿐입니다. 도망칠 장소는 어디에도 없어요."

비통한 표정으로 대답했다.

"철저하게 대항하더라도 패배는 확실해. 그렇다면 살아남을 방법은 하나뿐. 전면 항복할 수밖에."

"네, 그것은 알고 있습니다. 따라서 지금, 그 취지를 전할 사자를——."

시라우스의 말은 문이 벌컥 열리는 소리에 가로막혔다. 에르딤의 나이 든 위병이 급하게 들어왔다.

"우, 우리 나라가 누군가의 습격을 받고 있습니다!"

초조함이 가득한 목소리로 보고했다.

"누군가의 습격?! 왕국군이 아니란 말인가?!"

"모릅니다! 그 일단 그중 한 사람에게 엄니가 커다란 동물 마크가 그려져 있습니다!"

"엄니가 커다란 동물…… 설마! 그것은 이런 문장이 아니었습니까?!"

루카스가 잠시 고민하더니 책상 위의 양피지에 입을 크게 벌린 개와 그 입속의 해골 마크를 그렸다.

"맞습니다! 이겁니다!"

"하운드독인가!"

지그닐이 외치자, 루카스도 크게 고개를 끄덕였다.

"하운드독이란?"

"여러 전장을 누빈 뛰어난 실력을 지닌 용병 집단이야."

"어떤 용병입니까? 교섭할 여지는 있습니까?"

"사람을 희롱하고 죽이는 것이 삶의 보람 같은 썩은 집단이야. 그런 것과 교섭할 여지가 있을 것 같아?"

지그닐이 그렇게 쏘아붙이고 자리에서 일어나 문으로 향하려고 했다. 나와 루카스도 그의 뒤를 따랐다.

"어디로 가시죠?"

시라우스기 우리에겐 당연한 행선지를 물었다.

"물론 녀석들을 죽여버리러 가야지! 상대는 하운드독이야. 상대하기에 부족함이 없어. 안 그래, 루카스?"

"네, 저의 마법과 검의 제물로 삼아주겠습니다."

"나는?"

"애쉬, 당신은 카이토에게 받은 보조 아이템이 있을 것입니다. 그것을 이용하여 저희의 원호를 부탁하겠습니다."

카이토에게 받은 아이템은 두 개다. 하나는 두 곳 사이를 순식간에 이동할 수 있는 기적의 아이템. 다른 하나는 외적으로부터 일정 범위를 지킬 수 있는 결계 아이템이다. 둘 다 놀라운 기적을 내포하고 있는 반면, 막대한 마력이 필요하기에 마력량이 일반인보다 많은 내가 아니면 발동하는 것만으로도 바로 기절해 버리는 물건이다.

"물론이지!"

주먹을 쥐며 크게 고개를 끄덕였다.

지그닐이 고개를 돌리더니, 실내를 둘러보았다.

"그 녀석이라면 분명 말했을 거야. 거기서 가만히 떠들어 봐야 시간 낭비야. 일단 움직여, 라고."

확실히 효율주의의 화신 같은 카이토라면, 얼마든지 할 법한 말이다.

시라우스가 양손으로 자신의 볼을 짝 때렸다.

"맞습니다. 이렇게 비관하고 있어도 소용없어요. 민중을 한곳에 보호하여 주십시오. 그리고 싸울 수 있는 사람은 저와 함께 와 주십시오!"

"네!"

시라우스의 명령에 모두 가슴에 손을 대고 머리를 숙이고는 움직이기 시작했다.

"우리도 가자!"

지그닐의 말에 우리도 방에서 나갔다.

건물을 나가자 성문 쪽에서 강한 불꽃이 올라왔다.

"저기다."

지그닐이 손으로 성문을 가리키고는 장검을 허리에서 뽑으며 달려갔다. 그 뒤로 루카스가 달렸고, 나도 뒤처지지 않도록 따라갔다.

성문 앞에는 중상을 입고 쓰러진 열몇 명의 위병이 있었고, 그들을 은발의 수인족 소녀 뮤가 온몸에서 피를 흘리면서도 보호하는 중이었다. 뮤는 눈앞의 금발 바가지 머리 남자를 향해 위협적인 소리를 내고 있었다. 금발 남자의 갈색 재킷 및 그 뒤에 갈색 갑옷을 입은 남자들의 가슴에는 해골을 문 개의 문장이 새겨져 있다. 아마 저들이 하운드독일 것이다.

"고작해야 수인족 꼬마에게 이렇게 쉽게 당할 줄이야. 그런 걸 쓸모없는 인간이라고 부르거든."

금발 남자는 선처럼 가는 눈으로 바닥에 눈을 뒤집고 쓰러진 몇 명의 갈색 갑옷 차림의 남자들을 내려다보며 침을 뱉더니, 어깨 너머로 돌아보았다.

"연대 책임. 너희도 나중에 벌 받아야지?"

노려보는 시선에 순간 창백해지는 같은 갑옷을 입은 남자들.

"이제 괜찮아. 열심히 싸웠구나."

지그닐이 뮤의 어깨를 톡톡 두드리며 격려하였다.

"지그 오빠……."

뮤가 지그닐을 올려다보며 안심한 듯 이름을 부르고는 정신을 잃었다.

"너, 누구야?"

눈이 가는 남자가 오른손에 든 거대한 검을 가볍게 움직여 지그닐을 향해 들고 미심쩍은 표정으로 물었다.

"글쎄. 어차피 죽을 녀석에게 말해봐야 의미가 없거든."

장검을 들고, 지그닐이 중심을 낮췄다.

"맞습니다. 죽여줄 테니 어서 덤비십시오."

도신이 흰 장검을 뽑으며, 루카스도 남자들을 도발했다.

금발 바가지 머리 남자가 지그닐, 이어서 루카스를 응시하였다.

"너희들 조금 성가시겠네. 뭐, 그렇다고 우리가 질 일은 절대 없지만. 너도 그렇게 생각하지, 바질리스크?"

"기껏해야 하등한 인간이니까."

엉뚱한 방향을 향해 동의를 구하자, 갑자기 머리가 커다란 뱀 같은 생물이 나타나 대답했다.

"대가는 그래, 저기 뻗어 있는 바보들이면 될까?"

"나로서는 더욱 양질의 것이 좋다만."

"그러지 말고, 부탁한다?"

"하우, 너와는 오래 알고 지냈으니 이번엔 받아들이지."

곧바로 기절한 하운드독 몇 명이 크게 경련하더니 움직이지 않게 되었다.

"자, 이것으로 전투 종료. 전부 돌이 될지도 모르는데, 그래도 괜찮겠지? 중앙교회의 주교님?"

눈이 선처럼 가는 남자, 하우가 성문 입구 근처에 서 있는 왼손에 성서를 든 스킨헤드 남자에게 물었다.

"당연하고말고! 불결한 우리 신의 적을 한 마리도 남기지 않고 없앤다. 그것이 우리 주의 바람이라면, 어떤 미천한 방법이라도 허용될 것입니다!"

그가 성서를 양손으로 들며 드높이 외쳤다.

"그럼 클라이언트의 허가도 받았으니, 얼른 끝내기로 할까."

하우가 오른손으로 대검을 쳐든 순간, 엘프 청년 간부가 쏜 여러 화염 화살이 하운드독의 머리 위로 퍼부어졌다.

하우는 비어 있는 왼손을 화염 화살을 향해 뻗었다.

"워터 팽."

언령. 손바닥 앞에서 생긴 수많은 얼음 송곳니가 화염 화살과 부딪혀 사라졌다.

"우리 나라를 마음대로 하게 놔두지 않겠어! 다들 동의하지?"

"오오!"

에르딤 간부들이 크게 호응하며 무기를 들었다.

"배짱 좋네. 주제를 모른다고도 말할 수 있겠지만."

하우는 그렇게 말하고 엄청난 속도로 지그닐과의 거리를 좁혀 대검을 휘둘렀다. 그 대검을 막아내며 가볍게 피하는 지그닐.

그것을 시작으로 하운드독도 움직이며 에르딤 성문 앞 광장에서 혼전이 벌어졌다.

***

하우는 마법과 검을 모두 다루는 용병이었다. 검술에 나름 조예가 있었으나, 역시 왕국 기사장 아르놀트와는 비교도 안 될 만큼 어설프다. 마법도 루카스처럼 검술에 조합할 만큼 숙련되지 않았다. 그런 어중간한 기술로는 지금 지그닐에게는 이길 수 없다.

하우가 왼손으로 쏜 화염계 마법이 구불구불 휘어지며 지그닐에게 향했지만, 그것을 모두 양단했다.

"으앗?!"

오른발로 지면을 박차며 경악한 소리를 내는 그에게 가까이 접근하여 장검의 칼끝으로 찔렀다. 왼쪽 어깨에 박히는 순간, 그의 얼굴에 돌려차기를 가했다. 하우는 나가떨어졌다가 금세 일어나 검을 들었다.

'놀랄 만큼 향상되었어.'

예전의 지그닐은 전혀 이렇게 움직이지 못했다. 이것은 아마 한가할 때 루카스와 함께 카이토에게 전술에 대해 배웠기 때문이다.

하우는 왼쪽 어깨를 손으로 누르며 회복 마법을 영창했다. 상처를 치유하며 지그닐을 쏘아 죽일 듯한 눈으로 보는 하우.

"너, 제국의 검제구나?"

아까의 여유로운 태도와는 다르게 진지한 표정으로 확인한다.

"글쎄."

이 녀석의 수준은 파악했다. 그는 지그닐을 쓰러뜨릴 수 없다. 문제는 남은 두 개의 전장이다.

하나는 애쉬, 에르딤 간부들과 하운드독 용병들 사이의 싸움.

하운드독이 일제히 화염 구체를 에르딤 간부들을 향해 빗발치듯 쏘자, 애쉬가 카이토에게 빌린 팔찌에 마력을 넣어 발동시켰다. 그 순간 눈앞에 옅은 파란색의 투명한 막이 생성되어 화염 구체를 순식간에 튕겨내며 함께 소멸했다. 저 팔찌의 효과는 물리 및 마법 공격에 대한 방벽을 치는 것이다. 매우 강력한 반면, 한번 발동으로 상당한 마력을 소비한다는 단점이 있어서, 막대한 마력을 지닌 애쉬밖에 다룰 수 없다는 문제점이 있다.

"또 저 결계인가! 그 여자부터 처리해!"

대장 같은 수염 난 남자가 외치자, 하운드독 용병들이 일제히 공격을 퍼부었다.

"그렇게는 못 합니다!"

그것을 요격하는 에르딤의 간부들. 이처럼 애쉬 쪽은 일진일퇴를 반복하고 있었다.

또 하나의 전장은 그야말로 일방적이었다.

바질리우스의 안광이 빛남과 동시에 루카스가 허공에 띄워두었던 화염 덩어리에서 가는 화염 기둥이 뻗어 나와 바질리스크의 얼굴에 직격했다.

"크워어어어어억! 네 이놈! 어딜 인간 따위가!"

바질리우스의 온몸은 곳곳이 불에 그을려 비늘이 벗겨져 있었다. 반면 루카스는 거의 멀쩡했다.

"당신은 운이 나쁘군요. 얼마 전까지의 저였다면 분명 크게 고전했을 겁니다. 그러나 공교롭게도 저는 그와 만났거든요. 지금 제겐 석화시키는 것밖에 능력이 없는 당신 따위는 적이 못됩니다."

휘어진 칼끝을 향하며 그렇게 선언했다.

지그닐과 루카스가 우세한 이상, 이미 승부의 형세는 대충 정해졌다. 다만 한 가지 우려되는 것이 있다. 지금도 꺼림칙한 미소를 지으며 이 전장을 방관하고 있는 저 중앙교회의 주교라는 남자다. 저 녀석을 보고 있으면, 온몸에 소름이 끼치는 기묘한 감각에 휩싸인다. 저것은 마치 신사 퍼핏을 보았을 때와 같아서——.

"더러운 배신자 돼지들, 여기를 주목하십시오!"

마침 그때, 성서를 든 중앙교회의 주교가 목소리를 높였다. 고개를 돌리자 주교가 집게손가락을 하늘로 뻗고 있었다. 그 위로 미야와 몇 명의 에르딤 주민, 페리스가 등에 날개가 달린 복면을 쓴 남자들에게 안겨 있었다.

"이거 놔! 놓으라고!"

중앙교회의 주교가 얼굴을 찡그리며 등에 빛나는 날개를 생성하더니, 페리스에게 다가갔다.

"시끄럽습니다."

바위 같은 주먹으로 그 얼굴을 때리자 선혈이 튀었다. 축 늘어지는 페리스를 본 루카스가 그녀의 이름을 불렀다.

"페리스 님!"

루카스의 의식이 순간 빈틈을 보이자, 바질리스크의 눈이 기이하게 빛났다. 직후 루카스의 하반신이 돌로 변하였고, 들어본 적 있는 소녀의 비명이 들렸다. 시선을 소리가 난 쪽으로 향하자 은발 소녀 미야가 지상으로 낙하하고 있었다.

"젠장!"

지그닐이 지면을 힘껏 박차고 달려가 미야를 붙잡은 순간, 등에 정이 박힌 듯한 격통이 흘렀다. 품에 안은 미야에게 시선을 옮기자 초점 없는 눈으로 나이프를 들고 지그닐의 배에 찌르고 있었다.

"왜 그래, 오빠, 아파?"

깔깔 웃는 미야의 얼굴은 본인이라고는 생각할 수 없을 만큼 일그러져 있었다.

"젠장."

미야임은 분명하다. 그렇다면 이것은——.

"세뇌인가!"

"그래요! 그렇습니다! 이 힘이야말로 신께서 저에게 주신 기적의 힘입니다! 저나 권속의 눈을 통해 신의 힘을 발동하여 이렇게 조종할 수 있죠!"

의기양양하게 자기 능력의 효과를 폭로하는 중앙교회 주교.

"너, 인간이 아니구나?"

계속 느끼던 위화감을 입에 담았다. 역시나. 이 녀석이 평범한 주교라고는 도저히 생각할 수 없다. 이 절망적인 느낌은 그 신사 퍼핏을 상대했을 때와 같다.

"저는 누구일까요?"

그가 왼손을 귓가에 대며 묻는다.

"위대한 중위 신사 프레토 님입니다!"

"위대한 중위 신사 프레토 님입니다!"

하우와 바질리스크가 목소리를 높여 이구동성으로 대답했다. 이 모습을 보니 이미 세뇌 중인 건가. 게다가 예상이 적중하여 신사라니. 신의 사자라는 녀석은 하나같이 환멸스럽다.

"어, 어째서 신의 사자이신 분이 저희를 공격하는 겁니까!"

시라우스가 당황하여 외치자, 프레토의 민머리에 몇 개나 되는 굵은 핏대가 두드러졌다.

"더러운 짐승이! 이 나에게 의견을 내다니, 용서할 수 없습니다!"

프레토가 시라우스의 눈앞에 나타나 그를 후려쳤다. 시라우스는 일직선으로 몇 번이나 바닥에 튕기며 민가 벽에 충돌하는 바람에 피를 토했다.

프레토가 주위를 빙 둘러보았다.

"알겠습니까?! 인간과 엘프 외에는 모두 가축보다 못한 존재! 말하자면 배설물 같은 것! 이 신의 사자인 나에게 의견을 내다니 용서할 수 있는 일이 아닙니다!"

분노로 목소리가 떨리고 있다. 성문 앞 광장이 조용해졌다.

"인간에게는 이 프레토를 위해 일한다는 영예를 선사하겠습니다."

프레토는 조금 전까지 분노가 담긴 목소리에서 완전히 달라져, 들뜬 목소리로 끔찍한 소리를 외쳤다. 이 녀석은 진짜다. 완전히 정신이 나갔다.

"헛소리하지 마! 어이, 너희들! 이 녀석들은 내가 맡을게! 당장 앨 데리고 도망쳐!"

지그닐은 미야를 떼어내고, 배에 박힌 나이프를 뽑아 피를 흩뿌리면서 될 수 있는 한 가장 큰 소리로 에르딤의 간부들에게 지시를 내렸다.

"…………."

그러나 에르딤의 간부들은 모두 예외 없이 꿈쩍도 하지 않고 어깨만 늘어뜨렸다.

"어서 해!"

"시끄러운 인간입니다. 정말, 인간이라고 뭘 해도 괜찮은 것이 아니라고요!"

프레토가 그야말로 눈 깜짝할 사이에 지그닐의 바로 코앞에 나타나 목을 졸랐다.

"알겠습니까? 너희 인간은 그저 가축입니다. 우리 신께 모든 것을 바칠 존재에 불과합니다. 그런 너희가 제게 의견을 내다니, 본인이 뭐라도 되는 줄 압니까?!"

그가 히스테릭하게 외쳤다. 다시 깔끔하게 민 머리에 굵은 혈관이 두드러졌다.

정말 이들은 추악하다. 뭐가 신이냐, 뭐가 신사냐. 이들의 사고는 이야기에 나오는 사악한 악마와 똑같다. 아니, 그보다 훨씬 나쁜 자식이다!

"너희가 신의 사자라고?! 그런 더러운 사교 따위 사양하겠어!"

녀석의 얼굴로 침을 뱉었다.

"우, 우리 신을 모욕하고, 심지어 가축 주제에 저를 향해 침을 뱉다니, 이것은 신께 침을 뱉은 것이나 마찬가지! 절대 용서할 수 없습니다!"

프레토의 얼굴이 새빨개지더니, 팔을 크게 휘둘러 지그닐을 내던졌다. 시야가 고속으로 빙글빙글 돌았다. 그러나 충돌하기 직전에 누군가가 잡아주었다.

"지금은 정말 근성이 괜찮네. 적어도 신사니 뭐니 하는 헛소리에 전의마저 상실한 저 사람들보다는 훨씬."

"카이토?"

"그래, 잠시 쉬어. 여기까지는 그저 여흥에 불과해. 일어난 뒤가 너의 진정한 시련이야."

믿음직스러운 목소리와 함께 지그닐의 의식은 새하얗게 물들어갔다.

***

지그닐을 붙잡은 신사 프레토에게 나, 애쉬는 가위라도 눌린 것처럼 손가락 하나 움직이지 못했다.

"알겠습니까? 너희 인간은 그저 가축입니다. 우리 신께 모든 것을 바칠 존재에 불과합니다. 그런 너희가 제게 의견을 내다니, 본인이 뭐라도 되는 줄 압니까?!"

프레토가 크게 떠들어댔다.

『뭐가 선일까. 사고가 완벽하게 악 그 자체 아닌가.』

쏘아붙이는 듯한 하쥬의 목소리가 나의 머리에 울렸다. 선과 악에 어떤 정의를 내리든, 저것은 오로지 악에 해당할 것이다. 그것을 들은 지그닐은 프레토의 말을 완전히 부정하며 그의 얼굴에 침을 뱉었다. 그리고 미친 듯이 분노한 프레토에 의해 내던져져 민가의 벽에 충돌하기 직전, 어떤 인물이 붙잡아주었다. 그것은 내가 지금 이 자리에 가장 오기를 바라던 인물, 카이토였다.

"너, 누구입니까?"

프레토가 의아한 듯 물었다.

"나 말이야? 지금은 카이토라 칭하고 있어."

의미심장한 발언이었다. 지금 그는 지금까지와 마치 다른 사람인 듯한 어조와 태도를 취하고 있다. 그렇기 때문일까.

"정말 카이토야?"

혼란스러운 머리로 이런 바보 같은 질문을 하고 말았다.

"아니면 뭐로 보이는데? 변장은 완벽했을 텐데."

카이토가 어깨를 으쓱하고 쓴웃음을 짓더니, 책 같은 것을 꺼내 열 몇 마리의 슬라임을 소환하였다.

"이곳에 있는 사람들을 치료해."

슬라임들은 탱글탱글 떨더니, 엄청난 속도로 뛰어다니며 석화된 루카스를 감싸고 순식간에 석화마저 해제하며 치료했다. 시라우스를 비롯한 빈사의 중상을 입은 자들이 하나씩 회복되었다. 슬라임들은 카이토의 주위를 잠시 기쁜 듯 뛰어다녔으나, 곧 그 모습을 감췄다.

"치료할 수 있는 슬라임을 소환하는 인간이라니. 제법 희소한 기프트를 지닌 모양입니다. 조금 너에게 흥미가 생겼습니다. 너는 특별히 나의 컬렉션에 넣겠습니다."

프레토가 그렇게 외친 순간, 갑자기 무언가가 빠지직 튀는 번개 같은 소리가 들렸다.

『힉!』

하쥬가 작게 비명을 질렀다.

'하쥬? 왜 그래?'

『이 범상치 않은 압력의 폭풍, 애쉬는 인식 못 하는 거니?』

처음 듣는 하쥬의 농후한 공포를 머금은 떨리는 목소리.

'범상치 않은 압력의 폭풍?'

아무것도 느껴지지 않는다. 적어도 지금 느껴지는 것은 프레토로부터 배어 나오는 강렬한 위압감뿐이다.

『감지하는 데도 일정한 영혼의 강도가 필요하다는 걸까. 하지만 본래의 애쉬라면…….』

중얼중얼 영문을 알 수 없는 말을 중얼거리는 하쥬와 달리, 카이토는 오른손을 휘적휘적 흔들었다.

"아니, 그건 됐어. 그보다 이상한 놈에게 부하가 되라는 말을 들은 건 처음 같은데. 자신의 강함에 아주 자신이 있는 걸로 보여. 혹시 숨겨진 힘이라도 있는 건가?"

카이토가 흥미진진하게 중얼거렸다.

"아니, 그저 주제를 모르는 바보라오."

보라색 옷을 입은 여성이 홀연히 모습을 드러내더니, 어이가 없다는 듯 대답했다.

"큭?!"

갑자기 깨질 듯한 두통이 밀려와 인상을 찌푸렸다. 이 여성, 어디선가 만난 적이 있는 듯한 기분이 든다. 어디였을까?

프레토의 스킨헤드 머리에 지금까지 이상으로 혈관이 두드러지더니, 다시 얼굴이 온통 새빨개졌다. 그리고──.

"하등한 인간들이. 그 불경함, 절대로 용서할 수 없습니다! 너희들──."

주위를 둘러싼 새하얀 날개가 달린 가면을 쓴 자들에게 지시를 내리려고 한 프레토의 뒤통수를, 뒤에서 나타난 카이토가 붙잡았다.

"아스타 말대로 정말 그냥 잔챙이인 모양이네."

"네, 네 이놈, 어, 어떻게?!"

강렬한 두려움에 눈을 이리저리 굴리는 프레토. 그 귓가에 카이토가 속삭였다.

"그런 건 아무래도 좋아. 너는 나를 화나게 했어. 보통은 이대로 지옥으로 떨어뜨리겠지만, 여기서 너에게 기회를 주마. 잭, 당초 계획대로 이건 네가 처리해!"

"좋아!"

어느새 카이토의 뒤에 나타난 야성적인 외모의 거대한 남자, 잭이 두 주먹을 맞부딪히고 기합을 넣었다.

"앗?! 또?!"

아스타 때와 마찬가지로, 마치 딱딱한 것으로 머리를 맞은 듯한 고통과 동시에 흐릿하게 어떤 남성의 윤곽이 머릿속에 떠올랐다. 역시 아스타처럼 이 남자, 잭에게도 강렬한 기시감이 든다. 어디선가 만난 적이라도 있는 걸까?

"그 남자는 인간이야. 인간은 가축이라며? 그럼 인간인 내 제자를 쓰러뜨려 봐. 만약 그게 가능하다면, 고통 없이 단숨에 끝장내주마."

카이토는 그렇게 속삭이고, 프레토를 잭의 앞으로 밀어내더니 가볍게 뒤로 도약하여 거리를 벌렸다.

"저것이 나보다 강하다? 아니! 결코 아니야! 인간은 결국 인간! 우리 신사에게 이길 리가 없어! 방금은 전이 능력일 뿐! 분명해! 아니면 인간 따위에게 이 내가 이렇게 쉽게 등 뒤를 내줄 리가 없어!"

프레토가 자신을 고무하듯이 몇 번이나 말하며 일어났다.

"놀이는 중지합니다! 그 불쾌한 인간 두 마리를 죽이십시오!"

엄명을 내렸다.

"네! 위대한 신사 프레토 님!"

"네! 위대한 신사 프레토 님!"

프레토의 명령에 하우를 비롯한 하운드독과 바질리스크가 일제히 외치고 전투태세를 취했다.

"그럼 얼른 끝내볼까."

잭이 그렇게 중얼거리는가 싶더니, 어느새 바질리스크의 머리 위로 올라가 주먹을 내리쳤다.

바질리스크의 머리가 파열되어 새빨간 살점의 꽃을 피웠다. 중력에 따라 쓰러지는 바질리스크.

"엥?"

하우가 얼빠진 소리를 낸 찰나, 뒤에서 잭의 손이 그의 왼쪽 가슴을 파고들었다. 잭이 오른팔을 휘둘러 하우를 바닥으로 내팽개쳤다.

"…………."

이어서 어이없게 숨이 끊어진 자신의 보스를 보며 멍하니 움직이지 못하는 하운드독 용병들의 모든 머리가 허공을 날았다.

"우, 움직이지 마십시오! 조금이라도 움직였다간, 이 벌레들을——."

프레토가 비명처럼 외친 순간 공중에서 에르딤 주민들을 안고 부유하던 흰색 날개에 복면을 쓴 자들의 전신이 파열되었고, 잭은 낙하하는 주민들을 모두 붙잡아 지상으로 내려왔다.

"남은 건 너뿐이야."

주민들을 바닥에 살며시 내려놓은 잭이 프레토에게 시선을 보냈다.

"괴, 괴물!"

프레토가 공포로 얼굴을 굳히며 하얀 날개를 퍼덕여 도망치려고 하였지만, 잭은 오른쪽 팔꿈치를 안쪽으로 당기며 중심을 낮추고 무술 자세를 취했다.

"패인(覇刃)."

잭이 손날을 뻗어 수평으로 휘둘렀다. 직후, 공중에 거대한 균열이 생기더니 프레토의 온몸을 삼켜 흔적도 없이 날려버렸다.

잭이 자세를 풀고 숨을 내쉬었다.

"잘했어. 그럼 슬슬 본론으로 들어갈까."

카이토의 말에 잭은 자세를 바르게 하고 정중하게 인사했다.

그것이 모든 것의 시작이었다. 상공에 검은 구름이 빠르게 퍼졌다.

"엎드려라! 엎드려라! 위대한 분의 행차시다!"

머리가 두 개인 흑조 몇 마리가 외치면서 날아다녔다. 우리가 당황하는 사이, 몇 개의 존재가 번개와 함께 상공에서 지상으로 내려왔다.

"저, 저것은?"

슬라임에게 치료를 받던 시라우스가 떨리는 목소리로 말했다.

"초월자다……."

엘프 청년 간부가 간신히 목소리를 냈다.

"초월자? 저것이?"

"그래요! 그렇습니다! 저분들은 우리가 신이라 부르는 초월적인 존재입니다! 우리 엘프는 생애에 한번, 초월자분들을 뵙고 계약하는 것을 지상 명제로 삼아온 일족입니다! 따라서 이 엘프의 피가 이해하고 있어요. 분명히 저분들은 초월자입니다!"

초월자…… 이 세상의 신이라 불리는 존재들. 그것은 어디선가 나도 들은 적이 있다. 정확히 떠오르지 않는 것으로 보아, 아마 기억을 잃기 전에 들은 정보일 것이다.

"에이, 거짓말이지, 설마 저것들이 전부 신이라고 말하려는 건가?"

드워프 간부가 떨리는 목소리로 물었다. 당연하다. 초월자들의 수는 천을 가볍게 넘고 있으니까.

"말도 안 돼! 이건 절대 있을 수 없어! 내가 꿈이라도 꾸는 건가?!"

엘프 간부가 환희에 찬 표정으로 눈물을 흘리며, 양손을 모으고 그렇게 중얼거리기 시작했다.

『이건…… 꿈, 같은 걸까…….』

하쥬로부터 흘러들어오는 엄청난 공포의 감정. 이제 나 역시 이 존재들이 프레토 같은 어설픈 것이 아니라 진정한 초월자임은 알게 되었다.

그리고 코가 길고 눈이 세 개인 괴물이 나타났을 때였다.

『아아…… 아아아아아아아아아아앗!』

하쥬가 비명을 질렀다. 그 목소리에는 회고, 분노, 친애 등 다양하고 복잡하며 강렬한 감정이 내포되어 있었다.

'무, 무슨 일이야?!'

하쥬의 심각한 모습에 강한 초조함을 느껴 이성을 잃은 이유를 물은 찰나, 코가 긴 괴물이 두 손을 짝 마주쳤다.

"위대한 분의 앞이다! 모두 예를 표하라!"

엄격한 어조로 명령을 내리자 나는 마치 누군가에게 조종당한 것처럼 실로 자연스럽게 무릎을 꿇고 머리를 깊숙이 숙였다. 그리고 그것은 이 자리에 있는 모두가 마찬가지였다. 모두 엎드려 고개를 조아리고 있다.

"고개를 들라."

다시 코가 긴 괴물이 굵은 목소리로 명하자, 머리의 자유가 회복되었다.

"어?"

머리를 한 방 맞은 듯한 충격적인 광경에 입에서 놀란 소리가 튀어나왔다. 그것도 그렇다. 코가 긴 괴물을 시작으로 초월자들이 무릎을 꿇고 있는 것은 나도 잘 아는 인물, 카이토였기 때문이다.

『생각났어…….』

하쥬가 나직하게 중얼거렸다.

'하쥬?'

나는 무심코 되물었다. 그 모습이 평소와 너무나 달랐기 때문이다.

『그렇구나! 나는 음습한 로프트 놈의 꼬임에 넘어가서── 하지만! 앗?! 거짓말! 거짓말! 거짓말! 거짓말! 말도 안 돼! 어떻게 저 괴물에게 오라버니가 절하고 있는 거지?! 게다가 저건 전쟁신 아테나, 저쪽은 최강의 귀신 슈텐도지?! 불사신 피닉스?! 용 대신 라돈도 있어! 모두 전설의 대신밖에 없잖아!』

패닉 상태에 빠진 하쥬를 달래려고 한 때였다.

"자, 이제 위장할 필요는 없지."

카이토가 자신의 오른손 검지를 건드리자, 그 모습이 발끝부터 조금씩 위로 가면서 전혀 다른 인물로 변했다.

"아……."

회색 머리 소년의 모습을 보고 훨씬 강한 두통이 느껴지는 바람에 의식이 농밀한 안개 속으로 떨어졌다.

─────'기리메칼라 링'으로부터 통보. 창조주의 승인을 확인. 모든 특수 조건을 만족했습니다. 애쉬메디아 카를로스와 하준의 영혼이 일부 융합에서 완전 융합으로 이행됩니다.

***

계획은 순조롭게 진행되고 있다.

목적하던 생선들은 떡밥을 물고 순순히 끌려오고 있다. 이미 본 사건의 흑막인 사성 길드 중 하나인 다이스의 리더, 코린 코르타누가 이번 일의 주동자로 보이는 귀족들을 이끌고 이곳에르딤으로 출병했다는 정보를 얻었다. 정보에 따르면 일단 표면상으로는 용사팀의 팔라딘도 싸움에 참여하게 되어 있으나, 팔라딘은 근처에는 있지만 흑막들과는 따로 행동하고 있다. 아마본 사건의 진위를 확인할 때까지 움직이지 않고 상황을 지켜볼 생각일 것이다. 사성 길드는 완전히 쓰레기였기에 곧바로 참가하리라 생각했으나, 의외로 이성적인 모양이다. 적어도 제국처럼 실제로 흑막에 가담하는 것보다는 훨씬. 뭐, 그 이후로 제국도 본 사건은 멀리서 지켜보기만 하려는 듯하지만, 언제 또 끼어들지 모른다. 이번에 두 번이나 저지른 지나친 행위에 대해서는 최후통첩을 하려고 한다.

에르딤에서 남쪽에 위치한 라하사 사막으로 전이한 마물들도 모두 평범한 조무래기임을 확인하였다. 저 정도라면 충분히 이번 계획에 사용하는 것도 가능할 듯하다.

"마스터, 정말 저 마라를 이용할 셈이시오?"

"응? 어, 저 쓸데없이 거만한 인간형 마물 말이야? 저 정도라면 게임의 장기 말로 제격이잖아?"

다른 마물과 구별이 되지 않는 강함이었기에 어디까지나 감에 지나지 않지만, 상대는 마물이다. 보통 마물은 약육강식이니 거만해 보일수록 강할 것이다. 아무튼 이 게임에는 적절한 위협이 필요하다.

"거만한 마물이라니…… 상대는 악군 육대장이오."

"그러고 보니 너희들 사이에서도 악군이니 천군이니 하는 조직에 대한 망언이 유행하고 있는 것 같더라."

"망언이 아니지만, 그냥 넘어가겠소. 그보다 슬슬 시간이오."

"그래. 그럼 가자!"

에르딤의 성문 앞 광장까지 전이하여 잠시 경위를 관찰했다. 프레토라는 마물은 악을 내세우는 악군과 마찬가지로, 인류에게는 해로운 존재였다. 프레토라는 마물에게 내던져졌던 지그닐을 잡아 기리메칼라에게 건넸다.

지그닐은 나의 상상을 뛰어넘어 크게 성장했다. 물론 기술적인 부분이 아니라 내면이. 잡념을 버린 지금의 지그닐이라면, 자신의 노력에 따라 언젠가 할아버지처럼 검의 정점에 도달할 수 있을 것이다.

그로부터 잭에게 프레토 및 하찮은 녀석들을 없애도록 하고, 좀 창피한 연출을 하여 지금에 이르렀다. 이것은 물론 내 생각이 아니라, 스파이가 고안한 것이다. 듣자 하니 이렇게 하면 앞으로의 교섭이 편안해진다고 한다.

"자, 이제 위장할 필요는 없겠지."

카이토라는 허상의 인물에서 카이 하이네만의 모습으로 돌아갔다. 예상대로 그것을 본 애쉬는 정신을 잃었다. 이것으로 애쉬의 기억이 일부 되살아날 것이다. 물론 봉인해두었던 모든 기억까지 돌아올지는 불명확하지만, 적어도 지금 자신이 놓인 현재 상황을 명확히 이해하게 될 것은 확실하다.

이것으로 게임의 주역이 모두 모였다. 남은 것은 이자들을 설득하는 것뿐. 물론 거부는 용납하지 않겠지만.

"처음 만났네, 나는 카이 하이네만. 너희에겐 카이토 쪽이 더 익숙하겠지?"

주위를 빙 둘러보며 말을 걸었다.

"이 나라는 지금 미증유의 위기에 처해 있어! 구해주시게!"

페리스가 일어나 크게 외쳤다. 나의 부하들이 일제히 폭풍처럼 분노하려는 것을 손으로 제지했다.

"무례하네. 우리가 이 나라와 아무 상관이 없다는 것은 너희도 아주 잘 알 텐데? 상관도 없는 내가 왜 너희 나라를 구해줘야 하지?"

이것은 그들에게 줄 첫 번째 시련이다. 만약 원하는 대답을 얻지 못하면, 내가 강제적으로 개입하여 이 사건을 끝내겠다. 물론 이 사건을 극복하더라도 이 나라의 정세가 바뀌지는 않을 테니, 빠르든 늦든 이 나라는 멸망의 길을 걸을 것이다.

"하지만 그대라면 이 나라의 국민을 구할 수 있지 않은가?!"

"뭐, 이런 고난 정도라면. 하지만 그건 내 역할이 아니야."

"무슨 말인가?! 왜 힘을 지닌 자가 보고도 못 본 척을 하는 것인가! 너무한 처사가 아닌가!"

"너무하다고? 하! 난 너희를 구할 의미도 없거니와 책임도 없어. 나는 이야기에 나오는 용사나 영웅처럼 한없이 착한 사람이 아니거든. 지금도 이 땅을 공격하는 쓰레기를 없애줄 이유는 없다고."

"…………."

페리스가 눈가에 눈물을 머금고 나를 노려보았다.

"페리스 님, 카이 님은 저희에게 힘을 빌려주지 않겠다고는 한마디도 하지 않았습니다. 그렇지요, 카이 님?"

루카스가 그런 조언을 해주고, 황홀한 미소를 지으며 기도하는 듯한 자세로 나에게 물었다. 아무래도 이분만은 상대하기 어렵다. 왠지 기리메칼라를 비롯한 부하들과 같은 광기가 느껴지니까. 얼버무리듯이 헛기침을 했다.

"아무튼 이 나라를 구하고 싶다면 이곳을 공격하는 바보들을 너희 자신의 힘으로 물리쳐봐. 나는 너희에게 그것을 위한 힘을 빌려줄 테니."

그들에겐 잔혹하겠지만, 살아남기 위한 유일한 방법을 알려주었다.

"이 나라의 주민을 위험에 노출시키란 말인가! 이 나라의 민중은 대부분이 검조차 쥐어본 적이 없는 사람뿐인데!"

"그렇겠지. 하지만 그것은 지금까지 다른 사람의 힘에 의존하여 살아온 대가야."

무력을 지니지 않는 것이 이 나라의 존속 조건이었으니, 사실 그 부분은 괜찮다. 그러나 이대로 다른 세력에 기대기만 하면 그리 머지않은 미래에 비슷한 멸망의 위기에 빠지게 될 것이다. 아멜리아 왕국과 그리트닐 제국이 이번 일에 개입하려고 한 것이 좋은 증거다.

"하지만 그러지 않으면 저희는 살아갈 수 없었습니다!"

시라우스가 공포로 표정을 굳히며 크게 항변했다.

"그래서 어쩌라고? 너희에게 어떤 사정이 있든, 지금 너희는 멸망할 상황에 직면했고 그것을 자신의 손으로 이겨낼 수 없는 것에는 변함이 없잖아."

"그리하여 많은 사람의 피가 흘러도 괜찮단 말입니까?"

"물론이고말고! 내가 전에 말했을 텐데. 조만간 너희에게 괴롭고 고통스럽고 자신의 몸을 베어내는 듯한 선택이 기다리고 있을 거라고."

"그 말이 이런 의미였던 것이군요?"

시라우스가 아랫입술을 깨물고, 나를 원망스러운 눈으로 응시했다.

"자, 선택하도록 해. 나의 선택을 받아들여 자신의 손으로 고난을 이겨낼 것인가, 선택을 거절하고 이대로 멸망의 길을 걸을 것인가!"

"멋대로 이야기를 진행하지 마! 나는 무고한 민중을 전쟁에 내보내는 짓은 절대 용납 못 해!"

여전히 시끄럽게 떠들고 있는 페리스에게 다가가 멱살을 잡고 들어 올려 시선을 맞췄다.

"그럼 어쩔 거지? 이대로 얌전히 멸망할 건가? 결국 너희는 싸우든가, 아니면 멸망하든가 두 가지 길밖에 없어. 그럼 다른 힘에 기대지 않고, 설령 패배가 농후하더라도 승부를 절대 포기하지 마. 네가 숨을 멈추는 마지막 순간까지!"

이것은 던전에서 배운 나의 신념이다. 이 세상에 곤경과 비극은 넘치도록 많다. 그때 포기하지 않고 도전하는 사람이야말로 자신의 바람을 실현할 수 있다. 물론 잘되지 않는 경우가 대부분일 것이다. 그러나 포기하면 그 시점에 패배가 확정되고 만다. 그것은 용서하기 힘든 태만이며 커다란 죄다.

지금의 페리스를 보고 있으면 자꾸 자신의 무력함을 이유로 모든 것을 금세 포기하던, 던전에 삼켜지기 전의 자신을 보는 듯하여 짜증이 난다. 페리스를 바닥으로 내팽개치자 그녀는 엉덩방아를 찧고 기침을 하며 반론하려고 하였으나——.

"페리스 님, 카이 님을 믿어봅시다. 이야기는 그때부터입니다."

루카스가 페리스의 말을 가로막고, 반론을 허용하지 않는 어조로 설득을 시도했다. 그렇다. 이제 선택할 자유는 이들에게는 없다.

나는 그들을 쭉 둘러보았다.

"그럼 제군, 시작하자! 고난이 가득한 시련을! 지면 모든 것을 잃고, 이기면 살아남을 길을 얻는 그런 파멸과 영광의 이야기를!"

두 팔을 벌리고 하늘을 향해 드높이 시련을 선언했다.

***

정신이 든 지그닐은 자신이 끝이 보이지 않는 황야 같은 장소에 있는 것을 발견했다. 시라우스와 루카스를 필두로 에르딤의 간부를 포함한 민중 약 천여 명이 모여 있는 듯했다.

그리고 그들이 돌처럼 딱딱한 표정으로 쳐다보고 있는 자신의 등 뒤를 돌아보았다.

"으악?!"

심장이 벌렁거리도록 동요했다. 그도 그럴 만하다. 그곳에는 수많은 이형들이 지그닐을 비롯한 인간들을 마치 품평하듯이 관찰하고 있었기 때문이다. 그런 상황에——.

"이런 장소에 저희를 데려와서 무엇을 할 생각입니까?"

시라우스가 이 자리를 대표하여, 정면에서 양손을 허리에 대고 우뚝 가로막고 서 있는 코가 긴 괴물에게 날카로운 목소리로 물었다. 코가 긴 괴물은 시라우스에게 대답하려고도 하지 않고, 뒤에 있는 초월자들을 돌아보았다.

"아는 바와 같이 이것은 우리 위대한 분이 만들어낸 계획 중에서도 중심이 되는 것! 주인님은 우리를 믿고 지금 이곳에 이러한 말씀을 전하셨다! 이자들을 온갖 수단을 동원하여 이번 시련을 극복할 수준까지 강화하고, 단련시키라! 이것은 위대한 분의 신탁이다. 반복한다! 이것은 신탁이다! 그 뜻은 반드시 천지 신명께 맹세코 달성해야 한다!"

충혈된 세 개의 눈을 뜨며 두 팔을 벌리고 대기가 떨리도록 크게 외쳤다.

"알고 있다! 일일이 크게 외치지 않아도 다 들린다고!"

수많은 용 집단의 선두에 있는 머리가 일곱 개 달린 황금색 용이 질색하며 한쪽 눈썹을 올리고 항의했다.

"각 파벌에 명하시는 일은 있어도, 모든 파벌에 그런 지시를 내린 적은 일찍이 없었으니까."

"그만큼 이자들을 단련시키는 것을 중시하고 있다는 뜻 아냐?"

"하지만 평범한 인간을 아무리 단련해봐야 악군 상대는 불가능하지 않아?"

"그 부분을 꼭 알고 싶네만. 그래서? 기리메칼라, 그분의 생각은 어떠신가?"

머리 일곱 개인 용이 코가 긴 괴물, 기리메칼라에게 물었다. 이 코가 긴 괴물은 전에 본 적이 있다. 정령왕 이프리트를 아이 취급한 회색 머리 검사가 꺼낸 소환 마수다.

"물론 애쉬라는 여자에게 대처시킬 거야! 저 동화가 잘되기만 하면 호각 이상의 싸움이 가능할 테니까!"

"마라는 우리도 기합을 넣지 않으면 이기지 못할 상대야. 그 아가씨에겐 조금 부담스럽지 않을까?"

이마에 뿔이 나고 장신에 삼백안인 남자의 질문에 기리메칼라가 크게 고개를 끄덕였다.

"물론 애쉬는 일시적이더라도 악군을 압도하기만 하면 돼! 마라는 주인님께서 직접 대처할 거다. 그것으로 계획 전체를 수행할 수 있어! 무엇보다——."

기리메칼라가 옆에 있는 흰옷에 외눈 남자에게 시선을 보냈다.

"애초에 마라라는 자를 이 땅에 불러낸 것도 카이 님의 지루함을 해소하기 위해서 아닌가."

인사를 하고는 부드럽게 대답하자, 순간 주위에 환희가 폭발했다.

"저 육대장을 지루함을 해소하기 위한 장난감으로 삼는가! 과연 우리 주인님이야!"

"맞아, 이 얼마나 거만하고, 패왕다운 사고방식인가. 이것이야말로 이 세상에서 최강인 우리 주인님!"

"정말 너무나 대단하셔!"

초월자들이 아이처럼 기뻐하는 가운데, 기리메칼라가 두 팔을 벌렸다.

"우리의 사명은 주인님의 훌륭한 계획을 무사히 궤도에 올리는 것! 안 그런가?!"

초월자들을 빙 둘러보며 그렇게 물었다.

"맞아. 그렇다면 우리기 단련시켜야 해. 그것도 철저하게."

삼백안인 남자가 왼쪽 손바닥을 오른쪽 주먹과 마주치며 그렇게 말을 이었다.

"그렇다면 내가 이 녀석들에게 투쟁이란 무엇인지 확실하게 알려주마!"

상반신이 상어인 괴물이 크게 외쳤다.

"그럼 저는 주인님의 신봉자를 단련시키도록 하지요! 그는 인간치고는 잠재력이 있으니!"

흰색의 인간형 덩어리가 같은 취지의 말을 하였다.

객관적으로 보아도 이 분위기는 위험하다. 너무 위험한 냄새가 난다.

이 이상한 분위기 속에 기리메칼라가 만족스럽게 고개를 끄덕였다.

"그럼 늘 그렇듯이 노룬의 영역 내에서 시간을 연장하자. 녀석들이 도착할 때까지 무려 열흘이나 남았어. 한계까지 단련시키면 나름대로 강해지긴 하겠지!"

영문은 모르겠지만, 소름이 끼치는 말을 내뱉자 초월자들이 크게 환호했다.

불길한 예감이 든다. 맹렬하게 불길한 예감이……. 온몸에 벌레가 기어 다니는 듯한 그런 말도 안 되는 착각에 시달렸다.

"우리를 어떻게 하려는 거야?"

지그닐이 물었다. 아니, 묻지 않을 수 없었다. 기리메칼라는 대답하지 않고 환한 미소를 지으며, 다시 뒤에 있는 초월자들을 바라보았다.

"교육의 진두지휘는 내가 하도록 주인님께 칙명을 받았어. 너희도 이의는 없지?"

다른 초월자들에게 승낙을 요구했다.

"그분의 뜻이라면 어쩔 수 없나."

"그럼 짧은 기간이지만, 내가 맡도록 하지. 주인님께 이들의 나약한 정신을 철저히 고쳐내라는 엄명을 받았거든!"

다른 초월자들은 고개를 푹 숙이고 투덜거리면서도, 차례로 황야를 떠났다. 다른 초월자들이 사라지자, 기리메칼라는 처음으로 지그닐 쪽으로 그 세 개의 눈을 향했다.

"나는 기리메칼라다!"

고막이 찢어질 듯한 커다란 목소리였다.

"지금부터 내가 너희 가치 없는 물벼룩들의 교관이다! 나는 너희가 진심으로 경멸스럽고, 증오스럽다! 전혀 망설이지 않고 그 썩은 과실 같은 근성과 나약한 정신을 박살 내고, 완벽하게 분쇄하겠다! 내가 미운가? 얼마든지 미워하라! 그것이야말로 나의 가장 큰 행복이자 즐거움이니까!"

악몽 같은 말과 함께, 지그닐 일행의 수련이라는 이름의 고문이 시작되었다.

얼마나 날이 지났을까. 매일매일 짐을 지고 욕을 먹으며 오로지 달리기만 했다. 최악인 것은 이 괴상한 장소에서는 시간의 흐름이 평소와 다르다는 점이다. 여기서는 애초에 나이도 들지 않고, 졸리지도 않고, 배도 고프지 않다. 다만 피로와 고통만은 확실히 느껴진다는 악질적이기 짝이 없는 장소다. 유일하게 밤 낮의 구별이 된다는 것이 지그닐 일행의 마음을 간신히 현실과 이어주었다.

어린 시절에는 엄격한 수행을 받고 그 후에는 군대에서 보낸 지그닐조차 괴롭다고 느낄 법한, 그야말로 고행이었다. 전투와는 연이 없는 생활을 해온 에르딤의 주민 대다수에게는 지옥 그 자체이므로, 모두 처음 몇 년은 울면서 달렸다.

정신이 아득해질 만큼 달린 뒤에는 기초 체력을 키우는 단련을 한다. 군대도 새파랗게 질릴 만한 엄격한 기초 단련을 끊임없이 반복한다.

오랜 세월이 지나 겨우 기초 단련이 끝났다. 그러나 그 뒤가 진짜 고행이었다. 초월자로부터 각자 가호라는 신비한 힘을 받고, 그에 따라 구체적인 전투 훈련이 시작되었다.

각자 봉을 받고, 초월자들에게 철저하게 두들겨 맞는 단순한 것부터 지상으로 쏟아지는 불덩어리를 그저 피해야 하는 수행, 주어진 가호를 확장시키는 개별 수행, 나아가 대인 격투술 등. 철저한 배움이 요구되었다.

하루 대부분이 이러한 악몽 같은 생활이었지만, 항상 밤이 되면 카이 하이네만이라는 존재가 해낸 미친 듯한 위업을 반복해서 들었다.

그런 제정신이 아닌 생활을 매일 반복하며, 그야말로 정신이 아득해지는 세월이 지났다.

"모두 집합!!"

기리메칼라의 구령에 수행하던 에르딤의 민중들이 작업을 일제히 멈추고 가지런히 대열을 짰다.

 "잘 들어라, 네놈들은 지금까지 세계에서 핍박받던 소외된 존재다. 그렇지?"

 "네!"

 대지마저 흔들 법한 소리로 외치는 에르딤의 민중.

 "네놈들은 이 세계에서 살 가치조차 인정받지 못했던 하찮은 물벼룩이다!"

 "네!"

 역시 앞을 응시하며 크게 외치는 에르딤의 민중.

 "그러나 이렇게 지금 이 순간, 너희는 위대한 분의 부하가 되었다. 이 사실이 무엇을 의미하는지 아나?!"

 "네!"

 감격에 차 눈물을 흘리는 사람까지 나타났다.

 "그렇다면 그분의 부하로서 지금까지 받아온 굴욕을 수천 배로 갚아주어야 한다. 알겠나?!"

 기리메칼라가 외쳤다.

 "알겠습니다!!"

 일제히 이마에 오른손을 대고 경례하는 에르딤의 주민들.

 "너희를 멸망시키려고 한 못된 놈들이 이제 곧 그 땅을 공격할 거다. 너희는 놈들을 어떻게 하고 싶나?"

 "죽이자! 죽이자! 죽이자! 죽이자!"

 엘프 소년이 두 눈에 핏발을 세우고 외쳤다. 그는 냉정하고 침착한 성격이 장점이었던 엘프 청년 간부였으나, 가호의 영향으로 이처럼 소년 같은 모습으로 변하고 말았다.

"녀석들은 위대한 분께 침을 뱉은 쓰레기 중의 쓰레기다! 그 행선지로 어디가 어울리겠나?"

"지옥! 지옥! 지옥! 오직 지옥뿌우우운!"

온화하고 친절하며 이성적이었던 에르딤의 여성 의장 시라우스가 악귀 같은 얼굴로 우렁찬 목소리로 외쳤다.

"그래. 다시 묻겠다. 너희는 녀석들을 어떻게 하고 싶나?"

"모조리 죽이자아아아아!!"

에르딤 민중의 목소리가 깨끗하게 합창을 이루며, '죽이자'고 연호했다. 그것들은 점차 커져갔고——.

"너희들은 이제 자유. 구속하는 것은 아무것도 없다. 철저하게 유린하라!"

에르딤 민중이 짐승처럼 포효했다. 그것은 세계에 지극히 위험한 새로운 광신자 집단이 해방되는 순간이었다.

***

——에르딤으로부터 남쪽으로 5킬로메르 지점.

멀리 보이는 에르딤의 성벽 앞에서 야영하고 있는 집단. 야영지에서 한층 커다란 텐트 안에는 에스타크 공작을 시작으로 한 고위 귀족 집단과 코린 코르타누를 필두로 한 사성 길드 중 하나, 다이스의 멤버들이 모여 있었다.

"나는 귀공들의 공적을 독점할 마음은 없다. 귀공들과 그 악의 군세의 싸움, 건투를 빈다. 혹시 조금이라도 악이 우세하다면, 이 팔라딘, 당장 전장으로 달려가겠다. 이상이 히지리 님께서 보낸 전갈의 내용입니다."

"오오! 히지리 공은 우리에게 악에 대한 정의의 철퇴를 내릴 기회를 주려는 모양이군!"

"음, 반드시 우리 손으로 악을 물리쳐보세!"

"과연 팔라딘, 우리 푸른 피의 자긍심이란 것을 잘 알고 계시는군!"

에스타크 공작을 우두머리로 내세운 고위 귀족들이 씩씩하게 말했다.

'저능한 것들……'

코린은 너무 단순한 귀족들의 태도에 속으로 욕하였다. 이번에 팔라딘이 참전하지 않는 이유는 물론 귀족들에게 공적을 양보하려는 갸륵한 마음씨 때문이 아니라, 귀족들의 정당성을 의심하고 있기 때문이다. 만약 에르딤 측에 악, 그러니까 부왕의 세력이 확인되지 않으면, 결과가 어떻든 이 싸움에서 물러날 것이다. 반대로 부왕의 세력이 나타난다면, 즉시 참전해주겠지만.

'뭐, 됐어. 결과는 크게 달라지지 않아.'

프레토와의 교신이 끊겼다. 아마 프레토는 실패했을 것이다. 인간에 불과한 하운드독은 차치하고, 프레토는 중위 신사다. 인간이 이길 수 있을 리가 없다. 즉, 부왕의 권속이 저 천 명 정도밖에 없는 소규모 도시에 있는 것은 이미 확실하다는 뜻이다.

팔라딘의 참전은 시간문제다.

텐트 안의 분위기가 고조된 가운데 병사가 들어와 한쪽 무릎을 꿇었다.

"전령입니다! 에르딤에서 천 명 정도의 집단이 이쪽을 향해 진군하고 있습니다!"

이러한 내용의 보고를 하였다.

"천? 저쪽의 거의 모든 세력이 아닌가! 저 녀석들, 결국 자포자기한 건가!"

"우리에겐 잘된 일 아닌가! 우리 군이 녀석들을 물리쳐주마!"

더욱 고조되는 텐트 안. 힘찬 목소리가 나오는 가운데, 유일하게 코린만이 정반대의 생각을 하고 있었다.

진군하고 있다? 기습하기 쉬운 농성전 쪽이 언데드도 만들기 쉽다. 이래서는 멀리서 화염계 마법으로 각자 격파되고 말 뿐인 것 아닌가. 부왕의 권속이 그 문제점을 모를 리가 없다. 이유는 거기까지 머리가 돌아가지 않는 저능한 자이거나, 아니면 그것을 필요로 하지 않을 만큼 자신감이 있거나 둘 중 하나가 아닐까. 그리고 프레토가 진 이상, 아마 후자일 것이다.

"얕잡아보다니……."

바로 튀어나온 그 말에 주위 귀족들이 기이한 눈으로 쳐다보았다.

"실례. 사악한 적의 세력이 결집하여 진군하고 있습니다. 적은 사악하지만, 강력. 접근전이 시작되면 이쪽도 피해를 입을 겁니다. 원거리 공격을 메인으로 총공격을 시작하고 싶군요."

에스타크 공작의 총 세력은 5만. 그중 마법대와 궁수대가 약 절반을 차지한다. 이것은 코린이 에스타크 공작에게 요청한 것으로, 사체에서 새로운 권속을 만들어내는 언데드의 성질 때문이다. 에르딤을 원거리에서 포위하여 공격한 뒤, 코린 같은 다이스의 정예가 도시 안에 있는 언데드를 모두 처리하기로 했다. 뭐, 조금 예상과는 다르지만 적이 이쪽을 얕잡아보고 있다면 오히려 잘되었다.

"그럼 여러분! 악의 토벌전을 시작합시다!"

코린이 오른쪽 주먹을 가슴에 대고 외쳤다.

"그래! 우리 정의의 강함을 보여주자!"

"사악한 자에게 철퇴를!"

고위 귀족들도 차례로 목소리를 높여 외쳤다.

이렇게 에르딤 방어선은 압도적인 전력 차이를 내며 시작되었다.

***

──에르딤 소탕군 최전선.

전선은 에스타크 공작군이 맡았으나, 최전선에는 고용된 용병들로 가득했다. 이것은 자신의 군대 피해를 최소한으로 막기 위해 에스타크 공작군이 자주 쓰는 방법 중 하나다.

"저게 꼭 없애야 한다는 이번 원정 목적인 위험하고 사악한 아의 군세야? 그냥 인간으로만 보이는데."

마법으로 멀리 내다볼 수 있는 용병이 보고했다.

"그건 그냥 표면상 이유 아냐? 진짜 그랬으면 젊은 여자는 사로잡으라는 명령을 안 내렸겠지?"

덥수룩하게 수염을 기른 대장이 멍하니 대답했다.

"그건 그래."

"그래서? 괜찮은 여자는 있어?"

"흠, 특히 제일 앞줄에 은발 수인족 여자는 핥고 싶을 만큼 괜찮은 여자야."

용병이 멀리서 관찰하며 욕망이 가득한 표정으로 입맛을 다셨다.

"은발 수인족 여자라. 확실히 그건 아직 안아본 적 없네."

"엘프 여자는 없나?"

다른 용병이 몸을 내밀고 물었다.

"있어. 그 밖에도 아마조네스, 저 인간 여자도 꽤 괜찮네."

상기된 목소리로 대답했다.

"초보 집단을 쓰러뜨리고 거액의 보수도 받고. 덤으로 콩고물도 떨어지고. 대장, 진짜 이번엔 우리 운이 좋네요!"

"맞아. 어이, 얘들아! 어디 놀아보자!"

환호하며, 전선의 용병들이 움직이기 시작했다.

에르딤 민중군이 바로 앞까지 다가와 두 세력이 대치하였다.

"대장, 왠지 이야기가 조금 다르지 않습니까?"

부대장이 에르딤 민중군을 주의 깊게 관찰하다가, 대장도 지금 막 떠올린 느낌을 말했다. 현재 에르딤 민중군은 가지런히 대열을 짜고, 열중쉬어 자세로 서 있다. 마치 제국이나 왕국의 정예 정규군 같은 관록이 느껴진다.

"음, 하지만 싸움조차 해본 적이 없는 잔챙이 집단이니까."

에르딤은 투쟁을 버리는 것으로 살아남은 소규모 도시. 그것이 세계의 인식이다. 군사 훈련이라도 한다면, 세계 회의의 인정이 해제될 터였다. 이들은 검조차 제대로 쥐어본 적이 없는 약자임이 분명하다. 그럴 터인데 무슨 까닭인지 이 집단을 본 순간부터 대장은 등줄기가 오싹해지는 것을 느꼈다. 그런 대장의 우려와는 정반대의 목소리가 들렸다.

"대, 대장님, 저, 저기 정면에 있는 은발 수인 여자, 진짜 취향입니다! 잡으면 해도 될까요?!"

"그럼 나는 저 엘프 여자로 할래!"

부하들의 욕망 어린 목소리. 그렇다. 에르딤에 제대로 된 전투 경험을 해본 사람이 없는 것은 틀림없는 사실이다. 약자임은 부정할 수 없나.

"이놈들아, 가자! 먼저 잡은 사람이 임자다! 사냥해라! 남자는 죽여라! 젊고 예쁜 여자는 붙잡아라! 전리품은 나중에 골고루 나눠 갖자!"

대장이 크게 외치자, 용병들이 짐승처럼 욕망에 찬 소리를 내며 무기를 들었다.

최전선의 중심에 있는 중년 수인 여자가 무표정하게 오른손으로 허리에 찬 검을 뽑아, 칼자루를 얼굴 앞으로 들고 칼끝을 위로 세웠다.

"우리가 믿는 위대한 분의 바람은 무엇이냐?!"

목소리를 높였다. 그러자 에르딤의 약 절반이 차례로 수인족 여자를 따라 무기를 들었다.

"적의 철저한 섬멸이다!"

대지를 흔들 듯한 고함이 퍼졌다.

"우리 위대한 분께 거스르는 어리석은 자를 우리는 어떻게 하고 싶은가?!"

"일말의 자비조차 베풀지 말고 쓰러뜨린다!"

에르딤 민중대의 나머지 절반도 무기를 들고 목소리를 높였다.

"우리는 이 어리석은 자들에게 어떻게 해야 하나?!"

"모조리 죽이자!!"

바닥을 쿵쿵 울리며, 죽이라고 연호하기 시작했다.

"뭐, 뭐야, 이 녀석들."

상황을 파악하지 못한 용병들에게 곁눈질하며, 중년 수인족 여자가 용병들을 향해 검을 들었다.

"유린을 시작하라!"

무거운 어조로 비정한 명령을 내리자, 순식간에 전방에서 당황하던 용병들의 몸이 공중으로 떠올랐다.

"어라?"

용병들의 사지가 공중에서 무언가에 잡혀 으스러진 것처럼 꺾이더니, 놀란 목소리는 절규로 바뀌었다.

그리고── 말 그대로 유린이 시작되었다.

중년 수인족 여성 시라우스 주위에 생긴 엄청난 숫자의 황금 구체, 그것이 마치 유도탄처럼 에스타크 공작군이 고용한 용병, 병사들의 사지를 뚫고 지나갔다.

시라우스는 절규하며 바닥을 구르는 용병과 병사는 신경도 쓰지 않았다.

"크하하하! 도망칠 수 없다고요!!"

충혈된 눈으로 웃으면서 전장을 활보하는 시라우스는 그야말로 옛날이야기에 나오는 악귀 그 자체였다.

"히익!"

등을 보이고 도망치는 병사들이 두 다리를 뚫리며 픽픽 쓰러졌다.

"전사라면 도망치지 말고 싸워라! 그것이 우리의 것을 빼앗으려고 한 너희들의 의무다!"

"괴, 괴물이야!"

절규한 사관의 볼이 정확하게 뚫리며, 더 커다란 비명이 터졌다. 시라우스가 그 병사의 멱살을 잡았다.

"시끄럽다! 네 이놈, 그러고도 사관이냐? 입을 움직이기 전에 전술이나 다시 짜!"

호통을 쳤지만 사관은 이미 거품을 뿜고 기절해 있었다. 시라우스는 혀를 차고 그걸 바닥으로 내던졌다.

"나약한 놈!"

짧게 쏘아붙이고, 다시 걸음을 옮겼다.

"여기 있었구나."

점점 다가오는 젊은 여자의 광기 어린 목소리. 병사들은 백발의 악마로부터 도망치기 위해 죽어라 달렸다.

"와, 왔다!"

"괴, 괴물 여자야!!"

노련한 에스타크 공작군 병사들이 비명 같은 소리를 지르며, 모습을 드러낸 백발 엘프 여자를 향해 일제히 덤벼들려고 했다. 하지만 눈을 깜박일 틈도 없이 휘두른 무기를 포함하여 온몸이 꽁꽁 얼고 말았다. 엘프 여자가 걸을 때마다 그 주위의 대지가 동결되어 빠지직 하는 소리가 울렸다.

"안 되지. 너희는 우리에게서 행복을 빼앗으려고 했으니까. 용서 못 해. 아니, 용서할 수 있을 리가 없겠지?"

엘프 여자가 더는 전의조차 남지 않아 바닥에 웅크리고 떠는 병사들에게 다가가, 몸을 수그리고 그렇게 물었다.

"요, 용서해줘."

눈물과 콧물로 엉망이 된 얼굴로 목숨을 구걸하는 병사에게 엘프 여자는 싱긋 웃더니 손가락을 딱 튕겼다. 병사들의 사지가 얼어붙은 채 깨졌다. 사지가 부서지며 절규하는 병사를 향해 엘프 여자는 경멸하는 표정을 짓고는 다시 사냥에 나섰다.

"젠장! 젠장! 젠장! 젠장!! 어떻게 된 일이야?!"

아까부터 시야를 가리는 짙은 안개 속을 나아가며, 장검을 떨며 외치는 스킨헤드의 중급 사관. 지금 이 물음도 벌써 몇 번째 인지 알 수 없었다.

사악한 악의 소굴을 소탕하는 싸움. 그것은 늘 그렇듯 에스타크 공작군이 내건 그저 형식적인 명목이었을 터였다. 특히 에르딤은 비무장 국가다. 정예 부대로 구성된 에스타크 공작군에게 대적할 수 있을 리가 없다. 그러나 실제로 뚜껑을 열어보니 일방적으로 사냥당하는 처지가 되었다.

"틀렸습니다! 대장님, 퇴로가 완전히 막혔습니다!"

"그건 보면 알아!"

서서히 좁혀지는 포위망에 스킨헤드의 대장이 초조하게 외쳤다.

아까부터 부하가 한 사람씩 사라지더니, 지금 부대는 몇 명 정도밖에 남지 않았다.

"불가능해…… 저런 건 이길 수 없어. 악의 소굴이란 말이 사실이었어."

결국 부하 한 사람이 검을 바닥에 던지고, 머리를 싸맨 채 덜덜 떨었다. 떨리는 부하의 몸이 보이지 않는 정체불명의 것에 구속되었다.

"아, 안 돼——."

거부하는 말을 끝으로 입을 여는 것조차 허락받지 못한 부하는 짙은 안개 속으로 끌려가듯이 사라졌다.

"…………."

병사들의 이가 딱딱 부딪혀 울리는 소리가 불길하게 퍼지는 가운데, 짙은 안개 속에서 아직 어린 엘프 소년이 주머니에 양손을 찔러 넣은 채 모습을 드러냈다.

"뭐, 뭐야, 어린앤가……."

안심하여 가슴을 쓸어내리는 병사의 온몸이 경직되어 떠오르더니, 사지가 엉뚱한 방향으로 꺾였다. 차가운 공기 속에 울려 퍼지는 비명.

"아파할 여유가 있으면 한 번이라도 반격해보는 게 어때?! 이 빌어먹을 나약한 ○×▽아!"

엘프 소년의 분노와 모멸로 가득한 목소리와 함께 병사들의 몸이 들어 올려지더니, 곧이어 짙은 안개 속에 비통한 소리가 울려 퍼졌다.

그것은 언뜻 보기에 뚱뚱한 중년 아저씨 드워프였다. 그 아저씨 드워프가 붉은 막으로 온몸을 감싸고, 초고속으로 안개 속을 질주하여 한 에스타크 공작 병사의 품으로 파고들어 목을 팔꿈치로 찔렀다. 병사는 공중에서 몇 번을 회전한 뒤, 얼굴부터 바닥에 충돌하여 죽은 개구리처럼 움찔움찔 경련했다.

"어?"

현실을 제대로 파악하지 못했는지, 얼빠진 소리를 내는 그 옆의 동료 병사의 머리를 오른손으로 붙잡아 바닥에 메다꽂았다. 얼굴이 바닥과 격돌하며 자그마한 크레이터를 형성했다.

"후우우우우우!"

드워프는 입으로 새하얀 숨을 내뱉고, 크게 핏발이 선 눈으로 다음 사냥감이 될 병사 한 사람을 매섭게 노려보았다.

"으아아아아아아아아아아악!"

그제야 악몽 같은 현실을 인식하고 일제히 공포에 질린 비명을 지르는 병사들. 드워프는 순식간에 거리를 좁혀, 양손으로 두 병사의 머리를 때렸다. 병사들은 여러 번 공중에서 회전하고는 바닥으로 떨어져 꿈쩍도 하지 않았다.

"힉!!"

도망치려는 병사의 코가 닿을 만큼 아슬아슬한 거리로 이동하여, 그 머리를 양손으로 덥석 잡았다.

"이이이이이이이익!"

비명의 코러스를 배경음악으로 들으며 드워프가 병사의 얼굴을 무릎으로 때렸다.

이어서 드워프는 등을 약간 굽히고 또 다른 사냥감을 찾아 질주했다.

"오, 오지 마!"

짙은 안개 속에서 나타난 은발 수인족 여성에게 에스타크 공작군의 노련한 정예병들이 비명과 같은 소리를 지르며 화살이며 화염탄을 쏘았다. 그러나 화살은 모두 검은색 불꽃에 타올라 재가 되었고, 화염탄은 수인족 여성에게 맞자 튕겨 나갔다.

"이, 이럴 수가……."

금발을 길게 기른 부대장 남자가 입술을 떨며 조금 후퇴하려고 했다. 그러나 그의 사지가 불타더니, 순식간에 재가 되었다.

부대장이 절규하며 살이 타는 고통으로 몸부림쳤다.

"아앗……."

안개가 깔린 듯 둔해진 병사들의 사고에 시각과 분석이라는 윤활유가 부어져, 뇌가 정상적으로 돌아가기 시작했다. 그리고 그들은 부대 중에서도 최강이던 부대장이 애벌레처럼 무참하게 굴러다니는 모습을 똑똑히 인식하고 말았다.

"싫어어어!!"

"사, 살려──."

불꽃이 튀더니, 새끼 거미처럼 흩어져 도망치는 병사들이 가는 길을 가로막았다. 검은 불이 주위를 포위하고 병사들의 두 팔이 눈 깜짝할 틈도 없이 순식간에 타버렸다.

"요, 용서……."

은발 수인족 여자가 두 팔과 두 다리를 잃고, 눈물과 콧물을 흘리며 애원하는 부대장에게 다가갔다.

"항복하겠습니다! 그러니 살려주십시오!!"

갈라진 목소리로 필사적으로 목숨을 구걸하는 부대장의 앞에 섰다.

"살려달라고?! 당신들은 나의 조국을 공격하여 엉망으로 만들었어! 덕분에 내 딸은 노예로 팔리고 말았고! 거기다 내 딸을 유괴하여 남편에게 비열한 행위를 강요했잖아! 그리고 지금도 우리를 모두 죽이기 위해 공격해왔으면서! 그런 당신들이 목숨을 구걸해?! 뚫린 입이라고 함부로 말하지 마!"

수인족 여자가 그의 멱살을 잡고 분노를 터뜨렸다.

"히이이이익!"

수인족 여성은 마구 울부짖는 부대장을 바닥에 내팽개친 뒤 잠시 몸을 떨며 서 있었으나, 곧 아랫입술을 깨물고 안개 속으로 달려갔다.

"루카스, 아무래도 너의 기우였던 모양이구나."

"그런 모양입니다."

구사일생하여 안도의 한숨을 내쉬는 병사들을 힐끗 보며, 두 명의 남자가 소리도 없이 모습을 드러냈다.

"네가 유일하게 그들에게 부과한, 전의가 없는 자는 죽이지 말라는 규칙. 정말 필요했었나? 나는 모두 죽이는 쪽이 처리가 빠르다고 생각하는데."

"네, 그것은 저들이 자신인 채로 있는 데 필요한 일입니다."

"그것은 그분이 말한 전사의 긍지라는 것인가?"

"아니요, 반대입니다. 저들은 본래 전사가 아니에요. 그렇기에 저항하지 않는 자를 죽여서는 안 됩니다."

화염의 마인이 미간을 찡그렸다.

"역시 나는 잘 모르겠군."

매우 아쉬운 듯 어깨를 늘어뜨리고 한숨을 내쉬었다.

"하하! 이것은 어디까지나 왜소한 저의 기사도 같은 것. 그분과는 아주 다를 겁니다. 실망하시지 않으셔도 됩니다."

"그래. 맞아! 위대한 분을 이해하는 건 우리야!"

주먹을 꽉 쥐는 화염 마인과 노신사는 슬며시 미소를 지었다.

"자, 그럼 처리를 시작하시죠."

바닥에 쓰러진 병사들에게 다가갔다.

"죄송합니다만, 여러분의 행선지는 이미 정해져 있습니다."

노신사는 어둠으로 물든 눈으로 입꼬리를 올렸다. 그리고 온몸에서 흘러나오는 하얀색 투기. 그야말로 인간이라고는 말할 수 없는 형상에 병사들에게서 비명이 새어 나왔고, 그 비명은 점차 커졌다.

***

가장 높은 나무 위에서 다이스의 부장, 신사 아세틸은 지상에서 벌어진 이상 사태에 깜짝 놀랐다.

"저것은 어느 세력이지?"

무심코 소리 내 의문을 표했다. 지금도 에르딤 소탕군을 일방적으로 유린하고 있는 자들은 그 강함으로 보아 인간이 아니라 아세틸과 같은 신사임이 분명하다.

"그렇다면 도리에 맞지 않아!"

저렇게 강한 신사의 주신이 고작해야 토착 하급신일리는 없다. 자칫하면 부왕군의 정예급으로 강할 듯하다. 저들이 부왕군이라면 납득은 간다. 그러나 공교롭게도 저들은 전혀 언데드로 보이지 않으니, 부왕 이외에 다른 신의 신사임이 확실하다.

"그런 일이 있어서는 안 됩니다!"

도저히 믿을 수 없는 자신의 결론에 소리 내어 부정했다. 그것은 이 아레스 님이 관리하는 세계인 레무리아에 부왕 이외의 상급신 클래스가 존재한다는 것을 의미한다.

상급신 클래스는 천계에서도 그리 쉽게 볼 수 있는 분들이 아니다. 그야말로 이 세상의 절대적 강자의 일각. 게다가 지금도 인간을 상대로 날뛰고 있는 상대는 가볍게 천이 넘는다. 그런 눈에 띄는 세력은 들어본 적도 없다.

"이 싸움, 다소 불리하겠는걸……."

아무리 관대하게 따져보아도 패배할 것이 분명하다. 저들에게 승리하기 위해서는 아레스 님이 이곳 레무리아에 직접 개입해야 한다. 한마디로 아레스 정규군이 직접 움직이지 않고서는 패배한다는 뜻이다. 이것은 확신에 가깝다.

'코린 님께 진언해야 해!'

레무리아가 다른 상급신 클래스의 침식을 받고 있다. 이제 체면을 따질 상황이 아니다. 곧장 아레스 님께 보고하여 지시를 받아야 한다. 물론 코린 님은 내키지 않아 하겠지만, 어떻게든 설득해야 한다. 그러지 않으면 레무리아가 다른 신에게 넘어가는 전대미문의 사태가 벌어질 가능성이 있기 때문이다.

아세틸은 등에 달린 새하얀 날개를 퍼덕여 나무에서 대지로 내려왔다.

"이 싸움은 우리의 패배다. 나는 지금 당장 코린 님께 의견을 구하러 가겠다. 너희도 아레스펠리스로 귀환할 준비를 해둬!"

측근에게 그렇게 전하고, 코린 님이 있는 텐트를 향해 날아가려고 하였다.

"그렇게 놔둘 수야 없지."

그런 목소리와 함께 나무 사이로 거구의 금발 수인이 스르륵 모습을 드러냈다.

"적이 침입했다! 포위해!"

아세틸의 측근이 외치자, 수인족 남자를 둘러싸는 아세틸의 부하, 하급 신사들. 측근이 수인족 남자를 자세히 살펴보았다.

"아세틸 님, 이자는 이번 계획에 쓰인 짐승 아이의 아버지입니다."

작게 안도하는 한숨을 내뱉으며 보고하였다.

"이번 계획에 쓰인 아이의 아버지…… 아, 그 가우스라는 불쌍한 제물인가."

딸의 목숨과 뒤바꾸어 아멜리아 왕국 귀족을 습격하도록 강요받은 수인족 남자. 즉, 약하고 천박한 짐승에 불과하다는 뜻이다. 다만 이상한 점이 있다.

"그냥 짐승이란 말인가."

"괜히 경계했네."

하찮은 존재임을 인식한 탓인가 부하들이 차례로 속마음을 그대로 밝히기 시작했다.

"너 같은 잔챙이가 어떻게 이 전장으로 들어왔지?"

아세틸의 측근 신사가 장검의 칼끝으로 가우스의 오른쪽 볼을 가볍게 두드리며, 강한 어조로 신문을 시작했다.

"물론 이렇게 들어왔지."

가우스가 왼손으로 그 장검을 휘어버리고는 모습을 감췄다. 직후, 측근은 몸을 크게 굽힌 채 뒤에 있는 커다란 나무로 빠르게 날아가 충돌하여 박살 나고 말았다.

"…………."

부대에서도 선두를 다투는 실력자인 측근이 어이없게 퇴장하는 모습을 가만히 응시하는 아세틸과 부하들. 이어서 가우스는 측근이 있던 위치에서 중심을 낮추고 오른쪽 손바닥을 뻗었다.

"제기랄!"

가장 가까이에 있던 부하가 장검을 높이 들려고 한 찰나, 그 머리가 산산이 터졌다.

"큰일이야! 포메이션을——."

아세틸이 지시를 내린 것과 어두운 빛의 띠가 주위로 뻗어 나간 것은 동시였다.

어느새 경추가 부러지고, 심장을 꿰뚫리고, 정수리부터 세로로 절단된 부하들이 모두 말하지 못하는 망자가 되어 바닥에 쓰러져 있었다.

"엥?"

입에서 얼빠진 소리가 나왔다. 당연하다. 이런 비상식적인 사태, 이해가 될 리가 없다.

——하등한 짐승 따위에게 부하가 순식간에 살해당한 것이 이해가 안 된다.

——하등한 짐승 따위의 공격을 전혀 인식조차 하지 못한 것이 이해가 안 된다.

——이런 짐승 따위에게 이 아세틸이 이렇게 무서워서 손끝 하나 움직이지 못하는 것이 전혀 믿기지 않는다.

혼란이 극에 달한 아세틸을 가우스가 차가운 눈으로 바라보았다.

"운이 없구나. 다른 녀석들과 달리 지금 나는 자비를 베풀지 않아. 너희를 모두 죽이도록 명령을 받았거든."

가우스가 아세틸에게 천천히 다가갔다.

"기, 기다려! 기다려줘!"

가우스의 걸음이 뚝 멈췄다. 상황은 전혀 이해하지 못하겠지만, 한 가지 확실한 것이 있다. 이 녀석은 지금의 아세틸로는 절대 이길 수 없다는 것이다.

'도망쳐야 해!'

어떻게든 이 자리를 모면해 이탈하여, 아레스 님께 이 건을 보고해야 한다.

"나는 아레스 님의 상급 신사, 코린 님의 부하 중 한 사람, 신사 아세틸. 아레스 님은 너희 주신과 대화를 바라신다. 전해주기를 바라."

물론 완전히 꾸며낸 말이다. 아레스 님이 자신의 세계에 이런 위험한 다른 신의 존재를 인정할 리가 없다. 안다면 당장이라도 제거하기 위해 행동할 터였다.

"카이 님과?"

카이라는 신인가. 들어본 적이 없으니 토착신이나 그 비슷한 것일 듯하다.

"그래, 본래 아레스 님을 만나는 건 어렵지만, 너희 주신은 특별히 알현할 것을 바라고 계셔."

"카이 님께 성무신을 알현하라고?"

고개를 숙이고 두 주먹을 쥔 채, 가우스가 물었다.

"아레스 님은 관대한 분. 자신보다 압도적으로 격이 낮은 신이더라도, 제대로 이야기를 들어주실 거다. 그러니까——."

아세틸의 이야기가 이어지던 도중 가우스의 모습이 갑자기 사라지더니, 곧바로 코앞에서 등을 굽히고 아세틸을 내려다보고 있었다. 그 형상은 그야말로 악귀의 얼굴!

"아닛?!"

그 끔찍한 모습에 피도 얼어붙을 듯한 강렬한 공포를 느껴, 작게 비명을 지르고 뒷걸음질을 쳤다. 그런 아세틸의 입을 가우스는 왼손으로 덥석 거머쥐고 가볍게 들어 올렸다. 그리고 온 얼굴에 굵은 핏대를 세우고, 아세틸을 충혈된 눈으로 노려보았다.

"죽어라!"

짧게 그 말을 외치고 오른팔을 안쪽으로 당긴 순간이었다.

"마음은 충분히 이해하지만, 그것에게 조금 물어볼 말이 있어. 아직 죽이지 마라."

상공에서 내려온 목소리에 가우스는 아세틸로부터 손을 떼고, 자세를 바르게 하여 머리를 깊숙이 숙였다. 갑자기 검은색 안개가 아세틸을 덮쳤다. 이어서 아세틸의 의식은 뚝 끊어지고 말았다.

***

"무슨 일이 일어난 거냐?!"

코린이 짜증스럽게 텐트 안에 있던 의자를 걷어찼다. 에르딤 소탕군에게 차례로 들어오는 패전 소식. 상대가 부왕의 권속이 라면 이것도 상정한 바다. 문제는 상대가 전혀 언데드로는 보이 지 않는다는 것이다. 그때 다른 전령이 허겁지겁 달려왔다.

"커트리 백작군이 사실상 괴멸했습니다!"

악몽에 가까운 보고였다.

"팔라딘에게 출동 요청은?!"

"하였습니다만, 상대가 마물이 아니라면 나갈 생각이 없다며, 이번 전투에서 빠지겠다고 합니다."

젠장! 팔라딘은 상대가 마에 속한 자라면, 설령 아무리 강적 이더라도 전투에는 참여했을 것이다. 믿기 어렵지만, 정말 이번 상대는 마에 속하지 않은 모양이다.

"내가 다이스를 이끌고 출진하겠다!"

물론 이것은 거짓말이다. 적의 모습이 불명확한 이상, 일단 물러나 태세를 정비해야 한다. 이 텐트 주위를 수호하는 코린의 오른팔 중 하나, 신사 아세틸 부대는 더할 나위 없이 강력하다. 상대가 아무리 강하더라도 시간을 버는 것쯤은 가능할 것이다.

"네!"

경례하는 병사들을 힐끗 보며, 텐트에서 나가자 한 검은 머리 청년이 장검을 들고 서 있었다. 이 피부가 타들어 갈 듯한 압박! 이 녀석은 아마 인간이 아니다. 십중팔구 코린과 같은 다른 신 의 신사일 것이다. 다른 신의 신사에게 침입을 허락하다니, 아세틸 녀석, 나중에 엄벌을 내려야겠다.

"네 이놈, 어느 신의 사자지?! 나는 아레스 님의 상급 신사 코린! 이것은 아레스 님에 대한 선전포고로도 보이는 짓이다! 지금이라면 아직 참작의 여지가 있으니 병사를 물려라! 이대로는 전면 전쟁이 되고 말 테니!"

"성무신의 신사라. 어쩐지 옛날의 내가 못 이겼더라니."

"병사를 물릴 마음이 들었나? 그렇다면 당장 이 자리에서 떠나라. 이 건은 못 본 것으로 해주마."

물론 이런 위험분자, 아레스 님께 보고해야겠지만.

"아니, 그걸 들으니 더 못 가겠는걸. 카이 님의 얼굴에 먹칠을 할 수는 없으니까. 무엇보다 너희 아레스의 신사에게는 아주 호되게 당한 적이 있거든. 그 선택지는 절대 있을 수 없어."

"카이 님? 그게 너희 신의 이름인가?"

카이라. 그런 이름의 신, 들어본 적도 없다. 아마 이 세계의 토착신일 것이다. 만약 그렇다면 이렇게 정면으로 아레스 님의 신사, 코린을 적대한다는 것은 이상하다. 토착신에게도 이 세계의 관리신인 아레스 님은 구름 위의 존재. 절대 적대하지 않을 터이기 때문이다.

"신……인가. 루카스는 그렇게 생각하는 모양이지만, 내게는 달라. 어느 쪽이냐 하면, 스승과 같은 존재야."

"스승? 뭐야. 괜히 경계했네."

만약 신사라면 입이 찢어져도 자신이 믿는 주신을 스승이라고는 말하지 않는다. 즉, 그 카이라는 녀석은 신도 무엇도 아닌 세력이라는 뜻이다. 아마 정령이나, 환수의 일종이겠지. 그렇다면 이곳에서 이 녀석을 제거하더라도 딱히 문제는 되지 않는다.

오른손을 들자 검은 머리 검사를 포위하는 다이스 멤버. 그들은 모두 신사로 구성된 용맹한 자들이다. 이런 정령 따위에게 질 리가 없다.

"흠, 숫자는 제법 많군."

검은 머리 검사가 자신을 포위한 신사들을 빙 둘러보며 그렇게 말했다.

"죽여라!"

코린이 오른손을 내리며 명령하였으나, 아무도 움직이지 않았다.

"왜 그러는 거지?! 어서 죽이라니까?!"

검은 머리 검사가 장검을 휘둘러 피를 떨어뜨렸다.

"소용없어. 그 녀석들은 이미 베어버렸거든."

알 수 없는 말이었다. 직후, 스르륵 분리되어 떨어지는 신사들의 목. 그것들이 선혈을 흩뿌리며 천천히 지면으로 낙하하였다.

"뭐?"

코린이 놀란 소리를 낸 순간, 검은 머리 검사의 모습이 사라졌다. 그리고 코린은 등 뒤에서 걷어차이며 꼴사납게 머리부터 바닥으로 굴렀다. 고개를 들자 칼끝이 목덜미를 노리고 있었다.

"크악?!"

매처럼 날카로운 시선으로 꿰뚫어 보는 바람에 입에서 저절로 작은 비명이 새어 나왔다. 그의 동작이 전혀 보이지 않았다. 정신이 드니 부하는 모두 죽어 있다. 만약 저것이 자신이었다면…….

'마, 말도 안 돼!'

이기고 지고의 문제가 아니다. 상급 신사가 인식조차 하지 못하는 몸놀림이란 신이나 가능한 일이다. 싸우는 것 자체가 어리석은 짓이다.

"무인으로서 마지막 배려다! 무기를 들고 이름을 밝혀라!"

"나는 전면 항복하겠어!"

두 손을 들고 저항하지 않겠다는 의사를 밝혔다. 상대는 신급이다. 일개 신사가 관여해도 될 수준을 뛰어넘었다.

"설마 나 같은 것을 상대로 전의마저 잃다니…… 나는 네 부하를 죽였는데?"

"나만 있으면 아레스 님도 교섭에 응할 거다! 부하는 필요 없어!"

"이제 됐어. 너는 내가 검을 휘두를 가치도 없는 녀석이야."

그 말과 함께 다시 검은 머리 검사의 모습이 사라졌다.

"큭?!"

가슴에 생긴 타오르는 듯한 감촉. 시선을 내리자 가슴을 뚫고 나온 장검이 보였다.

"너를 따르던 부하들에게 사과하며 죽어라!"

검은 머리 검사의 화가 난 목소리가 들렸다.

"이럴…… 수가."

그에게 뒤에서 검으로 가슴을 단숨에 찔렸다는 것을 깨달았을 때는 시야가 세로로 천천히 갈라지고 있었다.

에르딤 회의실에서 나와 페리스, 그리고 토벌 도감의 최고 간부들은 아스타가 비추는 영상을 보고 있다.

참고로 페리스는 이 나라의 국민이 아니고, 로제의 숙모인 것도 있으므로 부하들에게 명령한 이번 부트캠프에는 참가하지 않았다. 무지나의 정보에 따르면 현 국왕은 페리스를 매우 아낀다고 하니, 괜히 혹사시켜 미움을 받아서는 이 사건을 제대로 마무리하지 못할 가능성이 있다.

"카이, 그대는 다른 사람들에게 무슨 짓을 한 건가!"

페리스가 초조한 목소리로 물었다.

"아니, 뭐, 그렇게 물어도……."

나도 저 모습엔 기겁했다. 아니, 완전히 질색했다. 저래서는 완전히 다른 사람이 아닌가.

계획으로는 시라우스 쪽은 왕국군에게는 선전하지만, 강적에게는 고전할 것이었다. 그때 멋지게 지그닐이 등장하는 상황을 생각하였으나, 아멜리아 왕국의 귀족군은 탈바꿈한 에르딤 민중군을 상대로 도망치기만 할 뿐이었다. 이제 군으로 성립하는 것은 에스타크 공작의 본대 정도밖에 없다. 설마 천하의 왕국 귀족 연합군이 저만큼 허접할 줄은 꿈에도 상상하지 못했다.

뭐, 이 세계는 강자와 약자의 차이가 심하니 그 정도로 기이한 이야기는 아닐지도 모르지만.

"믿을 수 없어…… 이런 말도 안 되는 일이……."

양손으로 머리를 싸매고 쪼그려 앉아 혼잣말을 중얼거리기 시작한 페리스. 괴상한 행동을 하는 모습이 로제와 똑같다.

아무튼 실험은 성공했다. 에르딤의 사람들은 미숙하고 약하다. 나로서도 단기간에 왕국군을 압도할 수 있는 실력을 얻을 거라고는 처음부터 생각하지 않았다. 애초에 에르딤 사람들의 시련은 자신의 손으로 왕국군을 물리치는 것이지, 강함을 얻는 것이 아니다. 따라서 꼼수 같은 방법으로 억지로 강화하게 되었다. 구체적으로는 토벌 도감의 자들에게 가호를 주게 한 것이다. '가호'란 상위 존재가 하위 존재에게 자신의 힘 일부를 사용하도록 허락하는 것. 이것으로 그들은 토벌 도감의 존재들이 지닌 특수한 능력을 일부에 한해 사용이 가능해졌다. 물론 고작해야 능력의 일부 사용에 지나지 않으며 본인의 능력에는 발끝에도 미치지 못한다. 토벌 도감의 동료들이 나보다도 약한 이상, 강자에게는 전혀 대처하지 못할 것이다.

이번에는 천하의 아멜리아 왕국의 귀족군이니 잘해야 선전할 것으로 예상했으나, 생각보다 더 왕국 귀족군이 약해서 빗나가고 말았다.

"주인님, 지그닐이 이번 흑막과 싸우는 모양입니다."

"흠. 그럼 확인하도록 하지."

"저건 노룬의 가호네. 조금이지만 시간에 간섭하다니. 제법 재미있지 않은가."

전투는 지그닐의 압승이었다. 부자연스러운 시간의 소실이 보였는데, 저것은 시간 간섭이다. 나도 그 이지 던전에서 시간 능력을 지닌 마물에게 습격받곤 했다.

"마스터, 당신이 지금 무서운 생물을 만들어내고 만 것을 이해하기는 하시오?"

"응? 그냥 시간에 간섭하고 있을 뿐이잖아?"

시간 간섭은 대책을 세우면 쉽게 대응할 수 있는 능력이다. 그보다 그 던전에서의 전투는 공간계나 시간 간섭계의 대책이 필수라고 할 정도였다. 그 정도로 전투에 이긴다면 고생할 일이 없다. 실제로 토벌 도감의 간부 클래스라면 모두 문제없이 막아낼 수 있을 것이다.

"그거, 진심으로 말씀하시는 것이오?"

표정을 굳히며 아스타가 물었다.

"투쟁은 능력만으로는 정해지지 않아. 지그닐은 아직 전투 기술이 미숙해. 노룬의 가호로 힘을 얻더라도 큰 의미는 없어."

차분하게 단언했다.

"이제 됐소. 그보다 슬슬 **그것**이 움직일 듯하오."

아스타가 고개를 크게 가로젓고, 구석에 있는 화면으로 시선을 보냈다. 그곳에는 수많은 마물이 에르딤을 향해 돌격하는 영상이 비치고 있었다.

"흠, 저 마물들은 에르딤 민중군에게는 벅차. 애쉬는?"

"지금 이곳에 불러둔 참이오."

마침 회의실 문이 열리며 애쉬와 함께 연갈색 머리를 단발머리로 자르고, 등에 날개가 달린 소녀 하쥬가 들어왔다. 하쥬는 나의 앞에서 무릎을 꿇고 머리를 정중하게 숙였다. 음. 어째서 마물들은 나에게 자꾸 이러는 것일까…….

"애쉬, 슬슬 나갈 차례가 됐어. 정말 괜찮겠어? 나는 저 마라라는 마물 이외에는 설령 질 것 같아도 돕지 않을 건데?"

아무래도 저 마라라는 마물은 기리메칼라 측이 쓸데없이 배려하여 나의 놀이 상대로 불러낸 듯하다. 정말 그들은 나를 전투에 미친 놈이라도 되는 양 착각한 것 아닌가.

"바라는 바야!"

늠름한 표정으로 크게 고개를 끄덕인다. 옅게 푸른 기가 도는 애쉬의 피부. 이것은 마족의 증표다. 아직 그녀는 기억을 되찾지 못했기에 진위는 불명확하지만, 외모로 보아 어둠의 나라 마족 출신일 것이다. 마족은 이곳 에르딤에서도 받아들여질지 확실하지 않다. 따라서 나는 대책을 세우기로 했다.

솔직히 애쉬가 마족이란 사실은 꽤 오래전부터 눈치채고 있었다. 그리고 무지나에게 얻은 정보에 의해 어둠의 나라에서 쿠데타가 일어나 현재 어둠의 마왕 애쉬메디아가 행방불명이 되었다는 사실도. 물론 애쉬는 애쉬메디아가 아니다. 4대 마왕이 이렇게 약할 리가 없지.

"저들이 아멜리아 왕국의 귀족군을 습격한 순간 네가 구해. 그리고 사전 준비는 우리가 해주지!"

지금 애쉬는 누가 보아도 마족의 모습이다. 그 마족에게 도움을 받는 것은 귀족들의 마족에 대한 인식을 싫어도 변화시킬 것이다. 그것은 앞으로 격동의 혁명을 불러일으킬 가능성도 담고 있다.

그것을 전제로 제안하자, 애쉬는 이번 작전에 참여할 것을 결정했다.

"가자, 하쥬!"

"알겠어! 그럼 주인님!"

왼손을 뒤로, 오른손을 앞으로 하여 우아하게 인사한 하쥬. 그녀의 모습이 사라지자, 애쉬의 두 눈이 금색으로 물들더니 오른손에 기묘한 형태의 낫이 나타났다. 이것이야말로 애쉬와 하쥬 두 사람이 동화한 모습이다. 상승효과에 의해 힘은 전과는 다른 차원의 것이 되었다. 이러면 확실히 그 마라라는 마물 외에는 쉽게 이길 것이다.

애쉬가 회의실 창문을 통해 밖으로 모습을 감췄다.

"자, 이 게임도 클라이맥스다!"

나도 마지막 임무를 수행하기 위해 회의실에서 나갔다.

***

──아멜리아 왕국 에스타크 공작군 본진.

'어쩌다 이렇게 됐지?'

키가 큰 귀족 갈라 에스타크 공작은 컬이 들어간 수염을 잡고 자문자답했다.

처음에는 에르딤 민중군이라는 전투 초보 집단으로부터 신의 땅을 되찾는다는 간단한 작전이었다. 난해한 것은 그에 이르는

경위였으니까. 다만 계획에 한 톨의 불순물이 섞였다. 그것은 코린 경이 가져온 정보로, 이 건에 강대한 악이 가담하고 있다는 황당무계한 것이었다. 본래 갈라를 비롯하여 누구도 진지하게 받아들이지 않았다. 그러나 결국 괴물 같은 민중에 의해 에르딤 소탕군은 큰 타격을 입었고, 동시에 그 코린 경이 전사했다는 홍보가 들어왔다. 이제 전략적으로도 전술적으로도 패배는 확실해졌다. 왕도로 돌아가 이 건을 보고해야 한다. 그렇게 생각했을 때, 남쪽에서 갑자기 나타난 괴물들 때문에 에스타크 공작군은 파멸할 위기에 빠지고 말았다.

땅을 울리며 온몸에 얼굴이 달린 거인이 마치 왕국군을 개미라도 짓밟는 것처럼 밟아 터뜨렸다.

동시에 하늘에서 날아온 인간의 머리가 달린 괴조가 왕국군 병사들을 잡아먹었다.

또한 열 개의 손이 달린 거대한 도깨비가 금으로 만든 봉으로 바닥을 때렸다. 고작 그것만으로 커다란 크레이터가 형성되어 왕국의 중대 하나가 이 세상에서 소멸했다.

"당황하지 마라! 우리는 에스타크 공작군이다! 의연하게 행동하라!"

갈라가 부하들을 질타했다. 그렇게 허세를 부리기는 했으나, 아까부터 다리가 후들후들 떨리고 있다.

본능으로 깨달았다. 저들은 사악한 마족도 아니고, 마물이나 마수도 아니다. 이 절망적인 느낌을 굳이 말로 표현하자면, '신'이 가장 어울릴 것이다. 이 세상의 섭리 밖에 있는 존재다. 아무리 노력해도 갈라 같은 인간은 이길 수 없다. 아니, 더욱 정확하게 말하자면, 엘프든 드워프든 최강의 4대 마왕이든 저들에게 거스르지 못한다. 아마 그런 차원이 아닐 것이다.

"이제 여기까지인가……."

상의 주머니에서 사랑하는 어린 아들이 준, 수제 인형을 꺼냈다. 아들은 갈라와 닮지 않아 용맹함은 전혀 없지만, 다정한 성품이라 이런 수제 인형을 매번 만들어준다. 그때마다 이런 것은 귀족이, 심지어 남자가 할 일이 아니라고 혼내도 그만두려고 하지 않았다. 그러나 거절은 하였음에도, 갈라는 그 행위에 확실히 위로받았다.

"욕심을 내지 말았어야 했는데."

코린 경의 입발림에 넘어갔을 때 이미 운이 다했다. 아니, 그것은 책임 전가인가. 저 신의 땅을 되찾는 것은 선조 때부터 내려온 비원이었다. 따라서 제대로 조사하지도 않고 곧바로 승낙한 갈라의 실패다.

"나 혼자만이라면 상관없었겠지만, 너희들에겐 미안하군."

부하에게 사죄하자, 모두 왕국식 경례를 하였다. 그리고 열 개의 손이 달린 거대한 도깨비가 크게 봉을 쳐드는 것이 보였다.

"여보, 라를 부탁해."

아내에게 자신의 외동아들을 부탁하며 눈을 감으려고 한 찰나, 검은색 광선이 거대한 도깨비의 머리를 꿰뚫어 순식간에 먼지로 만들었다.

"뭐지?"

상공에서 부유하는 물체는 긴 검은 머리에 피부에 옅게 푸른 기가 도는 소녀였다. 검은 머리 소녀는 손을 들어 북쪽의 에르 딤을 가리켰다.

"퇴로는 내가 만들게. 어서 에르딤까지 후퇴해!"

갈라와 부하들은 어안이 벙벙하여 반응하지 못하였다.

"어서 가! 에르딤과는 이미 이야기를 끝냈으니!"

소녀는 그렇게 외치더니 다시 검은 섬광이 되어 거대한 인면 괴조와 온몸에 얼굴이 달린 거인을 순식간에 처치했다. 그리고 지금도 남쪽에서 다가오는 군세를 향해 공격을 개시했다.

"에스타크 공작 각하, 저것은 마족…… 입니까?"

"그런 것 같군."

저 옅게 푸른빛이 감도는 피부는 마족의 증표다. 틀림없다. 그녀는 마족이다. 그렇다면 왜 마족이 천적이라 할 수 있는 우 리 아멜리아 왕국군을 구할까? 아니, 지금은 그녀에게 받은 생 존 기회를 최대한 활용해야 한다.

"당장 전군에 에르딤까지 후퇴하도록 지시를 내려라! 나는 마 지막에 뒤따라가겠다!"

"네!"

부하들이 일제히 경례하고는 에르딤으로 후퇴하기 위해 움직 였다.

"인류를 멸망시키기 위해 종말의 신이 대거 강림하고, 그것을 인류의 천적인 마족이 구하는가. 정말 이 세상은 무슨 일이 벌 어질지 모르겠군. 다만——."

갈라는 지금까지 믿고 있던 상식이라는 벽이 와르르 무너지는 것을 느꼈다.

***

──악군 전선.

산처럼 커다란 바위 괴물의 몸 중심에 검은 광선이 꽂히더니, 순식간에 입자 크기로 산산이 분해되고 말았다.

"오지 마! 오지 마라!"

거미 모습의 악군 장관이 필사적으로 거절하는 말을 외치며, 자신의 최대 공격 수단인 저주의 탄환을 마구 쏘았다. 그러나 한 발도 맞지 않고 대신 검은 섬광에 몸이 꿰뚫리며 곧장 먼지가 되고 말았다.

"대좌가?! 도, 도망쳐──."

등을 보이고 도망치려던 게 괴물도 검은빛에 뚫려 하늘로 스르륵 사라졌다.

한 줄기 빛줄기가 전장이 된 하늘을 초고속으로 질주하며 악군의 상위, 하위를 가리지 않고 일격에 처치했다.

'이 힘, 전과 비교가 안 돼!'

애쉬와 완전 동화한 하준은 속으로 환호했다. 이 어둠의 오라, 이것은 하준이 사랑하는 오빠인 기리메칼라의 파멸의 힘이다. 세계에서 위험하게 여겨져 그 악질적인 던전에 봉인된 힘. 봉인에 천과 악 양쪽 지역 총대장의 의사가 작용하는 이상, 마라도 이 봉인에 동의한 것이라 보아야 한다. 기리메칼라는 하준에게 유일한 가족이므로, 평생 만날 수 없는 것은 싫다. 이에 하준은 마라의 눈을 피해 이 세계에 있다고 일컬어지는 그 던전에 들어 가려고 했다. 물론 **지금의** 마라가 피도 눈물도 없는 성격임은 충분히 인식하고 있다. 이 계획을 마라가 알게 된다면 자신이 처분될 것도 알았다. 그런 위험을 감수해서라도 하준은 오빠를 만나고 싶었다.

'이것이 그분의 부하로 소속된다는 것이려나!'

카이 하이네만, 그야말로 오빠인 기리메칼라가 믿는 숭배의 대상. 오빠는 꽤 고지식하다. 좋게 말하면 순진하고, 나쁘게 말하면 단세포다. 그런 오빠가 마라 이외에 머리를 숙였다는 사실이 도저히 믿기지 않았으나, 조금이라도 그 본질을 엿보고 나니 싫을 만큼 이해되었다. 무엇보다 그분, 카이 님은 '신들의 시련'을 해방한 정도가 아니라 완전히 지배하고 말았으니까.

'신들의 시련'이란 악군의 신들조차 두려워하는 최악의 던전이다. 자격이 있는 자밖에 입장이 허락되지 않고, 한번 들어가면 대신이 될 때까지 나올 수 없다. 그리고 그 높은 난도는 상식을 벗어난 수준을 넘어, 클리어할 수 없도록 만들어졌다는 소문만이 자자하다. 그 이유 중 하나가 그곳을 지키는 존재들이다.

그 던전은 과거에 천군과 악군의 총대장 양쪽이 '신들의 시련'에 강제로 수용해야 할 강자들을 선택하여 만들어낸 것이다.

표면상으로는 대신을 만들어내는 던전이니, 안에는 최고 랭크의 무공을 세운 무신이나 신화의 괴물들로만 구성되어야 한다.

그들은 별것도 아닌 명분으로 천과 악 양쪽이 다루기 어렵다고 판단한 이레귤러적인 존재를 봉인해왔다. 봉인하는 것으로 양쪽 힘의 균형을 꾀한 것이다.

카이 님은 결코 서로 어우러질 일이 없는 이 세상의 밸런스 브레이커들을 이 세상에 해방했을 뿐만 아니라, 굴복시키고 말았다. 말하자면 이 세상의 밸런스 브레이커들로 만든 제삼세력이다. 신입인 하쥰은 참여한 것만으로도 이 압도적인 강함을 얻었으니 강함으로 따져도 삼대 세력 중에서 톱클래스임이 분명하다.

'하쥰, 저기 그들의 본진이 있어!'

들뜬 하쥰를 타이르듯이 애쉬가 이미지를 보냈다. 저 여섯 개의 눈과 커다란 입을 지닌 거대한 동물신은 중장 시로베어. 악군 중에서도 태생부터 전쟁광이다. 특히 시로베어의 부대는 악군 중에서도 최정예로 구성되어 있어서, 본래는 오직 혼자 이 세계에 강림하더라도 모든 것을 파멸시킬 힘을 지니고 있다.

애쉬가 시로베어군의 앞에 섰다. 애쉬가 지금부터 전할 말은 속속들이 안다. 그리고 그 제안을 시로베어가 결코 받아들이지 않을 것도.

"무의미한 싸움은 좋아하지 않아! 어서 항복해! 만약 전면 항복한다면, 이 이상 추격하지 않겠다!"

'역시나……'

애쉬에게 말이 통하는 상대가 아니라고 몇 번이나 설득을 시도했지만, 결국 납득하지 못한 듯했다. 아마 전선을 전멸시킨 까닭은 상대에게 이기지 못한다는 것을 이해시키고, 빠르게 항복하도록 하기 위함일 것이다.

시로베어는 잠시 눈을 가늘게 뜨고 애쉬를 바라보았다.

"나의 부하 중에 적을 앞에 두고 도망치는 비겁자는 없다!"

통나무 같은 곤봉을 애쉬를 향해 들고, 예상한 말을 하였다. 곧바로 애쉬를 포위하는 시로베어의 정예 부하들. 그 운명에 사로잡힌 듯한 표정으로 보아 패배를 각오한 공격을 할 것으로 예상되었다. 뭐, 지금 애쉬와 시로베어는 힘의 크기 자체가 다르다. 그야 그렇겠지만.

"어떻게 하면 물러나도록 할 수 있지?"

애쉬가 씁쓸한 표정으로 물었다.

"반대로 묻겠는데 그 정도의 강함을 지녔으면서, 무얼 망설이는 거야?"

하준도 쭉 궁금했던 점을 되물었다.

"힘을 지녔다고 해서 행사해도 된다는 뜻은 아니야!"

정말 안일한 생각이다. 하지만 그렇기에 카이 님은 애쉬에게 이 역할을 맡겼을 것이다. 애쉬의 대답에 시로베어가 흐뭇한 얼굴로 몇 번이나 고개를 끄덕였다.

"재미있는 말을 하는 녀석이군. 너, 그 말의 무게를 이해하고 있는 건가?"

갑자기 진지한 표정으로 바꾸어 그렇게 물었다.

"물론 나는 진심이야!"

시로베어가 눈을 꼭 감고, 잠시 생각에 잠겼다.

"좋다. 자멸은 나의 사상에 맞지 않아. 너의 이야기를 받아들이마. 단, 네가 세 가지 조건을 받아들인다면."

그건 생각하지도 못한 뜻밖의 말이었다.

'어떻게 된 일일까?'

시로베어는 순수한 무신이다. 그가 싸우지 않고 항복을 받아들일 줄은 전혀 예상하지 못했다.

"그 조건이란?"

"하나, 내가 이끄는 본대에 대한 공격은 즉시 중지. 둘, 전장을 사실상 지휘하는 마엔과 그 부하의 섬멸이다. 마엔의 부대는 이 앞에 배치되어 있어. 우리가 싸움을 멈추면, 마엔은 우리가 배반했다고 판단하고 공격하겠지."

"남은 하나는?"

"마라 대장 각하의 타도."

시로베어의 부하들이 놀람과 공포가 뒤섞인 목소리로 수군거렸다. 그때였다.

"좋아. 그 마라라는 마물은 지금부터 내가 처리할 생각이니까."

뒤에서 들린 목소리에 애쉬가 돌아보자, 카이 님이 미소를 짓고 서 있었다.

"카이 님!"

무심코 동화를 풀고 바닥에 무릎을 꿇었다.

"하준 공?"

눈썹을 찡그리고 경악하여 묻는 시로베어. 그리고 무릎을 꿇은 대상인 카이 님에게 시선을 보냈다.

"큭 —?!"

시로베어는 몸을 젖히며 펄쩍 뛰더니, 중심을 낮추고 얼굴에서 폭포처럼 땀을 흘리기 시작했다.

"흠, 나를 알아보다니? 능력 제한은 충분히 걸어두었을 텐데. 아스타, 넌 어떻게 생각해?"

카이 님이 흥미롭다는 듯 시로베어를 응시하며 옆에 있던 아스타 님에게 물었다.

"스킬이나 능력이 아니오. 분명 야생의 감이라는 것이겠지."

아스타 님은 눈앞에 띄운 작은 마법진을 통해 시로베어를 응시하며 대답했다.

"야생의 감이라. 제법 희소할지도 모르고, 이 녀석들의 눈은 썩지 않았어. 그래. 아예 너희는 애쉬의 부하가 돼라. 이 세계에서 악당 놀이는 법에 걸린다고."

"이 여성의 부하…… 말씀입니까?"

덜덜 떨며 시로베어가 물었다.

"음. 물론 악당 놀이를 하지 않고서는 참을 수 없는 불쌍한 병에 걸린 녀석은 이 내가 처분해주겠지만."

카이는 거만하기 짝이 없는 말을 내뱉었다.

"아니요, 이 본진에 있는 병사는 저의 직할. 그런 나약한 자는 없습니다."

"보아하니, 내 제안을 승낙하는 거구나?"

시로베어가 무릎을 꿇었다.

"네. 만약 당신을 거스르는 바보가 있다면 그냥 죽는 편이 낫습니다. 기꺼이 이분에게 절대적인 충성을 맹세하겠습니다."

대화를 따라가지 못한 부하들을 시로베어가 노려보자, 그들이 허둥지둥 카이 님에게 절했다.

"이야기는 끝이네. 우리 쪽이 아닌 마물은 섬멸하고, 이 앞에 있는 마엔을 죽여. 그것으로 이곳의 싸움은 끝내도록 할게."

"알겠어! 하쥬!"

'좋아!'

크게 고개를 끄덕이고 애쉬의 몸으로 동화하여, 두 사람은 최후의 싸움에 몸을 던졌다.

***

"전선은 완전 소멸. 패주조차 하지 못하여 이미 악군 절반이 괴멸. 모두 일격으로 소멸되었습니다."

"시로베어의 본대는 무엇을 하고 있는 겁니까?!"

시로베어는 뼛속까지 군인이다. 아무리 적이 강력하더라도 어떤 움직임이 있을 터.

"그, 그것이……."

측근이 입을 어물거렸다.

"지금은 긴급 사태입니다! 똑바로 말하세요!"

"네! 방금 시로베어 중장으로부터 텔레파시로 '우리 본진은 악군으로부터 영원히 이탈한다'라는 신고를 받았습니다!"

"뭐? 다시 한번 반복해봐."

웬만한 일로는 눈썹 하나 까딱하지 않는 마엔이 의아한 목소리로 질문했다. 당연하다. 시로베어는 '의'를 중시하는 타입으로, 악군 중에서는 이질적인 존재다. 엄청난 이유가 없다면 배신과는 거리가 먼 사람이기 때문이다. 무엇보다 시로베어라면 마라 님을 거스르는 일은 파멸이나 마찬가지라는 것쯤은 이해하고 있을 것이다.

'육천군의 꼬드김에 넘어갔나?'

아니, 본래 천군이었던 시로베어가 악군에 붙은 까닭은 천군에 강한 원한이 있기 때문이다. 그렇다면—— 아니, 배신자의 처분은 뒤로 미루자. 지금은 이 위기를 회피하는 것이 최우선 사항이다.

"적은 어디까지 왔지? 우리 군의 잔존 병력은?"

"시로베어 중위가 배반하며 남은 것은 마엔 님뿐입니다!"

이 압도적이라고도 할 수 있는 제압력. 이런 일이 가능한 것은 천군 정도다. 시로베어는 옛 천군. 아킬레스건 같은 존재가 있어서, 이번에 천군이 그것을 이용했다고 하더라도 기이하지 않은가.

"적의 수는?"

"고, 고작 한 명입니다!"

"뭐?!"

다시 놀란 목소리가 튀어 나왔다. 시로베어가 빠졌다고 해도, 혼자 마라군 전체를 일격에 죽이다니, 그것은 마엔이더라도 불가능하다. 즉, 그것이 진실이라면——.

"육천군입니까!"

아니, 그중에서도 이런 일이 가능한 자는 한정되어 있다. 육천신 중 최강인 데우스와 인드라, 토르뿐. 그렇다면 이제 마엔 혼자서는 감당할 수 없는 사태다. 마라 님께 직접 손을 쓰도록 부탁할 수밖에 없다. 마라 님은 성격은 좀 그렇지만, 강함만은 그들에게 필적한다. 질 리가 없다.

"저는 마라 님께 말씀드리고 오겠습니다. 여러분은 가능한 한 응전을──."

마엔이 그렇게 지시를 내리려고 했을 때, 검은 섬광이 범상치 않은 속도로 허공을 지그재그로 날아와 이 자리를 지키던 마엔의 권속들에게 충돌하여 먼지로 만들었다.

"저, 저건 절대 못 이겨!"

온몸에 무수하게 벌레가 기어 다니는 듯한 공포. 뒤로 도망치기 위해 필사적으로 도약했다. 그만큼 거리가 떨어져 있고, 아직 많은 악군 장병이 있었을 터인데 검은 섬광은 악군을 모조리 죽이고 벌써 마엔의 코앞에 존재했다.

"마, 말도 안 돼!"

검은색 낫을 치켜든 검은 머리 소녀의 모습을 망막에 새긴 직후, 마엔의 존재는 먼지로 돌아갔다.

***

사막 중심에 우뚝 선 악취미적인 괴물을 본뜬 어전 최상층. 그곳에 있는 호화로운 방 옥좌에 마라가 거만하게 앉아 있었다.

마라에게 이 인간계는 그저 놀이터다. 애초에 자신에게 반항하는 자는 몇 없다. 천천히, 시간을 들여 괴롭히면서 이 세계의 문명을 없애도록 하자. 그것이야말로 악에 부과된 사명이다.

시로베어 중장 등, 악군 중에는 그 사명에 의문을 품는 자도 있는 모양이지만 마라는 그렇지 않다. 오히려 쾌적하게 느낀다. 왜냐하면 마라의 힘의 원천은 타인의 절망과 비관, 고통 등의 악감정이기 때문이다. 그것을 양분으로 삼아 영원한 힘을 얻는 대신이 바로 그다. 악감정이 인간계에 넘치는 이상, 이곳은 마라에게 그야말로 파라다이스다. 이 세계의 인간들을 이용하여 이와 같은 최고의 취향을 앞으로 실컷 즐길 수 있기 때문이다.

"마, 마라 님, 살려 주십시오!"

건물 안에는 마라 직속 부하 여섯이 눈을 가린 채 바닥에 정좌하고 있다. 부하의 절반은 날카로운 무수한 바늘에 꿰어져 이미 목숨이 끊어졌다.

"안—— 됩니다. 여러분은 마라 님의 기대를 배신했습니다."

통통하게 살찐 체구에 머리가 벗겨진 남자가 빠진 이 때문에 새는 발음으로 말했다. 이 녀석은 마라가 중용하는 고문관 사도스. 전투는 젬병이지만, 고문 솜씨만은 초일류이기에 항상 곁에 두고 있다.

"마라 님은 이렇게 현계하시지 않으셨습니까!"

눈을 가린 상태로 생존한 세 명 중 한 거구의 남자 권속이 그렇게 항의했다.

"그러나 너희는 아무것도 안 했지."

"그건 오해입니다! 열심히 노력했습니다!"

"이번 일, 로프트 대장 각하가 얽혀 있다면서요?"

"앗?!"

사도스의 심문에 그제야 자신들이 처형당하는 이유를 짐작했는지, 그들이 온몸을 잘게 떨기 시작했다.

"봐, 안색이 달라졌습니댜?"

웃으면서 추악하게 얼굴을 일그러뜨린 사도스가 다른 이들을 들여다보며, 복부에 침을 꽂았다. 절규하는 부하.

"키햐하하하! 나, 이 노랫소리가 정말, 저——엉말 좋습니댜! 그런데 로프트 대장 각하의 목적은 무엇입니까?"

물론 이런 문답에 의미는 없다. 로프트의 생각은 지극히 간단하다. 재미 이외의 의미는 아마 없을 테니까. 한마디로 말이다. 이것은 마라의 놀이다. 비참하게 두려워하며 절망하는 모습을 비웃는 엔터테인먼트라는 것이다.

"죽여라……"

바늘에 꽂힌 남자 권속이 나직하게 말했다.

"으음? 뭡니까? 나, 들리지 않았는데요?"

마라의 권속이 크게 폐를 부풀렸다.

"어서 죽이라고 했다!"

크게 외치자 커다란 소리에 사도스의 고막이 파열되어 귀에서 피가 흘렀다. 아마 음성에 충격파라도 포함되어 있었던 모양이다.

"네 이놈!"

365

다친 왼쪽 귀를 누르며 남자 권속을 발로 차려고 하였으나, 그 발을 붙잡히고 말았다.

"이, 이거 놔!"

남자 권속이 필사적인 얼굴로 외치는 사도스의 오른발을 양손으로 비틀었다. 걸레를 짜는 듯 완전히 엉망이 된 사도스의 발.

"내 발이!"

남자 권속이 비틀거리면서도 일어나 꼴사납게 비명을 지르는 사도스의 목을 걷어찼다. 사도스의 목이 뚝 하고 반대 방향으로 꺾이며, 실이 끊어진 인형처럼 바닥에 쓰러졌다.

남자 권속은 눈가리개를 벗고 사도스에게 침을 뱉더니, 지금도 정좌하고 있는 두 명의 권속에게 시선을 보냈다.

"그래. 이쯤이면 됐어."

얌전하게 정좌하고 있던 다른 두 권속도 고개를 끄덕이며 중얼거리더니, 벌떡 일어나 눈가리개를 벗었다.

남자 권속은 자세를 바르게 하고 마라에게 손가락질했다.

"마라 님, 우리는 지금까지 당신에게 충성을 맹세했습니다. 설령 동료가 어떤 처우를 받더라도 당신이 악의 긍지를 지닌 옛날의 당신으로 돌아온다고 믿고! 하지만 참는 데도 한도가 있어! 어린아이를 죽이고, 여자를 희롱하여 죽이고, 부하조차 자신의 쾌락을 위해 죽이고. 지금 당신은 악조차 아니야! 그냥 비열한 쓰레기지!"

침이 튀도록 열변을 토했다. 불경을 저지른 권속을 마라는 그저 바라보고 있었다.

'뭐지? 이건?'

갑자기 시야가 일그러지며 색이 사라지고, 장소가 왕궁 같은 장소로 바뀌었다.

──주인님! 안 됩니다! 그래서는──.

그 녀석이 필사적인 얼굴로 외쳤다. 그 녀석은 과거에 마라가 스스로 버린 측근이자 반신.

색이 원래대로 돌아온 뒤, 마라는 그 감정의 격류를 오른손으로 가슴을 누르며 모른 척했다.

'그래! 이 녀석들은 나에게 불경을 저질렀어! 나는 지금 화내야 할 때야!'

그 정체불명의 격정을 부정하기 위해 검지와 중지를 세워 흔들자 권속들의 온몸이 뒤로 날아갔다. 평소라면 그것만으로 깔끔하게 죽일 수 있었는데, 마라에게 불경을 저지른 거구의 남자 권속만은 아직 숨이 붙어 있었다.

"젠장!"

짜증이 일어 확실하게 죽이려고 손가락을 튕기기 직전, 그 모습이 사라졌다. 그리고 회색 머리 아이가 지금도 숨이 끊어질 듯한 남자 권속을 안고 바닥에 천천히 눕히는 것이 보였다.

"응? 뭐야, 넌?"

한 번도 본 적 없는 녀석이다. 강자의 위풍은 전혀 없다. 그보다 아무것도 느껴지지 않는 것으로 보아 그냥 인간일 것이다. 마엔이 가져온 이번 절망의 축제를 위한 재료인 것일까.

"미안해. 너의 영혼은 기외 죽어서 수복이 불가능해. 이제 얼마 안 남았어. 무언가 남길 말은 없나?"

회색 머리 꼬마가 쪼그려 앉아 온화한 어조로 물었다. 남자 권속이 아이의 상의를 붙잡았다.

"저분의…… 마라 님의 눈을 뜨게 해줘! 부탁이야!"

그런 이해되지 않는 애원을 하더니, 권속은 축 늘어졌다.

"너, 내가 누구인 줄 알고!"

화를 내며 옥좌에서 일어나려고 한 때였다.

"잠시 기다려. 충분히 상대해줄 테니."

시선이 마주쳤다. 그것만으로도, 마치 가위에 눌린 것처럼 손가락 하나 움직일 수 없어졌다. 이 감각은 아득한 옛날에 맛본 것이다. 즉—— 공포.

"나, 나는 육대장, 마라라고!"

본능이 시끄러울 만큼 경종을 울리는 가운데, 인간 아이로만 보이는 애송이에게 겁을 먹었다는 사실에 강렬한 수치심과 굴욕을 느끼고 애써 크게 외쳤다.

"알겠어. 저 바보가 확실히 눈을 뜨게 해줄게."

소년은 남자 권속의 두 눈을 감겨주더니, 천천히 일어나 마라와 마주했다. 더 큰 경고를 발하는 본능에 자연스럽게 전투 자세를 취했다.

"자기소개를 바라던 것 같던데. 나는 카이 하이네만. 인간 검사야. 인간이라는 점이 매우 중요해."

너무 황당한 대답에 경계심이 날아가고 분노가 점점 솟구쳤다. 당연하다. 그것은 이 육대장 마라가 인간 같은 하등 생물에게 공포를 느꼈다는 말이나 마찬가지기 때문이다. 무엇보다 이 녀석에게서는 전혀 강함이라는 것이 느껴지지 않는다. 틀림없이 약할 것이다.

"불쾌한 애송이구나!"

바보 같다. 이 육대장 마라가 이런 인간 꼬마를 두려워할 리 없다. 아마 아까 본 알 수 없는 광경이 영향이라도 미쳤을 것이다. 그러므로——.

"이제 됐어. 죽어라!"

이런 인간을 데려오다니. 나중에 마엔의 목이라도 날려버려야겠다.

그가 오른손을 딱 튕겼다. 그 순간 경치가 두 번 세 번 돌아가더니, 등부터 벽에 부딪히고 말았다.

"크억!"

혼란스러운 머리로 신음하면서 고개를 들자, 카이 하이네만이 날벌레라도 보는 듯한 눈으로 마라를 내려다보고 있었다.

"네 이놈——."

욕설을 퍼부으려는 순간, 카이 하이네만이 얼굴을 걷어찼다. 오랜만에 맛보는 둔탁한 고통이 뇌를 자극했다.

"네 부하의 마지막 부탁이야. 지금부터 너를 철저하게 때려눕히고, 그 썩어빠진 근성을 고쳐주겠어."

그는 일방적으로 그런 거만한 선언을 하더니 발끝으로 마라를 차올렸다. 엄청난 속도로 마라의 몸이 포탄처럼 일직선으로 벽을 뚫고 날아가 사막을 몇 번이나 굴렀다.

피를 토하면서도 일어나려고 하는 순간, 그대로 마라를 내려다보고 있는 괴물과 다시 시선이 마주쳤다.

"힉?!"

자신의 입에서 나온 것은 육대장이라고는 생각할 수 없는 한심한 비명이었다.

'이럴 순 없어!'

그 직후 밀려오는 미칠듯한 수치심에 뒤로 물러나 거리를 벌렸다.

"제기랄!"

짐승처럼 외쳤다. 이것으로 확실해졌다. 마라의 본능이 옳았다. 카이 하이네만. 이자는 강하다. 아마 마라가 지금까지 상대한 누구보다도. 이만큼 강하다면 악군은 물론이고, 천군이더라도 소문 정도는 퍼졌을 터였다. 즉, 이 녀석은 완벽하게 이레귤러적인 존재일 가능성이 크다.

"어서 실력 발휘 좀 해봐. 어쨌든 넌 그 녀석들이 나의 놀이상대로 이 땅에 부른 존재거든. 이 정도는 아닐 거 아냐?"

마치 꿰뚫어 보는 듯한 발언이다.

"멋대로 지껄이지 마! 후회나 하지 말라고!"

'초신기(超神技)── [만욕악도(万欲惡道)]'.

마라의 비장의 수단이자 영혼에 뿌리내린 기술을 발동하자, 그의 온몸이 붉게 물들었다. '만욕악도'란 말 그대로 자신이 모은 악감정을 대가로 자신의 욕망을 이루는 기적이다. 그 기적에는 한계가 없고, 세계와의 계약에 의해 온갖 것이 그 법칙에 따르게 되어 있다.

물론 이 '만욕악도'에도 결점이 있다. 자신의 상상 이상의 것은 불가능하다는 점이다. 이 괴물, 카이 하이네만은 강하다. 만약 '만욕악도'로 만들어낸 공격 수단에 이 괴물이 강한 내성을 지니고 있다면, 마라는 패배한다. 그러나 자신 자체를 강화하면 그 문제는 거의 생각하지 않아도 된다. 이번 마라의 욕망은 마라의 모든 스테이터스를 각각 4제곱하여 높이는 것. 악감정을 사용하여 세계와 계약하여 힘을 얻는다. 이 힘이라면 설령 그 악군 최강인 총대장이더라도 순식간에 죽일 수 있을 것이다. 대신 나중에 올 반동이 상당하겠지만, 이 괴물에게 승리할 수 있다면 감수할 만하다.

"흠, 말도 안 될 만큼 잔챙이였던 게 간신히 내가 감지할 수 있는 정도로는 강해졌네. 그럼 어서 보여줘 봐."

카이 하이네만이 나무 봉을 꺼내 어깨를 톡톡 두드리는가 싶더니, 갑자기 모습을 감추고 말았다.

"으악!"

갑자기 눈앞에 나타난 카이 하이네만의 모습에 비명 같은 소리를 지르고 오른손의 '오지괴(五指壞)'를 발동하여 휘둘렀지만 허공만 스쳤다. 그 직후 엄청난 충격이 배에 느껴지며, 마라는 아득히 먼 하늘로 날아갔다.

"큭!"

공중에서 애써 몸을 회전시켜 자유를 회복하려는데 다시 눈앞에 카이 하이네만이 나타났다.

"헉!"

필사적이었다. 코앞에 있는 괴물로부터 도망치기 위해 다시 오지괴를 썼으나, 카이 하이네만은 그의 오른팔 위에 올라섰다. 특수한 기술이겠지만, 그의 체중은커녕 올라간 감각조차 느껴지지 않는다.

"젠장!"

그의 나무 봉이 얼굴을 정통으로 때리는 바람에 지상으로 고속 낙하했다. 엄청난 충격에 피를 토하면서도 일어나 자세를 취했으나, 뒤에서 머리를 잡혀 바닥에 내팽개쳐졌다. 대규모 크레이터가 발생하며 눈앞에 불꽃이 튀었다. 꺼져가는 의식 속에서 필사적으로 떨쳐내기 위해 날뛰었지만, 역시 헛손질만 했다. 오히려 걷어차이며 다시 상공으로 띄워지고 말았다. 그리고 예상대로 눈앞에 오른발을 높이 든 카이 하이네만의 모습이 시야에 들어왔다.

"괴, 괴, 괴물 자식!"

마라가 외친 직후, 카이 하이네만이 내리친 발꿈치가 그 정수리에 직격하며 대지까지 고속 회전하여 충돌했다.

흐릿해지는 시야 속에 강렬한 생존 본능으로 애써 일어나려고 했다.

"일어서! 너에게 거부권은 없어!"

악몽 같은 말을 내뱉은 카이 하이네만이 손에 든 나무 봉으로 마라를 후려쳤다.

마라에게 그것은 영원하게 느껴지는 지옥의 시작이었다.

얼마나 시간이 지났을까. 저항은 결코 허용되지 않고, 카이 하이네만에게 오로지 맞기만 했다. '만욕악도'의 효과는 벌써 오래전에 끝나고 말았다. 지금 마라가 간신히 살아 있는 까닭은 눈앞에 있는 괴물의 변덕 때문이다. 이 진정한 괴물이 보기에 마라 따위는 길바닥에 있는 개미나 마찬가지다. 그가 마음만 먹으면 순식간에 승부가 날 것은 불을 보듯 뻔하다.

"카이 하이네만, 넌 어디 체계의 신이냐?"

피를 토하면서 쪼개질 듯한 몸에 애써 힘을 주어 일어나, 지금 가장 궁금한 점을 물어보았다. 솔직히 마라는 이 녀석을 이길 만한 존재가 떠오르지 않는다. 그야말로 이 세상 최강의 생물. 이만한 실력이니 아무리 이레귤러라도 출신 신화체계쯤은 있을 것이다.

"신? 그런 것일 리가 있나. 처음 말했듯이 난 인간이야."

카이 하이네만이 지겹다는 듯 대답했다.

"인간? 그럴 리가 없잖아!"

그런 바보 같은 일이 있을 리가 없다. 인간은 신을 이기지 못한다. 그것은 진리다. 따라서 그가 초월자임은 틀림없다. 그럴 터인데 왜 그럴까? 도저히 확신이 서지 않는다.

"내 출신은 아무래도 좋아. 그보다 아무래도 눈을 뜬 모양인데?"

"뭐? 무슨 소리야."

그렇게 불평하기는 했지만, 지금까지 자신이 해온 일에 강렬한 위화감을 느끼고 있었다. 마라는 확실히 악이다. 그것은 틀림없는 사실이다. 그러나 그 녀석들의 마지막 말대로, 악의 긍지란 것을 지니고 있지 않았던가? 아니, 그렇게 따지자면 애초에 마라는 왜 악군이라는 질 나쁜 조직에 가담하고 있는가?

"큭?!"

──환영할게. 너는 이제 악군의 멤버야.

깨질 듯한 두통과 함께 마라는 손을 뻗는 남자의 오른손을 쳐냈다.

──착각하지 마. 너희 같은 치졸한 악이 될 마음은 조금도 없어. 나는 나의 목적을 위해 악의 길을 걸을 거다.

유치한 말을 내뱉던 기억. 그렇다! 왜 지금까지 잊고 있었을까? 마라가 신념이 크게 다른 악군에 들어간 이유는 그들을 지키고 싶었기 때문이다.

"크하하! 나는 그 지키고 싶던 녀석들을 마구 죽였단 말인가? 정말 우스워 죽겠네!"

어느새 볼을 타고 눈물이 흐르고 있었다. 그럴 수밖에 없지 않나? 웃음이 나올 만큼 우스꽝스러우니까.

'그 자식에게 무슨 짓을 당한 건가.'

확실히 오랜 세월이 흘렀지만, 그것만으로는 이렇게 달라질 리가 없다. 무엇보다 부자연스럽게 기억이 소실되었다. 아마 그때 마라는 악군 총대장에게 무언가를 당했을 것이다.

"너 나름대로 사정이 있겠지. 하지만 죄는 죄야. 마무리를 지어야겠어."

카이 하이네만의 분위기가 달라졌다.

"누구 맘대로! 날 누구라고 생각하는 거냐?! 악의 왕, 마라 님이라고!"

이름을 밝히며 카이 하이네만을 향해 공격 자세를 취하고, 신기 '노아'를 오른손에 현현시켰다. 이 원반형 신기 '노아'는 마라의 영혼 일부이므로, 마라의 의사 하나로 어떤 병기로도 변형하는 것이 가능하다. 자, 이렇게──.

"꽤 독특한 무기네."

마라의 손에서 원반형 무기가 창 모양으로 변화하는 것을 바라보며, 카이 하이네만이 흥미롭다는 듯 말했다.

"이건 나의 파트너다."

마지막으로 '노아'를 잡은 게 언제였을까. 파트너의 존재조차 잊고 있었다니, 나 참. 그러나 변명은 하지 않겠다. 어떤 이유가 있더라도 이것은 마라가 고른 길이자 선택이다.

"파트너인가…… 좋아. 너를 나의 적으로 인정하마. 최선을 다해 덤벼봐라!"

카이 하이네만이 나무 봉을 넣고, 등에서 긴 칼을 뽑았다.

'크하하! 하하, 뭐야 이거. 지금까지 조금도 본 실력을 드러내지 않았단 말인가!'

카이 하이네만의 몸에서 검은색과 빨간색 투기가 퍼지더니 온몸에 휘감기며, 닿는 모든 것을 먼지로 만들었다. 그야말로 이 세상에서 최강의 생물이다. 이기고 지고의 문제가 아니다. 그에게 도전하는 것 자체가 최대의 실수다.

'뭐, 기왕 할 거면 잘과싱 하나 정도는 내줘야지!'

그것이 얼마나 기적인지는 이해한다. 그러나 해내고 말겠다. 그것이 마라의 마지막 자존심이다.

다양한 술식으로 능력을 향상시켰다. 그리고 마지막으로 남은 악감정을 모두 사용하여 '만욕악도'를 발동한 뒤, 단 일격에 한정하여 10제곱까지 모든 스테이터스를 상승시켰다. 중심을 낮추고 창을 한계까지 잡아당겼다.

"육대장 마라, 간다!"

지면을 혼신의 힘으로 박차고 그를 향해 도약하여, 그의 몸 중심을 노리고 창을 날렸다. 창이 그의 가슴으로 빨려 들어갔다.

"진계류 검술 일도류, 제7형── 세계 붕괴."

카이 하이네만의 언령이 울리더니, 창이 그의 코앞에서 튕겨 나가 미세한 입자가 되고 말았다.

"역시 노아로도 안 되는가…… 찰과상 정도는 내주고 싶었는데."

"아니, 마지막으로 한 그것만은 제법 괜찮았어."

그건 녀석답지 않은 칭찬이었다.

"이유가 뭘까. 너의 그 빈말이 매우 기쁘게 들리는군."

"딱히 빈말은 아닌데."

"마지막으로 물으마."

기왕이면 이 괴물에게 물어보고 싶다.

"뭔데?"

"너는 악을 없앨 생각인가?"

"악? 아, 그러고 보니 너희 마물들 사이에서 악이니 천이니 하는 망상이 유행하는 거 같더라."

"망상? 아니, 너, 그거 진심으로 하는 말이냐?"

"당연하지. 악이나 선은 입장이나 감성에 따라 달라지는 상대적이고 애매한 것이야. 그런 추상적인 이유로 없앨 리가 없지."

"그럼 왜 우리를 공격했는데?"

"그것은 너희가 나를 불쾌하게 만들었기 때문이야. 나는 적대한 녀석을 절대 봐줄 마음이 없으니까."

불쾌하게 만들었기 때문인가…… 웃음이 난다. 이 괴물이 보기엔 이 세상의 공포의 대상인 악군도 망상병이 있는 불쌍한 생물에 지나지 않는 모양이다. 이 녀석에겐 악도 선도 없다. 자신의 유쾌함과 불쾌함, 그것만이 모든 일의 지침이며 앞으로도 그것에 따라 행동할 것이다.

"정말 거만하고 이기적인 이유야. 하지만 넌 분명 그것으로 족하겠지."

붕괴하는 자신의 몸. 앞으로 얼마 지나지 않으면 마라는 사라진다. 그럴 터인데 지금은 묘하게 후련한 기분이다. 이유는 안다. 마지막으로 간신히 자신을 되찾았으니까. 그리고 그 계기를 만들어준 것은 눈앞의 남자, 카이 하이네만이다. 그와 만나지 않았다면 언제까지고 그 악몽 속을 헤매고 다녔을지도 모른다.

'그건 오싹한데…….'

문득 마라를 카이 하이네만과 만나게 한 것으로 추측되는 녀석이 서 있는 것을 발견했다. 그는 과거에 버렸던 마라의 반신이자 오른팔이었던 녀석이다.

'그래, 너였구나.'

과거에 친애하던 부하에게, 눈을 뜰 기회를 준 것을 고마워 해
두어야겠다.

"고맙다."

그에게 오른손을 들고 감사 인사를 전한 찰나, 마라의 의식은
새하얗게 물들었다.

***

오른손을 든 채 먼지가 된 마라에게 머리를 숙이는 기리메칼
라. 사정은 모르고, 굳이 물을 생각도 없지만, 기리메칼라에게
마라가 특별한 존재임은 보면 알 수 있다. 그러고 보니 던전에
서 기리메칼라와 처음 만났을 때, 자신의 주인이라 말했던 이름
이 마라였다. 어쩌면 마라를 일부러 이 세계로 부른 것도 그 녀
석의 눈을 뜨게 하기 위해서였나. 그렇다면 적어도 소원은 이루
어졌을 것이다. 마지막에 본 마라의 눈은 탁하지 않고, 무인다
웠기 때문이다.

"주인님, 저의 옛 주인을 구해주셔서 진심으로 감사드립니다."

기리메칼라가 나에게 무릎을 꿇고 머리를 깊숙이 숙였다.

"기리메칼라, 너에게 그 녀석은 어떤 녀석이었어?"

"거만하고, 고집이 세지만, 악으로서의 긍지만은 확실한 남자
였습니다!"

악으로서의 긍지는 확실하다라. 마지막 그의 모습이야말로 그
의 본래 모습이었을지도 모르겠다. 뭐, 자신의 행동에는 책임이

따른다. 어떤 변명을 하더라도 그가 부하의 신뢰를 잃을 만한 짓을 저지른 것은 변함이 없다. 그러나 만약 진심으로 구제할 여지가 없는 자였다면, 마라의 부하인 그 녀석이 외부인인 나에게 그런 얼굴로 부탁할 리가 없다. 뭐, 그 전에 나의 의사에 기본적으로 충실한 기리메칼라가 이런 이기적인 행동을 취한 것이 애초에 말도 안 되었다. 아마 기리메칼라에게 마라는 주인이자 동시에——.

"마라는 너에게 친구였구나."

"예……."

떨리는 목소리로 대답한다. 그리고 무언가를 필사적으로 참는 듯한 기리메칼라에게 나는 크게 한숨을 내쉬었다.

"기리메칼라, 참지 마. 친구가 떠났을 때는 우는 법이야."

설득하듯이 말을 걸었다.

"감사하신 말씀……."

기리메칼라는 목소리를 떨며 그렇게 대답하더니, 그 자세 그대로 작게 몸을 떨었다. 처음 보는 부하의 모습을 가만히 지켜보았다. 분명히 그것이 현재의 주인인 나의 책임이자 의무일 것이다.

가만히 오열하는 기리메칼라를 바라볼 때였다.

『마라의 영혼이 나타났습니다. 도감에 포획하겠습니까?』

투명한 판이 갑자기 눈앞에 나타났다.

"흠……."

마라가 있던 장소를 내려다보자, 먼지가 된 사막에 하나의 새까만 싹이 머리를 드러내고 있었다. 그것들이 급속도로 성장하기 시작했다.

"이봐, 기리메칼라, 이걸 봐."

"네!"

나의 지적에 기리메칼라가 오른팔로 눈물을 닦고 시선을 그 식물로 옮겼다.

"이, 이것은?!"

감탄사를 내뱉었다. 그것은 새까만 꽃 같은 것이었다. 그 꽃이 피어나더니, 아기가 살포시 나타났다.

"큰일이네. 이렇게 나오다니."

원리는 모르겠지만, 기리메칼라가 놀라는 것으로 보아 보통은 불가능한 사태인 모양이다. 아마 이것을 해낸 것은 토벌 도감이다. 영혼의 정보에서 멋대로 육체를 재구성이라도 한 듯하다.

"아무래도 아기를 버릴 수는 없지."

그리고 인류를 해치려고 한 마라를 이대로 방치할 수도 없다.

"이건 질 나쁜 협박이라고 생각하는데."

이 도감은 처음부터 폭주했었지만, 최근 들어 박차가 가해지고 있다. 그러나 토벌 도감은 어떤 의미로는 나 그 자체다. 거만하고 제멋대로에 강압적인 나의 바람을 이루어주려는 경향이 있다. 나의 마음 깊은 곳에서는 이 결말을 바라고 있었을지도 모른다. 뭐, 이제 와서 생각할 것도 없다.

나는 눈앞에 있는 선택창에서 '네'를 눌렀다.

"기리메칼라, 그건 마리의 환생인 모양이야."

"네?"

기리메칼라가 놀라 되물었다.

"아무래도 도감에 등록되고 만 것 같아. 보기에는 아기 같으니, 너희 파벌에서 돌봐줘."

그렇게 지시를 내리고 등을 돌려 걸어갔다.

"정말…… 감사드립니다. 주인님, 이 은혜, 절대, 절대 잊지 않겠습니다!"

환희와 오열이 담긴 기리메칼라의 목소리를 끝으로, 나는 애쉬가 기다리는 사막 입구를 향해 나아갔다.

에필로그

——아멜리아 왕국 제1회의실.

"뭐? 무지나, 다시 한번 설명해!"

아멜리아 국왕—— 에드워드 로트 아멜리아가 보고를 올리던 아멜리아 왕국 필두 첩보원—— 밀정 무지나에게 되물었다. 무지나가 어깨를 으쓱했다.

"사성 길드, 다이스가 에스타크 공작 등 길버트파의 고위 귀족을 부추겨 에르딤을 공격했습니다."

"그건 내가 허가한 일이야. 그게 아니라!"

왕국 내의 사우로픽스라는 도시 하나가 민중을 포함하여 소멸하고, 제삼자인 바벨의 조사단이 처형장에서 에르딤의 국장이 들어간 의복을 발견했다. 저 상황에서는 아멜리아 왕국으로서도 보고도 못 본 척할 수가 없다. 출병은 어떤 의미로는 어쩔 수 없었다.

물론 모든 것이 끝난 뒤, 사우로픽스의 민중과 주둔군은 모두 인근 숲에서 무사히 발견되었지만.

"하운드독과 중앙교회의 주교 프레토가 에르딤을 공격하였으나 패배. 또한 에르딤 민중군이 귀족 연합군을 물리치고, 다이스의 리더 코린 경도 전사. 그때 미지의 마물이 습격하여 귀족 연합군은 일시적으로 괴멸할 뻔하였으나, 마족 소녀에 의해 도움을 받아 지금은 에르딤에서 보호받고 있습니다."

무지나가 아까 한 말과 같은 내용을 반복했다.

"어떻게 하면 그렇게 되지? 귀족 연합군이 패배? 갑자기 습격한 마물? 그걸 마족 소녀가 구해줬다? 애초에 에르딤은 비무장 국가가 아니었나?"

"네, 에르딤은 타국의 힘을 빌려 간신히 존속하는 힘없는 나라였습니다. 그러나 폐하, 이번 일련의 사건에는 카이 하이네만이 얽혀 있습니다."

왕의 옆에 똑바로 서서 대기하고 있던 검은 머리의 거한인 아멜리아 왕국 재상── 요하네스 루즈벨트가 대답했다.

"카이 하이네만, 녀석은 그냥 강하기만 한 남자라고 생각했는데, 아닌가?"

"네. 아마 이 일련의 흐름은 모두 카이 하이네만이 획책한 일일 겁니다."

"획책한 일이라고? 이 말도 안 되는 결말이?"

"네, 아마 그에게는 로제 전하의 왕위 계승전에서 불순물을 제거하고, 규칙을 공명정대하게 만드는 것. 그 정도의 일일 것입니다. 나머지 결과는 모두 부록이죠. 그러나 그 부록이 이번에는 너무 컸습니다."

요하네스가 품에서 서간을 여럿 꺼내, 에드워드에게 건넸다.

평소에는 가면 같은 남자의 얼굴에 몹시 악질적인 미소가 들러붙어 있다. 강철 같은 정신을 지닌 괴물 재상을 이렇게 미칠 듯이 기뻐하게 만들다니. 아마 여기에는 눈이 튀어나올 법한 이야기가 쓰여 있을 것이다.

조심스럽게 문서를 확인한 뒤, 너무나 뜻밖의 사실에 놀라움을 금치 못했다.

"뭐? 자, 잠깐만, 이게 사실인가?!"

아무리 그래도 이건 아니다. 이것만은 있을 수 없다. 이런 일이 있으면 안 된다.

"네, 사실입니다. 에르딤의 모든 민중은 로제마리 전하가 다스리는 이스트엔드의 영지민이 되기를 맹세했습니다. 그 결과, 현재 에르딤의 영토는 포기되었습니다. 국제법에 따라 그곳은 이제 우리의 영토입니다."

그 나라의 영토 지하에는 그 전설적인 정신 감응 금속 오리하르콘이 묻힌 광맥이 있다. 오리하르콘은 마법 무기의 원재료가 되는 원석. 독점하고 싶던 바벨과 동쪽의 대국 부토, 그리고 에르딤의 이익이 일치하여 그 독립 국가는 존재해왔다. 그 오리하르콘의 대가가 로제가 다스리는 이스트엔드로의 편입이라니 실로 사소한 일이다. 인정하지 않을 수 없다.

"그런데 에르딤은 그것에 동의한 건가? 그들은 이번 싸움에 승리했잖아?"

"네, 에르딤의 민중은 이제 누군가의 비호를 받을 필요가 없어졌습니다. 그런 것이겠지요."

"비호를 받을 필요가 없어졌다?"

"길버트파의 고위 귀족군을 압도하는 나라에 그리 쉽게 전쟁을 벌이려는 바보가 있을 것 같습니까?"

"그렇다면 더 이해가 안 가! 왜 자신의 나라를 버리고 로제의 밑으로 들어가려는 거지?! 심지어 그런 아무 자원도 없는 토지에?"

"아마 그것도 카이 하이네만이 원인이겠지요. 매우 불경한 발언입니다만, 로제 전하께는 아직 나라를 버리면서까지 따를 만한 매력이 없으니까요."

"그야 그렇겠지! 그럼 이 에스타크 공작이 올린 마족과의 강화 제안은 어떻게 된 거야? 그는 길버트파잖아. 즉, 용사 마시로의 열렬한 신자가 아니었나?!"

"에스타크 공작은 길버트파에서 탈퇴를 선언하였습니다. 아마 그 전장에서 무언가를 보았겠지요."

"그것도 카이 하이네만이 원인이란 말인가?"

"네. 추가로 말하자면, 그 '신의 잔'이라는 어리석은 자들의 적발에도 그가 한몫하였다고."

"오부츠 후작도 그에게 싸움을 걸고 망했다고?"

"아마도."

애매한 대답이었으나, 이 태도로 보아 요하네스는 카이 하이네만의 관여를 확신하고 있다.

'신의 잔'이 아멜리아 왕국의 수호령이나 마찬가지인 정령을 납치하여 좋지 않은 짓을 꾀하고 있다는 소문은 아주 오래전부터 듣고는 있었다. 그러나 너무 뜬금없는 말인 데다 확증도 없어서 왕국은 지금까지 전혀 움직이지 못했다.

이번에 그들은 불운하게도 카이 하이네만의 눈에 띄고 말았다. 그 결과 주모자인 오부츠를 시작으로, 고위 귀족이 일련의 사건으로 죽거나 집이 망하는 등 '신의 잔'이라는 조직은 흔적도 없이 이 세상에서 소멸했다.

"카이 하이네만, 그는 대체 정체가 뭔가?"

"그 대답은 폐하께서 직접 확인하여 주십시오."

요하네스가 입을 꾹 다물었다. 분위기로 알겠다. 이 이상은 무엇을 물어도 알고 싶은 정보는 얻을 수 없다.

"카이 하이네만인가. 아무래도 엄청난 태풍의 눈인 모양이군."

에드워드는 아직 아무것도 이해하지 못했다. 카이 하이네만이라는 진정한 괴물이 이 세계에 앞으로 어떤 파란을 불러일으킬지. 그러나 이때 세계는 카이 하이네만이라는 괴물을 명확하게 인식하였다.

***

──그리트닐 제국 천상 어전.

"지금 실패라고 지껄였느냐!"

황제가 머리를 가지런히 깎은 남성, 라무네라에게 화를 냈다.

"네. 사드와 비스트는 사망했습니다. 아마 카이 하이네만에게 죽은 듯합니다."

"아마라고! 내가 그를 감시하라고 명령했을 텐데!"

"네, 계속해서 감시하였습니다. 하지만 아마 그것은⋯⋯."

입을 어물거리는 라무네라의 태도에 황제의 이마에 굵은 핏대가 섰다.

"똑바로 말해! 또 애매한 발언을 하면 즉시 처분하겠다!"

"네! 곳곳에서 부자연스러운 부분이 눈에 띄었습니다. 환술이나 어떤 능력으로 거짓된 광경을 보여준 것이라 추측됩니다."

"네 원시는 몇 킬로메르가 떨어져도 가능하잖아. 속이는 것이 정말 가능한 거야?"

"그래서 믿을 수가 없었어. 하지만 만약 그런 일을 태연하게 할 수 있다면, 카이 하이네만은——."

라무네라가 포에게 대답하려는 찰나, 그리트닐 제국 천상 어전의 바닥에 마법진이 떠올랐다.

포가 황제를 보호하기 위해 움직였고, 다른 육기장도 거리를 벌렸다.

바닥의 마법진에서 솟아 나온 것은 인간의 목. 그 목의 주인은 엔즈의 스승, 사드였다.

『제국의 여러분, 만나서 반가워. 나는 카이 하이네만. 여러모로 뒤에서 움직여 주었던데 수고했어. 원래는 얽힐 생각이 없었지만. 이 이상 따라다니는 건 질색이니까 충고해두려고 왔어.』

사드는 일단 말을 끊고 눈알을 황제를 향해 희번덕거렸다.

『이 이상 내 주위에서 얼쩡대지 마. 적대하지 마. 불쾌하게 하지 마. 이것은 제안이 아니라 명령이야. 혹시 어긴다면 산산이 부숴주마. 그야말로 조각 하나 남기지 않고 철저하게. 그럼 제군들의 현명한 선택을 기대할게.』

사드의 얼굴이 부풀어 오르더니 푸슉 파열되었다.

"…………."

아무도 입을 열려고 하지 않았다. 아니, 하지 못했다. 정복제

라 칭해지며 지금까지 공포와는 연이 없었던 황제 암네스조차
도 온 얼굴에 대량의 땀을 흘리고 있었다.

"카이 하이네만. 그렇군, 강해. 약하지 않아. 사고방식으로 보
아 이 녀석은 인간이 아니야. 아마 초월자겠지."

포가 입을 열었다. 이 악질적인 현장을 보고도 냉정하게 있을
수 있다는 점에서 포 또한 평범하지 않다고 말할 수 있다.

"초월자?"

"그래, 우리가 신이라 부르는 존재야. 게다가 선이 아니라 정
반대겠지."

"포, 너라면 이길 수 있나?"

어쩐지 애원하는 듯 암네스가 질문했다.

"물론이지. 나 역시──."

전체를 검은 옷으로 가려 표정은 알 수 없지만, 아마 지금 포
는 웃고 있을 것이다.

역시나. 포는 이질적이다. 그 강함의 밑바닥이 보이지 않는 것
도 남다르고, 그것을 보고도 크게 동요하지 않은 것도 남다르다.
모든 면에서 라무네라 등 다른 이들과는 선을 긋고 있다.

"포, 그렇다면 자네에게 명하겠다. 아니, 부탁하마! 그를, 카
이 하이네만을 우리 진영에 끌어들여! 수단은 가리지 말고! 내
가 지닌 어떤 영토며 재산이라도 얼마든지 주마!"

"알겠어. 적대하지 않는 것이 전제라면 이야기는 빠르지. 받
아들일게. 라무네라, 너도 계속해서 움직여줘야겠어."

역시 이런 흐름인가. 거절하고 싶지만, 가능할 것 같지 않다.

"알겠습니다. 하겠습니다. 하면 되잖아요."

그건 거의 자포자기였다.

***

──이스트엔드.

그로부터 2주가 지났다.

"여러분, 제 영지의 영지민이 되다니, 정말 괜찮으시겠어요?"

로제가 망설이면서 물었다.

"네! 우리 위대한 분을 곁에서 모실 수 있는 것이 저희의 기쁨이니까요!"

시라우스가 확신에 차서 말했다. 성격이 백팔십도 달라졌는데? 원망스럽게 뒤에 서 있는 기리메칼라를 노려보았으나, 시라우스에게 만족스러운 얼굴로 고개만 끄덕일 뿐이다.

그렇다. 나로서는 에르딤이 스스로 살아나갈 힘을 주는 것이 목적이었으나, 기리메칼라의 교육이 너무 지나친 나머지 무슨 까닭인가 나를 따르는 사태가 벌어지고 말았다. 물론 처음에는 거절했으나, 자꾸 집요하게 조르는 바람에 어쩔 수 없이 허락하여 지금에 이르렀다.

이스트엔드에는 밀림과 황야밖에 없다. 따라서 숲 일부를 벌목하여 에르딤의 건물을 통째로 아스타의 전이 능력으로 전이시켰다. 많은 설비 등을 정비하여 여기서는 에르딤과 다를 바 없는 생활을 할 수 있게 되었다. 외화 획득과 인원 확보 등 아직 과제는 산처럼 쌓여 있지만, 일단 영지 구색은 하는 걸 얻게 된 것이다.

"그런데 에스타크 공작의 길버트파 이탈과 이후 상업 등의 교류 약속까지. 그 완고한 분을 대체 어떻게 설득한 거죠?"

"별거 아냐. 다만 자신이 옳다고 믿던 것을 산산이 부숴주었을 뿐."

에르딤을 공격하려던 에스타크 공작을 비롯한 귀족 연합군은 모두 항복했다.

기본적으로 에르딤 민중군은 귀족 연합군을 죽이지는 않았고, 사토리에게 사고를 읽게 하여 도적 같은 짓을 하려던 질 나쁜 용병과 병사 등 외에는 모두 내가 소지한 포션으로 회복하여 풀어주었다. 그 정도 포션이라면 이스트엔드에 있는 재료로 만들 수 있는 것이다. 딱히 큰 손해는 아니다.

귀족 연합군은 그 후로 완전히 기가 죽어 얌전해졌다. 마족 애쉬에 의한 구출극이 정말 충격적이었던 모양이다. 이종족이 많은 에르딤 민중과 적극적으로 교류하며, 모두 최종적으로는 술을 함께 마시게 될 정도로 친해진 뒤 영지로 돌아갔다.

"그 애로군요?"

"뭐, 그래. 그런데 넌 애쉬가 마족임을 알고도 별로 태도가 달라지지 않네?"

"그야 카이와 같이 있으면 마족은 귀여운 정도니까요."

"그것도 그런가."

나의 부하 중에는 용이며 상어 남자 등 다양한 이형(異形)이 많으니까. 이제 와서 사실은 마족이었습니다, 라고 해도 아, 그렇구나 하는 느낌밖에 안 들 것이다.

"그리고 저는 마족과 손을 잡는 미래도 탐색하고 싶어요. 그것을 항상 생각해왔으니까."

로제답다. 그렇기에 이런 귀찮은 일에 어울려주고 있는 것이지만.

"참고로 뮤 쪽은 어떻게 됐어?"

기리메칼라가 미리 보호하던 뮤의 아버지 가우스는 아무래도 다른 루트로 기리메칼라의 부트캠프에 참여하여, 그 전장에서 나름대로 활약한 모양이다.

"물론 사이좋게 지내고 있어요."

솔직히 뮤와 미야에게는 아버지만이라도 원래 상태인 채 돌려보내고 싶었으나, 그 희망과는 정반대의 결과가 나오고 말았다. 뭐, 아이 앞에서는 전과 그리 다를 바 없는 듯하니 현재는 큰 지장이 없는 것 같다.

"기리메칼라, 그 아기는 잘 지내?"

"네! 심신 모두 건강하게 자라고 있습니다."

"이번 주는 어디에 있어?"

"이번 주는 여신 연합에 가 있습니다!"

분한 듯 대답하는 기리메칼라.

마라는 마음까지 완벽하게 아기가 되고 말았다. 그러나 기리메칼라와 하쥬를 따르는 것으로 보아, 잠재의식 같은 것은 있는 모양이다. 다만 기리메칼라파의 멤버에게 멀쩡한 육아는 아무래도 생각해도 불가능하다. 아이는 교육이 가장 중요하므로, 여신 연합에 협력을 지시하니 그녀들의 모성 본능을 자극한 듯, 기리메칼라파와 여신 연합끼리 아기를 두고 경쟁하는 사태가 일어나고 말았다. 어쩔 수 없이 내가 중재에 나서 기리메칼라파와 여신 연합이 일주일씩 키우기로 합의했다.

"그래. 나도 나중에 보러 갈게."

"감사합니다! 마리도 크게 기뻐할 겁니다."

기리메칼라가 자세를 바르게 하더니, 머리를 깊숙이 숙였다. 참고로 마라를 그대로 쓰면 무언가 문제가 된다고 하여 내가 마리라는 이름을 붙여주었다.

"그럼 난 갈게. 파프가 주린 배를 참고 기다리고 있을 테니까."

"네. 수고했습니다."

오른손을 들어 화답하고 문으로 나가려고 할 때였다.

"카이."

"응?"

어깨 너머로 돌아보자, 로제가 머리를 숙였다.

"항상 고마워요."

감사 인사를 하였다.

"너답지 않아서 조금 징그럽지만, 고맙게 받아둘게."

그런 밉살맞은 말을 하고 그 자리를 떠났다.

건물에서 나가자 서쪽으로 기울어지는 햇빛을 받으며, 멀리 산맥이 주황색으로 물든 것이 보였다.

그 입구에 검은 머리 소녀가 서 있었다.

"아니, 애쉬, 왜 여기 있어?"

"같이 돌아가려고!"

나의 팔을 붙잡고 얼굴을 기댄다. 정말 이러고 있으니 파프와 다를 바가 없다.

결국 애쉬는 이스트엔드에서도 우리와 같은 건물에 살고 있다. 뭐, 파프에 아스타, 안나, 로제도 살고 있지만.

"시로베어와는 잘 지내고 있어?"

"응! 모두 좋은 애들이야!"

환한 미소를 짓고 대답하는 애쉬의 머리에 살며시 손을 얹었다.

시로베어와 그 부하들도 토벌 도감에 등록하여 애쉬의 부하가 되었다. 뭐, 최근에는 스스로 애쉬의 친위대라 칭하며 순수한 부하라고는 말하지 못하게 된 모양이지만.

"그래. 그래. 그거 잘됐네. 그런데 오늘 저녁밥은 뭘까?"

"오늘은 돼지고기 생강구이를 할 거야!"

"그렇구나. 파프도 고기를 좋아하니까."

저녁놀이 깔린 길을 우리는 요리 이야기로 꽃을 피우며 돌아갔다.

후기

안녕하세요, 리키스이입니다!

2권에 이어 3권에서 만나게 되어 감사드리고, 감격스럽습니다! 지금 3권의 최종 원고를 제출하고, 한숨 돌린 참입니다.

3권은 웹 소설판이 아니라 완전히 새로운 이야기였습니다만, 재미있게 보셨을까요?

3권에서는 기리메칼라의 옛 주인이자 친구이기도 했던 마라를 구하려는 이야기를 썼습니다. 기리메칼라는 카이라면 마라의 눈을 뜨게 해줄 것이다. 그렇게 믿고 그를 불러냈습니다. 그 기대가 이루어져, 마라는 최후에 자신을 되찾고 카이에게 패배하죠. 그리고 아기의 모습이 되어 기억을 잃고 친구의 곁으로 귀환합니다.

물론 애쉬와 카이의 만남과 지그닐의 영웅으로서의 성장 등도 중요한 부분입니다.

처음에는 좀 더 조악한 이야기였습니다만, 담당 편집자님의 전혀 타협하지 않는 어드바이스로 몇 번이나 다시 써서 최종적으로는 이러한 형태로 마무리되었습니다. 그 결과, 개인적으로는 꽤 괜찮은 느낌으로 완성되었다고 생각합니다.

여기서 말씀드릴 것이 있습니다. 이 '초난관 던전'의 코믹스가 후타바샤의 앱 '망가 가우가우'에서 연재 중입니다. 부디 봐주셨으면 좋겠습니다!

그럼 마지막으로 인사드리겠습니다!

이번에도 근사하고 멋진 일러스트를 제공해주신 루나 리아 선생님! 본작의 캐릭터 디자인은 완벽하게 선생님께 의지하는 상황이었습니다. 선생님의 훌륭한 아이디어, 정말 큰 도움이 되었습니다. 진심으로 감사드립니다!

거침없고 감사한 어드바이스를 해주신 편집 담당 N씨. 특히 이번에는 완전히 신작인 것도 있어서 저도 크게 불안했습니다만, N씨의 도움 덕분에 만족스러운 작품을 만들 수 있었습니다. 고맙습니다!

3권을 세상에 내고, 또 코믹스로도 만들어주신 후타바샤, 진심으로 감사드립니다.

그리고 무엇보다 이 3권을 읽어주신 독자 여러분. 여러분의 응원 덕분에 3권을 간행할 수 있었습니다. 감사하는 마음으로 가득합니다. 정말 고맙습니다!

그럼 4권에서 다시 여러분과 만날 수 있기를 진심으로 기대하고 있겠습니다.

CHONANKAN DUNGEON DE JUMANNEN SHUGYOSHITAKEKKA SEKAISAIKYO NI
~SAIJAKUMUNO NO GEKOKUJO~ Vol.3
© Rikisui 2022
All rights reserved.
Original Japanese edition published in Japan in 2022 by Futabasha Publishers Ltd., Tokyo.
Republic of Korean version published by Somy Media,Inc.
Under licence from Futabasha Publishers Ltd.

초난관 던전에서 10만 년 수행한 결과, 세계 최강 ~최약 무능의 하극상~ 3

2024년 1월 15일 1판 1쇄 발행

저 자 리키스이
일 러 스 트 루나 리아
옮 긴 이 이서연
발 행 인 유재옥
총 괄 이 사 조병권
출판본부장 박광운
담 당 편 집 박치우
편 집 1 팀 박광운 최서영
편 집 2 팀 정영길 조찬희 박치우 정지원
편 집 3 팀 오준영 이해빈 이소의
디자인랩팀 김보라 박민솔
디지털사업팀 박상섭 김지연 윤희진
라이츠사업팀 김정미 맹미영 이윤서
영업마케팅팀 최원석 박수진 박소연
물 류 팀 허석용 백철기
경영지원팀 최정연
인쇄제작처 ㈜코리아피엔피
발 행 처 ㈜소미미디어
등 록 제2015-000008호
주 소 서울시 마포구 토정로222, 403호 (신수동, 한국출판콘텐츠센터)
판매 및 마케팅 (070) 8822-2301

ISBN 979-11-384-8145-8 04830
ISBN 979-11-384-7957-8 (세트)